당신의 본성은 살아있다!

당신의 본성은 살아있다!

초판인쇄 2022년 3월 3일
초판발행 2022년 3월 8일

지은이 이선희
발행인 조현수
펴낸곳 도서출판 더로드
기획 조용재
마케팅 최관호
교열·교정 김현숙
디자인 문화마중

주소 경기도 고양시 일산동구 백석2동 1301-2
           넥스빌오피스텔 704호
전화 031-925-5366~7
팩스 031-925-5368
이메일 provence70@naver.com
등록번호 제2015-000135호
등록 2015년 6월 18일

정가 16,800원
ISBN 979-11-6338-234-8 (03810)

— 지금 내면 여행을 시작하라 —

당신의
본성은
살아있다!

이선희 지음

도서 출판 더 로드
The Road Books

추천사

　　이 책은 심리치유와 성장의 실천사례서이자 교과서가 될 것입니다. 처음부터 한 페이지 한 페이지를 주의를 기울여 읽으면서 인간 내면에 대한 통찰과 고통에서 벗어나 자신을 따뜻함으로 바라보게 된 과정에 깊은 감동을 받았습니다. 이 책으로 인해 많은 사람들이 치유되고 평온에 이를 것이며 치유와 성장의 한 부분이 새롭게 열릴 것입니다.

　이 엄청난 책에 추천사를 쓴다는 것은 제게는 크나큰 영광입니다. 저는 저자가 고등학교를 막 졸업한 20대부터 지금까지 30년을 넘게 함께하며 저자의 성장을 지켜본 사람입니다. 맥락이 없는 어린 시절에 잘못 비추어져 자신의 존재를 하찮고 쓸모없으며 지질하고 수치스럽다고 믿으면 일상은 매번 이 믿음을 그대로 만들어내는 삶을 창조합니다. 저자는 무의식 깊은 곳에 있는 이 믿음을 찾아내고, 그 믿음을 형성했던 억압된 감정을 대면하면서 자신을 치유했습니다. 이는 감각을 몸으로 겪으며 고통에 직면해야 하는 엄청난 용기가 필요합니다. 저자는 자신의 경험을 솔직하게 있는 그대로 기술하면서 의식이 성장하여 사랑으로 가는 과정을 생생하게 알려주었습니다. 저자의 고통은 모두가 내면에 가지고 있는 고통입니다. 저자의 치유와 성장을 통해 우리 역시 치유되고 성장할 수 있다는 희망을 보여줍니다. 저는 저자가 40이 넘어 처음 상담학에 입문하여 끈질기게 직장과 공부를 병행하면서 대학원을 졸업하는 모습도 보았습니다. 이 책은 저자의 성장 경험이면서 60명의 내담자를 5년 동안 연결해서 상담한 내용을 관찰하고 치밀하게 분석한 연구결과이기도 합니다.

책을 읽으면서 깊게 빠져드는 이유는 모두가 다른 사람에게 배려 깊은 사랑을 주고 싶지만, 그 사랑을 가로막는 방해물에 대한 여러 사례와 치유 경험이 있다는 것입니다. 이런 사례를 이렇게 오랜 시간 인내하며 연구하여 알려주니 고맙습니다.

이런 소중한 책이 없다면 한평생을 고통에서 벗어나지 못하는 경우가 있습니다. 필명으로 처리되어 누구인지 알 수는 없지만 그런 사례를 기꺼이 제공하여 세상을 이롭게 한 분들에게도 감사함이 마음 깊은 곳으로부터 우러나오네요.

저는 이 책이 너무 좋습니다. 배려 깊은 사랑의 핵심인 치유와 심리 성장을 체계적인 학문으로 정립한 실천서이기에 추천서를 쓰는 것도 기쁘고, 많은 사람들이 읽으면서 자신이 누구인지 알고 평온과 자유, 기쁨과 행복을 누릴 수 있다는 것도 알기에 이 책을 세상에 알리는데 최선을 다하고 싶습니다. 자신의 삶에서 낼 수 있는 모든 힘을 다해 시선을 자신의 내면으로 돌리고 고통 속에서 사랑을 선택하고, 고통을 끝내는 방법을 우리 모두에게 나누어 준 저자에게 깊은 감사를 드리며, 이 책이 널리 퍼져 모두가 행복해졌으면 좋겠네요.

— 최희수 「거울육아」 저자, 푸름이교육연구소 소장

책을 읽으며 어느새 내가 치유되었음을 느끼게 하는 책!

어린 시절 상처받은 우리가 반드시 읽어야 할 책!

자녀를 어떻게 양육해야 하는지 안내하는 책!

우리 자신을 다시 돌아보고 어딘가에 남겨져 있던 상처를 회복하며 어느새 위로받도록 하는 소중한 책을 집필한 저자에게 감사하며, 기쁨으로 추천합니다.

어린아이에게는 부모가 세상의 전부입니다. 나를 온전히 사랑하고, 품어주는 부모만 있으면 아이는 다른 것을 필요로 하지 않습니다. 그러나 대부분 우리는 부모로부터 거절당하고 혼자 두려워하고 수치를 당한 경험들이 있습니다. 그 경험은 제대로 표현되지도 못하고 공감 받지도 못한 채 내면 깊숙한 곳에 웅크린 채 남겨져 있습니다. 어른이 되었으나 여전히 어린 아이처럼 혼자 아파하는 나, 두려움에 웅크린 '나'가 있는 것입니다. 이 책은 어머니가 낙태를 하지 못하여 어쩔 수 없이 세상에 나와 환영받지 못한 채 삶을 시작한 저자 자신의 경험을 토대로 쓰인 책입니다. 저자는 오랫동안 한국, 중국, 일본 등에서 부모교육자로서, 상담자로서 자신을 성찰하는 가운데 자신의 어린 시절 상처를 회복하였습니다. 저자의 회복을 향한 노력은 고통스러웠지만 결국은 자신을 사랑하고 타인을 사랑하게 되는 온전한 회복을 이루어냈습니다. 저자는 "성인인 내가 나의 내면 아이를 재양육하는 것은 치유 이상의 효과가 있다."라고 쓰고 있습니다. 이 책은 성인이 된 우리 각자도 '나'를 방치하는 것이 아니라 스스로 '나'를 소중히 여기며 돌보도록 해야 한다고 말합니다. 아울러 우리 내면의 상처를 어떻게 회복할 수 있는지에 대한 길을 안내합니다. 이 책은 하루하루를 살아가는 우리 자신에게 "괜찮아"라고 다독거려 줄 수 있는 이유를 알려주는 책이자 우리 삶에 희망을 안겨주는 책입니다. 이 시대를 살아가는 어른들과 부모들이 반드시 읽어야 할 필독서입니다.

― 서미아 단국대학교 상담학과 교수

추천사

　'생존전문가에서 벗어나 매순간 창조하는 삶의 전문
가로 되라"라는 책속의 구절이 강력한 인상을 남기네요. 저자가 바
로 그런 대표적인 생존전문가였고 자신의 삶에 수시로 물음표를 던
지면서 수치심의 굴레에서 벗어나는 과정을 용감하게 겪어왔습니
다. 저자는 중국에로의 초청을 받고 인재양성으로 선택받은 60명
내외의 회원님들과 4~5년간 강연, 강사훈련, 개인상담 및 가족치
료워크숍을 통해, 자신의 존재가 얼마나 고귀한지를 깨닫도록 도와
주는 과정을 지도하였고 그들이 생존전문가로 부득불 사는 인생이
아닌, 삶의 주인으로 복귀하며 창조하는 삶의 전문가로 되어가는
과정을 저는 경이롭게 지켜봤습니다.

　이 책은 읽는 동안 당신은 저자의 섬세하고 예리한 통찰력으로
마음이 정곡을 찌르듯이 아플 수도 있지만, 그 아픔을 겪고 나면 후
련할 것입니다. 이 책의 내용은 저자가 몸으로 겪고 통과하고 터득한
깨달음의 정화이기에 그 고도의 순수함과 진실성과 생생하고 강력한
기운으로 당신의 영혼에 신선한 충격이 될 수도 있습니다.

― 박해란 중국푸름이가정교육관 대표

추천사

　　당신도 살아있는 내면의 힘과 에너지를 자녀는 물론
사랑하는 사람에게 선물할 수 있습니다! 나의 상처와 수치심이 이
책을 한 장 한 장 넘기면서 힐링되고 자원이 되어 선물로 받게 되는
놀랍고도 신기한 경험이었습니다.

　　내 욕구를 알아차리고 충분히 좋은 사람으로 거듭나며 촉촉한
사랑이 채워지고 그 사랑은 가슴의 먹먹함을 치유하며 나를 깊숙
이 들여다보고 위로하고 단단해짐을 느낍니다. 자신을 이해하고자
하는 당신, 상담공부를 시작하는 당신께 이 책은 반드시 축복으로
보상될 것입니다.

　　　　　　　　　－ 유경화 상담심리학 박사, 사티어부부가족상담 전문가

추천사

　　많은 것을 배우고 노력하며 살아왔는데 왜 좋아하는 것을 하면서 기쁘게 살지 못할까? 스스로 이런 질문을 해본적이 있을까? 부부, 육아, 인간관계에서 원치 않는 일이 펼쳐질 때 두려움과 외로움에 사로잡힌채 내면아이 공부를 하고 있었다. 그 무렵 이선희 작가를 알게 되어 상담을 받았다.

　　이 책을 읽으면 내가 가족안에서 어떤 역할을 했으며, 왜 나답게 살 수 없었는지를 알게 된다. 모든 사람들이 진정한 자유를 얻고 원하는 삶을 살아가는 사랑의 존재로 거듭나길 바라며 이 책을 추천한다.

- 김유라 「나는 마트 대신 부동산에 간다」 저자

자신의 인생을
있는 그대로 사랑하세요.

  사회생활을 처음 시작하던 20대 편집자로 일할 때가 생각난다.
그때는 맡은 업무를 기간 내에 마감하는 것이 제일 어려웠다. "빨리
해 줘!", "언제까지는 꼭 줘야 해!", "시간 없으니 그냥 줘." 몇 번의
재촉을 받아야만 줄 수 있었고, 매일매일 조마조마하고 아슬아슬하
게 살았던, 그때 나의 내면의 목소리는 '내가 하는 모든 것이 다 형
편없어, 다 마음에 들지 않아, 내놓기 너무 초라해, 많이 부족해.'라
고 말했다. 그랬기에 항상 원고를 끌어안고 질질 끌다가 마지못해
내놓는 방식으로 일하는 것이 일상의 패턴이었고 인생 전체를 그

방향으로 끌고 다녔다. 시간에 쫓겨 마지 못해 주면서, 일을 좀 못해도 그건 내 책임이 아니라 '시간이 부족해서였어.'라고 핑계 대는 것이 나에게는 수치심을 피해 가는 가장 안전한 방법이었다. 나의 자아상은 이렇게 초라했다. 그러다 보니 야근과 밤을 새우는 일도 많았고, 규칙적인 생활을 하기 힘들어 스트레스와 수치심으로 온갖 피부병과 원인 모를 아픔에 시달려야 했다. 지금도 그때 생긴 위장병의 후유증으로 고생하고 있지만, 그때는 하루하루를 버티고 견디면서 살아가는 삶이어서 아파도 아픈 줄도 몰랐다.

그렇게 일하던 어느 날 특별한 분을 만나게 되었다. 거래처 출판사 사장님이셨는데, 일을 맡기고는 한 번도 재촉하지 않으셨고, "이 사무실 직원들은 어쩌면 이렇게 일을 잘합니까? 여기 분들 실력은 대한민국 최고입니다. 타이핑 소리가 마치 피아노를 치는 것처럼 들리네요."라며 늘 박수와 칭찬을 아낌없이 주고 가셨다. '뭐야? 재촉이 아니라, 칭찬하러 온 거야?' 머리로는 이상한 사람이라고 생각했지만, 나는 그 칭찬에 춤추고 있었다. 성과물을 내놓기 힘들 정도로 수치와 한 덩어리가 되어 나 자신을 싫어하던 나였지만, 빠른 속도로 그분의 일을 먼저 하곤 했다. 그렇게 작업물을 보내고 나면 기분이 좋았고, 내면 깊이 칭찬받고 싶은 아이가 긍정적인 공감이라는 것을 처음 받아봤다. 그분이 바로 현재 〈푸름이교육연구소〉 최희수 소장님이시고, 김대중 대통령 임기 당시 독서 영재 1호로 청와대에 보고된 최푸름 군의 아빠이기도 하다. 내가 한 번도 경험해 보지 못한 낯선 감정 세계와의 첫 만남이었다. 그 순간은 마치 내 인생 드라마의 복선처럼 지금의 행복을 미리 예고한 것이 아닐까 싶다. 인생이라는 것은 이렇게 길게 놓고 봐야 내가 걸었던 여정과 노력이 보이고 나의 노력에 숙연해지고 진지해진다. 짧은 시선으로 자신의 인생을 함부로 평가하지 않기를 바란다.

당시 독서 영재 푸름이와 푸름이 부모님을 SBS 아침 프로그램 등 언론에서 자주 볼 수 있었고, 많은 부모들의 요청으로, 누구나 이용할 수 있는 육아 사이트를 만들어 푸름이를 키운 교육 노하우를 전국으로 다니며 강연을 하고 계셨다. 이 무렵에 나는 고단한 삶

에 지칠 대로 지쳤고, 이혼으로 혼자 아이를 키워야 하는 상황까지
더해 그야말로 폭발하기 직전의 시한폭탄 같은 30대 중반에 접어들
고 있었다. 그런데도 나는 항상 화려하게 치장했고 웃는 모습을 유
지했다. 이렇게 겉과 속이 다른 이중적인 모습이었다는 것도 지금
에서야 느낀다. 그때는 내가 어떻게 살아가는지 아무런 감각도 없었
다. 이 무렵 나는 최희수 소장님이 운영하시는 회사로 이직을 하여
『배려 깊은 사랑이 행복한 영재를 만든다』라는 책의 출간작업을 하
면서 육아 사이트 관리를 담당하게 되었다. 그 당시 아이를 키우면
서 내 안에 분노가 가득하다는 것을 알게 되었고, 30대 후반이 되
었을 때 본격적인 치유와 나의 내면 여행이 시작되었다. 부모가 되
고 아이를 키운다는 것은 한 생명의 삶과 연결되어야 하기에 하루
하루 버티며 사는, 한마디로 대충 사는 삶은 허락되지 않았고, 아
이가 나를 그렇게 내버려 두지도 않았다. 육아를 통해 내면의 상처
와 만나는 것이야말로 치유와 성장의 가장 빠른 지름길임을 경험으
로 알게 되었다.

"잘못된 아이는 없다, 잘못된 부모만 있다."라는 말을 교육의 기준으로 삼고, 그 당시 내가 할 수 있는 최선의 육아를 하려 노력했다. 그러나 한계를 느끼며 절망하고 있던 순간에 뭔가 변화하지 않으면 안 된다는 절박함에 대학원에 진학하여 가족 상담을 공부했다. 공부와 담을 쌓고 살던 내가 우여곡절 끝에 상담대학원까지 가서 공부를 하게 된 것도 살아남기 위한, 끈질긴 삶에 대한 나의 집착이었고, 남들보다 더 빨리 더 많이 얻고, 깨닫고 싶은 욕심이 컸기 때문이었다.

그리고 현장에서의 경험이 그 어떤 공부보다 큰 성장을 가져온다는 것을 알았기에 또다시 과감하게 중국 사회로 들어가는 선택을 했다. 매 순간 내가 내린 선택과 내 삶에서 만난 소중한 인연들이 아니었다면, 가족 치료사 사티어 선생님 등 심리전문가들이 그 많은 임상경험과 치료방법을 책으로 나누고 이론으로 뒷받침해주며 믿음을 주지 않았다면, 나는 아마도 죽는 날까지 자신을 미워하는 늪에서 빠져나오기 힘들었을 것이다. 어쩌면 평생을 미워하다

죽었을지도 모르겠다. 그러나 이제는 사랑과 인정을 위해 무리하던 삶으로 되돌아갈 수 없을 만큼 성장했고, 누구보다 선한 나의 본성을 찾으며 있는 그대로의 나를 가장 사랑하는 상태가 되었다. 나의 여러 가지 모습을 발견하면서 나는 완벽한 사람이 아닌 안전한 사람이 되어갔고, 나를 아는 것이 가장 힘이 있는 상태라는 것을 깨닫게 되었다.

육아를 통한 심리와 성장의 길을 개척하고, 나의 상처치유와 딸의 건강을 회복하는데, 도움을 주신 은인 최희수, 신영일 소장님 부부와 현장에서 강연과 치유로 나누어 주신 모든 분들 덕분에 같은 습관을 반복하는 굴레에서 벗어나 객관적으로 나를 보게 되었고, 부모 내면의 상처치유와 아이의 발달을 이해하고 공감하는 것이 아이에게 줄 수 있는 최고의 선물이라는 깨달음을 얻을 수 있었다. 늦게라도 그 선물을 주기 위해 노력할 수 있었음에 감사하다. 덕분에 "네 잘못이 아니야, 너는 이상하지 않아, 너는 사랑 그 자체이고 빛이야, 내면의 힘을 믿어", "깨닫는 순간이 시작이야! 지금 시작해. 늦었다고 걱정하지 마."라고 끊임없이 나 자신을 격려했다.

나를 중국으로 초대해주시고 중국에서 가정교육의 중요함을 전파하고 계시는 존경하는 CEO 박해란 대표님과 직원들, 그리고 긴 시간 치유와 성장의 과정에 함께했던 회원님들과의 인연에도 하염없이 감사의 눈물을 흘린다. 모두가 내 인생의 큰 선물이고, 지금도 여전히 '자신이 사랑'임을 찾아가며 도전하는 분들을 응원한다. 이제 나도 내가 깨달은 만큼의 사랑을 전하며 많은 분들에게 혼자여도 행복하고 함께해서 더 행복이 커지는 삶을 살아가는데 도움이 되기를 바라는 마음으로 이 책을 쓰며 더 크게 나누길 다짐한다. 나누면서 내가 더 많은 것을 얻게 된다는 진리를 알게 된 것 역시 치유가 주는 선물이다.

사티어변형치료학회 김영애 소장님은 항상 편견없는 사랑의 단호함으로 교육해주셨고, 나도 소장님처럼 수치심 없이 비춰주고 치유하는 따뜻한 상담사가 되리라 결심했다. 단국대학교 서미아 교수님의 열정적인 가르침과 현장 체험 수업은 나를 더 단단하게 만들었고, 온 마음으로 부모인 나를 열렬히 사랑해주고, 자신을 사랑한다는 것이 무엇인지를 알게 해준 사랑하는 딸과 이 세상에 올 수 있게 해주신 부모님, 같은 부모를 통해 이번 생을 함께하게 된 언니, 오빠들에게도 사랑과 감사의 마음을 보낸다.

차 례 〰〰〰〰〰〰〰〰〰〰〰〰

추천사 · 4

프롤로그 · 12

제1장 **현재의 행복을 위해 과거의 나를 만나다** · 25
　나를 만나는 내면 여행을 준비하며 · 26
　1. 당신의 정체성을 나타내는 이미지는 · 31
　　1) 버림받은 내면 아이들: 이름 없는 문밖의 아이 · 38
　　2) 감정을 느끼지 못해, 장례식장 가기도 두려워 · 45
　　3) 미해결 된 감정과 내면 아이의 진짜 속마음 · 47

　2. 엄마 찾아 헤매는 좌충우돌 내면 아이들의 세상 · 51
　　1) 머릿속에 또 다른 생명체가 살고 있다 · 60
　　2) 내 욕구를 채워줄 대타 찾기 · 67
　　3) 소소한 일상에서부터 나 세우기 · 71

　3. 가족의 의미를 배우러 온 이번 생: 마음으로 연결된 가족 · 74
　　1) 세상의 모든 내면 아이를 만나는 상담 여정 · 78
　　2) 지금 내면 여행을 떠나자! · 83
　　3) 상처받은 내면 아이들을 위한 마음 토닥토닥 · 87

제2장 **가족시스템을 통해 나를 깊이 경험하기** · 91
　힐링이 되는 가족기능 만들기 · 92
　1. 자기중심적 사고의 아이가 만들어낸 비극 · 98
　　1) "네 잘못이 아니야"라고 말해줘야 하는 이유 · 106
　　2) 너 때문에 산다, 철 들었다고 말하지 마! · 111

2. 부모의 아픔이 해결되지 않아서 온 상처의 대물림 ·116
  1) 액자 속 인형 같은 엄마의 엄마, 깊은 슬픔을 간직한 아빠 ·116
  2) 감정의 억압이 만들어낸 몸과 마음의 병 ·123

3. 천재의 인생 드라마가 시작된 원가족 ·131
  1) 사랑을 안 줘서 못 받은 게 아니라, 없어서 못 줬어! ·135
  2) 자석처럼 서로에게 끌리는 사람들 ·138

4. 치유는 상처를 추억과 자산으로 바꾼다 ·144
  1) 무거운 규칙을 버리고 집안을 신선한 공기로 채워라 ·144
  2) 엄마와 나누는 사랑, 든든한 배경이 된 원가족 ·153

제3장 **사랑하기 위해 분노하고 슬퍼하세요** ·161

1. 사랑을 회복하기 위해 '화'라는 감정을 표현하세요 ·162
  1) 쓰레기 같은 감정은 가져온 곳에서 풀고 완결하라 ·167
  2) 사소한 일상에서도 내 모습을 관찰하세요 ·170
  3) 오늘 내야 할 화는 오늘 푸세요 ·174

2. 고통의 순간이 신이 나를 살리는 타이밍이다 ·179
  1) 나는 내 힘을 남에게 넘겨주는 삶을 살았습니다 ·179
  2) 참지 말고 아프다고, 살려달라고 울어라 ·182
  3) 분노하라, 분노를 경험하라 ·188

3. 나의 내면을 만나는 빙산 탐색 ·192
  1) 상대의 어떤 말이나 행동에 화가 나요? ·192
  2) "수고했어요. 먼저 들어가세요": 배려받는데 화가 나요 ·198
  3) 내면을 탐색하는 빙산 일기 쓰기 ·200
  4) 마음과 행동 사이의 간극을 줄여라: 신체의 느낌에 주목하라 ·210

4. 응급조치와 예방법을 알려주세요 ·219
  1) 화와 분노를 표출하는 세 가지 유형 ·228
  2) 참회합니다: 참회 명상 ·231

제4장 **누구나 재양육이 필요하다. 내면 아이 육아법** · 237

1. 당신도 아이였다. 어린 시절로 돌아가 못 이룬 발달을 채워라 · 238
   1) 엄마를 기다리지 말고, 나 자신의 안전한 엄마가 되어주자 · 242
   2) 격려의 말, 나에게 해주세요: 듣고 싶은 말 & 해주고 싶은 말 · 245
   3) 존재 자체로 환영하고 있는 그대로 바라보세요 · 246
   4) 아이의 소유 욕구를 채워주며 나의 내면 아이도 챙겼다 · 250

2. 끝나지 않은 마음의 사춘기를 완결하자 · 255
   1) "싫어"라고 말하지 못하고 독립에 실패한 아이 · 260
   2) 부모에게 크게 실망하고 좌절할 수도 있다 · 263
   3) 나의 사춘기 내면 아이를 위한 테라피 · 266

3. 사과는 존재를 잘못 비춰 준 거울에 대한 취소다 · 280
   1) 사과의 기술: 사과에도 기술이 필요하다 · 282
   2) 꿈이지만 그래도 미안해, 잘했어 · 287
   3) 내면 아이의 외로운 마음 공감하기: 다시 사랑한다면 · 293
   4) 한 아이를 키우는데 온 우주가 협조한다: 함께 키우기 · 299

 제5장 **완벽한 사람이 아닌 안전한 사람이 되자** · 309

1. 나를 아는 것이 가장 힘이 있는 것이다 · 310
   1) 내가 어떤 행동을 해도 나를 믿어줘! · 315
   2) 본능적으로 친숙한 곳으로 가는 나 · 317
   3) 생각만 했는데 뭐가 나빠!: 감정과 행동의 분별 · 321
   4) 내가 나를 버렸을 때 더 수치스러웠다 · 327

2. 인생은 버티고 기다리는 것이 아니라 지금 즐기는 것이다 · 330
   1) 먼저 내 안의 감시자를 넘어가라 · 335
   2) '나만 이래도 돼, 괜찮아!' 나에게 허용하라 · 340
   3) 우리에게 헌신이라는 좋은 대안이 있다 · 343
   4) 스승을 찾아 지혜를 배우고 모방하자 · 346

제6장 **새로운 경험을 선택하고 선언하라** · 351

1. 나는 희망을 이야기하는 것을 선택하기로 했다 · 352
　　1) 사랑의 본성을 회복시키는 3가지 선택훈련 · 356

2. 내면을 풀어가는 4가지 질문 · 364
　　1) 그때 내가 하고 싶었던 말은 무엇이었나? · 365
　　2) 나에게 가장 중요한 상대에게 듣고 싶은 말은 무엇인가? · 366
　　3) 그때 내가 이 말을 했다면 어떤 반응이 돌아왔을 것 같은가? · 367
　　4) 내가 인정받고 싶고, 해결하고 싶은 과제는 무엇인가? · 368

3. 내면의 두려움에 맞서는 선언 · 369
　　1) 나는 어른으로 사는 삶을 선택합니다 · 372
　　2) 나는 상담사이고 작가이며 내 삶의 전문가입니다 · 375

4. 기쁨도 배워야 한다 · 379
　　1) 나의 변화를 기뻐하고 환영해줄 단 한 사람이 되자 · 383
　　2) 요청해서 받고 감사로 돌려주자 · 384

 제7장 **힘든 상황을 통해서 모든 것이 해결된다는 것을 믿으세요** · 389

1. 문제없는 날을 기다리지 말고 대응할 힘을 키우자 · 390
　　1) 꿈을 갖고 이루면서 사는 삶이란? · 394
　　2) 현재 가족을 중심으로 생활하세요 · 400
　　3) 사랑이라고 착각하지 마세요: 진짜 사랑과 가짜 사랑 · 403
　　4) 나는 오늘도 행복해지는 부적을 쓴다 · 405
　　5) 이렇게 사는 것이 삶의 전부인가요? · 408

[에필로그]
　　당신의 본성은 살아있다 · 412

제1장

현재의
행복을 위해
과거의
나를 만나다

나를 만나는 내면 여행을 준비하며

　　나는 아무리 세상 살기가 힘들어도 가끔 우아하게 해외여행도 다니고, 맛있는 것도 먹고, 좋아하는 모임에 속해서 즐기면서 괜찮은 척하며 그럭저럭 살 수 있었다. 내 감정을 건드려서 꺼내지만 않으면 견딜 수 있었고, 불편한 관계나 환경은 적당히 피하면서 살면 된다고 생각했다. 그런데 내 생각과는 다르게 원가족인 친정 식구들과의 관계로 들어가기만 하면, 나도 모르게 어쩔 줄 몰라 하며, 눈치 보고 방어하는데 정말 많은 에너지를 쓴다는 것을 어느 순간 알게 되었다. 직장에서도 마찬가지였다. 결국은 눈치 보고 방어하는데 에너지를 썼고, 내가 가장 즐기고 좋아하는 모임에서도, 사랑과 인정을 받기 위해 온 에너지를 다 쓰면서 있는 그대로의 나 자신을 사랑하지 않는다는 것을 알았다. 결국 어느 곳에서나 자연스러운 나는 없었다.

젊었을 때는 이로 인해 찾아오는 피곤함과 스트레스를 주로 혼자 떠나는 여행으로 풀어냈다. 20대 중반부터 국내는 물론이고 해외여행을 수십 차례 떠났고, 외국에 도착해서 호텔 방에 들어가 문을 닫는 순간 비로소 깊은 안도의 숨이 쉬어졌다. 그때가 가장 평온했다. 누구의 눈치를 보지 않아도 되고 관계할 사람이 없는 곳에서 호흡하며 나의 생명을 연장시키고 있었다.

〈너의 목소리가 들려〉라는 드라마를 보면, 사람의 속마음을 읽을 수 있는 초능력을 가진 주인공이 "수족관에 가고 싶다."라는 말을 한다. 사람들의 마음을 읽을 수 있는 능력을 가진 것이 좋기도 하지만, 때로는 복잡하고 시끄러워 조용한 곳으로 떠나고 싶었을 것이다. 수족관에서 나눈 대화를 보면 "애도 아니고 대낮부터 웬 수족관이야? 왜 여기가 오고 싶었어?"라는 상대 여배우의 물음에 "알잖아, 내 세상은 남들보다 시끄러운 거. 여긴 왠지 조용할 것 같아. 늘 평화롭고."라는 대사가 나온다. 나도 그랬다. 현실의 상황에 나를 맞춰야 하고 상대의 눈치를 보느라 마음은 복잡하고 머릿속은 시끄러웠다. 그래서 나와 다른 언어를 쓰고 관계할 일이 없는 외국의 호텔에 들어가 앉으면 평화로움을 느낄 수 있었고, 아무 일 없는 것처럼 숨을 쉴 수 있었다. 그런데 결국은 다시 삶으로 돌아와야 한다는 것이 그 방법의 한계였고, 안타깝게도 그 순간은 잠깐의 행복일 뿐이었다. 어렸을 때부터 집을 떠나는 꿈을 자주 꿨는데, 어느 정도 떠나와서 보면 신발을 신고 오지 않아 할 수 없이 맨발로 다시 집으로 돌아가야만 했고, 그것이 벗어나고 싶지만 어쩔 수 없이 삶으로 돌아와야 하는 현실을 그대로 보여주는 것만 같았다. 어렸을 때부터 두려움을 느낄 때 너무 연약한 어린아이여서 어찌할 수 없고, 무서워도 말 한마디 못하고 이불속에서 덜덜 떨다가 잠들었다. 감당할 수 없이 슬픈 일을 경험할 때도, 표현 한번 못하고 이불속에 들어가 소리 없이 베개를 적시며 울다가 잠들곤 했다. 곤란한 순간에도 잠으로써 모든 감정을 회피하고 도망하는 것으로 방어했던 습관이 성인이 되어서도 그대로 나타났다. 문제를 마주 보고 해결할 힘이 없음을 계속해서 경험하다 보니, 힘없는 내가 정체성이 되어버렸고, 완결되는 것은 없고 감정 쓰레기는 자꾸 쌓이기만 했다. 퇴근해서 집에 올 시점에는 이미 밖에서 모든 에너지를 다 쓰고 와서 아무것도 할 수 없어서 기절하듯 잠을 잤다.

'내면 아이'는 어릴 때 충족시키지 못했던 우리의 욕구와 감정이다. 즉 정신적으로 자라지 못하고 욕구불만의 어린아이인 채로 남아있는 마음이다. 이 아이가 불쑥불쑥 튀어나와 사랑과 인정을 받기 위해 타인에게 자신을 맞추면서 애를 쓴다. 그리고 과하게 분노할 때도 많은데, 이 감정은 주로 아이를 키우면서 올라올 때가 가장 많다. 나는 부모에게 한마디 못하고 숨죽여 울었는데, 악을 쓰고 우는 아이를 볼 때 화가 났고, 나도 받아보지 못한 것을 자식에게 주어야 할 때 분노가 올라오고, 내가 받지 못했다는 사실을 확인해야 했기에, 수치와 함께 화가 치밀어 오르며 괴물로 변하곤 했다. 그동안 그렇게 잘 감췄는데, 아이를 통해 올라오는 내면의 상처는 너무 깊어서 더는 억압하거나 감춰지지 않았다. 이렇듯 지금의 나는 과거의 연장선 위에 있을 때가 많았고 현재의 문제는 대부분 과거의 내면 아이와 연관되어 있다는 것을 알게 되었다. 치유를 통해 그때의 감정을 만나 실컷 소리 내어서 시원하게 울고 분노를 표출하면서 나 자신과 만나는 경험을 했다.

이 책에서는 나의 치열했던 내면 아이 치유과정과 19년간 육아라는 공통된 주제로 만난 부모들이 밤낮을 가리지 않고 육아 공유 사이트의 게시판을 통해 나눈 진솔한 내면의 이야기와 현장에서 만나 부둥켜안고 울었던 수많은 내면 아이들의 아픈 상처, 중국에서 만난 내담자들의 삶의 진솔한 이야기를 나누고자 한다. 특히 중국에서의 상담은 내담자 개인과 약 5년여간 집중적으로 나누며 이루어진 작업이라 한 사람의 성장 역사를 통해 인간의 보편성과 개별성을 뚜렷하게 볼 수 있는 계기가 되었다.

나에 대해서 알면 알수록, 여러 사람 앞에 내 존재를 드러낼수록, 나의 모습이 완성되어가는 한 장의 그림처럼 윤곽이 뚜렷해지기 시작했다. 처음에는 하나만 마음에 안 들어도 그 모습이 내가 아니라고 전체를 부정하기도 하고, 마음에 안 든다고 자신에게 욕도 하고 수치스러운 내가 드러나는 것이 너무 무서워서 숨으려고 했지만, 결국 하나둘 수용하게 되었고 지금은 나의 어떤 모습도 있는 그대로 완벽하며 항상 지금 이 상태가 최선이라는 것을 알고 있다. 아픈 나를 만나고 치유하면 할수록 나는 자유로워지고 맑고 순수했던 선한 본성의 내가 살아있음을 느꼈다. 상처를 걷어내고 나를 아프게 했던 걸림돌을 치우면서 나의 힘을 되찾고 있으며 현재의 행복을 위해 과거의 나를 만나는 내면 여행과 치유는 삶의 일부가 되었고 지금도 진행 중이다.

당신의 정체성을 나타내는 이미지는

　　당신의 정체성이 된 수치심은 무엇인가? 나는 부족하고 소중한 존재가 아니라는 느낌을 가지고 있었고, 내 존재는 들러리, 철딱서니 없는 아이, 웃는 바보라는 것이 무의식에 내면화되어 있었다. 그래서 이런 나를 들키지 않기 위해 포장하고 감췄고, 좋은 사람이 되기 위해 내 나름의 노력을 평생 했지만, 어떻게 해도 무의식에 깊숙이 내면화되어 있는 정체성은 변하지 않았다. 내면화된 정체성은 가족 안에서 애초에 부모가 비춰준 거울이기에, 부모가 와서 취소하기 전에 아이 스스로 그 굴레를 벗어나기란 정말 쉽지 않다. 그래서 가족 안에서의 시스템을 제대로 보지 못하면, 평생 그 굴레에서 꺼내줄 부모를 기다리는 내면 아이로 살아가게 된다. 부모를 통해 받은 정체성이기에 부모만이 해결해줄 수 있다고 믿는 상태이며, 나 자신이 이미 주체성을 잃어버린 무기력하고 무능해진 상태라는 것을 깨달아야만 벗어날 수 있다.

> 인간의 감정은 어떤 감정이든지 내면화될 수 있다. 내면화란 여러 감정 중 특정한 상황에서 감정의 기능이 멈추어서 아예 성격 스타일 자체로 굳어졌다는 뜻이다. 아마도 당신 주변에 '투덜이' 혹은 '맨날 인상 찌푸리고 돌아다니는 사람' 혹은 '슬픔에 젖어 사는 사람들'이 있을 것이다. 그들은 어떤 특정한 감정이 이젠 그 사람의 정체성 즉 성격의 핵심이 된 것을 보여 준다.
>
> ─ 존 브래드쇼의 『수치심의 치유』

"나는 공기예요. 동생 잘 보면서 기다려도 부모님은 날 봐주지 않아요. 나는 우리 집에서 주인공이 아니라 스페어키 같은 여분의 존재예요. 나는 꿰다놓은 보릿자루 같아요. 그래서 자격이 없다고 느껴져요. 나는 고장 난 시계 같아요. 나는 있으나마나한 잉여 인간입니다." "나는 내가 그냥 길을 떠돌아다니는 아이 같아요. 그런데 아무도 나를 상관하지 않아요." "부모님은 저를 낙태하러 병원까지 갔다가 아들일 수도 있다는 할머니의 말에 낳았는데, 저는 딸로 태어났어요. 그래서 항상 전 짐 같은 존재라고 느껴서 피해 주지 않고, 짐이 되지 않기 위해 눈치 보며 고군분투하면서 살았어요."

    위 내용은 내담자와 워크숍에 참석한 참가자들이 자신의 존재에 대한 느낌을 표현하는 말들이다. 나는 한동안 자신의 내면화된 정체성을 먼저 알기 위해 워크숍을 통해 "나는 ～이다"라는 시의 형식으로 표현하게 해보았다. 자신의 자아 정체감이 무엇인지 느껴보고 생존하기 위해 가족 안에서 자신이 맡은 역할이 무엇이었는지, 어린 시절이 나에게 미친 영향이 현재를 어떻게 힘들게 하고 있는지, 그때 나의 좌절된 욕구와 해결하고 싶었던 미해결과제가 무엇인지를 알고 그 시점으로 되돌아가서 재경험하고 채우는 시간을 갖기 위함이었다. 이 과정은 부정적 경험을 찾아가 치유하면서 내적 힘을 키우기 위해 필요한 시간이었다. 참가자들은 발달과정 중의 어떤 시기에 어떤 부정적인 경험을 했고 미해결된 감정이 있었는지를 경험하게 되는데, 그 기억이 떠오르거나 상황이 사진처럼 이미지로 떠오르며 상처받은 지점에서 자신의 깊은 외로움을 만나게 된다. "나는 ～같은 존재예요", "～ 같아요"라는 문장 안을 채워보면, 머릿속에서 문득 떠오르는 단어들이 있을 것이고, 그것들을 그냥 적어보면 자기 안에 있는 느낌을 찾아낼 수 있을 것이다. 혹시 찾기 힘들다면 이 책을 끝까지 읽으면서 자신의 느낌과 내면에 집중하자. 내 존재가 '그렇다'가 아니라, 내 존재를 내가 '그렇게 느끼고 있다'라는 것이다. 떠오르는 이미지와 나의 상처가 어떻게 연결되어 현재 어떤 영향을 미치는지를 지금은 모를 수 있어도 어느 순간 자각이 일어날 수 있다. 나는 자라는 내내 가족들과 분리되어 문밖에 있거나 길을 떠나는 장면 등 특정하게 떠오르는 어떤 이미지를 늘 가지고 살았는데, 나중에 치유하면서 왜 그런 이미지들이 머릿속에 있었는지를 알게 되었다.

나는 오랫동안 나를 괴롭힌 범인이 수치심이라는 것을 여러 가지 공부와 치유를 통해 알게 되었다. 내가 실수하고 잘못한 행동에 대해 건강한 수치심이 드는 것이 아니라, 내 존재 자체를 수치스러워한다는 것을 알았을 때 엄청난 충격을 받았다. 행동이라면 고치면 되는데, 존재 자체가 수치인 채로 살아온 '존재에 대한 느낌'을 어떻게 이해하고 바꿀 수 있겠는가? 오랜 시간 치유하며, '수치를 느끼는 나'와 '존재 자체로 수치'인 나를 지켜보면서 분리하기 시작했다. 분리되기 전에는 항상 초라한 내면을 들킬까 봐 평온한 모습으로 웃었고 감춰야 했다. 이 마음은 결국 내면 깊은 곳에서는 '존재의 초라함'에 대한 확실한 믿음이 있었다는 것을 의미한다. 초라함을 감추기 위한 노력은 매 순간 나와 함께였다는 것을 자주 경험했는데, 30대 후반이었을 때인가 어느 날 우연히 옛날 지인을 만났는데 "아녜스"라고 나의 세례명을 불러 준 적이 있었다. 나는 종교에 관심도 없고 잘 모르지만 어린 시절 언니 손을 잡고 따라갔던 곳이 성당이었기에 후에 마음이 힘들고 외로웠을 때, 다시 자연스럽게 찾게 되면서 20대 초반을 성당에서 여러 가지 활동들을 하면서 보냈다. 정말 오랜만에 들어보는 나의 세례명은 "아녜스"였고 이 이름을 지을 때도 이유가 있었다. 며칠을 가톨릭 성인 사전의 글을 읽고 사진을 들여다보면서, 가장 고귀하게 잘 자라고 귀티 나는 모습의 성인을 고른 것이다. 나에게 없는 것이라 여겨서 너무 갖고 싶었고 부러운 마음에 아녜스라는 세례명을 선택했었다. 이렇듯 삶의 다양한 곳에서 나의 선택 동기들을 다시 돌아보는 일이 많아졌다. 지금까지 경험했던 과거의 여러 상황에서의 선택 동기들을 점검해보라. 학교와 학과의 선택 동기, 결혼 동기 등 삶의 중요한 선택의 순간들을 되돌아보면 그 당시 나의 가족환경과 내면 상태, 그리고 자존감이 어땠을지 짐작할 수 있을 것이다. 그리고 수정하고 싶은 부분이 있다면 지금 현재의 상태에서 말로써 다시 한번 선택해보라. 지난날을 한 번쯤 돌아보는 것이 나를 이해하는데 도움이 되고 성장을 돕는다.

* 수치심이 된 정체성: 들러리, 철딱서니 없는 아이, 바보, 정리를 못 하는 아이.

* 새로운 선택: 나는 존재 자체로 고귀하며, 내 인생의 주인공으로서 모든 것을 누릴 권리와 자격이 있다. 나는 인테리어 감각이 있고 정리를 잘한다는 새로운 재능을 발견했다. 나는 이제 어른으로 살아갈 힘이 있으며 선택할 수 있다.

〈수치심이 된 정체성〉

'나는 어떤 존재다'라는 존재의 느낌을 적어보고 부정적인 느낌이 정체성이 되었을 때, 내가 느끼는 정체성이 진실이 아님을 인식하고, 힘을 주는 말이나 언어로 새롭게 내 정체성을 선언하세요.

* 수치심이 된 정체성(느껴지는 대로): 나는 .... 다.

....

....

* 새로운 선택 : ....

....

....

〈과거의 선택 동기와 수용, 현재의 새로운 선택〉

학교와 전공선택, 취업, 결혼과 이혼 등 과거의 중요했던 순간순간의 선택과 동기들을 적어보고, 어쩔 수 없이 선택했고, 압력에 의해서 할 수밖에 없었다고 남을 탓하고 부정했지만, 결국 내 선택이었음을 지금 이 순간 인정하자. 그리고 새롭게 선택하고 싶은 것들을 힘 있고, 자유롭게 표현해 본다.

(예: '부모님의 압력과 환경에 의해 어쩔 수 없이 하였고, 이 결혼은 내 선택이 아니었다.'를 '피해갈 수 없는 힘든 상황에 떠밀

려 결혼했지만, 결국 이 결혼과 배우자를 선택한 것은 내가 맞다. 지금 이 순간 나는 내가 선택한 사람과 함께 하며, 서로 맞지 않아 갈등이 있더라도 타협하면서 이 결혼을 유지하고 가정을 꾸려갈 것을 선택한다.'라고 선언하는 것이다.)

* 과거의 선택 동기 : ....
....
....

* 현재의 새로운 선택 : ....
....
....

집단 워크숍에서 나의 정체성 찾기

1) 버림받은 내면 아이들: 이름 없는 문밖의 아이

중국에 있을 때, 회사 동료 중에 강아지를 키우는 직원이 있었다. 어느 해 강아지가 새끼를 여러 마리 낳았는데, 각자에게 예쁜 이름을 지어주며 두어 달 정도 키우다가 헤어짐에 애틋한 인사를 하며 모두 입양을 보냈다. 입양을 보내고도 잘 지내는지, 아픈 아이가 있진 않은지 안타까워하며 자식을 독립해서 떠나보내듯 키웠다. 그러다가 그다음 해에 또다시 새끼를 낳았는데, 이번에는 이름을 지어주지 않았다. "왜 강아지들 이름을 지어주지 않아?"라고 내가 궁금해서 던진 질문에 "작년에 경험해 보니까 어차피 입양을 가면 다 새로 짓더라구요. 그래서 이번에는 짓지 않았어요." 나는 직원의 이 대답에 갑자기 뒷덜미가 뻐근해지며 땅기는 것을 느꼈다. 그리고 순간 튀어나온 말이 "저 강아지들이 나랑 처지가 같네. 나도 이름 없이 다른 집에 보내질 운명이었는데."였다.

나는 강원도 양구 산골에서 태어났고, 어느 날 시주받으러 집에 들어온 스님이 내 이름을 지어주셨다는 말을 옛날이야기 듣듯 무덤덤하게 엄마에게서 들었던 기억이 있다. 그때 그 이름 없는 아기를 식구들은 뭐라고 불렀을까, 아기라고 불렀을까? 너무 먹먹하고 가슴이 아팠다. 우리 부모님에겐 이미 2남 2녀가 있는 상황에서 내가 찾아왔고, 나를 낙태하려고 병원에 갔는데, 엄마의 건강상태가 좋지 않아 낙태하면 산모도 아이도 죽을 수 있으니, 이 아이를 낳고 산후조리를 잘해야 둘 다 살 수 있다는 의사의 말에 할 수 없이 낳을 수밖에 없었다고 했다. 옛날에는 이름을 늦게 짓고 호적에 잘못 올리는 일들이 흔히 있었지만, 아마도 막막함에 이름을 지을 생각을 못 하셨던 것 같다.

　내가 태어났을 때, 환영보다 나를 보며 한숨을 쉬고 있지 않았을까? 군 생활을 하던 아버지는 집안 형편도 좋지 않은데 자신의 건강마저 좋지 않았던 상황에서 찾아온 나의 존재가 막막했으리라. 이런 상황을 아버지의 원가족들이 알고 있었는지, 큰아버지는 "아기가 태어나면 우리 집에 줘라."라고 말씀하셨고, 아버지는 "네, 형님"이라고 대답하셨다고 한다. 그런데 막상 낳고 보니 도저히 줄 수 없었다고 한다. 불행 중 다행으로 나는 큰집에 보내지지 않았지만, 어린 시절을 보내는 동안 자주 "나이든 부부가 있는데 아이가 없어서 너를 달라고 한다. 그 집에 가면 부자니까 잘 먹고 잘살 수 있을 것이고, 너를 예뻐해 줄 거다", "부잣집인데 아들만 있고 딸이 없는데 너를 달라고 한다."라는 말을 듣고 자랐다. 아버지와 있다가 갑자기 만난 어른들 중에도, "딸래미 예쁘네. 나는 딸이 없는데 우리집에 가자."라고 말하는 분도 있었고, 그런 말을 들을 때마다 나는 눈만 깜빡이며 무슨 반응을 해야 할지 몰랐다.

　초등 저학년 때 우리 집 건너편에 아들만 한 명 있는 꽤 잘사는 집이 있었다. 가을 운동회를 하는 날로 기억되는데, 그날 아침 그 집 아줌마가 가방에 과자를 가득 넣어서 나를 준다고 우리 집에 찾아왔다. 나는 그때 순간적으로 기쁨보다는 무슨 일이 생길 것 같은 두려움이 앞서 떨리는 가슴으로 그 가방을 쳐다봤다. 장난처럼 말로만 듣다가 물질적인 것을 가져왔을 때는 정말 내가 저 집으로 보내질 수도 있겠구나 싶어 가슴이 철렁했고, 그때 과자를 넣은 가방이 어린아이의 눈에는 크게 느껴졌었다. 그래서 아무 조건 없이 그렇게 큰 가방에 많은 과자를 가져올 리가 없다는 생각이 스쳤던 것 같다. 어른들은 농담처럼 즐겁게 말했지만, 어린 나에게는 심각한 일이었다. 간혹 언니, 오빠들에게 소외당한다고 느껴져 마음이 상한 날에는 "나 달라는 부잣집에 가겠다."라고 말했고, 그때 집을 나가겠다고 챙긴 나의 전 재산은 동화책 몇 권이 전부였다.

버림받음의 두려움을 태아 때부터 느껴서였을까? 나는 나를 입양 보내려 했던 아버지에게 본능적으로 사랑받으려고 애썼고, 나의 욕구가 무엇인지도 모른 채, 아버지 옆에서 정서적으로 위로를 주는 아이가 되었다. 나는 훗날 치유를 받고 공부를 하면서 왜 그렇게 유별나게 아버지에게 매달리고 애교떨며 사랑받으려고 애썼는지를 알 수 있었다. 내면의 버림받음으로 인해 나는 살면서 큰 고통을 겪었다. 어린 내가 이런 상황과 부모의 마음을 어떻게 이해할 수 있었겠는가. 결국 나를 키우면서 고생하고 지켜준 부모님이었지만, 그 이전에 나를 낙태하고 입양 보내려 했을 때, 힘들어하고 심각하게 고민하는 부모의 모든 것을 느끼며, 내가 잘못 찾아왔다는 죄책감과 부모를 힘들게 했다는 자책도 가졌을 것이다. 내 존재를 비춰주는 것은 생애 최초 나와 관계 맺고, 내 삶의 전부인 부모의 태도와 행동이 전부였을 테니까. 나를 보면서 기뻐하지 않는 가족들을 보며, 스스로 존재 가치가 없다고 느끼는 나의 모든 고통이 여기에서 시작되었다.

중국에서 한 회원이 자신의 워크숍 프로그램을 만들어 실습을 하게 되었고, 내가 지도자이면서 참여자로 참가했을 때, 이 이름 없는 내면 아이를 다시 만나는 경험을 한 적이 있었다. 프로그램에 참여하는 중에 문득 그 어린 아기의 마음이 느껴졌고 누워서 울고 있을 때 리더가 다가오더니, 어린 나의 내면 아이에게 "왜 울고 있어?"라고 묻는데, 가슴에서는 '아무도 나를 안 봐 줘, 나는 이름도 없어. 그냥 슬퍼.'라고 말하고 싶었다. 하지만 외부로는 언어를 모르고 표현을 못 하는 그 어린 갓난아기처럼 말이 하고 싶지만, 입이 떨어지지 않는 답답하고 슬픈 마음을 경험했다. 그 마음을 가슴으로 그대로 느끼며 하염없이 울고 또 울었다. 워크숍이 끝나고 난 후 그 순간의 경험을 나누면서 공감받으며 나의 내면 아이를 위해 실컷 울어주었다.

옛날 그 시절에는 이름을 미리 지어놓거나 요즘처럼 친밀하게 태명을 부르는 사람은 없었을 것이다. 그런데 '옛날에는 다 그랬지'라고 내 감정을 덮어버린다면 깊은 슬픔에 대한 공감이나 위로를 받기 어렵다. 내가 강력하게 느낀 슬픔을 충분히 느끼면서 울어주었을 때, 나는 나와 더 가까워졌고 나를 더 이해하고 사랑할 수 있게 되었다. 그리고 나에게 이렇게 말해주었다. "버림받을까 봐 두려웠지? 나는 널 버리지 않을 거야. 얼마나 무서웠니? 이름을 지어주지 않아서 서운하고 슬펐지?" 말을 할 수 있는 나이가 되었을 때라도 표현할 수 있는 안전한 환경이었다면 "나 좀 사랑해줘. 무섭고 두려워. 싫어, 나 보내지 마, 다른 집에 가기 싫어. 안 갈 거야. 엄마 미워! 라고 말할 수도 있었을 텐데. 서러운 마음을 목놓아 울 수 있었더라면, 지금의 너는 훨씬 자유롭고 생동감 넘치는 모습이었을 거야. 울고 싶을 때도 너는 감추고 겉으로 예쁘고 착한 아이가 되어야 해서 웃었지! 이제 그 마음 내가 안아주고 위로해줄게."

불청객으로 찾아와서 부모를 힘들게 했다는 죄책감이 있고, 조금만 표정이 굳어져도 나에게 화나 있다고 착각하기 일쑤였던 나는 지금도 "환영해, 니가 있어서 너무 좋아."라는 말을 듣기 좋아한다. 생일이 되면 함께하는 모임의 동료들에게 말해달라고 부탁한다.

중국 사람들의 육아와 성장에 대한 열기와 열정은 대단히 높았고, 그와 관련된 행사와 프로그램이 주기적으로 시행되었기에 내 상처가 건드려져서 대면하는 상황이 많이 생길 수밖에 없는 환경이었다. 나도 피해갈 수 없었고 한국 강사 초빙 강연이 있던 날, 결국 일이 발생했다. 오후 강의가 1시 30분부터 시작하니 30분 전까지 들어오지 않으면 강연장 문을 잠근다고 하여 늦지 않기 위해 부리나케 강연장에 도착했는데, 문이 잠긴 것이었다. 나는 순간 온몸에서 뜨거운 불길이 솟아오르는 것 같은 분노를 느꼈다. 문을 두드리다가 열리지 않으니, 직원그룹에 "나는 시간 내에 왔고, 그러므로 나는 잘못이 없다."라는 것을 어필하면서 당당함과 억울함을 담은 글을 남겼다. 그런데 돌아오는 답변은 "문을 열어주려고 하는데 공교롭게도 문이 고장 나서 열리지 않는다."는 것이다. 누구도 예상하지 못한 일이 일어났다. 우주는 한 치의 오차도 없이 나의 그 문밖 아이와 그 아이가 경험했을 마음을 다시 한번 재연시켰다. 나는 '어떻게 문이 고장 나서 참 공교롭게 되었네'라고 생각하기보다는 순간 조직과 가족 밖으로 쫓겨난다는 느낌이 들면서 버림받은 내가 올라왔다. 안에 있는 사람들은 아버지와 언니, 오빠들이고 늦게 태어나 가족의 일원이 된 나는 마치 낙태를 당할 뻔하고 다른 집에 보내질 뻔한 아이처럼 밖으로 밀려나서 버림받을 것만 같은 그 느낌이 올라왔다. 점차 처절하고 비참한 마음이 올라왔고, 강연장 문에 딱 붙어서 안에서 무슨 일이 벌어지는지 귀를 대고 듣기 시작했다. 마치 바람난 남편을 찾아 현장을 덮치기 직전의 심정이었는데, 내가 없는데도 행복한 웃음소리가 들렸다. '저 안에 있는 사람들은 나를 미워하는구나. 내가 없어도 행복하구나. 미워하는 마음이 있으니 문까지 고장 나지.'라는 말도 안 되는 스토리를 쓰면서 '나를 떼어놓으려고 일부러 그랬지? 내가 없었으면 좋겠지?'라는 무의식의 깊은 분노와 미움까지 올라왔다. 마치 나의 내면 깊은 곳까지 폭풍우가 휘몰아쳐서 엉망이 된 기분이었다.

그때 나는 문밖에 서서, 어릴 때의 내면 아이가 느꼈을 처절한 마음을 그대로 경험했다. 내가 이렇게 아팠구나. 부모가 나를 잊지 않고 항상 챙겨주고 보살펴 주기를 바랐고, 소중한 내 자식이라는 인정과 확신이 필요했다. 그래서 나는 버림받을 수 없는 존재가 되기 위해 노력했다. 이런 두려움이 내면 깊숙한 곳에 있는지도 모른 채 세상을 두려움에 벌벌 떨며 고생하면서 살았다. 부모님은 현실이 너무 힘들어 그 순간은 별의별 생각을 다 했을 것이고, 나를 입양 보내려는 생각도 했을 것이다. 당연히 그럴 수 있다. 그런데도 어린 자식이 예쁘고 안타까워 차마 보낼 수 없었을 것이고 결국 지켜주셨다. 정말 큰 사랑이고 목숨을 걸고 지킨 사랑이었지만, 어린 나는 이런 맥락을 이해할 수 없었던 것이다. 자기중심적으로 사고하는 아이답게 그저 버림받았다는, 내가 부모를 힘들게 했다는 비극적인 마음만 가졌다. 나는 어떤 규칙도 어기지 않고 시간을 지켜서 왔는데도, 문이 잠겼어. 도대체 내가 뭘 잘못했어? 그래도 또 내 잘못이야? 어디에도 내 자리가 없어. 아무도 나를 상관하지 않고 내가 없어도 웃고 떠들고 잘 지내는구나라는 처절한 아이의 마음이 느껴졌다. 정말 이 세상에 오고, 이 부모를 찾아온 것은 내 잘못이 아님에도 이렇게 펼쳐지는 현실이 혼란스럽고 결국은 다 나의 못남으로 생긴 일 같았다. 그래서 나는 어딜 가나 불청객이고 들러리라고 믿으며 살았고, 사회에서 힘 있는 사람에게 잘 보이기, 알아서 잘하기, 감정 속이기 등의 생존 전문가가 되었던 것이었다. 이렇게 어린 시절 사용하던 방어전략들이 오해를 불러일으켜 관계가 틀어지기도 하고, 잘 보이려고는 하지만 오히려 일을 더 어렵게 만들고 무리하는 결과를 가져오며, 너무나도 삶이 피곤했던 나는 치유를 통해서 생존 전문가에서 벗어나 매 순간 창조하는 삶의 전문가가 되려고 결심했다.

2) 감정을 느끼지 못해, 장례식장 가기도 두려워

수치심 가득한 내면의 상태와 달리 밖으로 보여주는 나의 이미지는 어릴 때부터 늘 웃는 얼굴이었다. 사람들이 나의 웃는 얼굴이 상큼하다며 나의 닉네임을 '상크미'라고 지어주었고, 이메일주소를 급히 만들어야 하는 상황에서 오빠에게 부탁했더니, 'smilesunhee'라는 아이디를 만들어줬다. 어릴 때부터 학창시절 내내 늘 웃는 이미지로, 겉과 속이 다른 모습으로 살았다.

나는 모든 감정을 웃음으로 표현했다. 슬퍼도 웃고, 화나도 웃었기에 나는 감정을 어떻게 느끼고 어떻게 표현하는지를 잘 몰랐다. 그래서 성인이 되어서는 특정 상황에 적응하지 못하는 내가 두렵기까지 했다. 이 두려움의 실체가 정확히 무엇인지 몰랐다가 내면 공부를 하면서 더 확실히 알게 되었다. 타인의 감정을 느끼려면 내 감정이 살아있어야 하는데, 나는 이미 나와는 너무나 멀어진 상태였다. 심지어 상대가 슬픔을 이야기할 때 울어야 한다라는 생각이 작동하면서도, 자꾸 미소지으려고 하는 내가 느껴져서 수치스러웠고, 그 마음을 친구에게 들키게 되어 상처를 줄까 봐 두려웠다. 나는 아버지가 돌아가셨을 때도 너무나 큰 충격으로 깊은 슬픔을 충분히 느끼지 못했다. "그렇게 너를 사랑해주던 아버지가 돌아가셨는데, 울지도 않니?"라는 욕을 먹을지도 모른다는 마음이 하나 있었고, 사실 실제로 그날 그 말을 들었다. 또 하나는 "인정머리 없는 년, 넌 정말 냉정하고 피도 눈물도 없구나."라는 스스로 나를 비난하는 감정이 나를 더 힘들게 했다. 아버지가 돌아가셨을 때도, 아무 감정을 못 느꼈던 내가 타인의 장례식장에서 무엇을 느끼고 공감할 수 있었겠는가. 내가 힘들어도 힘든 줄 모르고 아파도 아픈 줄 모르고 살았는데……. 그래서 장례식장에 가면 내 자신을 통제해야 했다. 혹시 내가 웃고 있는 건 아닌지 생각하며, 억지로 표정을 만들어냈다. 이런 이중성이 느껴질 때마다 죄책감과 스스로에 대한 비난이 따라왔다.

치유를 통해 처음으로 나에 대한 이미지가 웃기만 하는 '바보'라는 것을 알았다. 이 바보를 느낄 때도 마음이 아팠는데, 한층 더 깊이 느껴진 나에 대한 이미지는 '웃는 바보'라는 것이었다. 그때 내가 느꼈던 아픔을 지금도 잊지 못한다. 나는 내가 어떻게 해도 과하게 웃고 있다는 것을 알았고, 어떤 행동이나 감정을 외부로 표출할 때 내면에서 느껴지는 것을 신체적으로도 일치하고자 "엄마 지금 웃지 않아도 되지? 내 인상이 험해도 놀라지 마."라고 딸에게 미리 말하기도 했다. 치유의 힘은 거짓을 벗고 진실과 가까워지게 했고 일단 지독하게 웃기만 하는 가면을 벗으면서 차츰 내면과 나의 표정이 일치하는 모습으로 변해가게 되었다.

그러면서 25년이 지나서야 아버지가 돌아가셨을 때의 그 날로 돌아가 실컷 울 수 있었다. '아버지가 돌아가셨고, 이제 없구나.'를 25년이 지나서야 느끼면서, 내가 슬픔을 느끼고 있구나. '나는 아버지를 잃었어. 그래서 슬퍼.'를 깊이 느낄 수 있었다. 그날 일하는 내내 종일 눈물을 흘리면서 비로소 애도하고 상실감을 느낄 수 있었다. 그 당시 회사대표이신 『거울육아』의 저자 최희수 소장님께서 함께 일하는 직원에게 "오늘 저 사람이 종일 울어도 다들 이해해야 한다. 그럴 수 있다"라고 해주셔서 나는 수치심을 느끼지 않고 충분히 내 감정에 집중하면서 애도할 수 있었다.

3) 미해결된 감정과 내면 아이의 진짜 속마음

나의 바로 위의 오빠 둘은 보통의 현실 남매들처럼, 가끔 번갈아 가며 나를 놀리곤 했다. 하루는 그 놀림을 견딜 수 없어서 당시 집에서 걸어서 20여 분 거리에 아버지가 일하는 사무실이 있었는데, 나는 기어코 찾아가서 오빠들을 고발한 적이 있었다.

"아버지! 오빠들이 자꾸 나를 놀려. 아버지가 혼내줘."

"그래, 알았어. 아버지 퇴근하고 집에 가서 혼내 줄게."

"안 돼. 아버지 있을 때는 안 그러다가 나 혼자 있을 때 자꾸 놀린단 말이야."

"그래? 그럼 아버지가 어떻게 할까?"

"음... 동생 놀리지 말고 또다시 그러면 혼낸다고 아버지가 편지 써 줘."

알았어. "OO, OO아~ 너희들 동생 자꾸 놀리면 아버지한테 혼날 줄 알아라."

아버지는 편지를 써주셨고, 나는 승리의 미소를 지으며 그 편지를 들고서야 안심하고 집으로 돌아왔다. 마치 암행어사의 마패라도 되는 듯 편지를 두 오빠의 얼굴 앞에 가져와서 자랑스럽게 "이것 봐라!" 하면서 보여주었던 기억이 있다. 그때 오빠들의 표정은 정말 묘했는데, 마치 '야, 저렇게도 할 수 있구나.' 하는 어이가 없다는 표정이었다. 이렇게까지 할 것이라고 상상도 못 했던 것 같았다. 나는 그때 오빠들에게 놀림을 받아서 마음이 힘들었다고 생각했는데, 사실은 오빠들의 장난을 계기로 아버지에게 공식적으로 분명하고 확실하게 나의 존재를 확인받고 싶었던 것이었다. 그리고 그 확인을 받아서 존재의 당당함으로 오빠들을 이기고 싶었다. 아무리 아버지의 사랑을 독차지하고 황제처럼 군림해도 내면 깊은 곳에는 버림받을지 모른다는 두려움이 있었다. 나는 존재의 당당함이 없어 오빠들을 이길 수 없다고 생각했고, 내면 아이의 진짜 속마음은 이런 존재의 확실한 확답을 아버지로 부터 받고 싶었던 것이었다. "난 다른집에 주려고 했던 그 초라한 존재가 아니야. 이렇게 증명해줄 정도로 부모에게 사랑받는 아이이고, 소중한 아버지의 딸이라고." 이렇게 세상에 외치고 싶었다. 편지를 써준 것만으로도 아버지에게 사랑받는 것 같아 좋았지만, 내면 깊은 곳에는 생존에 대한 불안이 오랜 시간 나를 괴롭혀왔고, 이런 말을 할 수 없어서 아무리 많은 관심과 사랑을 받아도 근본적인 나의 불안과 두려움은 해결되지 않았다. 건강하고 제대로 기능하는 가족이라면 가족 안에서는 소외당하거나 거부당했다는 느낌과 외톨이가 된 느낌도 말할 수 있어야 한다. 이렇게 자신의 감정과 생각을 말하고 알림으로써 나쁜 감정을 쌓아두지 않아야 하는데 나는 전혀 입 밖으로 꺼내 보지도 못했다. "자꾸 그런 말 하니까 소외당하는 거 같아서 속상했어. 두려웠어"라고 표현하고 공감받을 수 있었다면, 나쁜 감정이 되어 지금까지 미해결과제로 쌓아두고 외부에서 받으려고 고통받지 않았을 것이다. 말을 못 했던 이유는 괜히 말했다가 무시당하는 듯한 반응과 버림당한다는 느낌을 또다시 받을까 봐 두려워서였다. 그 죽을 것 같은 감정을 한 번 더 느끼기에 나의 내면은 단단하지 못했다. 이 부분이

해결되지 않으니, 나는 한동안 성인이 되어서도 소외당하는 느낌이 들거나 서운할 때, 어떻게 해야 할지 몰라 힘들어했으며, 아이 때 했던 것처럼 잊어버리고 무뎌질 때까지 혼자 삐져있는 방법으로 해결했었다. 부모를 투영하는 권위자를 향해, 내가 원하는 방식으로 알아서 인정해주기를 기대하는 마음을 갖고 집착했고 당연히 그 말도 안 되는 부적절한 기대에 대한 좌절로 오랜 시간 고통스러워했다. 나의 어린 시절은 이렇듯 내면의 불안을 가득 안고 있으면서 겉으로는 웃을 수밖에 없는 하루하루가 불안한 시절이었다.

또 어렸을 때 "내가 커서 엄마랑 언니, 오빠들 전부 차 한 대씩 다 사줄게."라는 말을 했다고 엄마가 웃으면서 말씀하시곤 했는데, 예전에는 그저 "어린아이 때 나 좀 귀여웠네."라고 생각했지만, "내가 커서 엄마랑 언니, 오빠들 전부 차 한 대씩 사줄게. 그러니까 나 좀 잘 봐줘."라는 나의 간절함이 숨어있었다. 그 숨은 의미를 성인이 되어서야 알게 되었고, 공감할 수 있었다. 어린 시절 어떤 시점에서 미해결된 감정이 있는지 살펴보고 그때 아이가 부모에게 바랐던 것이 무엇이었는지, 말하고 싶은 내면의 목소리는 무엇이었는지, 적어보고 자신의 마음에 공감해보는 것이 좋다. 또한 현재의 가족 안에서 부정적인 감정을 표현하거나, 소외감을 느낄 때 표현할 수 있는 것이 당연하고 안전하다는 것을 알고, 그것이 가족의 긍정적인 규칙이 될 수 있도록 하는 것이 중요하다.

2

엄마 찾아 헤매는
좌충우돌 내면 아이들의 세상

　나의 존재가 이러했음에도 아이러니하게도 이전의 나는 상처가 없는 사람이어서 치유를 할 대상이 아니라고 생각하고 살았다. 세상에서 행복한 것으로 둘째가라면 서운해할 정도로 아버지의 사랑을 독차지한 딸로 보였기 때문이다. 아버지는 나를 예뻐하셨다. 덕분에 늘 아버지 무릎 위에서 살았고, 간혹 데리고 다니며 애교 많고 예쁜 딸이라는 말도 듣게 하는 딸이었다. 아버지가 돌아가시기 전 중1 때, 시험이 끝나면 학교에서 단체로 영화를 보러 가는데, 나는 참석하지 않았고 그 돈으로 집에서 음식을 만들어 아버지를 드렸고 아버지는 감동 받아 옆집 아줌마와 이모에게 "내가 쟤 때문에 산다."라고 자랑하셨다. 그렇게 나에게 세상의 전부였던 아버지가 내가 14살이 되던 때 돌아가셨고, 치유를 받을 때마다 상담사와 함께 매번 아버지가 돌아가신 그날의 얼어붙은 감정으로 찾아 들어가곤 했다. 아버지가 돌아가신 이후 나는 언니, 오빠들의 그늘 밑으로 자연스럽게 들어가 돌봄을 받았고 이것을 "나는 우리 가족 안에서 사랑과 돌봄을 받는 사람이다."라는 이상한 자부심을 가지면서 무능한 삶을 살게 되었다. 돌봄을 받으면서 얻는 보상은 안전함이었고, 그로인해 치러야 했던 댓가는 선택과 책임으로 사는 어른으로써의 삶을 살기까지가 너무 힘들었고 오랜 시간이 걸렸다는 점이다.

너무나 의존적이고 내가 이상하게 행동한다는 것을 고등학교 때 처음 느꼈다. 나도 모르게 없는 것을 보태거나 만들어내서 우리 가족들이 얼마나 대단하고 내가 그들에게 어떤 사랑과 보살핌을 받고 있는지를 강조하여 이야기함으로써 아이들에게 감탄과 부러운 관심을 받아내곤 했다. 허전하고 외로워서 누군가와 강렬하게 연결되고 싶은 마음에 4차원적인 행동으로 관심을 받기도 했다.

사회생활을 시작하면서 나는 의견도 제대로 못 내고 정당한 화나 반박도 못 했다. 억울한 일을 속으로 삼키다가 한 번에 욱하고 터질 때가 있었지만, 근원적인 문제가 무엇인지 알지 못했다. 이유는 타인에게 비난을 돌렸기 때문이다. 이 사회 어디에나 성질 나쁘고 못된 인간들이 존재한다며 모든 것을 타인의 탓으로 돌리고 회피했다.

　　그러다가 나의 내면과 깊이 접속할 수 있었던 계기가 육아였다. 내가 근무하던 곳이 부모교육을 하는 회사여서 자연스럽게 『부모의 긍정지수를 1% 높여라』, 『스마트 러브』 같은 육아와 심리를 다룬 책들을 읽게 되었고, 그 책들을 거의 다 읽을 때쯤 갑자기 내 옆에 서 있는 딸아이가, 구질구질 지저분하게 보였고, 먹고 살겠다고 옆에 붙어서 고개 숙인 채 빌빌거리는 거지 같은 나의 어린 시절 이미지와 겹쳐졌다. 순간 올라오는 불쾌감과 동시에 아이를 벽으로 밀쳐버리고 싶은 충동이 일어났고 그런 내가 느껴질 때 '어떻게 엄마가 돼서 아이한테 이런 마음이 들 수 있지?'라는 생각에 큰 충격이 찾아왔고, 내면에 어마어마한 분노가 있다는 것을 느낄 수 있었다. 상처받은 나의 내면 아이의 존재를 너무도 뚜렷하게 본 순간이었기에 치유하지 않으면 내 분노가 아이를 해칠 것만 같았다. 그동안 아무리 힘들어도 아이를 친정에 맡기고 휴식하러 어디든 떠날 수 있었는데, 이조차 회피라는 것을 알게 된 순간 이젠 아이를 두고 도망가거나 버릴 수도 없었다. 정말 미칠 것만 같았다. 회피하고 항상 떠나고 싶은 생각을 늘 가지고 살다 보니, 간절히 원하고 바라던 대로 업무상 외국을 다니는 기회도 생겼고, 중국에서 살게 되었다. 2006년 부터 계속 양국을 오가며 교류하다 2017년부터 약 4년을 체류하면서 그 바람을 이루게 되었다. 그런데 매번 내가 생각한 대로 편안하지 않았고, 오히려 초창기 중국 생활은 어린 시절의 나를 대면하기에 더욱 좋았다. 일단 단독주택의 동네와 개인보다는 가족, 혈연관계의 집단생활을 하는 분위기가 어린 시절 내가 살던 환경과 비슷한 분위기를 느끼게 했다. 몸이 멀어진다고 해도 내면의 해결되지 못한 상처가 있다면 어디를 가도 똑같다는 것을 절실히 느꼈다. 마치 원가족의 부모와 형제, 자매가 나를 따라다니며 내 눈앞에 자꾸 나타나는 것 같았다. 사람과의 관계가 불편해지고 많이 신경 쓰이는 일이 생기게 되면, 내 안의 내면 상태를 보라는 신호로 받아들여 마음을 보고 상황을 분별하며 이겨냈고, 이렇게 하지 않으면 나는 영원히 어렸을 때 느꼈던 감정을 지닌 채로 가족들과 살아갈 것 같았다. 어렸을 때 얼어붙었던 두려움, 알아서 인정해주길 바라는 기대와 열망을 가지고 관계 맺고, 합리적이지 못한 기대를 갖고 기다리다가 올라오는 분노로 관계한다면 항상 긴장되고 몸도 피곤하다. 상대의 행동과 말투를 보면서 화가 나고 분노가 올라온다면 상대방에게서 내 가족을 경험하고 있지는 않은지 자각해 보고, 내면의 억압된 감정과 상처가 있는지 보아야 한다.

앞에서 말했던 강연장 문이 잠겨서 나만 못 들어가는 버림받음을 느끼는 비슷한 상황이 재현될 때 과거의 공포를 몸으로 느껴 긴장하고, 괜히 죄 없는 직원을 미워하며 잘못된 분노로 상대를 적대하는 에너지를 쓰게 된다. 또 어린 시절 엄마 옆에 바싹 붙어 엄마가 필요할 때 나서서 문제를 해결하고 좋아할 만한 행동으로 엄마 마음을 위로하면서 생존한 내면 아이가 있다면, 훗날 직장생활을 할 때, 조직 안에서 엄마를 느끼게 하는 상사나 권위자 중 누군가를 엄마로 투영하여 그 사람을 마치 어렸을 때 내 엄마처럼 돌보기도 한다. 이 관계에서 일이 잘될 수도 있지만 반대로 조직에 큰 혼란이 생길 수도 있다. 예를 들면, 그 사람이 잘못 판단하는 실수가 생기더라도 무분별하게 편을 든다거나, 내가 그렇게 편을 들어주고 잘해줬는데, 그 사람으로부터 잘못을 지적받고, 승진이나 중요한 역할에서 제외되었을 때, 객관적으로 보고 합리적으로 판단하지 못하고 엄청난 분노를 가지고 저항한다. 내가 이렇게 당신을 위해서 애썼는데 몰라준다고 분노하게 되고 격노의 수준으로 터지게 될 수도 있다. 혹은 조직 내 특정한 한 사람을 지나치게 보호하고 감싸서 전체가 객관적으로 판단하거나 생각할 수 없도록 분위기를 이끌어 가는 역할을 본의 아니게 할 수도 있다.

또 다른 사례로는, 직장인 A가 고객과 계약을 체결하는 과정에서 복잡하고 곤란한 문제가 생겼는데, A는 이 일에 경험이 많은 직장상사인 B가 당연히 자상하고 친절하게 자신을 도와줄 것이라 기대했고, 또 그렇게 해주길 원했다. 그런데 B의 무표정한 얼굴과 친절하지 않은 태도에 몹시 화가 났고 일상생활이 힘들 정도라고 호소했다. 유독 B에게 집착하고 힘들어하는 자신이 너무 싫었지만, 그 사람의 영향을 받는 자신 또한 부정할 수가 없다고 했다. 이 부분을 나누면서 결국 어린 시절 일찍 돌아가신 엄마에게 그토록 받고 싶었던 기대와 사랑이 B에게로 향해서 B가 엄마처럼 자신에게 해주기를 기대했다는 것을 알았다. 그런데 엄마로부터 온전하게 사랑받는 경험을 못해본 A는 자신이 받고 싶은 사랑의 기준이 정확히 무엇인지 자신도 모르기 때문에 상대가 어떻게 해주어도 만족을 못 한다. 그저 막연하게 자신이 기대한 반응이 아니라는 것과 귀찮아하는 듯한 태도만 느껴진 것이다. 사실 B는 A를 조직의 한 구성원이며 어른으로 존중했고, 그만큼의 적절한 도움을 주었음에도 A의 내면 아이는 어린아이처럼 보살핌을 받길 원했다. 과거에 엄마에게 했던 막연한 기대가 현실의 권위자에게로 옮겨가면서 소통이 되지 않고 관계가 힘들어진 것이다. 중요한 것은 A는 힘이 있고 상당히 유능한 사람임에도, 자신의 유능함과 힘은 믿지 못하고 오직 관심과 사랑을 외부에서 채우려 하고 집착하는 상태에 있다는 사실이다. 그것이 채워지면 자신이 괜찮은 사람이라고 느껴질 것이라는 착각에 빠진 것이다.

결혼 관계에서도 나타나는 예를 들자면, 아버지에게 의존하여 의존 욕구를 채우고 건강하게 독립되지 못하고, 아프게 찢겨 나온 사람이 배우자를 선택할 때, 자상하고 좋은 아버지상을 보이는 사람을 선택한다. 못다한 의존도 채우고 따뜻함을 받을 것이라 생각하여 결혼하고 당연히 자신에게 잘해주기를 기대한다. 그런데 남편은 처음에는 아내가 바라는 대로 해주는 것 같지만 남자도 아내에게 기대하는 게 있다. 남편 또한 자신의 엄마가 한 희생에 보답해야 한다고 생각하고 그 보답에 아내도 함께 동참하기를 바랄 뿐 아니라 아내에게 자신의 엄마처럼 자신을 대해주기를 기대한다. 이런 내면의 상태에 있을 때는 각자 객관적으로 자신을 바라볼 힘도 없을뿐더러 자존감이 낮은 사람들은 남편과 아내마저 자신을 떠날까봐 정당한 화도 내지 못한다. 애초에 결혼과 부부관계가 너무 한쪽으로 치우치지 않고 적절하게 주고받으며 균형을 갖추어 상호작용해야 한다는 것도 모른다. 그저 당연히 받을 거라는 생각만 하고 채워서 보상받고 싶은 마음만 인지할 뿐이다. 이렇듯 대부분의 내면 아이들은 성인이 된 지금도 자신을 있는 그대로 사랑해주고 봐줄 부모, 특히 엄마를 기다리는 상태라고 볼 수 있다.

이렇게 자라서 부모가 된 사람이라면, 자신의 내면의 아픔을 반드시 보고 자녀를 키울 때 어떻게 온전하게 사랑해 줄 수 있을까를 연구하기 바란다. 진정한 사랑은 온전히 의존 욕구를 채워서 사랑해주고 결국은 떠나보내는 것이 목표가 되어야 한다. 그런데 우리 부모 세대는 많은 희생을 했고 그 모습을 자녀에게 보여줬기에 자식과의 경계나 분리가 쉽게 이루어지지 못하는 경우가 많다. 자신의 존재는 사라지고 오로지 희생으로 돌보는 것이 자녀나 부모님의 독립을 막을 수 있다는 점을 고려하길 바란다. 세대 간 적절한 경계를 갖는 일은 우리 세대에서 이루어내야 할 과제라고 생각한다. 부부간 문제를 다룰 때 당연한 것은 없다는 것을 인식해야 하고 되도록 내가 바랄 때, 상대가 바라는 것도 있을 것이고 그것이 무엇인지 알아보려 하고, 가능한 것은 서로 채워주려는 기본적인 마음가짐을 가져야 한다.

이렇게 채우지 못한 욕구와 열망을 직장상사, 친구, 배우자, 자녀를 대상으로 고통받으면서까지 해결하고자 시도하는 노력을 보면 안타깝고 안쓰러운 마음이 든다. 더 심한 경우 분노의 대상이 바뀌어서 복수로 이어지는 비극적인 일도 있는데, 무의식에 겹겹이 쌓여 있던 분노를 표출하는 대상이 내가 받은 곳이 아니라 사회의 다른 곳에서 범죄로 표출되는 안타까운 일이 발생하기도 한다. 흔히 사회에서 일어나는 범죄의 동기를 살펴보면, 사건의 발단은 층간소음이나 주차문제 등 사소한 다툼이었는데, 분쟁하는 과정에서 대화하다가 충동적으로 비극적인 일이 일어난다. "내 말을 무시해서, 나를 무시해서."라고 말하는 경우를 보았을 것이다. 사건의 본질보다는 자기 내면의 투영이 일어나 충동적으로 행동한 것이다.

심리학자 앨리스 밀러의 『사랑의 매는 없다』라는 책에서 "대부분의 범죄행위가 자신이 받은 것을 밖으로 재연해서 생기는 행위"라고 표현했다. 나는 프로파일러나 범죄 수사학과 교수님들이 실제 있었던 사건에서 심리를 분석하는 프로그램이나, 범죄 수사 장르의 영화를 많이 보는데, 이해와 공감받지 못한 마음, 알아주지 않는 아픔이 폭발하거나 다른 곳에서 푸는 것을 많이 볼 수 있다. 내면에 자신을 지키는 정당한 감정인 화가 억압되고 층층이 쌓여 분노와 격노가 되어 범죄가 발생하고, 자신의 것을 빼앗겼다는 마음과 인정받고 싶은데 버림받음을 느꼈을 때 종종 범죄의 동기가 된다. 아동학대 사건에서도 딸이 자기를 무시하고 거짓말을 했다는 것에 분노하여 아이를 폭행했다는 동기가 많은데, 이런 것을 보면 그 부모의 내면 아이 상태는 얼마나 더 어린가? 부모가 부모의 자리에 있어야 하는데, 같은 아이로 존재하여 싸우고 있다. 그리고 아이를 보면서 무의식에서는 자신의 어린 시절이 생각났을 것이다. 그때 자기가 받은 학대와 경멸의 아픔과 짐을 어딘가에 내려놓고 풀어야 했을 텐데, 안타깝게도 그 분노의 분풀이가 자신의 자식에게로 향한다. 때로는 자녀를 위해서라는 납득할 수 없는 이유로 자녀에게 폭력이 자행되기도 한다. 부모 스스로가 자신에게 있는 분노를 알고, 어린 시절의 아픔을 보면서 통곡했다면, 실제 행동으로 범죄를 저지르지는 않았을 것이다.

나는 모든 사람의 본성은 선하다고 생각한다. 단지 상처에 가려졌을 뿐 선한 본성은 여전히 살아있다고 믿는다. 다만, 자신에게 얼마나 비참하고 아픈 마음이 있는지 자신의 상처를 봐야 하고, 혼자 처리할 수 없는 감정이라면 도움을 요청해야 한다. 요즘은 상담사들도 많고 복지센터나 건강가정지원센터 등의 시설이 곳곳에 잘 되어있으니, 끝까지 자신을 포기하지 말고 방법을 찾아보길 바란다. 우리는 소중하고 사랑받을 만한 고귀한 존재이다. 스스로에게 사랑받을 기회를 찾아 주도록 하자. 나를 죽일 것처럼 크게 느껴졌던 수치와 고통도 상담을 통해 다시 경험하고 나면 더는 나에게 부정적인 영향을 주지 못한다. 나 또한 회피하며 많은 시간을 보냈지만, 나의 내면의 상처와 열등감을 마주하고 치유하면서 나 자신을 더 성장시켰다. 또 뛰어난 예술가들처럼 위대한 작품을 탄생시키는 등 마음먹기에 따라 분노든 아픔이든 자신의 에너지를 바람직한 방향으로 돌려 얼마든지 풀어나갈 수 있다. 상처가 자산이 되는 바로 이것이 치유의 힘이고 선물이다.

1) 머릿속에 또 다른 생명체가 살고 있다

나는 과거에 타인에 대한 많은 평가와 비교 등 생각들이 너무 많아서, 어떤 상황에서든 늘 비교하고 판단하는 목소리가 머릿속에서 자동적으로 나왔다. 예를 들어 사람들이 빙 둘러앉아 자신의 이야기를 하는 상황이라면 한 명씩 발표할 때마다 '잘난 척하네. 엄청 부정적이네. 거짓말하고 있어. 저건 진심이 아니야. 괜한 소리 하고 있네. 겸손하지가 못하네.' 등 상대에 대한 부정적인 평가가 바로 떠올랐다. 마치 누군가 입력시킨 정보가 출력되는 느낌이다. 심지어 내가 이런 생각을 하기에 남들도 나에 대해 부정적으로 볼 거라는 생각으로 늘 방어 자세를 취하며 살았다.

　어느 날 갑자기 내 머릿속에 존재하는 부정적인 이 생명체의 존재를 점점 뚜렷이 느끼게 되었을 때 그 충격을 지금도 잊지 못한다. 그 존재를 알고 나서, 선택적으로 생각을 멈추려고 노력했다. 그런데 그 생각을 멈추면 슬프게도 내가 없어지는 느낌이 들었다. 나는 아무것도 아니고, 어디에도 없고 밋밋한 느낌이 들었다. 이게 뭘까? 진짜 나는 누구인가? 그 생각이 나인지 내가 생각인지 분별 되지 않았다. 고유한 내가 아니라 주입되고 학습된 것들이 뭉쳐진 생각이 나라고 믿고 살았던 것이다. 단 몇 가지로 규정된 틀 안에서 안전하게 살기에 세상의 다양하고 찬란함을 보지 못하고 알지 못했다. 착착 입력된 생각과 판단들이 기계처럼 자동으로 나오기 때문에 가슴으로 느끼거나 깨닫지 못했고, 틀을 벗어난 생각이나 의견도 없는 기계가 된 가슴을 부여잡고 펑펑 울기 시작했다. 나를 찾겠다고 내면 여행으로 뛰어들지 않았다면 끔찍하게도 이게 진짜 나라고 착각하고 평생 살았을 것이다. 그런데 나는 웬만해서는 힘들고 아픈 것을 잘 못 느끼기 때문에 나에게 닥친 큰 시련과 아픔이 아니었다면 내면 여행조차 떠나지 못했을 것이다. 그래서 나는 정말 아팠지만 이 경험에 감사하지 않을 수 없었다. 치유를 통해 이 생각들을 쏟아내기 시작했고 내 머릿속에 살고 있는 그 생명체를 표현할만한 상징적인 이미지를 상상하였더니, 사랑받기 위해 만들어진

작고 귀여운 '라바' 같은 벌레의 모습이 떠올랐다. 나는 그 귀여운 벌레처럼 애교로 모든 사람을 맞추며 생존하느라 내가 없었고 외부의 영향을 고스란히 받아와서 그대로 나의 가치관, 신념, 규칙이 형성되었다. 혹은 내가 안전하다고 생각하는 생존에 관련된 규칙들을 만들어냈고, 그 모든 것이 나의 정체성이 되었다. 두려움에 기초하여 형성된 것들이라 융통성도 없고 경직되어 있었다.

'라바'는 바로 내가 안고 살아온 나의 문제였다. 이 문제가 시작된 것이 언제부터였을까? 라는 물음에 내 기억으로는 세 살 무렵이었다. 우리 가족이 강원도에서 서울도 이주하는 큰 변화가 있었다. 다들 낯선 곳에서 시작하려니 긴장되고 정신없이 바빴을 것이다. 그래서 어린 나를 돌볼 생각을 하지 못했을 것이다. 그때 나의 발달 시기로 보면 제1 반항기 아기가 첫 번째 독립을 시도하는 시기여서 너와 나를 구분하며 "싫어"라는 말을 하기 시작할 때이다. 그 상황에서 과연 누가 나를 받아주고 제대로 보살펴 줄 수 있었을까? 그때 아버지의 건강문제라든가 모든 상황이 좋지 않을 때라 불안하고, 이 상황을 이겨내기 위해 긍정과 지지의 말보다는 하면 안 되는 것이나 꼭 지켜야 하는 것들, 견제하고 방어해야 하는 말들을 많이 들으며, 부정적인 신념이 수치심과 함께 내 머릿속에 자리 잡았을 것이다. 그리고 남을 판단하고 비교하며 모든 관심이 외부에 머물러 있을 때는 보살핌을 받지 못했던 초라하고 수치스러운 나에 대해서 느끼거나 보지 않아도 되었다. 어떤 눈을 가지고 사는 것이 더 쉬웠겠는가? 당연히 나는 나를 보지 않는 선택을 했다.

　내가 엄마로부터 독립을 선언하고 아이와 단둘이 세 들어 살 때였다. 퇴근해서 집으로 들어가는 순간, 30미터쯤 앞에서 주인아줌마가 나를 향해 걸어오고 있었는데, 표정이 안 좋고, 뭐라고 중얼거리면서 다가오는 모습이 보였다. 그 순간 나는 평상시 우리가 개 키우는 것을 못마땅해하며 불평했던 일들이 스쳐 지나갔고, 당연히 나한테 화를 낸다고 생각했다. 이 생각이 필터를 거치기도 전에 "또 뭐가 불만이세요? 왜 저만 보면 그러세요?"라고 입 밖으로 뱉어버렸다. 이 말을 듣고 주인아줌마가 "나 지금 남편하고 싸우고 오는 길이라 열 받아서 그러는데, 내가 애기엄마한테 뭐라고 그랬어요?"라고 맞받아쳤다. 나는 순간 당황했고 "아, 내가 또 멋대로 생각했구나. 피해의식이 이렇게 크구나"를 자각했다. 나는 끝없이 부족하며 불안하고 나아지지 않아서 계속되는 조언과 보살핌을 받고 살아야 되는 존재라고 생각했다. 때로는 상대가 나를 보며 측은해하는 마음도 느꼈다. 부적절한 나를 느끼며 사는 것이 답답하고 힘들기도 했지만, 불쌍함이나 부정적인 관심이라도 사랑받는 것 같아 좋았고, 부족함으로써 책임지지 않아도 되는 일상도 괜찮다는 양가감정을 가지고 있었다. 보호받으면서 사는 지금도 편한데, 꼭 반드시 어른이 되어야 할 필요를 못 느꼈다. 이런 나는 돌봄이 발달한 사람들을 만났고,

상대도 겉으로 보이는 나의 발랄함을 좋아하면서 나를 보호해주고 싶어 하는 상호의존의 관계가 되었다. 그러나 이런 관계들은 결국 오래가지 못했고, 대부분 흐지부지하게 관계가 끊어졌다. 한쪽은 위로하면서 자신이 바라는 방식의 사랑을 원했고, 또 다른 한쪽은 돌보면서 고집스럽게 얻으려는 것이 있기 때문이었다. 자기 내면의 상태도 모르는 사람들이 타인을 온전하게 사랑할 수는 없다.

예전 회사의 커뮤니티에서나 중국회사에서도 가끔 이런 사례가 있었다. 회원들끼리 게시판에서 다툼이 일어나 관리자로서 자제를 당부하는 글을 올렸는데, 전혀 예상하지 못한 사람에게서 연락이 왔다.

"글 올리신 거 저를 향한 말씀이시죠? 제가 싸움 붙인 사람이라는 생각이 들어서 수치스럽게 느껴져요. 저를 미워할까 봐, 두려워요. 저 보라고 올리신 글 같아서 마음이 불편했고, 제가 죄인이라는 생각이 들어요. 누가 화내고 큰소리치거나, 왜라고 말만 해도, 저 때문이라고 생각돼요."

그나마 이렇게 표현하고 확인할 수 있는 것은 그동안 자신을 보려고 노력했고 힘이 있는 상태이다. 대부분 이런 마음을 가지고 있어도 표현하지 못 한다.

이렇듯 자신이 세상을 어떻게 바라보고 있는지 전혀 몰랐고, 아마도 많은 사람들이 그럴 것이다. 스스로에 대해 자각하는 순간, 마음이 불편하고 혼란스러울 수 있지만, 그때부터 치유가 시작된다. 나는 다양한 경험을 통해 나의 문제를 다루어왔다. 나의 문제를 객관화하고 의인화하여 편하게 대화하고 바라봄으로써 수치심을 덜어내려고 했다. 문제와 나 사이를 분리하는 작업을 이야기 치료에서는 '외재화'라고 한다. 나의 문제에 어울리는 의미와 가치를 부여한 이름을 붙이고 모양을 떠올리고 색깔을 상상하면 내 문제가 통제하기 쉬워진다. 그 문제가 언제부터 내 머릿속에 함께 살게 되었는지, 함께하기 시작한 그때 나에게 무슨 일이 일어났는지, 함께해서 좋았던 점이 무엇인지, 그런데 지금 함께함으로써 불편한 점이 있다면 무엇인지 묻고 답하면서 문제의 영향력을 깊이 탐색하고 내가 문제에 통제당하지 않고 역으로 통제하면서 치유할 수 있다.

지금 내가 강조하고 싶은 것은, 상담이라는 학문, 특히 가족치료는 자존감을 높여서 한 인간의 성장을 돕는 인간에 대한 깊은 사랑 이상의 의미를 갖는 따뜻한 학문이니 믿음을 가지고, 책에서 제안한 활동들을 따라 하며 스스로에 대한 참사랑을 회복하길 바란다는 것이다. 나는 오랜 시간 함께했던 나의 문제를 마치 생명체처럼 생각했다. 이는 문제를 객관적으로 바라보기 위해서였다. 이 문제의 생명체 이름은 '라바'다. 라바와 함께한 덕분에 외롭지 않았고 그래도 지금까지 잘 견뎌온 것에 대해 감사하며, 이제 너를 떠나

보내야겠다고 어린 시절의 장난감이 이제는 나에게 어울리지 않는다고 작별 인사를 고했다. 내 머릿속에서 나간 라바는 점점 커져서 더는 내 머릿속에 들어올 수 없는 상태가 되었음을 이미지로 그리면서 떠나보냈다. 서로의 성장을 위해 이별을 축복하면서 울었다. 내 문제들이 사라지니, 더는 머릿속으로 이상한 생각이나 이야기를 만들어내지 않았다. 마치 머릿속이 텅 빈 것 같았고, 어색하고 낯설었지만 받아들일 수 있었다.

머릿속에 속삭이는 생명체가 느껴진다면 잠시 생각을 멈추고 고요함에 머물러 보고 양쪽 상태를 반복해서 경험해보라. 어떤 때 편안함을 느끼는지 불안한지를 느껴보라. 그리고 순간순간 어떤 생각이 떠오른다면 그 내용이 무엇인지도 적어보고, 어디서 들었던 생각인지도 찾아보라. 그것의 의미를 담고 있는 상징적인 이미지를 떠올려서 '불안이', '작은 나', '바보' 등 이름을 붙이고 이것을 점토로 만들어서 대화를 나눠보면 자신의 내면과 만날 수 있다.

언제부터 내 안에 함께 살았지? 왜? 그때 나에게 무슨 일이 있었지? 함께여서 어떤 위로받았고 좋았지? 그런데 지금은 나와 맞지 않고 불편한 점은 무엇이지? 스스로 물어보고 떠오르는 대로 답변하고, 좋았던 것에는 감사하고 지금 필요하지 않은 부분에는 작별 인사를 하며 떠나보내면 된다. 이 과정을 끝냈다면 여러분 자신을 칭찬해주고 내면의 힘을 믿는다고 스스로에게 말해주길 바란다.

2) 내 욕구를 채워줄 대타 찾기

욕구가 충족되지 못하고 좌절되는 경험이 자주 학습되면, 나는 욕구를 채울만한 존재가 못 된다는 수치심이 내면화된다. 좌절된 욕구에 걸려 수치심이 내면화된 사람들의 행동은 정말 섬세하게 관찰하지 않으면 모를 정도로 아주 교묘하게 일상생활에서 드러난다. 내면에서 무엇을 원할 때 그 욕구를 수치스러워 하기에 온전하게 자신이 경험하지 못한다.

딸이 어릴 때 함께 마트에 간 적이 있는데, 처음 보는 신기한 과일이 진열대에 놓여있었다. 게다가 단돈 천 원에 판매되고 있었다. 다 판매되고 딱 한 개가 남아있었다.

"이 과일 뭐지? 신기하다. 너 이거 먹어볼래? 사줄까?"라고 딸에게 말했다.

"아니, 먹고 싶지 않아"

"그래? 먹고 싶으면 말해 엄마가 사줄게."

그리고 우리는 과일을 사지 않고 집으로 돌아왔다. 그런데 집에 와서도 계속 내 머릿속에서 그 과일이 떠나지 않았다.

"너, 정말 관심이 없었어? 신기하지 않았어? 아, 그거 살 걸."라고 나는 아쉬워하며 말했다.

"엄마는 참 이상해. 엄마가 궁금하고 먹고 싶으면 그냥 사면 되지, 항상 나한테 물어보고 사더라."

'맞아, 정말 많은 부분에서 그랬어. 나를 뭘 해도 아이를 위해서 사고, 천 원짜리 과일 하나도 내 욕구로 사는 것을 모르는구나. 내가 뭘 원할 때마다 수치스러워하는구나. 자상하고 좋은 엄마처럼 보이지만 정작 아이에게 좋은 영향을 주는 엄마가 아니었구나.'를 깨닫게 되었다. 그 후 일상에서 물건을 살 때, 나의 필요로 내가 산다는 것을 인식하며 행동으로 실행하기 시작했다.

상담실을 찾은 내담자들도 자기가 무엇을 원할 때 수치심이 들고, 자신은 가질 자격이 없다고 말하곤 하는데, 자신의 욕구를 충족시킬 수 있다는 것에 어색함을 느끼거나, 자격이 없는 것 같기도 하고, "니 까짓 게 뭔데?"라는 내면의 목소리가 들린다고 했다. 나 또한 원하는 것을 가질 수 있는 가치와 자격이 없는 존재라는 수치심이 내면 깊이 있었고, 내가 원하는 것을 다 갖고 나만 좋은 것을 누리면 안 된다는 죄책감으로 그 수치심을 덮었다. 존재의 수치를 느끼는 것보다 죄책감을 갖는 것이 훨씬 감당하기 수월하다는 무의식의 판단때문이었다.

어릴 때 부모에게 돈을 타면서 받았던 느낌이 떠오르는가? "지금은 돈이 없어서 사줄 수 없어.", "이건 형편이 되지 않는구나.", "지금은 돈이 없고, 아빠가 월급을 타면 그때 사줄게"등의 가정의 경제적인 상황을 부모님께 솔직하게 전달받았다면 문제가 되지 않는다. 하지만 우리 시대의 부모님들은 자신의 불안을 잘 다스리지 못했고, 소통 방식도 서툴렀다. 부모가 가지고 있는 상처와 수치심 그리고 그것을 덮으려는 죄책감까지 뒤엉켜서 아이들에게 "너는 부모를 힘들게 하는 존재야.", "너는 이기적인 아이야.", "너는 가질 자격이 없어."라는 의미가 내포된 말을 전달할 수도 있다. 아이들에게 줄 때, 기꺼이 주는 마음이거나 그렇지 못하다면 조금 마음이 아프더라도 솔직하게 말하고 타협하는 것이 좋다. 그 밑바탕에 깔려야 하는 것은 "너는 충분히 가지고 누릴 자격이 있는 아이야. 다만 지금 우리 형편이 어려운 것뿐이야."라는 의미를 잊지 말자.

또 한번은 이런 내담자를 만났다.

"어제 친구랑 강연을 들으러 갔었어요. 친구의 질문에 강사님이 답변을 주셨고, 좋은 시간을 보내고 왔어요. 그런데 오늘 아침 그 친구가 컨디션이 좋지 않다고 말하길래. '너 지금 화나 있지? 어제 그 강사님의 답변받고 화난 거 아니야. 맞지? 화났지?' 친구는 그렇지 않다는 데도 제가 계속 이 방향으로 대화를 끌고 가는 거예요. 가만히 생각해보니까, 진짜 그 강사님께 화가 난건 저였어요. 강사님 말 중에 어떤 부분이 수치심을 친구에게 던져준 것처럼 느껴져서 분노가 올라왔어요. 그런데 정작 친구는 아무렇지도 않았고, 제가 과거에 상처받았던 경험이 건드려져 올라온 제 분노였어요. 너무 수치스럽고 다른 사람을 통해 해결하려고 했던 제가 너무 싫어요."라며 내담자는 흐느껴 울기 시작했다. 내면에서 불안이 느껴지는데, 그 불안을 어떻게 다룰지 몰랐을 것이다. 우리는 관계 안에서 소외될까, 이용당할까, 때로는 미움받고 버림받을지도 모른다는 불안을 느낀다. 불안이 느껴질 때 불안을 낮추는 방향으로 이렇게 본능적으로 행동하고 움직이게 된다.

또 불안을 낮추는 다른 예로 이런 경우도 있다. 성실하지 못한 부모 밑에서 고생했다면, '나는 첫째도 둘째도 성실하기만 하면 돼. 꼭 자기 가족밖에 모르는 사람을 찾을 거야.'라고 생각해서 정말 가족밖에 모르는 꽉 막힌 사람을 만나거나, 아버지가 술을 마시고 행패를 부렸다면 '나는 절대 술 먹는 사람은 만나지 않을 거야, 술만 안 마시면 돼.'라는 좁은 기준으로 배우자를 선택함으로써 불안을 해소하는 선택을 한다. 언뜻 보면 부정적인 경험을 토대로 하여 좋은 선택을 한다고 느껴질 수도 있겠지만 그만큼 넓게 보지 못하고, 사람을 보는 좁은 기준과 제한이 생긴 것이다. 그래서 내면 여행과 치유는 미혼 남녀들이 하면 좋을 거라 생각된다. 하지만 인간의 발달주기로 보면 30대 중반 즈음이 되어야 자신의 어린 시절의 기억과 연관성을 떠올리게 된다. 그럼에도 가능하면 결혼과 출산 전에 내면 아이를 만나는 상담과 치유의 경험에 도전해보길 바란다.

3) 소소한 일상에서부터 나 세우기

　내가 또 한번 변해야겠다고 생각했던 경험이 있다. 10년 전 일인데 딸에게 "너 엄마가 무슨 음식을 좋아하는지 알아?"라고 물어봤다. 딸은 좋아하는 음식 분류가 아주 확실한 아이다. 딸은 "엄마는 파전 좋아하지."라고 대답했다. 그 순간 멍하다가 "야! 엄마가 무슨 파전을 좋아하냐? 니가 음식을 하도 가려서 먹으니까 영양가 충분히 주게 하려고 파전에 야채를 듬뿍 넣어서 자주 해 먹은 것뿐이지."라고 서운함과 억울함을 속사포처럼 쏟아냈다. 나의 노력을 딸이 전혀 모른다는 아쉬운 마음이 들었다. 그런데 지금까지의 내 행동을 관찰하고 내린 결과는 내가 파전을 좋아한다는 것이다. 그 당시만 해도 매사에 내가 먹고 싶은 거 먹고, 내 욕구대로 해본 경험이 별로 없었기 때문에 정체성이 모호했던 것이다. 외식을 할 때도, 딸이 좋아하는 음식점으로 따라가는 것이 당연했다. 내가 전혀 이의를 제기하지 않았고, 엄마는 다 좋아한다고 말했기 때문이다. 내 색깔을 분명하게 드러내지 못했고, 내 감정과 느낌에 몰입해본 경험이 적어서 나도 나를 잘 몰랐다. 그때부터 나는 어떤 종류의 음식을 좋아하는지, 어떤 색을 좋아하고, 나는 무엇을 할 때 행복한지, 어떤 스타일을 선호하는지를 표현하고 가족에게도 의도적으로 알리기 시작했다.

　그러고 보니 나의 새로운 행동이 가족 치료사 사티어 선생님의 치료기법인 가족들의 신뢰와 자존감을 높이는 '가족 체온 읽기'와 비슷하다는 것을 깨달았다. 감사, 불만, 궁금증, 새로운 정보, 소망 등의 다섯 가지 주제를 중심으로 가족 구성원 서로 간의 현재 상태, 즉 최신정보를 나누고 알리는 것이다. 최근에 내가 느끼는 감사, 어떤 사람에게 느끼는 부정적인 감정, 나의 궁금증, 새롭게 알게 된 정보 혹은 나에 대한 최신정보, 현재 가지고 있는 꿈과 소망을 나누면서 가족 간에 가까워지고 편해지는 상태를 만들고 개방적인 의사소통이 이루어질 수 있도록 하는 것이다. 먼저 내 욕구에 집중하고 나의 내면의 온도를 먼저 읽는 것이 중요하다. 그래야 부모의 뒷모습을 보고 배우는 아이도 스스로 자신의 온도를 찾아갈 것이다. 개인보다는 단체, 나보다는 우리가 강조되는 사회이기에 나를 강조하는 것이 유난스럽고 이기적으로 느껴질 수도 있다. 그러나 나부터 채워주고 나면 자연스럽게 상대의 욕구에도 진심으로 공감하고 존중하게 된다. 자신이 느끼는 감정을 표현하고, 소중하게 여기면 아이도 자신의 욕구를 당당하게 채우려 할 것이다. 이래야 한다, 저래야 한다는 틀에 의해 만들어진 나를 떠나보내고 지금부터는 나의 새로운 시작을 선언하고 앞으로 나아가자.

나는 초록빛이 무성한 나무를 집에 두는 것과 큼직하고 탐스러운 수국과 모란꽃을 좋아하고, 보라색계열의 색깔을 선호한다. 인테리어에 관심이 많아서 집안 구조 바꾸기를 잘하고, 요즘은 카페와 사무실이 어우러지는 듯한 분위기를 좋아해서 집을 그렇게 꾸미려고 한다. 음식은 해산물과 해물파전을 좋아하고, 음식의 맛 외에 시각적인 즐거움도 중요하게 생각해서 플레이팅에 많은 신경을 쓴다.

* **자신이 일상에서 소소하게 즐기는 것들과 선호하는 것을 적어보자.**

나는 무엇을(어떤 음식을) .... 좋아한다.

나는 패션에서 .... 스타일을 좋아한다.

나는 .... 을(를) 즐기기 좋아한다.

내 이성 취향은 .... 사람이다.

나는 .... 을 할 때 행복을 느낀다.

나는 .... 을 좋아한다.

나는 .... 을 좋아하지 않는다.

나는 .... 라는 꿈이 생겼다.

나는 .... 다.

나는 .... 다.

나는 .... 다.

가족의 의미를 배우러 온 이번 생: 마음으로 연결된 가족

　35년 전 내가 고등학생 때 일이다. 동네에서 위탁모로 봉사 활동하시는 가까운 이웃 아주머니께서 잠시 아이를 봐달라고 하였다. 그 일을 계기로 우리 엄마도 입양 전 아이들을 돌보는 일을 시작하게 되었다. 어느 날 부산에서 태어난 아이가 서울 우리 집에 왔는데, 정임이라는 이름을 가진 너무도 예쁜 여자아기였다. 우리 식구들은 정임이가 너무 예뻐서 외출해서도 집으로 전화해 정임이의 안부를 물었고, 조용하던 우리 집에 정임이는 활력소가 되었다. 그 당시 나의 오빠와 언니들은 모두 미혼이어서 아기를 가까이에서 본 적이 없었기에 모두 신기해했고, 예뻐했다. 나는 유독 그 아기에게 끌렸고, 어느 날부터 아기를 안고 심장을 맞대고 잠을 자기 시작했다. 지금 생각해보면 나도 입양 갈 뻔한 적이 있었기에, 두 내면 아이가 서로의 마음을 가슴 깊이 공감하고 있었는지도 모른다. 벽에 이불을 쌓고 붙여서 비스듬하게 만들고, 아기가 불편하지 않게 완전히 눕지 않은 상태에서 나와 아기는 심장을 맞대고 그렇게 우리 둘은 서로를 위로하면서 거의 매일 밤 함께 잠들었다. 100일이 되면 정임이는 해외로 입양가게 된다는 것을 잊은 채, 하루하루 아기를 보며 행복해했다. 그런데 헤어져야 하는 운명의 시간이 다가올 때마다 초조해지기 시작했고, 혹시 아이가 없는 옆집 아줌마가 입양하게 되면 얼마나 좋을까, 마음속으로 되뇌었지만 수줍음 많고 표현을 잘하지 못했던 나는 하고 싶은 말을 그저 꾹꾹 삼키기만 했다. 결국 정임이의 입양가정과 떠나는 날이 정해졌고, 그날 나는 어릴 때부터 어찌할 수 없는 상황이 되거나 두려움을 느낄 때면 늘 그래왔던 것처럼 어떤 감정도 표현하지 못하고 상황도 감당하지 못해 쓰러지듯 누워 이불속에서 소리 없이 울다 잠들었다. 그렇게 하고 일어나서는 아무 일 없는 듯 감각을 마비시켰지만, 정임이가 떠난 며칠은 정말 살아도 사는 것이 아니었다.

그 후로 15년 만인 내 나이 33살쯤에 정임이를 기적처럼 다시 만나게 되었다. 입양기관의 직원으로부터 정임이가 지금 한국에 와 있고 우리 가족을 만나고 싶어 한다는 이야기를 전해듣고, 나는 엄마와 함께 한걸음에 달려가 눈물의 재회를 하였고, 15년 만에 가슴으로 다시 안으며 서로의 존재를 확인했다. 그 후 다시 한번 한국을 방문하였을 때 우리 집으로 초대하였고, 서로 메일을 주고받으며 지내다가 내가 중국으로 가기 전에 미국에서 약 2주간 함께 보냈다. 집으로 초대받아 식사도 하고, 미국에서 보낸 아이의 성장 과정을 기록한 비디오도 함께 시청했다. 이날 정임이의 외할머니와 이모, 그리고 다른 한국 아이를 입양한 어머님 한 분도 함께하며 우리를 환영해주었다. 함께 미국에 가고 싶었으나 연세가 많아 가지 못한 엄마는 영상으로 인사하였다. 그 영상을 양부모와 정임이에게 선물하였고, 엄마의 영상을 보고 모두 눈물을 흘렸다. 정임이가 미국에 입양되어 처음 도착한 날, 한국에서 오는 입양아는 모두 세 명이었는데, 사회복지사가 각자 한 아이씩 안고 비행기에서 내릴 때 유독 정임이만 울지 않고 웃는 행복한 아이였다고 양엄마가 말해주었다. 내가 매일 밤 안고 잤다는 이야기를 듣더니 "우리 딸이 행복한 아기인 것은 네 덕분이다."라며 정임이의 양엄마는 눈물을 흘리셨다. 정임이는 사회사업 분야에서 일하고 있었고, 나는 가족 상담사 일을 했는데 정임이의 양엄마는 이 모든 것이 행복한 우연이라고 말씀하셨다. 나 역시 모든 것이 운명처럼 다가왔다. 기회가 된다면 미국에서 입양 아이들과 부모를 만나며 내면 아이에 대한 공부와 경험을 하고 싶다. 그런 날이 올 거라는 믿음을 갖고 있다. 정임이 부모님은 한국 자녀를 둔 입양모임에도 나가고 한국요리와 문화를 접하게 해주시는 등 아이를 있는 그대로 존중하고 사랑하는 너무도 존경스러운 분들이다. 한국에 왔을 때도 정임이가 태어나서 자란 곳을 모두 돌아보는 여정을 거치면서 우리를 만나게 된 것이었다. 지금은 SNS를 통해 소식을 나누고 있고, 간혹 정임이 가족 사진을 보내주시기도 한다. 한 아이의 생명을 고귀하게 여기고 존재 자체로 사랑한다는 것이 무엇인지를 가르쳐주신 양부모님과 잘 자라 준 정임이에게 깊은 감사와 사랑의 마음을 전하고 이 경험과 인연을 만들어준 우리 엄마에게도 참 감사하다.

아기들을 대하는 엄마를 보면서 우리 엄마에게 따스함이 있다는 것을 느꼈다. 우리 집에서 백일동안 지내다 입양 간 아이들에게 엄마는 백일 기념 상차림과 사진을 찍어서 간직하고, 엄마 덕분에 정임이를 다시 만났을 때, 어릴 적 사진을 전해줄 수 있었다. 정임이와의 만남도 그렇고 중국 연길에서 만난 모든 인연들도 그냥 우연히 일어난 일이 아니라고 생각되며 나에게는 또 하나의 가족이다. 지금까지 경험한 과정들을 뒤돌아보며, 나는 이번 생에 진정한 가족의 의미가 무엇인지를 배우러 왔다는 생각을 했다. 내 인생에 영향을 끼치고 사랑으로 연결된 것이 가족이며 신의 축복이고 사랑일 뿐이다. 가족에게 버림받을까 제외될까 내 자리를 찾아 헤매다니고 전전긍긍하며 외로웠던 나는 이제 전 세계의 사람들을 만나면서 더 큰 의미의 가족이라는 이름의 인연을 갖게 되었고, 각자 자기의 자리에서 열심히 살며 서로에게 힘이 되는 가족이 되었다. 가족의 지지와 응원을 받으며 사는 삶이 행복하고, 앞으로도 이렇게 긍정적인 영향을 주고받으며 살아가고 싶다. 어쩌면 이런 축복은 이전에도 존재했으나 치유하기 전에는 느낄 수 없었던 것들이었는지도 모르겠다.

1) 세상의 모든 내면 아이를 만나는 상담 여정

내가 중국으로 건너가 상담을 하게 된 계기를 말하자면, 2005년 우연한 기회에 중국 연변의 한 어머님과의 인연이 시작이었다. 고등학교 생물교사였던 이 어머님이 어느 날 우리 회사에서 출간된 육아서 『배려 깊은 사랑이 행복한 영재를 만든다』를 구하기 위해 국제전화를 걸어온 것이다. 이 책은 출간 당시 하루에 나 혼자 배송 주소를 400개 이상 쓸 정도로 베스트셀러였고, 지금까지도 스테디셀러다. 그 당시 재출간을 위해 잠시 절판 중이어서 구할 수 없었다. 나는 중국인이 한국 육아서를 찾는 것도 놀라웠지만, 동료 교사들과 나눠 읽고 싶으니 재고가 있다면 여러 권을 구매하겠다는 말에 크게 감동받았다. 그래서 기꺼이 회사에 남아있던 도서들을 모아서 국제우편으로 보내주었다. 그 후 한 번 더 기적이 일어났는데, 2006년 이 책의 저자 최희수 푸름이교육연구소 소장님이 미국에 거주하는 한 교육자의 추천으로 중국의 연변과기대에서 강연을 하게 되는 일이 생겼다. 나는 이 기쁜 소식을 전하기 위해 중국에 빠르게 연락을 했고, 이 어머님도 너무 기뻐했고, 혼자 듣기 아까우니 전단지를 만들어 홍보하겠다며 또 한 번 나눔으로 사랑을 실천하였다. 그 계기로 강연을 들으려는 사람들이 많이 모이게 되어 갑자기 강연장을 넓은 곳으로 옮겼다. 그날 강연장에서 중국 어머님들을 대상으로 강연하면서 최희수 소장님은 무엇을 경험하셨을까? 아마도 깊은 감회가 있으셨는지, 그 자리에서 연변에 도서관을 만들고 만 권의 책을 보내주겠다는 약속을 하셨다.

이 소식이 전해지고 나서, 한국 엄마들도 기꺼이 나누겠다며 책을 기부해주었고, 회사에서는 새 책을 충분히 사들였다. 뒤에서 조용히 책을 사라며 현금을 보내주신 분들과 사이트에서 십시일반 모은 돈을 전달해주시기도 하였다. 함께 아이를 잘 키우자고 서로 협력하는 것을 넘어 해외의 중국 사회에까지 그 사랑과 나눔이 넘치고 그 사랑을 기쁘게 받아준 그 당시 한국과 중국 엄마들의 의식은 정말 높았다. 모두 기적이고 사랑의 힘이라고 생각한다. 창고에 쌓이는 책을 직원들과 함께 밤을 새며 분류하고 도장을 찍어 책들을 정리했다. 그리고 2006년 9월 중국으로 건너가서 도서관 임대 계약을 하였고, 실내인테리어 작업을 시작했다. 그때 재미있는 사실을 발견했는데, 중국은 사무실을 임대하면, 화장실에 변기도 없고 도배, 바닥 등 아무런 시설이 없는 상태의 사무실을 준다. 심지어 창문도 뚫리지 않은 통유리 상태였다. 문화적인 차이란 이런 것인가라는 생각이 들었다. 2008년 12월에 도서관 임시운영을 하면서, 처음 우리 회사에 연락했던 어머님은 한국의 도움 없이 자생해야겠다는 생각으로 존경받는 선생님의 자리를 그만두고 도서관 운영에 본격적으로 합류하였다. 한 달 월급이 백과사전 한 세트의 가격임에도, 중국 엄마들은 1년의 저금을 다 털어서 백과사전을 사줄 만큼 교육열도 높았다. 그 당시 우리 회사에서 14,000권의 책을 연변으로 보냈고 운송비만 1억이 들었다. 단순히 책을 보낸 것이 아니라 그 이상의 설명할 수 없는 따뜻하고 순수한 사랑의 마음이 함께 보내졌다. 2008년 7월부터는 책에 대한 활용법과 교육을 전파할 한국의 육아 강사님들이 한 분씩 연변을 다녀가기 시작했고, 이분들의 강연에 할머니, 할아버지들도 오셔서 눈빛을 반짝이며 강연을 들으셨다. 이렇게 시작한 도서관이 현재는 수많은 육아 강사와 육아 코치들을 양성시키면서 중국 전역에 퍼진 조선족뿐 아니라 한족에게까지 책 육아 교육을 전파하고 있다. 순수하게 나눠주는 조건 없는 사랑이 가능하게 만든 기적이라고 생각한다. 중국은 물론 한국의 강사들님도 동반성장하는 그야말로 서로에게 좋은 기적이 일어난 것이다. 연변과 한국의 부모들이 서로 교류하고 육아 이야기로 밤을 새며 함께 대화를 나누고 육아라는 공통점 안에서 하나가 되었다.

조선족에 대한 이해를 위해 조금 더 말하자면, 랴오닝성, 길림

성, 헤이룽장성의 동북 3성에 거주하고 있는 한민족 혈통을 지닌 중국 국적의 국민들이다. 한국 사람들 중에 "조선족을 조선족 동포라고 정중하게 호칭하자."라고 말하는 분들도 있으신데, 내가 만난 분들은 조선족이라는 명칭을 자랑스러워한다. 신분증에도 한글로 조선족이라고 쓰여있다. 중국 내 12번째로 많은 인구를 가진 소수민족이고, 조선족 자치주에서는 학교를 선택하여 갈 수 있다. 조선족 학교와 한족 학교가 별도로 있고 초등학교부터 선택하여 입학할 수 있어 한 가족의 형제, 자매가 서로 다른 학교에 다니기도 한다. 부모의 직관이나 상황에 따라 형은 한족 학교를, 동생은 조선족 학교를 다닐 수 있다. 한족 학교에 입학해도 우리말 책 읽기를 꾸준히 한다면 2개국어를 유창하게 할 수 있고, 조선족 학교에 다닌 아이가 중국어 책을 열심히 읽거나 한족과 깊이 연결되는 생활을 할 경우, 또한 2개국어를 충분히 잘할 수 있다. 이런 점에서 본다면 책 읽기가 주는 언어에 대한 영향은 실로 어마어마하게 크다고 볼 수 있다. 이들에게서 나는 가족의 다양한 형태의 모습을 볼 수 있었다. 경제활동을 위해 어른들이 외국으로 떠난 가정이 많았다. 10년 이상 떨어져 살지만 여전히 가족의 명분을 유지하고 있고, 조부, 조모와 함께 사는 아이들이 많고, 직계가족은 아니지만, 아이를 전문적으로 돌봐주는 교육자와 함께 사는 집단생활의 형태 등 다양한 생활 모습이 존재했다. 처음에는 적적한 아이들이 도서관을 주로 찾아와서 이용했고, 도서관을 이용하는 분들도 책을 빌리는 것이 주목적이었다가 차츰 부모와 함께 사는 아이들이 늘어나기 시작하면서 어느 시점에서는 '내 아이만큼은 정서적 애착을 갖고 엄마인 내가 키우자'라고 생각하고 찾아온 사람들로 바뀌어 갔다. 나는 이 변화를 지켜보고 함께하면서 잘 몰라서 때로는 아이에게 상처를 줄 수도 있지만, 어떤 부모라도 자식을 향한 본능적인 사랑이 존재한다는 것을 경험했다. 그중에서도 우리와 연결된 조선족은 육아와 내면의 심리를 볼 수 있는 여유와 의식을 가진 분들이 많았다.

이렇게 연결되어 교류를 나누다가 2017년 대학원을 졸업할 무렵, 중국에서 함께 일하자는 요청을 받았고 나는 며칠간의 고민 끝에 가겠다고 답변했다. 그날의 이 선택을 하지 않았다면 내가 누구인지를 찾는 성장의 길이 몇 년쯤 더 미뤄졌을 것이다. 중국에서 만난 내 인생의 중국 첫 내담자이자, 중국 가정교육 분야에서 인재양성을 위해 선발된 60명을 만나 연결하면서 진정한 나와의 연결이 더 끈끈하게 이루어졌고, 결정적으로 내가 누구인지를 더 깊이 확인할 수 있었다. 내 존재를 더 깊이 사랑하게 되었으며 나의 유능함도 인정하게 되었다. 내가 선택하고 나눈 사랑이 눈덩이처럼 불어 다시 돌아오는 것을 느끼며 너무도 행복하고 기뻤다. 그들이 성장하는 기쁨과 각자의 고유함을 보면서 너무 행복했다. 또한 넘치는 사랑을 받으며 신의 사랑은 어디에나 있었고 누구에게나 사랑이 넘칠 듯 있고 풍부하다는 것을 경험하였다.

2) 지금 내면 여행을 떠나자!

타지에서의 생활은 모든 것이 쉽지가 않았다. 문화가 달라서 차이점을 빨리 이해하지 못했고, 같은 언어지만 사투리가 있어서 처음에는 이해가 되지 않아 공감을 잘하지 못했다. 모든 것들이 생소했고, 그들의 이야기를 듣는데 집중하고 몰입해야 했다. 그러다가 나의 내면이 건드려질 때는 내가 먼저 치유장에 들어가 치유하고 내담자를 기다리기도 했다. 그럼에도 그들이 좋았던 것은 한국과 비슷한 정과 한의 사회적 배경을 가지고 있으면서, 순수하다는 것이다. 또한, 사람에 대한 믿음을 한번 형성하게 되면, 절대적인 믿음으로 자신을 오픈하면서 한 방향으로 쭉 직진하는 경향이 있다는 점이다. 이러한 점은 개인이 성장하기에 매우 큰 장점이라고 생각된다.

중국 사람들은 집단으로 함께 성장하면서 외부로도 그 형태가 잘 드러난다. 서로가 긍정적인 영향을 주고 집단 성장을 이루면서 사회를 향해 기여 하는 방향으로 퍼져나가고 있고, 속도나 성과도 매우 빠른 편이다. 내가 처음 만난 60명의 내담자들도 모두 하나가 되어 멀리 가는 그림을 그리면서 성장했다. 함께하는 배려의 의식 안에서 분리 없이 하나의 인류애로 서로 사랑하는 삶을 살아가고 있다. 문화적 배경과 사는 모습은 달라도 인간의 자유롭고 배려가 바탕이 된 인류애의 사랑은 모두가 같다. 그들의 믿음과 사랑이 지금도 연변 사회에 빛을 발하고 있고, 나와 그들의 경험을 함께 나누고자 한다. 이 책을 읽는 여러분들 모두 관점과 신념이 바뀌고 쳇바퀴 돌듯 돌고 도는 패턴에서 벗어나 자신의 사랑을 발견하길 바란다. 성장은 내가 보지 못하는 나, 무엇을 보지 못하고 있는지조차 모르는 나를 발견하고 알아가며, 나와 만나는 것이다. 그리고 진심으로 수용하고 아파하는 과정을 거치며 자신의 선한 본성과 만나길 바란다.

무의식의 세계가 있다는 것을 모르고 산다면, 나의 가장 큰 안티는 나라는 것을 모를 것이고, 고귀하고 장엄한 존재의 진실이 묻힐 수 있다. 수많은 내담자들을 만나면서 알게 된 큰 깨달음은 비교하는 것 자체가 제일 힘든 일이라는 것과 각자의 고유함은 어떻게 해도 비교라는 잣대의 틀 안에 넣을 수 없다는 것을 그것은 불가능하다는 것을 알았다. 자기를 찾아가는 것에 배움보다 경험이 중요하다는 사실도 분명히 깨달았다. 힘들지만 누군가 한 사람이라도 함께하여 동반 성장한다면 훨씬 수월할 수 있다. 나는 치유를 처음 받기 시작했을 때, 진실에 다가가는 것이 낯설고 두려웠지만, 내가 진정 원하는 것이기에 내 몸과 마음은 힘들지라도 항상 대면할 수 있는 위치와 뜻이 같은 좋은 사람들과 함께하는 자리에 나를 있게 했고, 이것은 나의 성장을 진심으로 바라는 본성이 보내는 메시지라고 생각한다. 내가 말하는 본성은 참나 혹은 self(자기)라고 표현하는 것과 동일한 의미다. 본성이 살아있는 사람은 행복하고 생동감이 있으며 현재에 온전하게 깨어있다. 이 생에 오면서부터 가장 중요하고 소중한 사람으로부터 받은 상처와 아픔에 가려져 멀어지고 발견하지 못했을 뿐이며, 자신을 믿지 못하게 된 것이, 본성을 되찾는 길에 놓인 가장 큰 장애물이 되었다. 우리의 본성은 직관과 느낌, 감정으로 우리에게 항상 신호를 보내주고 있음에도 안타깝게도 받지 못하는 삶을 살면서 고통받고 있다. 걸림돌을 깨고 마음을 깨우는 내면 여행을 지금 시작하자. 치유되기 전에 자기 자신의 가장 큰 안티였던 사람들이 치유하고 성장하면서 자신의 진정한 찐팬이 되어 돌아와 고유한 빛과 재능을 발휘하는 기적을 내담자들을 통해서 나는 많이 경험했다.

나에게 치유란 '직관과 지혜를 가진 고유한 나를 찾는 길'이라는 의미다. 처음에 나는 그런 존재가 아니며, 이 세상에 온전한 내 것은 없다고 생각했다. 그런데 자꾸 무언가를 찾고 기다리고 그리워하는 내 모습을 보면서, 또 앞서서 성장하는 사람들의 사례를 보면서 알았다. 무에서 유를 창조하는 것이 아니라 이미 그러한 본성의 고유한 내가 있다는 것을, 많은 상처와 아픔으로 보지 못하고 만나지 못했을 뿐이라는 것을 깨닫기 시작했다. 이것을 모를 때에는 매일 죽을 날만 기다리면서 시간을 채우듯 살았다. 이 아픈 세상을 아이에게 물려준다고 생각하니 너무 괴로웠다. 본래 가지고 있는 긍정적인 에너지를 믿지 못했기에 늘 긍정을 억지로 끌어다가 외부로 향할 때만 쓰면서 사는 것에 피곤하고 지칠 대로 지쳐있었다. 그런 나에게 마지막으로 나 자신과 스승님들의 말씀을 믿어보기로 선택하면서 끝까지 달려서 성장한 길이었다.

나에게 어떤 상처가 잠재되어 있는지 평소에는 잘 알지 못하지만 강연과 책 등 다양한 경험의 이야기에 자신을 비춰보고 대화하면서 찾아갈 수 있었다. 상처 지점을 찾아가 애도하고 실컷 슬퍼하고 분노를 다시 경험하고 보내는 작업을 하면서, 나를 있는 그대로 바라볼 수 있는 힘을 스스로 기르게 되었다. 나의 본성이 가지고 있는 긍정적인 에너지를 쓰면서 삶을 산다면 현재에 행복을 느끼게 되고 미래에 대한 불안보다 희망이 더 많이 생길 것이다.

이제 누군가 나에게 "왜? 어떻게? 그 상처와 아픔을 겪게 되었냐?"라고 물어본다면, 원인을 외부에서 찾지 않고, 그것은 "나의 내면의 소리에 귀 기울이지 않았고, 외면하면서 시작된 결과입니다"라고 말할 수 있다. 나는 과거 내면의 소리를 외면하고 버리는 실수를 무수히 범했다. 나에게 미안하고 안타까운 마음도 크지만 모든 경험이 나이고 지금이라도 알게 된 것을 축복이라고 생각한다. 내면의 소리에 귀 기울이고 본성의 신호를 받으면서 자유롭고 건강한 삶을 살기 바란다.

3) 상처받은 내면 아이들을 위한 마음 토닥토닥

내면에 집중하고 느껴보라고 하면 간혹 복잡하다, 혼란스럽다, 머리 아프다로 방어함으로써 멈추는 경우가 있는데 잠시 안정을 취하면서 천천히 나를 위해 해줄 수 있는 것 단 한 가지라도 실천해보자. 만약 속이 불편하고 머리 아프거나 신체적인 자각이 온다면 안전한 곳에서 감정을 표현하면서 풀어줘라. 많은 심리 서적들이 첫 페이지나 앞부분에 친절하게 이런 부분을 언급해 놓은 이유가 있다. 감정이 건드려지면 신체의 반응이 오기 때문에, 머리가 아프거나 속이 불편할 수도 있다. 이런 문장들을 본다면 저자의 엄청난 배려이고 사랑임을 느끼면서 힘을 내길 바란다.

모두 우리의 성장을 위해 앞에 놓여 진 상황임을 알게 될 때 세상에 대한 감사를 느끼며 변화할 수 있다. 어떤 아픔을 겪더라도, 여러분은 잘못되지 않았다. 여전히 고귀하고 장엄한 존재다. 나 또한 나의 선택과 주변의 도움을 받고 일어났다. 감정이 얼어붙어 한동안 치유도 못 했고, 심리 서적도 읽지 못했다. 나는 내가 바보라서 책을 못 읽는다고 생각했는데, 진실을 보는 것이 두려워서 보지 못했다는 것을 알았다. 앞선 경험자들과 많은 심리학자들은 그들이 겪었고 경험했던 생생한 현장의 진실을 이야기한다. 사실 그 진실은 여러분이 모두 고귀하고 장엄한 존재라는 것인데, 그 진실을 보기 전에, 내 상처를 보고 대면하는 아픈 과정을 느끼는 부분에서 멈춰버린다. "설마 우리 부모가 그럴 리가 없어."라며 더 알고 싶지도 않고, 더 깊이 들어간다면 사랑받지 못했고, 버림받음을 정면으로 봐야만 했기에 보지 못했던 것이다. 버림받음과 상처도 물론 있지만 사랑받은 것도 있음을 알게 되기까지의 과정이 버거우니 자꾸 멈추고 싶어지는 것이다. 상처를 걷어낸 치유의 뒤에 기다리고 있는 다이아몬드를 발견하기까지가 힘들다. 내 안에 상처받은 아픈 내면 아이가 적어도 몇 명은 있을 것이다. 그 아이와 함께해줄 단 한 명의 보호자가 되어주길 바라며, 응원을 보낸다.

아래 빈칸에 자신의 이름을 넣고 글을 읽으면서 나에게 조금이라도 와닿거나 신체적인 반응이 일어나는 곳이 있다면 밑줄을 그어보고 더 쓰고 싶은 말이 있다면 빈칸에 적어보라. 그리고 밑줄 그어진 곳에서 머물러 그 마음을 느껴보면 그 지점이 나의 내면 아이와 만나는 연결고리가 될 수 있다.

.... 야(아),
미움받고 수치 당할까 봐 벌벌 떨면서 살았지. 네 잘못이 아니야.
수치 당할까 봐 아무 표현도 못하고 언젠가 알아줄 거라고 기다리면서 살았지.
다 내 탓이라고 자신을 학대하고 괴롭히며 애쓰며 살아온,
.... 야(아),

그렇게 하지 않아도 돼, 괜찮아. 이미 너는 죄가 없단다.

너는 사랑받고 보호받을 자격이 있단다.

내가 사랑스럽지 못해서, 내가 잘못 찾아와서 엄마도 힘들게 하고

사랑도 못 받는다고 생각한 마음으로 산 .... 야(아),

니가 와서, 너의 존재로 모두가 힘들어졌다고 생각해서,

조금만 연결이 안 되어도 두렵고 너를 싫어한다고 생각해서 얼마나

힘들었니?

쓸모있는 존재가 되려고, 증명해보이려고 네 자신을 버리고 사느라

얼마나 아팠니?

너무 열심히 살아서 조금만 지적받아도 마음이 아프고 막막하고 두

려웠지? 울어도 돼.

사랑받기 위해 무리하면서, 몸도 아프고 힘들었지만, 너는 유능함을

얻었단다.

축복받으렴!

그 유능함은 온전히 네 힘으로 얻은 것이니 충분히 기뻐하렴.

애썼고 수고했어. 알아봐 주지 못해서 미안해.

너만 행복해도 돼. 다 괜찮아.

니가 모든 것을 책임지지 않아도 된단다.

너는 누군가를 돌보기 위해서 오지 않았어.

너 자신을 찾고 빛나는 삶을 살면서 즐기렴.

니가 배워야할 것들을 찾으면서 이번 생을 충분히 즐기고 살아가렴.
잘왔어. 와줘서 고마워. 환영한다. 니가 자랑스러워

··

··

··

누구든지 자신의 진정한 변화를 원한다면 반드시 자신의 어린
시절로 돌아가 거기서부터 다시 시작해야 한다.

– 존 브래드쇼의 『상처받은 내면 아이 치유』

상처받은 내면 아이 치유의 핵심은 어린 시절의 발달단계에서 내
면 아이의 욕구를 이해하고, 좌절된 욕구를 충족시켜 내면 아이
가 성장하도록 하는 것이다. 내면 아이를 치유하는 데 필요한 것
은 슬픔을 표현하는 것이고, 그 슬픔에 대한 공감과 위로를 받는
것이다.

– 버지니아 사티어

제2장

가족시스템을
통해
나를 깊이
경험하기

힐링이 되는 가족기능 만들기

가족 치료사 사티어는 "가족체계는 하나가 흔들리면 전체가 영향을 받으며 흔들리는 모빌과 같다."라고 비유했는데, 정말 소름끼치는 표현이다. 가족 안에서 가장 큰 영향을 주는 부모가 병들었다면, 가족 전체가 영향을 받으며, 특히 그 밑에 있는 자녀는 고통을 고스란히 받을 수밖에 없기 때문이다. 그러나 한 사람이 변하면 전체에게 긍정적인 영향을 줄 수 있다는 희망도 내포하고 있다. 그 한 사람이 부모라면 더없이 좋고, 부모가 아니어도 나만 변해도 언젠가는 긍정적인 영향을 가족 전체에게 미칠 것이기 때문이다. 많은 심리학자들은 현재의 문제가 과거의 내면 아이와 연관

되어 있다는 것을 밝혀냈고, 가족치료학자들은 가족체계가 안정적이고 건강한 시스템이 되어야, 개인이 건강해지고 독립할 수 있다고 강조한다. 특히 부부 사이의 문제를 다룰 때, 각자 원가족에서 독립과 분리가 건강하게 잘된 상태에서 나와 새로운 가정을 만들었는가를 보는 것이 중요하다. 원가족에서 엄마와 지나치게 밀착되어 있는 남자가 결혼해서 아내에게 "나를 사랑한다면 우리 엄마처럼 나와 가족들에게 해줘."라는 무언의 요구를 한다거나, 우리 엄마의 희생을 내가 보상해줘야 한다고 생각하고, 이 보상과정에 아내도 함께하기를 원함으로써 갈등이 생기는 사례를 많이 봤다. 한 사람에게만 기대가 있는 것이 아닌데, 보통 이 부분을 간과하는 경우가 많다. 상대에게도 기대가 있을 텐데, 그것을 모르고 자신의 기대가 중요해서 꼭 채워져야 한다는 신념을 갖고 있다면 부부간에 더 큰 갈등이 생기게 된다. 가족은 서로 크고 작은 영향을 끼치면서 살아가기 때문에, 한 개인을 이해하려면 가족 전체 시스템의 역동과 맥락을 이해해야 하고, 문제의 근원을 개인에게서만 찾을 것이 아니라 가족 구성원의 상호관계를 다루고 가족을 하나의 시스템으로 봐야 한다. 가족치료는 가족 구성원들이 모두 치료에 참여하지 않고 관찰만으로도 어느 정도 알 수 있다.

부모가 자신의 내면과 원가족에게 받은 영향을 잘 모르고 있다면, 자신이 그랬듯 아이의 감정은 중요하지 않고 통제하고 억압하는 양육방식을 고스란히 대물림할 수 있다. 잘못됐다고 생각하지 않기에 그냥 줄 수 있는 것이다. 아이는 비난을 피하고 생존하기 위해 자신의 감정에 무뎌지는 것을 학습하게 된다. 감정억제는 갈등을 초래하거나 심한 경우 이혼과 단절이라는 가족 기능을 해체 시키는 문제를 발생시키거나 신체적인 증상을 동반하여 몸이 아프기도 한다. 감정의 억압은 신체에도 영향을 주기 때문이다. 개인의 자존감 형성도 대부분 원가족에 의해 결정되고 학습된다. 여기에 한국과 동양문화의 남아선호사상으로, 아들을 기다리는 집에 딸로 태어난 아이는 치유를 하면서 대면하게 되는 것이 '엄마, 내가 아들이 아니어서 미안해', '아들 같은 딸이 될게.'라는 마음과 환영받지 못했다는 아픈 마음이 있다. 상담을 통해 만난 내담자들이, "내가 이런 마음을 가지고 있었는지 꿈에도 몰랐어요."라고 말하기도 하는데, 생각보다 남녀 차이에 대한 상처의 뿌리가 깊다. 친인척 간의 집단 관계가 중요하고 장손을 귀하게 여기는 문화와 부모에 대한 효도를 강조하는 집안에서는 특히 장남, 장녀들의 짐이 무겁다. 자신의 정체성과 이익보다 가족이 요구하는 역할이 우선시되고 대부분 할 수 없이 그 역할을 받아들였기 때문이다.

가족 안에서 영웅이 되어야 하거나, 상황에 따라 역할이 요구되다 보면 부모가 해야 할 일을 자녀가 하게 되고, 부부 사이가 좋지 않을 때, 자녀가 부모의 자리로 가서 위로하는 역기능을 하는 가족이 된다. 그래서 엄마 편에서 아버지를 같이 비난하고 욕하면서 엄마를 위로하고 자란 딸들이 치유 받으면서 의문을 갖는 것이 있다.

"가만히 생각해보니, 저는 아버지에 대해서 많이 안다고 생각했는데, 아는 것이 없어요. 그저 엄마를 통해 들은 것이 전부예요. 너무 슬프고 억울해요. 아버지한테 당하는 엄마가 불쌍하고 엄마를 배신하는 것 같아 아버지에게 다가가지 못했어요. 사실은 아버지가 너무 그리웠는데, 엄마가 두려워서 다가가지 못했어요."

이 딸은 엄마에게 들은 부정적인 평가를 아버지의 전체로 이해하고 자랐고, 딸이 아버지와의 관계에서 느끼고 경험해야 할 것을 제대로 경험하지 못했다. 이렇듯 아픈 가족 체계에 대한 결과가 부모세대나 자녀에게서 병, 이혼, 문제행동이라는 증상으로 나타날 수 있다. 나는 이혼도 병든 가족체계의 결과라고 보는데 동의한다. 이혼의 책임을 가족 탓으로 돌리려는 것이 결코 아니다. 전체는 아니지만 때때로 우리 집도 문제 있는 가족이었음을 인정할 때, 달라질 수 있고 변화할 수 있다. '문제없어. 다 그렇게 살았지 뭐.'라고 생각하면 무슨 치유를 할 수 있겠는가? 나는 '싫어'를 못하고 나를 지키는 감정인 화도 표현하지 못하도록 학습되어, 불평등한 대우를 받아도 정당한 화를 못 냈고, 채워지지 못한 의존 욕구와 기대를 외부에서 받으려고 집착했다. 선택의 동기 자체가 결핍에서 비롯된 상황이 많고, 내가 누구인지 모르고 살았던 삶의 아픔을 가지고 있다. 여기에서 벗어나기 위해 자존감을 키우고 정체성을 찾기 위한 나의 모든 노력과 행동은 우리 가족의 문제와 아픔이 있음을 인정한 데서부터 시작되었다. 이제 과거가 어쨌든 어른으로서 나를 세우는 것은 나의 책임이 분명하다.

나는 인간관계에서 의존과 집착이 심해 힘든 나날을 보내면서 30대 후반에 본격적으로 심리상담 공부를 하기 시작했다. 각종 단체의 집단상담에도 참여하고, 수련이나 코칭 하는 곳도 찾아다녔다. 확실히 있는 그대로 들어주는 단 한 사람이 있다는 것과 공감받는 경험은 엄청난 치유 효과가 있었다. 건강한 단체나 상담사는 나에게 유능함이 있음도 알려주었고 스스로 힘이 많이 올라오는 경험도 했다. 그런데 원가족으로만 들어가면 다시 방향을 잃은 아이가 되고, 선택도 못 하고 아무것도 못 하는 바보가 되어버렸다. 가족들은 이런 나에 대해서 불안해하고 걱정하였으며, 나 혼자 할 수 없어서 모든 선택에 도움을 받아야 하는 무기력하고 자신 없고, 무능한 존재가 되는 것을 느꼈다. 원가족이라 마음이 편하고 안전해서 그렇다면 오히려 원가족에 가서 충분히 휴식하고 나오면 현재를 살 힘을 얻게 될 텐데 현실은 그렇지 않았다. 원가족에서 경험했던 내 역할에 빠지면 현실에 돌아와서도 '나 혼자는 아무것도 못 해.'라는 생각이 작동했다. 자유를 잃더라도 무능해지더라도 더욱 원가족에 의존하고 싶어졌다. 나 자신이 없어지더라도 무능해져서 의존하고 싶어지는 것이다. 돌봄이 발달한 가족들과 그렇게 연결되는 게 나답고 익숙해져서 이 상황에서 벗어나고자 하는 아주 강렬한 동기와 절실함이 필요했는데, 강력한 동기를 주는 존재가 나에게는 딸이었다. 내가 없이 사는 삶을 딸에게 물려주기는 죽기보다 싫었기 때문이다.

치유를 받는 것 외에도 더 도움이 되고 필요한 공부가 있다면 찾아서 했고, 40대 중반에 대학원을 가기로 결심했다. 전공을 선택할 때 무척 고심하다가 먼저 공부를 시작한 지인에게 도움을 요청했다.

"언니! 정확히 뭘 공부하고 싶은데?"라고 지인이 나에게 물었다.

"나는 어린이, 청소년 치료 뭐 그런 것들 다 싫어, 애들 상담이고 치료 아무리 해봐야 다 소용없어. 부모가 변하지 않으면 말짱 도루묵이고, 그만큼 부모가 중요하잖아. 오직 성인의 내면 아이만 다루고 싶어."

"그럼 가족치료연구소에 가봐, 가족상담대학원과 연계해서 공부할 수 있는 곳이 있어."

지인의 추천으로 가족치료연구소를 찾아갔고 연구소에서 사티어 경험주의 가족치료를 공부하면서 병행하여 대학원에서 가족 상담을 전공하게 되었다. 지인의 추천대로 정말 나에게 딱 맞고 필요한 부분이었다. 아이에게 있는 문제가 그 개인의 문제라기보다 가족이 제대로 기능을 하지 못할 때 발생한다고 보는 관점에 근거하여 치료하는 것이 가족치료다. 가족 전체를 통합적으로 바라보면서 나에 대한 이해가 깊어졌다.

자기중심적 사고의 아이가
만들어낸 비극

"엄마가 하는 모든 행동이 나를 좋아하지 않았어요."

"뭘 보면, 어떤 행동을 보면 엄마가 너를 좋아하지 않는다고 생각되니?"

"좋아한다면 같이 있어 주고, 같이 있고 싶고, 뭔가 해주고 싶고, 좋아한다면……."

끝내 말을 잇지 못하고 흐느꼈다.

"그런데 우리 엄마는 같이 있지 않으려고 하고 자꾸 떠나려고 해요."

"그런 엄마를 떠올리면서, 지금 네 마음은 뭘 느끼니? 엄마에게 간절하게 하고 싶었던 내면의 목소리를 느껴지는 대로 표현해봐."

"가지 말라고 말하고 싶어요. 엄마, 가지 마. 내 마음이 너무 아파. 엄마, 많이 좋아했어. 내가 그렇게 좋아하는데 왜? 날 보고 웃질 않아? 왜 웃지도 않냐고, 엄마도 나를 좋아하긴 했어?"

내담자는 흐느끼며 말했다.

이 내담자의 부모님이 딸의 이런 얘기를 듣는다면 얼마나 억울하겠는가. 가난한 살림에 힘들게 지키고 키워서 대학 보내고 선생님까지 될 수 있도록 해주었는데, 사랑을 주지 않았다고 눈물을 흘린다면 아마 깜짝 놀라고 충격받을 것이다. 그러나 부모의 관점과 아이의 관점은 전혀 다르다. 아이에게 사랑받는다는 것은, 부모가 자신과 함께 있어 주고, 나의 이야기를 정성을 다해 들어주며, 있는 그대로 감정에 공감해주는 것이다. 이 내담자는 상담 중에, 다섯 살 때쯤 부모가 일하러 가고 집에 없어 늘 혼자 있었던 자신을 보게 되었다. 그때의 방안에 남겨진 자신의 어린 시절 이미지는 누워서 꼼짝 못 하고 손과 발이 들린 채로 굳어져 귀신이 보인다면서 두려움에 가득 찬 모습이었다. 혼자서 얼마나 무서웠겠는가! 이런 경험으로 인해 예쁘게 생긴 외모임에도 거의 무표정일 때가 많고 몸도 경직되어 있었다. 지금도 어릴 때 굳어 있던 아이의 모습처럼 긴장되면 손과 발을 딱 웅크리는 자세를 잘 취한다고 한다. 그때의 신체적인 감각이 지금도 남아있는 것 같았다. 그때 "엄마 가지 마, 혼자 있기 싫어. 무서워."라는 말 한마디 해보지 못했고, 지금 현실에서도 누군가와 연결되고 싶고, 어려울 때 요청하고 싶지만, 누구에게도 요청을 못 해서 힘들다고 했다.

프로이드는 아이가 사랑하고 갈망하는 보호자가 사라진 조건에서, 혼자 어두운 곳에 있을 때나 낯선 사람과 있을 때 불안을 경험한다고 했는데, 부모가 봐주지 않아 존재를 가치 없다고 느낀 아이의 심리적 생존에 대한 불안이 어떠했을지 상상만 해도 측은하고, 이런 체험을 한 외로운 아이들의 경우 흔히 귀신이 보인다는 호소를 많이 하는 것을 보았다. 엄마가 나를 보지 않는 것이, 내가 사랑스럽지 않아서라고 믿는 전형적인 자기중심적인 사고를 하는 아이의 특성을 가지고 있었고, 머리로는 알지만 이것을 한 번도 제대로 대면하지 못했기에 성인이 된 지금도 여전히 자신이 가치 없다는 정체성으로 굳어진 것이다.

아이들은 다음의 네 가지 중에 해당되는 것이 있어야 사랑받았다고 느낀다고 한다.

엄마가 자신의 눈빛을 쳐다보고 그 마음을 읽어주고 관심을 보였는가? 아이가 어떤 말을 할 때 온 힘을 다해 귀 기울여 들어주었는가?

아이가 어떤 감정을 표현하든 공감해주었는가? 아이들과 함께 몸 비비며 신나게 놀아주었는가?

아이들은 본능적으로 부모가 자기와 함께하고 싶은 마음이 있는지를 알고 있습니다. 부모가 아무리 바빠도 함께하고 싶은 마음이 있다는 것을 느끼면 아이들은 불안하지 않습니다. 그러나 오랫동안 같은 공간에 있어도 부모 안에 함께하고 싶은 마음이 없으면 아이는 자신이 사랑받을 존재라고 믿지 않습니다.

— 최희수의 『거울육아』

또 다른 사례는 어린 시절 부모님이 맞벌이를 했던 가정이다.

"부모님은 어려운 살림에도 우리에게 잘해주려고 최선을 다하셨어요. 퇴근해서 오실 때, 우리가 좋아하는 과자랑 간식거리들을 사오셨던 기억이 생생해요. 물론 우리끼리 지낼 때가 많았지만요. 제가 부모가 되어보니 부모님이 측은하기도 하고 더 잘 이해가 돼요. 그래도 아버지는 출장 다녀오시는 날이면 저를 위한 선물을 꼭 사다 주셨어요. 일 때문에 어린 시절 함께 보낸 시간은 거의 없지만요."

이 내담자는 사랑받았다는 구체적인 경험을 무언가를 사주었다는 것으로 자주 언급했다. 이것은 다 성장한 어른의 관점에서 본 논리적인 사고이지 아이들은 이렇게 사고하지 못한다. 이해한다고 말하지만 많은 시간을 아이들끼리 보냈고, 어린 시절을 부모와 함께 보낸 시간이 거의 없다고 언급한 부분에서 사랑보다는 결핍이 있음을 짐작할 수 있다. 아이는 부모가 자신과 함께 있지 않은 것은 자신이 사랑스럽지 않아서라고 생각하는데, 이것을 자기중심적인 사고라고 한다. 나는 이런 아이의 발달에 대해 육아서 출판작업을 하면서 접하게 되었고, 부모교육회사에서 19년간 일하면서 40만 명의 부모들과 교류하고, 푸름이교육연구소 최희수 소장님의 강연과 분별 과정을 보면서 현장에서 경험하였다. 무엇보다 내 딸을 통해서 더 깊이 아프게 깨달았다. 그리고 나에게도 스스로 질문해 보았다. "너는 무엇을 보면 사랑받았다고 느끼니?"라고 했을 때, "엄마는 내 생일은 기억해주었고, 그날만큼은 되도록 혼내지 않으려고 하셨어. 그래도 우리를 버리지 않고 지켜주셨어. 아빠는 나를 한 번도 때리지 않았어"라는 답변밖에는 나오지 않았다. 그러나 생일을 제외하고 일 년 내내 엄마에게 잔소리와 욕을 들었고, 생일날 야단치지 않고 참았던 것도 결국 다른 날 꼭 보충해서 혼났다. "너는 아빠에게 정말 큰 사랑을 받았다"라고 가족들도 한목소리로 말하고, 나 자신도 자부심이 있었음에도, 초등학교 4학년 때 죽고 싶다는 생각에 주방에 있는 세제를 몇 모금 먹었던 경험이 있다. 중학교 때는 편지를 써놓고 가출을 했다가, 너무 갈 곳이 없어서 밤이 깊어져 돌아와야만 했는데, 가족들이 알면 얼마나 나를 놀릴까 싶어, 너무 창피하고 수치스러웠음에도 간신히 집에 돌아왔었다. 그런데 내 편지를 본 사람이 단 한 명도 없었던 허탈한 기억이 있다. 이 경험을 어른의 시각에서 보면, "아이의 행동이 너무 재미있네, 세제 몇 모금 먹는다고 죽는다고 생각했을까, 아무 일 없으면 됐지. 그런 건 아무 것도 아니야."라고 그저 재미있는 에피소드로 지나갈 것이고, 실제로 그렇게 살아왔다. 그런데 지금 현실에서 내가 상담하고 있는 내담자가 '아이의 자살 시도와 아무도 모르는 가출' 이 두 가지 상처를 건드리게 하는 이슈를 가지고 상담받으러 온 것이다. 나와 비슷한 경험을 한 내담자를 만나면서 목소리가 떨리고 눈물이 나면서 나의 내면이 흔들리기 시작했고, 이 상태로 상담을 하는 것이 바람직하지 못하다는 경험 많은 선배 상담사의 권유로 나 자신이 먼저 상담받는 것을 선택했다. 그때의 나를 다시 경험하면서 슬펐고 또 슬펐다. 40년이 넘은 지금에서야 그때의 아이 마음에 공감하면서 치유할 수 있었고, 상담이 끝난 후 집에 와서도 이틀을 울었다. 그 내면 아이를 만나지 못했다면 순간순간 기억이 떠오를 때마다 외면하고 대수롭지 않게 여기며 슬픔을 가득 간직한 채 살았을 것이다. 아이에게는 큰일이고, 아픔이라는 점을 간과해서는 안 된다.

우리 엄마에게도 내가 왜 사랑해주지 않았느냐고 따진다면, 아마도 억울해하시면서 크게 분노하실 것이다. 그땐 다 살기 어려웠지 너만 그랬냐. 남편 떠났을 때, 내가 그냥 확 자식들 버리고 가야 했는데 하시면서 한탄을 하실 것이다. 옛날에는 다 그렇지 뭐. 라고 한다면 답이 없다. 치유를 위해서 내면 아이가 느낀 감정을 있는 그대로 존중해줄 수 있는 사람은 세상에 오직 나밖에 없다. 심지어 부모가 일찍 돌아가신 사건 자체도 아이들은 버림받았다고 느낀다. 눈에 넣어도 아프지 않을 자식을, 그것도 어린 자식을 두고 눈을 감아야 하는 부모님의 마음은 얼마나 아프겠는가. 그러나 아이에게는 부모님이 나를 두고 떠났다고 생각하고 버림받음의 상처로 남는다. 아이들이 나쁘거나, 부모를 힘들게 하려고 일부러 그러는 것이 아니라 그냥 아이답게 생각하고 아이 방식으로 사고하는 것뿐이다. 나는 바로 이런 이유로 치유를 해야 한다고 생각한다. 맥락을 모르는 아이가 만든 오류를 평생 끌어안고 산다면 얼마나 힘들겠는가. 상처 지점을 찾아가서 지금이라도 봐주고 상실하고 애도하는 과정을 거치는 것이 치유이고, 이 과정이 없다면 평생 상처로 남아 현실의 육아나 대인관계에서 반드시 영향을 받게 마련이다. 치유하면서 한가지 주의할 것은 우리 부모도 상처받은 내면 아이가 있으니 준비되지 않은 상황에서 부모와 직접 대면하지 말라는 것이다. 내 상처를 치유한다고 부모님께 찾아가 분노하면서 따지는 것은 하지 말아야 한다. 서로에게 상처를 줄 뿐이다. 자신의 감정을 충분히 처리한 상태에서 분노 없이 물어보거나 부모님이 감당할 수 있을 만큼의 마음을 표현하는 게 좋다. 나는 화와 분노는 나 혼자 처리하면서 한편으로는 엄마의 삶을 존중하면서 서운했던 것을 말하고 사랑을 표현하는 아래와 같은 대화 방법으로의 소통도 시도했었다.

"엄마, 아버지 돌아가시고 혼자 모든 것을 감당해야 했을 때, 얼마나 막막했을까. 엄마 고생 정말 많았고, 아이들 다 지키고 잘 키운 거 대단해. 나는 나 때문에 더 힘들어진 것 같아서 미안한 마음도 있었어. 엄마가 나를 귀찮아하는 것 같고, 어릴 때 정말 다른 집에 보내질까봐 너무 무섭고 외로웠어. 보낸다는 말을 할 때 서운했고, 그래서 엄마 미워하기도 했어. 사랑 못 받는다고 생각해서 힘들었던 것 같아. 그래도 이렇게 잘 키워줘서 고마워. 엄마! 우리 키우느라 수고했어. 사랑해"

치유과정 중에 먼저 인정과 감사를 표현하고 내가 서운했던 것과 엄마에게 가졌던 미움도 안전하게 표현하면서 소통을 시도했던 경험이었다. 처음에는 도망가고 싶을 정도로 이 말을 한다는 것이 쉽지 않았고 전화를 걸기 전부터 온몸이 덜덜 떨렸던 기억이 있다. 그러나 무엇이든 나에게 도움이 된다면 열심히 했다. 이러한 시도는 너무 좋았고 도움이 되었지만, 내가 가장 좋았던 경험은, 방음이 되어있거나 주변에 영향을 주지 않는 안전한 장소에서 그때의 감정을 느끼며 울고불고 난리를 치면서 표현하여 내 안의 감정을 푸는 것이었다. 이 과정에 좀 더 그때의 내 감정과 맞닿는 지점으로 안내해줄 코치나 상담사가 함께한다면 더할 나위 없이 좋다. 나는 운 좋게도 이런 과정을 경험할 수 있었고, 나의 상담사로서의 정체성도 코칭과 상담이 적절히 조화를 이룬 이와 같은 방향으로 가고 있다.

어린 시절 사랑받았다고 느꼈던 구체적인 경험을 적고, 그 경험이 어떠했는지 느낀 것이나 새롭게 알게 된 부분을 기록해 보라. 그리고 공감을 하든지 기뻐하든지 나의 내면 아이와 함께하라.

* 무엇을 보면 사랑받았다고 느끼는가? 구체적으로 표현해보자.

....
....

* 위의 질문에 답하며 새롭게 깨닫게 된 것이 있다면 무엇인가?

....
....

* 지금 나에게 사랑받고 있다는 느낌이 드는 언어를 말로 들려주고, 마음으로 안아주자.

....
....

1) "네 잘못이 아니야"라고 말해줘야 하는 이유

자기중심적으로 사고하는 아이들의 특성은 엄마가 슬퍼해도 내 책임, 아버지가 교통사고를 당해도 내 책임, 딸로 태어난 것도 내 책임, 부모가 환영 안 해줘도 내 책임, 모든 것이 아이는 자신의 책임으로 생각한다는 것이다. 그래서 희생하는 부모, 지나치게 죄책감을 가지고 자녀를 대하는 부모를 보면서 아이들은 더욱 혼란스러워한다. 아들로 태어나지 않은 것과 원치 않았는데 생긴 아이, 혼전임신 등 엄연히 어른들의 선택이고 책임이지 아이의 잘못이 아니다. 그런데도 무의식중에 아이 탓을 하거나 슬퍼하는 모습을 보여준다거나, 너 때문에 내가 이 고생하고 불행하다는 느낌을 준다면 아이의 삶은 힘들어진다. 혼전임신으로 태어난 아이, 결혼도 하지 않았는데 아이가 생긴 것을 부모가 창피하게 여긴다면 아이도 존재의 수치심을 가지고 살아가게 된다. 또 부모가 "너만 아니었다면 이 사람과 결혼하지 않고, 내 삶을 자유롭게 살았을 텐데……."라는 생각을 무의식중에 갖고 있으면 아이에게 그 느낌이 전달된다. 그래서 책임감을 느낀 아이는 엄마를 돌봐야겠다는 생각을 갖고 나이에 맞지 않는 무리한 일을 하면서 부모를 돕는다. 한참 뛰어놀아야 할 나이에 아빠도 하지 않는 일을 도맡아 하면서 어른들 틈에 끼어 장사를 도와주면서 착한 아이로 큰다. 여기에 가족 중 누군가는 "니가 엄마를 도와야 한다. 그렇지 않으면 니네 엄마는 죽는다."라는 말을 아이에게 하면서 그 말이 아이에게 평생 어떤 영향을 주는지도 전혀 모른다. 무거운 짐을 지고 사는 아이는 그때 느꼈던 서러움과 분노, 수치심을 성인이 되어서도 가지게 된다. 그러다가 아빠처럼 도와주지 않는 남편에게 그 분노가 돌아가고, 자신은 어린 시절 못했던 자기표현을 다 하고 맘대로 하는 아들에게 화가 나고, 책임을 떠맡지 않고도 부모 사랑을 받는 형제, 자매를 보면 불편하게 생각된다. 정작 자신은 결혼을 하고도 책임감으로 여전히 부모를 돌보고 있기 때문이다. 내면은 부모가 부담스럽고 마음속에는 미움과 분노가 가득한 자신을 느끼면서 죄책감으로 괴로워하기도 한다. 어떻게 부모의 선택과 행동 없이, 아이가 혼자 찾아올 수 있는가? 자신들의 행위에 대한 책임을 부모가 감당해야 하는데, 그 부모 역시 인생을 감당하기 버거워하는 내면의 어린아이가 있기에 책임을 지지 못하는 것이다. 그리고 그 짐을 고스란히 자녀가 떠맡게 된 것이다. 다행히도 지금 이 내담자는 치유의 과정을 거치면서 많이 울고, 분노도 표출하였다. 잃어버린 아이의 권리와 추억을 애도하고 상실하면서 힘을 되찾고, 짐으로부터 자유로워졌으며, 부모에게 정당한 부분에 대해서는 표현도 하면서 자신의 삶을 살아가고 있다.

이밖에도 아이들은 부모의 죽음 자체만으로도 버림받았다고 느낄 수 있다. 병을 앓으며 자신은 얼마나 두렵고 아팠겠으며 처자식을 남겨두고 떠나는 부모 마음은 얼마나 힘들고 걱정이 되었겠는가. 그런데 안타깝게도 아이들은 그런 맥락과 전체를 이해하지 못하기에 자신을 소중하게 여기지 않고 자신을 가치 없는 존재로 받아들일 수 있다. 죽음 자체에 버림받음을 느끼고, 나를 보기 전에 먼저 눈을 감으셨다든지 하는 과정에도 내가 소중하지 않아서 인사 없이 떠나셨다고 생각하기도 한다. 나는 아버지가 돌아가시던 날 마지막으로 아버지가 엄마 손을 잡았던 것에 충격을 받았다. 평소에 두 분은 매일 싸우셨고, 사이가 좋지 않았다. 부부 사이가 좋지 않으면 자녀 중 누군가는 부모와 밀착되어 부모의 정서를 돌보게 된다. 아버지는 많이 아프셨고, 막내인 나는 그 상황에서 어린 자녀로 돌봄을 받기보다 정서적으로 아버지를 위로하는 자리에 있다 보니 벌어진 일이었다. 심지어 나는 아버지에게 거의 야단을 맞아본 적이 없는데, 돌아가시던 그 날 아침 컨디션이 좋지 않았던 아버지에게 처음으로 크게 혼나서 밖에 나가 놀고 있었고, 옆집 아줌마가 다급히 불러서 들어가 보니 임종을 앞두고 계셨다. 아버지와의 마지막 순간을 그렇게 맞이하였고, 아버지는 마지막으로 엄마 손을 잡고 돌아가셨다. 엄마 손을 잡는 것이 당연함에도 나는 그날의 모든 일이 충격 그 자체였고, 배신감마저 들었다. 나는 한동안 치유를 할 때마다, 분명히 문제는 현실에서 생긴 것인데, 치유를 할 때면 아버지가 돌아가신 그날로 돌아가는 경험을 했다. 그날의 상처와 아픔뿐 아니라 보호자가 없어진 두려움과 해결되지 않은 복잡한 감정들이 현실을 사는데 사람과의 관계에서 드러나며 너무도 힘들었던 것이다. 그날의 상황을 이미지로 떠올리며 상담 선생님과 치유를 하면서, 아버지가 어린 자식들을 두고 가면서 눈을 감지 못하셨을 것이고, 엄마와 잡은 손을 통해 말은 하지 못했지만 어린 자식들을 부탁하셨을 마음을 느껴보았다. 엄마와 아버지가 잡은 손과 상담 선생님이 연결되고, 상담 선생님의 손을 내가 잡았고 손과 손을 통해 그 마음을 전달받으면서 하염없이 울었고, 그 마음을 느끼고서야 아버지와 작별 인사를 할 수 있었다. 아버지도 미련 없이 더는 어린 딸에 대한 걱정 없이 떠나시는 모습이 이미지로 그려지는 경험을 했다. 이 치유를 받기 전에는 아버지가 꿈에 나타나서 아직도 어린아이처럼 100원짜리 동전을 손에 주며 가셨는데, 그 후로 꿈에 나타나지 않았다.

이렇게 아이들은 자기중심적인 사고를 하는 특성이 있다. '내가 더 잘했더라면, 더 사랑스럽고 마음에 드는 아이였다면, 우리 부모가 이혼하지 않았을 거야.', '내가 아들이었다면, 우리 엄마가 할머니한테 구박도 받지 않고 아버지에게도 사랑받고 살았을 텐데 나 때문이야.'라고 생각한다. 부모의 의식에서는 전혀 그런 의도가 없어도 언어, 비언어적으로 무의식이 전달될 수 있다. 그리고 아이들은 섬세한 데다가 어릴 때는 모든 감각이 부모를 향해 열려있기에 충분히 그 에너지를 느낄 수 있다. 그래서 우리는 때때로 "네 잘못이 아니야", "넌 이상한 아이가 아니야, 그렇게 느낄 수 있어."라는 의미의 메시지를 자녀에게도, 스스로에게도 잊지 말고 전달해주어야 한다. 어린 시절의 일은 여러분 잘못이 아니다. 우리의 운명은 부모에게 달려 있었다. 그러나 성인이 된 지금 자신을 바로잡을 책임은 우리에게 있다.

나는 간혹 몇 년 전 일이나 방금 있었던 일에 대해 수치심을 느낄 때면, 나도 모르게 인상을 쓰거나 소리를 칠 때가 있다. 그리고 분노를 안전하게 표현한다고 베게를 치고 울기도 한다. 처음에는 내가 그럴 때마다 아이가 깜짝 놀라면서, 바로 "내가 뭘 잘못했나?"라고 자동적으로 자신의 잘못으로 가져간다. "너 때문이 아니야. 너와 상관없이 엄마한테 있는 화와 슬픔을 표현하는 것뿐이야. 네가 잘못한 게 없어."라고 말해준다.

운전하다가 끼어드는 차량 때문에 순간 분노를 표출하는 아빠를 보면서, 아이는 '아빠가 엄청 화가 났는데, 왜 화났지 곰곰이 생각하다가 내가 뭘 잘못했나? 나한테 화났나?'라고 아이는 자신에게 문제가 있다고 생각하기도 한다. 아이가 다 안다고 생각하지 말고, "아빠가 갑자기 소리 지르고 화내서 놀랐지? 갑자기 저 차가 들어와서 사고 날까 봐. 아빠도 놀라서 소리친 거야. 미안해."라고 아이에게 설명을 해주어야 한다.

2) 너 때문에 산다, 철들었다고 말하지 마!

일본에서 워크숍을 할 때였다. 알다시피 일본은 조용하고 서로 피해 주지 않으려는 분위기를 사회 곳곳에서 느낄 수 있다. 그런 일본의 아파트단지 가운데에서 가족치유 워크숍을 할 때, 울고 자신의 감정을 폭발하면서 대면했던 적이 있다. 다행히 그날 인원도 적고 비가 와서 소리가 묻히는 바람에 주민들에게 피해 주지 않고 잘 끝낼 수 있었다. 그때 참가자 중에 중국에서 맏딸로 태어나 어린 나이에 홀로 일본으로 건너와서 학사학위까지 취득하고 결혼하여 지금까지 일본에 정착하여 두 아이를 낳고 사는 내담자가 있었다. 내가 봐도 정말 대단하다는 말이 나올 정도로 유능한 사람이었다. 어릴 때부터 무엇이든 알아서 했고, 부모님과 친척들의 기대처럼 잘 해내야만 했기에, 그때그때 느꼈을 두려움과 긴장을 누구에게도 표현하지 못했고, 자신마저도 억누른 감정이 있다는 것을 인지하지 못했다. 두려움의 존재는 알았지만, 그 크기는 자신도 가늠하지 못한 것이다.

이 내담자는 가족치유 워크숍에서 엄마를 대신하는 대리인 앞에서 내면 아이의 마음속 이야기를 꺼냈다 "나한테 철들었다고 말하지 마."라며 절규하며 울었다. 그 말 때문에 자신이 어른으로 살아야만 했고, 아이다운 행동을 못 하게 했고, 떼쓰거나 의존하지 못했고, 좋은 성과를 내야만 했다. 부모의 말이 감옥이 되어, 그 언어에 갇힐 수 있음을 보여주었다. 정신적인 가장으로 자신의 인생을 스스로 개척하였고 부모님의 자랑이었지만, 가족 안에서 자신의 역할을 보게 되면서 "나도 어렸는데…… 내가 그때 얼마나 두려웠는지 몰라요." 그 두려움을 온몸으로 느끼며 흐느끼는데 그 울음소리가 내 마음을 파고 들어가 아프게 했다. 그리고 그날 내담자를 보며 우리 가족의 맏이인 언니, 오빠와 모든 소년, 소녀 가장들의 아품을 조금이나마 느낄 수 있었다.

　나는 원가족에서 책임지는 역할을 맡지 않은 막내였지만 아빠의 정서를 돌봤다. 아빠는 내가 태어나기 전부터 건강이 좋지 않으셨다. 10살 때쯤부터 병이 심해져 일을 하실 수 없었고 병원 치료를 받기에도 너무 늦었기에 집에서 쉬고 있는 상태였다. 막내인 나는 그때만큼은 아빠와 제일 많은 시간을 보냈다. 엄마가 해놓은 밥을 차려서 챙겨드리고, 가끔 심심해하는 아빠를 위해 나는 방안에서 패션쇼를 했다. 8살 많은 둘째 언니의 옷과 구두를 꺼내 입고 아빠 앞에서 이리저리 오가며 워킹을 했는데, 누워서 지긋이 미소를 지으며 나를 바라보던 아빠를 보면, 내가 기쁘게 해드렸다는 만족감이 들었다. 어느 날 이모가 우리 집에 오셨는데, 두 분이 이런저런 이야기를 나누시다가 아빠가 "내가 저것 때문에 산다."라며 나에 대해 이야기를 하면서 눈시울을 붉히셨다. 사실 나는 치유를 하면서 나중에 알았지만, 아빠 옆에서 사랑받아서 좋았지만, 그 방에 있는 것보다 밖에 나가서 친구들과 놀고 싶은 욕구가 훨씬 더 컸었다. 매일 엄마랑 싸우는 게 싫었고, 그때마다 엄마 앞에서 한 마디도 못하는 아빠가 답답했다. 그리고 우울한 모습으로 구부정하게 앉아있을 때마다 너무 초라하고 불쌍해 보였다. "나 때문에 산다."라는 말이 나에게는 굉장한 자부심이고 사랑받는다는 증거이기도 하지만, 창살 없는 마음의 감옥이었다는 것을 치유하면서 알았다. 아빠와 있는 것도 좋았지만 겨우 5평 남짓한 방에서 문을 등지고 앉아있던 나는 방문을 열고 얼마든지 나갈 수 있었지만 할 수 없었다. 세월이 훌쩍 흐른 뒤에서야 그때의 내가 가지고 있었던 마음과 감정을 마음껏 표현하면서 죄책감도 사라지게 되었다.

내담자들이 말하는 부모의 말에 갇혀 그렇게 살아가게 했던 언어들을 살펴보면, "니네 엄마는 답답해서 말이 안 통하는데, 니가 엄마보다 낫다." 이 말에 엄마 역할을 대신하듯 어른스러워지고 책임지는 고군분투하는 삶을 살았다고 한다. 이 아버지는 아내에게 있는 불만과 서운함, 혹은 분노를 제대로 표현하지 못해, 딸에게 정서를 풀었고, 그 딸은 은근히 엄마 역할을 대신해야 했다. "너 때문에 이혼 못 하고 산다." 엄마의 이 말에, 나 때문이라는 자책을 갖게 되고 엄마의 희생을 보상해야 한다고 생각하고 결혼을 해서도 엄마를 놓지 못하는 자녀도 있다. 물론 아이들 때문에 이혼을 결정 못하는 것도 사실이겠지만, 그 이전에 엄마는 남편에게 정당한 화를 내거나, 맞설 만큼 힘이 없으며, 헤어지는 것에 엄마 내면의 분리불안이 있을 수 있다. 혼자 아이들을 키우며 경제적인 부분이나 세상의 편견을 이겨낼 용기가 없어서 이혼을 선택하지 못하는 사유가 모두 내포되어 있을 것이다. 그런데 한마디로 "너 때문에 참고 산다."라고 한다면 그다음에 아이가 가져올 마음의 짐들을 상상이나 하겠는가? 자신의 내면을 잘 보고 어른으로서 본인의 선택으로 가져가고 책임져야 할 문제이지 아이들이 죄책감으로 가져가서 평생 마음의 짐을 지게 해서는 안 된다. 희생하는 부모는 아이들에게도 이해와 위로 그리고 보상받기 바라는 마음을 이렇게 은연중에 전달한다. "우리 귀한 손주 말고 딸인 니가 죽었어야 되는데……." 사고로 손자를 잃은 할머니가 손녀에게 한 말이다. 옛날 어르신들 중에 이렇게 노골적으로 표현하신 분들이 있다고 들었는데, 실제로 이런 상처를 가진 내담자를 만날 수 있었다. 이 손녀는 살아갈 가치 있는 사람이 되어야 하기에 정말 노력하고 또 노력한다. 그런데 심각한 것은 조그마한 실수가 있을 수 있음에도, 자신을 용서하기 힘들고 상대에게 자신의 잘못 없음을 증명하기 위한 해명의 대화만 몇 시간이라도 할 정도로 존재를 증명하는데 에너지를 쓰면서 산다.

이렇듯 사랑과 인정이라고 느꼈지만, 아이의 관점에서는 때로는 감옥이 될 수 있었던 어떤 말이나 상황, 장소는 없었는가? 그 자리에서 기다리고 있을지도 모르는 나의 외로운 내면 아이를 한 번쯤 생각해보자. 그 아이를 만나면 평가 없이 먼저 무조건 안아주면서, "네 잘못이 아니야."라고 말해주길 바란다. 먼저 내가 있고 세상이 있는 것이다. 먼저 나 자신을 보고 나를 위해 살아야 한다. 다른 누군가를 위해 사는 삶은 더는 살지 않겠다고 지금 다짐하자.

부모의 아픔이 해결되지 않아서 온
상처의 대물림

1) 액자 속 인형 같은 엄마의 엄마, 깊은 슬픔을 간직한 아빠

엄마에게 외할머니에 대해 물어보면, "우리 엄마는 화를 내거나 때리거나 잔소리를 한 적이 없다."라고 한다. 어릴 때 외할머니랑 싸우지도 않았냐고 깜짝 놀라서 물어보면, "일하기도 바쁜데 싸우고 이야기 나누고 할 시간이 어디 있냐."라고 하셨다. 자신의 엄마와 이야기 나눌 시간, 싸울 시간도 없었다는 말을 들으니 마음이 짠했다. 외할머니가 아이들을 사랑해서 교육철학이 있어서 때리지 않고 잔소리하지 않은 것이 아니었다. 그렇다고 단순히 바빠서 대화를 못한 것도 아니라고 짐작한다. 우리는 외할머니와 멀리 떨어져 살다 보니, 거의 만난 적도 없었다. 어쩌다 만나도 사랑을 느낀다거나 마음을 나눈다거나 그런 감정을 한 번도 느껴본 적이 없었다. 과연 할머니가 우리 엄마의 엄마가 맞나 싶을 정도로, 그저 곱고 조용하시다는 느낌밖에는 없었다. 내가 젊었을 때 외할머니, 외할아버지와 한 번 식사를 같이한 적이 있었는데, 외할아버지가 할머니 무릎에 음식이 흘러도 옷을 버리지 않게 수건 같은 것을 덮어주고, 수저랑 몇 가지를 챙겨주시고 나면 할머니가 자연스럽게 식사를 시작하는 낯선 광경을 보았다. 외할머니는 간간이 무미건조한 형식적인 말 몇 마디 던지시면 끝이었다. 그 뒤로는 할머니 목소리는 들리지 않고 할아버지의 잔소리와 한탄과 훈계가 시작되는데, 할아버지가 말씀하실 때 어떤 자신의 의견이나 생각을 말하지도 않으셨다. 잠깐 경험한 외할머니는 누구를 챙기거나 일생에 한두 번 만나는 손녀에게도 말을 먼저 거는 일이 거의 없으신데, 우리 엄마는 엄마의 사랑을 어디서 어떻게 느꼈을까? 어린 시절 엄마에게 제일 많이 듣던 잔소리가 "게으르면 죄 받는다."라는 말이었다. 엄마는 어릴 때부터 쉬지 않고 일만 하였고, 외할머니와 친밀감을 느끼지 못하고 그냥 무미건조하게 살아오신 것 같다. 다채로운 감정이나 감각은 없고 기계처럼 일하는 엄마 밑에서 우리 엄마도 아무 표현도 못 하고 일만 하고 사셔서 우리에게도 칭찬이라는 것을 할 줄 모르고, 친밀감을 갖기가 어려웠을 것이다. 그저 "움직여라, 일해라"라는 말을 엄청 많이 듣고 자랐다. 말을 못 해서 그렇지 엄마의 내면에도 얼마나 많은 한과 분노가 쌓여 있을까. 그것이 우리를 향해 쏟아져 나오니 관심과 사랑으로 다가오지 않고 분노와 화만 느껴져서 나는 피해 다니기 일쑤였고, 엄마의 그런 잔소리를 평생 듣고 살았어도 나의 게으름은 나아지지 않았다. 엄마는 이렇게 일만 하느라 공부를 하지 못한 것이 평생 한이 되었으면서도 어떤 상황에서도 부모에게 말대꾸 한번 못했을 것이 뻔했다. 그런 엄마가 안타까워 어느 날 엄마와 단둘이 카페에 앉아 커피를 마시며 물었다. "엄마는 다음 생에 어떤 부모를 만나고 싶어?" 처음에는 쓸데없는 소리 한다고 손사래를 치셨지만, 나의 끈질긴 질문에 대답하셨다.

"아우, 나는 다 필요 없고, 공부시켜주는 부모 만나고 싶어."

"아, 그렇구나. 엄마는 공부를 못한 게 아직도 아쉽구나. 그런데 엄마 좀 더 구체적으로 말해봐. 그래야 이뤄지지. 여자로 태어나고 싶어? 남자로 태어나고 싶어?"

"여자!"

"엄마는 여자로 태어나고 싶구나. 그런데 공부만 시켜주고 학대하는 부모면 안 되잖아." "그건 안 되지, 그건 싫어."

"그래, 그럼 엄마는 다음 생에 자식을 배려 깊게 사랑해주면서 공부도 원하는 대로 시켜주는 그런 부모 밑에서 예쁜 딸로 태어나" 라고 내가 말하자, 엄마가 침묵하면서 나를 바라보는 표정이 깊어지는 것이 느껴졌다. 대학원 때 임종을 앞둔 분이나 노인분들에게 하는 상담을 배운 것을 응용해서 엄마와 대화를 나눴다. 언젠가 엄마와도 이별할 날을 생각하면서 마음으로 준비하고 엄마 마음도 알고 싶고, 엄마가 원하는 대로 삶이 펼쳐지길 바라는 마음으로 축복해주고 싶었다.

나는 막내로 태어나서 부모님이 젊었을 때나 아버지가 건강하셨을 때의 모습을 잘 모르고 친가와 외가 모두 연결이 없어서 엄마, 아버지의 원가족이나 역사에 대해 모르는 것이 많았다. 그리고 나에 대해서 수치스럽게 생각했기에 과거에 대해서 알고 싶지도 않았는데, 가족 상담을 공부하였기에 알아야 할 이유가 생겼고, 나 자신을 수용할수록 오히려 과거가 더 궁금해지기도 했다. 공부하면서 엄마한테 어린 시절 환경이나 이것저것 물어볼 때마다 엄마는 회피하기도 하고 화를 내면서도 꽤 솔직하고 진지하게 말해주셨다. 때로는 부담스러운 부분은 돌아가신 아버지 탓으로 살짝 돌려 말씀하시는 것도 느껴졌지만, 그건 아마 나였어도 그랬을 것 같다. 엄마에게 들어서 알게 된 부모님의 과거 중에 꽤나 충격적인 일도 있었다.

아버지가 엄마를 만나기 전에 이미 결혼을 하셨고, 아이를 낳던 날 부인과 아들이 함께 세상을 떠나는 아픈 상처를 가지고 계셨다는 것이다. 그런데 이 사실 하나를 알게 된 것만으로도 과거에 일어났던 일들 중에 의문을 가졌던 것들이 풀리면서 가족 전체의 아픔이 이해되기 시작했다. 마른 몸으로 구부정하게 앉아서 슬픈 얼굴을 하고 있었던 아버지가 이해가 되었고, 그 상처로 인해서 내가 아플 때마다 그렇게 걱정이 많으셨고, 나도 아픈 것으로 아버지에게 관심받을 수 있다는 것을 무의식에서 알았구나. 나는 정말 관심을 받기 위해 꾀병도 많이 부렸고, 누가 봐도 꾀병이라는 것을 알 텐데도 아버지는 항상 진지하셨다. 어느 날은 자다가 눈을 떠보니, 어두운 방에 아버지가 내 옆에 앉아 이마를 짚으며 근심 어린 얼굴로 내려다보고 있었던 기억이 있다. 아프면 관심을 준다는 것을 알고 있었고 나는 사랑받기 위해 아버지가 오는 것을 보고 기다렸다가 기침을 하기도 했던 정말 천재적인 아이였다. 아버지의 이런 과거를 엄마는 결혼할 때 몰랐고 결국은 알게 되셨지만, 알기 전에도 엄마는 직감으로 느끼고 있었고 정신적으로나 마음이 온전히 현재의 가족에 있지 않은 것으로 항상 싸우고 몹시 분노하셨다는 이야기를 들었다. 두 분이 싸우실 때도, 두 사람만의 싸움이 아니라 항상 중간에 누군가를 등장시키며 분노를 했던 느낌이 있었다. 나는 아버지도 안쓰러웠지만, 엄마의 고통이 이해되었다. 아버지는 그분과 가장 부부 사이가 좋았을 때 생이별을 하셨기에 평생 잊기 힘드셨을 것이다. 가장 좋을 때 한 이별과 고인에 대한 환상은 오래가기 마련이다. 엄마와는 아이를 다섯이나 낳고 살며 미운 정, 고운 정이 다 들었을 것이고 서로에게 화가 나고 미울 때는 돌아가신 고인을 생각하고 비교해서 말하기도 했다고 엄마에게 들었다. 아버지가 그 상처를 애도하고 상실하면서 그 감정을 완결하고 엄마랑 결혼했다면 얼마나 좋았을까 하는 생각이 들었다. 그랬다면 우리 가족의 삶 자체가 달라졌을 수도 있다. 몇십 년이 흐르고 강산이 몇 번 변했음에도 우리는 그 영향을 많이 받았다고 생각한다. 엄마는 지금까지 아버지 제사상에 돌아가신 그분의 밥과 국을 같이 올려놓으신다. 자식들이 잘되길 바라는 마음에서 그렇게 하시는데, 나는 이런 엄마가 대단하다고 생각하는 것이, 오히려 오랜 세월 어떤 방식으로든 수용하고 받아들임으로써 완결을 잘하고 계신 것이 엄마라고 생각된다.

애도와 상실을 하고 떠나보내는 것은 참 중요하다. 현실을 인정하고 받아들이는 의미이기도 하고 그래야만 새 출발을 잘할 수 있다. 붙들고 살지 말아야 할 것을 붙들고 있는 것이 무엇인지 보고 하나둘 완결하면서 사는 것이 불필요한 에너지 쓰지 않고 산뜻하게 사는 방법이라고 생각한다. 가족치료와 관련된 책 중에 『커플치유』라는 책을 본 적이 있는데, 이 책에 나오는 사례들이 서구의 부부여서 오픈하는 범위가 넓다는 것이 우리나라와 차이가 있긴 하지만 매우 공감했던 부분이 있다. 가족치유를 할 때, 원가족과 현재 가족 구성원만 다루는 것이 아니라, 자신에게 영향이 큰 사람이라면 전남편이나 전 애인 그리고 낙태된 아이까지도 필요하면 함께 작업하고 완결한다는 점이다. 이 부분이 너무 동의가 되고 필요하다는 생각이 든다. 우리 아버지 사례를 봐도 그렇고, 부부가 헤어진지 10년이 넘었음에도 현재도 "어떻게 니가 나를 떠날 수 있니?"라는 마음으로 아직도 과거의 그 시기에 빠져 사는 사람도 많다. 자신의 이런 모습을 인정하고 용기 내서 그 안에서 나오기를 먼저 언어로 선언하고 애도하며 보내는 선택을 하길 바란다.

다음과 같은 과정에 맞추어 글로 적으면서 애도와 상실을 해보기 바란다.

이 과정은 우리가 앞으로 나아갈 때 과거의 상처가 걸림돌이 되지 않도록 하는 것이다. (상실과 애도의 대상에 이혼이나 폭력, 혹은 학대의 경험이 있다면, 그럼에도 상대와 함께해서 조금이라도 좋았던 점과 고통받았던 불편함의 기억도 떠올리고 기록한다.)

① 과거에는 소중하고 좋았던 대상이 지금은 존재하지 않는다면 누구(무엇)인지 기록한다.

② ①의 대상과 함께하면서 너무 좋았고 행복했던 일을 사소한 기억이라도 떠올려본다. 행복했던 추억이나 감사한 마음도 떠올려서 기록한다.

③ 내가 정말 그리워하는 것은 무엇인가? 그 대상과의 경험이 나에게 어떤 의미이고, 내 삶에 어떤 영향을 주었는가?

④ 이제 대상이 떠나고 없음을 받아들이고, 올라오는 감정을 그대로 느껴본다. 그것이 슬픔이라면 나의 슬픔의 무게와 양은 얼마나 될지도 이미지로 그려보면서 그대로 느끼고 흘려보내

라. (이 상실이 얼마나 슬픈지, 어떤 말을 하고 싶으며, 누구와 함께 이 슬픔을 나누고 싶은지 떠올려보고 대상이 있다면 함께 해도 좋다.)

⑤ 이제 내가 그 경험을 보내고 나를 위로하기 위해 어떤 행동이나, 무엇을 할 수 있는지 찾아서 해보자. 그것이 음악을 듣는 것이거나 영화를 본다거나 여행이 될 수도 있다.

⑥ 마지막으로 간직하고 싶은 기억이나 물건은 추억으로 남기겠다고 선택하고, 버릴 것이 있다면 정리하면서 작별 인사를 한다. "잘 가."라고 인사하고 그 대상의 이미지가 내 시야에서 점점 작아져서 마침내 사라진다고 상상하면서 작별하면 된다.

2) 감정의 억압이 만들어낸 몸과 마음의 병

내적 불행의 대물림으로 고통받았던 내 딸은 부모의 이혼과 방치로 상처받았고 친정엄마와 나의 갈등으로 인해 혼란스러워하는 가운데 성장했다. 엄마는 내가 가장 힘들 때 아이를 최선을 다해서 키워주셨지만, 생활습관이나 여러 가지 면에서 다름을 인정하지 않으셨고, 가치관이나 신념은 완고하다 못해 변화와 타협은 절대 불가한 단단한 벽 같았다. 나 역시 고집이 있어서 우리는 매일 싸웠다. 그렇게 지내다가 딸이 7살 되던 해 어느 날 아침에 자는 딸의 입에서 피거품이 올라오는 충격적인 장면을 보게 되었다. 가까이 가서 보니 의식은 없고 하얀 거품을 물고 있다가, 차츰 붉은색이 나타나면서 피거품으로 변해가는 것이었다. 하늘이 무너지는 것 같았고, 떨리는 심정으로 뇌파 사진을 찍었는데, 뇌전증(간질)이라는 청천벽력 같은 진단을 받았다. 그때 언니, 오빠들이 "너도 어릴 때, 경련을 한 적이 있었는데 청소년기로 넘어가면서 자연스럽게 없어졌고, 지금은 멀쩡하게 잘 사니까 너무 걱정하지 마."라고 위로하였다.

인터넷에서 여러 가지 사례들도 검색해보면서 차츰 안정을 찾았지만, 그때부터 초등 5학년 때까지 일 년에 두세 번 정도 경련을 하고, 한두 번은 119를 불러 병원에 가곤 했다. 고학년으로 갈수록 경련의 시간이 조금씩 길어지기 시작했는데, 그 시간이 길어지면 뇌손상이 올 수 있어서 특별히 조심해야 했다. 그때가 제일 두려움이 컸었다. 그때 나는 "아버지도 나를 바라보면서 이런 심정이었겠구나."라는 생각이 들었다. 우리 아버지가 나에게 했던 것처럼, 나도 잠자리에 든 딸을 항상 20여 분간은 지켜봐야만 했는데, 낮에는 아무 일이 없지만 잠들고 난 후 20분 이내에 경련이 주로 일어나기 때문에 어김없이 딸만 들여다봐야 했다. 5년간 경련이 없어야 완치판정을 받을 수 있었다. 항상 이번이 마지막이기를 바라면서 횟수를 세어보곤 했다. 관찰하는 것도 중요하지만 경련이 일어나지 않도록 미리 방지해야 했기에 최대한 좋은 기분을 유지하고 밤에는 기분 좋게 웃으면서 잠들게 해주고 싶었는데, 워낙 친밀감이 없고 무슨 이야기를 할지도 몰라서, 고민하던 끝에 스토리가 짧고 재미있는 단편들을 묶어놓은 한 권짜리 전래동화를 매일 읽어주었다. 밤중에 둘이 깔깔거리며 웃었던 행복한 추억을 선물해준 고마운 책이다. 평소에 아이가 좋아하던 영어 동화와 노래도 들려주며 최대한 긍정적인 영향을 주도록 노력했다.

나는 딸이 그때 그렇게 아프지 않았다면 친밀감이 뭔지, 연결이라는 것이 뭔지도 모르고 아이를 보지 못하는 무감각한 엄마로 그냥 쭉 살았을 것이다. 아무리 마음을 다잡고 무감각으로 견딘다고해도, 내 눈앞에서 사지를 뒤틀고 경련하는 딸을 바라보는 것이 너무나 힘들었다. 아이에게 "엄마 목소리 듣고 정신만 차리면 괜찮아. 걱정하지 마"라고 말했지만, 어떤 때는 마음속으로 "이러다가 장애가 올 수도 있겠구나."라는 생각에 너무 두려웠다. 그러다가 마지막으로 경련을 했던 12살 때는 밤에만 하던 경련을 그날은 초저녁에 했고, 시간도 길어져서 119를 불러서 병원으로 갔다. 당장 입원해야 했는데 병실이 없어서 하루 30만 원이 넘는 1인실에 들어갔고, 딸의 상태를 확인하러 온 젊은 의사 선생님이 차트에 적힌 딸아이의 병명을 보고 "일반 학교 다니나요?"라고 당연하다는 듯 물어보는데, 그때는 그 질문 자체도 나한테는 너무 무서웠다. 아이도 걱정되고 하루 30만 원이 넘는 병실에서 지내는 내 마음은 초조하기만 한데, 딸은 딱 아이답게 학교도 안 가고 병실 환경이 좋으니 기분이 좋았는지 아침에 일어나자마자 커튼을 확 젖히고 창밖을 내다보며

"참, 경치 좋다. 오늘 같은 날 어디 여행이라도 갔으면 좋겠다."라고 말하는데, 그동안의 모든 긴장이 풀리면서 어찌나 웃기던지, 이제 살았구나 싶어서 그냥 병원이 떠나가라 큰 소리로 같이 웃었다. 그리고 학교에 전화해서 하루 휴식을 신청하고, 부여로 1박 2일 여행을 떠났는데, 마음이 지치고 힘들 때는 역시 자연에서 잠시 쉬어가는 것이 정답이다. 그 뒤로 가끔 경치 좋은 곳으로 떠나는 여행을 하면서 지친 마음을 달랜다.

사실 내가 이 과정을 겪으면서 고통만 있었던 것이 아니라 아이와 친밀감을 쌓으려고 시도하면서 행복한 기억도 많이 갖게 된 계기가 있었다. 그것은 아이가 처음 진단을 받고 앞이 캄캄했을 때, 지금의 푸름이교육연구소 대표이시고 내 치유에 도움을 주셨던 신영일 대표님이 내 이야기를 듣고 하신 말씀이 "그거 감정을 억압하는 것이 학습되서 그런 거야. 아이가 언제 경련하는지 기록해봐."라고 말씀하셨다. 처음에는 지금 그게 무슨 도움이 될까? 생각했는데, 점점 두려움이 올라올 때, 지푸라기라도 잡는 심정으로 기록하기 시작했다. 그것도 6년 동안을 기록했다. 그런데 정말 놀랍게도 아이가 경련하는 날은 나의 감정 상태와 연관이 되는 일정한 패턴이 있었다. 내가 기록하면서 발견한 것은, 첫 번째는 이사 가는 날이거나, 이사는 아니지만 집안 구조를 바꾼다고 가구를 전부 꺼내서 정신없이 만들어놓은 상태가 되면 나도 피곤해져서 살짝 긴장도 되었는데, 그날 어김없이 아이가 경련을 일으켰다. 이혼하면서 환경이 바뀔 때 겪은 상처와 스트레스 때문이었던 것 같았다. 딸이 12개월을 막 지난 상태에서 이혼할 때, 내 감정도 엉망이고 온 식구가 다 스트레스를 받는 상황이어서 서로의 마음을 보기 힘들었던 시기였다. 그때 아마 가장 힘든 것은 아이였을 텐데 나는 내 슬픔에 빠져 전혀 아이 생각을 못 했다. 이혼한 후부터 일 년 동안은 아이가 어디 있었는지 기억이 나지 않을 정도로 정신이 나간 상태로 생활했었다. 두 번째로, 나는 어릴 때부터 엄마 앞에서 긴장하는 아이였다. 잘하던 것도 엄마가 쳐다보면 실수하고 무엇이든 제대로 못 하는 부족한 아이였다. 함께 살면서도 엄마와 나, 딸이 함께 있는 상황은 늘 긴장되었고, 우리 엄마가 화가 나 있거나 할 때는 나도 잔뜩 얼어있어서 딸이 나를 불러도 나는 듣지도 못했다. "가만히 좀 있어 봐."라고 오히려 야단을 쳤다. 이런 상황이 심한 날은 아이가 경련을 일으켰다. 지금도 경련을 하던 날의 일이 기억나는데, 내가 운전을 하고 뒷자리에 딸과 엄마 그리고 엄마 친구를 태우고 서울로 향했다. 남산에 엄마와 친구분을 내려드리고 우리는 다른 볼일을 보고 돌아오려는 계획으로 일산에서 출발했는데, 평소에 그렇게 잘하던 운전을 얼마나 긴장했는지 서울 근교에 와서 차선 변경이나 끼어들지도 못하고 계속 돌고 돌다가 결국 시간이 지나서 그 장소에 가지 못했다. 나에 대한 질책과 친구에 대한 미안한 마음까지 모두 잔소리가 되어 나에게 돌아왔고, 그 소리를 들으면 잘하던 것도 더 안되는 것이었다. 할 수 없이 다시 일산으로 돌아오는 상황이 되었는데, 돌아오는 길에도 또 문제가 생겼다. 이상한 길로 들어가 허허벌판 공사장으로 간 것이다. 이렇게 긴장하면서 10년을 어떻게 같이 살았는지 이해가 되지 않을 정도였다. 아마 엄마는 내가 그렇게 떨고 있다는 것을 상상도 못 했을 것이다. 나도 잘 몰랐으니까. 그런데 그럴 때마다 가장 많이 긴장하고 힘든 건 또 딸이었다. 엄마 앞에서 긴장하는 내내 나 자신도 없어지고, 딸의 말도 들리지 않고 존재도 느껴지지 않았을 때, 딸은 두려웠을 것이다. 이런 날은 어김없이 딸이 경련을 일으켰다.

나는 정말 뭔가 달라지지 않으면 안 되겠다 싶었고, 죽이 되든 밥이 되든 먼저 독립부터 하기로 결심했다. 그때까지 전세계약서도 혼자 못 썼지만, 형제들의 도움으로 분가를 할 수 있었다. 딸이 11살 되던 때부터 우리 모녀만의 삶이 시작되었다. 이렇게 6년 동안 경련할 때마다 기록하면서 관찰한 덕분에 나 자신과도 더 가깝게 만날 수 있었고 아이 마음에도 공감하면서, 40년간 원가족의 부모와 붙어살면서 엉킨 관계를 풀어나갔다. 그때 나는 딸에게 불안과 위협을 주는 상황들을 줄이기 위해 먼저 내 상처를 치유하기로 하였다. 상처치유를 위한 코칭과 상담을 열심히 받았고, 무엇보다 아이가 느끼는 모든 감정과 부정적인 감정들을 표현할 수 있도록 안전한 환경을 만들어주는 것에 집중했다. 이전에는 도저히 허용할 수 없었던 내 고집과 완고함의 벽들이 허물어지기 시작했고 아이가 뛰어놀 수 있는 울타리를 넓혀주면서 지켜주는 안전한 엄마로 서서히 변해가고 있었다. 후에 아이의 상황이 거의 나아졌을 때 나도 긴장이 풀어지면서 휴식이 필요함을 느꼈고, 돈을 모아서 방학 기간에 경치 좋고 휴식하기에 좋은 곳을 골라 아이를 해외캠프에 보냈다. 영어 동화책을 읽어주며 엄마와 놀이하면서 연결된 좋은 기억도 있었고, 집에서 가까운 파주영어마을을 4년간 놀러 가듯 다니면서 외국인에 대한 친밀감이 있었기에 아이는 영어권 나라에 가보고 싶어 했다. 학습프로그램이 최대한 적고 자연이 좋은 나라와 지역을 선택하였고 전문성 있고 안전한 회사를 선택해서 처음으로 간 곳이 캐나다 외곽이었는데, 아름다운 산이 뒷배경으로 펼쳐져 있는 거대한 호수에서 물놀이하고 놀 수 있는 아름다운 곳이었다. 외국인들은 사생활을 물어보지도 않고, 한번 대답하면, 더 권유하지 않고 오케이 하기에 대화하는 것이 산뜻하고 좋았으며, 그냥 눈만 마주쳐도 웃어주는 환경이 너무 좋았다. 다음 해에도 캐나다, 미국, 영국, 필리핀에서 방학을 보냈다. 공부든 관계든 점차 아이가 감당할 수 있는 방향의 프로그램을 찾아 보냈다. 그때 지인들은 내가 경제적으로 여유로운 줄 알았다고 하는데, 실상은 그렇지 못했다. 일단 아이가 어릴 때부터 혼자 벌어서 생활을 해왔고 아픈 동안 내가 너무 지쳐있었던데다 나도 치유와 휴식이 필요해서 서로를 위한 치료비라고 생각하여 대출과 보험을 해약해서 보냈다.

혹시 아픈 자녀를 둔 부모님이 계신다면, 의사의 처방은 따르시되 반드시 아이가 언제 어떤 경험을 하였고, 그 과정에 힘든 부분은 없었는지 생각해보고, 엄마 내면을 들여다보는 시도를 하기를 권하고 싶다. 어릴수록 엄마와 모든 것이 밀접하게 연결되어 있다고 생각하면 된다. 그렇다고 죄책감을 가질 필요는 없다. 아이의 아픔은 엄마인 내게 어떤 상처가 있는지를 발견하고 엄마도 치유할 기회를 준다. 나는 아이가 아프지 않았다면, 방치하는 줄도 모르고 아이를 방치했을 것이다. 이 상황이 지속되었다면 아마도 더 크게 아팠을지도 모르겠다는 아찔한 생각이 든다. 늦게라도 이혼의 스트레스와 애도와 상실은 물론 아이가 처음 피거품을 물고 경련했을 때 느꼈던 두려움과 공포, 슬픔을 치유장 안에서 시원하게 토해내며 쌓아두지 않고 묵은 감정들을 처리할 수 있었다. 세상에 이렇게 무식한 사람이 또 있을까 싶을 정도로 울고불고 데굴데굴 구르면서 그때의 두려움을 제대로 재경험했다. 이런 감정들을 꽁꽁 묶어두고 어떻게 살았을지 상상할 수도 없다. 나를 사랑한다는 것은, 내 안에 있는 억압된 감정이 무엇인지, 상처가 무엇인지를 알아봐 주는 것이고, 그것에 머물지 않고 표현하고 풀어주는 것까지 확장 시켜가는 것이다. 그러면 나와 더 가까워지고 더 깊이 만나는 것을 경험할 것이다. 그러나 자각만 해도 엄청 편해질 수 있으니, 천천히 기다려주고 머물러 주면서 자신에게 때로는 관대해지길 바란다.

3

천재의 인생 드라마가
시작된 원가족

　사람들에게는 누구나 어떤 상처가 무의식에 잠재적으로 기록되어 있는지 짐작도 못 하는 영역이 존재한다. 나 역시 여러 가지 계기로 짐작도 못 했던 아픈 상처를 지닌 내면 아이를 만났다. 그리고 힘들게 겪으며 지금까지 왔다. 아프지만 다시 상처를 끄집어내어 해소했다. 그리고 마침내 오랜 감정의 감옥에서 벗어난 것처럼 편안해졌다. 내 무의식 깊은 곳에 있던 어린 시절의 부정적 경험을 다시 떠올려 치유했던 강렬한 경험들은 평생 잊지 못할 만큼 소중하다. 치유라는 것을 시작한 이래 나에게 가장 결정적인 큰 변화를 가져다준 경험 중 하나를 고르라면, 바로 내가 천재였다는 사실을 발견한 순간이었다. 사랑받기 위해 내 자신의 욕구와 감각에 따르기 보다 부모가 요구하는 것에 맞추어 살 수 밖에 없었던 나는 어느 순간부터는 어디서나 나를 속이고 타인에게 맞출 수 있는 능력을 가진 천재가 되어 있었다.

> "천재란 적응할 수 있는 능력" 덕분에 고통투성이 어린 시절에서 살아남은, 스스로를 마비시켜 학대의 잔인함으로부터 살아남은 우리 모두를 의미한다. 이런 타고난 재능이 없었더라면 우리는 살아남지 못했을 것이다.
>
> — 앨리스 밀러의 『천재가 될 수밖에 없었던 아이들의 드라마』

앨리스 밀러의 책 『천재가 될 수밖에 없었던 아이들의 드라마』를 나는 지금까지 수십 번 반복해서 읽었고, 중국 연변과 상해, 대련, 일본에서 온·오프라인을 통해 독토 강연을 했을만큼 자신 있게 전달할 수 있는 책이다. 마치 내 이야기를 쓴 것처럼 아주 가깝게 느껴지면서 끌렸고, 같은 문장을 읽어도 내 상태에 따라 읽을 때마다 다르게 다가오는 부분들이 상당히 많아서 눈물짓고 공감하면서 읽었던 책이다. 내가 정말 이 책의 주인공처럼 천재였구나를 깨달았던 순간은 별로 특별한 날도 아닌 그저 평범한 어느 날 오후였다. 사무실 소파에 앉아있다가 갑자기 양손을 위로 힘차게 뻗치면서 "저, 알았어요. 저 천재예요."라고 격앙된 목소리로 외쳤던 그 순간이었다. "저는 어디를 가든 그곳에 맞게 적응해요. 저기 가면 저기에 맞게, 여기 오면 여기에 맞게 상황에 따라 달라지면서 완벽하게 살았어요. 제 삶이 왜 그렇게 힘들었는지 이제 이해가 돼요." 이렇게 시작된 말이 끊임없이 계속 쏟아져 나왔다. "와, 이제 분명해졌어요. 마치 올림픽에 출전하는 선수이긴 한데, 뚜렷한 종목이 없는 애매한 선수 같았는데, 이제 종목이 뚜렷이 정해진 기분입니다. 저 치유도 천재처럼 잘하는 상담사가 될 수 있겠죠?"라고 말했다. 그동안 살아오면서 천재처럼 행동했던 나의 모든 내면 아이들이 한꺼번에 종합해서 영화처럼 보이는 느낌이었다. 그 자리에 함께 계셨던 푸름이교육연구소 최희수 소장님은 그저 내가 말할 때마다, 와! 하고 박수를 치셨고, "그럼!"이라고 추임새를 넣어주시며 있는 그대로 봐주고 축복해주셨다. 목욕하다가 밀도측정법을 발견하고 유레카를 외치며 뛰쳐나간 아르키메데스의 마음을 알 것 같았다. "그래서 내가 그렇게 산만했고 순간순간 내면에서 보내오는 신호들을 어렴풋이 느끼면서도 내가 없고 나한테 집중을 할 수 없으니 그냥 다 무시하고 흘려보냈구나."라는 과거의 행동들에 대한 자각이 들었다. 내가 결정적인 선택의 순간에 있을 때 "이건 뭔가 잘못됐어. 제대로 보지 못하고 실수하는 것 같아."라는 생각이 머리를 스쳐 지나간 적이 있었다. 그때는 자존감도 낮아서 그 선택을 취소하겠다는 말도 못 했고 별 대수롭지 않은 느낌이라고 생각하고 무시한 적이 있었다. 그때 왜 그런 느낌이 들었는지 10~15년이 지나도 늘 궁금했었는데, 나에게 보내는 나의 내면의 목소리였다. 그때 나의 내면의 소리에 귀 기울이지 않고 무시한 대가로 치러야 했던 고통의 시간을 생각하면 마음이 아프다.

이렇게 천재처럼 순응하는 착한 아이는, 어떤 위험한 상황이 발생했을 때, 자신의 직관은 위험하다는 신호를 보내고 있음에도 불구하고 그 직관을 무시하고 타인의 말을 따름으로써 위험에 빠지는 경우도 있다. 직관을 따르고 내면의 소리에 귀 기울이라는 것은, 무조건 자기의 생각만 옳다고 주장하라는 의미가 아니다. 내면에서 보내는 직관의 신호와 목소리에 먼저 귀 기울일 수 있어야 자신을 지키고 책임지는 선택을 할 수 있다는 뜻이다. 배우자를 선택한다거나 인생에서의 어떤 중요한 선택의 순간에도 자신의 직관을 무시하고 외부의 기준에 맞추고 순응하는 실수를 범하지 않기 바란다. 가끔은 인생이 참 영화 같다는 생각이 든다. 내가 어떤 배역을 맡았는데, 그 배역에 천재처럼 적응하다 보니 역할과 현실을 구분 못하고 결국 내가 누구인지 잃어버리고 배역의 캐릭터로 살아온 것만 같다. 다행히 그 배역에서 빠져나올 수 있었기에 해피엔딩이 되었지만 말이다. 항상 나를 좋은 사람들과 좋은 스승이 있는 곳으로 안내하고 깨어나 자신을 성장시켜야 한다. 그리고 내가 먼저 좋은 사람이 되려고 노력해야 한다.

1) 사랑을 안 줘서 못 받은 게 아니라, 없어서 못 줬어!

천재라는 자각 뒤에 바로 얻은 깨달음은, "그 사람은 사랑이 없는 사람이었어요. 있는 데 안 준게 아니라, 자기 자신도 사랑하지 못하는 사람이었어요. 그 사람도 사랑이 뭔지 몰라요. 자기도 사랑하지 못하는데, 어떻게 저에게 줄 수 있었겠어요. 만약 사랑에 대해서 알았다면 자기 자신을 먼저 사랑했을 것이고, 그 사랑이 넘쳐 흘러서 저에게 반드시 왔을 거예요. 저도 마찬가지였고요." 이어서 내 입에서 폭포수처럼 많은 말들이 쏟아져 나왔다. 그리고 "자기 자신을 아는 것이 가장 힘 있는 거였어요."라고 말하고 긴 이야기의 끝을 맺었다.

이 말은 그간의 나를 찾아 떠난 내면 여행의 여정에서 얻은 최고의 결실이었다. 왜냐하면 이제 더는 헛된 노력에 힘을 쓰지 않아도 되기 때문이다. 천재가 되어버린 내 모습을 보니 상대가 보였고 내가 상대에게 어떻게 집착하고 있었는지를 깨닫는 순간 집착하는 마음과 미움이 사라지면서 강력한 내면의 힘이 올라오는 것이 느껴졌다. 더는 외부에서 받아서 채워야지만 된다고 생각하는 헛된 노력을 하지 말아야 한다. 자신을 사랑한다는 것이 무엇인지도 모르고 힘겹게 사는 사람에게 일부러 안 준다고 화내고 매달리고 집착하면서 살고 있지는 않은가? 내가 누구이고 어떻게 살고 있는지 자신의 내면을 들여다본 사람은 자신에게 집중하고 자신을 사랑할 방법을 연구할 것이다. 모든 상처를 들여다보면, 모두 사랑에 관한 것이다. 우리 부모도 그렇고 내가 만난 사람들도 자기 자신을 사랑하는 법을 몰랐고, 그들에게 자신을 먼저 보는 진정한 사랑이 없었다. 그들도 나처럼 자신을 죽이고 희생함으로써, 있는 그대로 사랑한다는 것을 잃어버린 상처받은 내면 아이가 깊숙이 자리 잡고 있었다. 이제는 외부로 향해있던 에너지를 나의 내면으로 돌려 나를 사랑하는 방법을 찾는 데 필요한 에너지로 바꾸어 쓰도록 하자.

자신의 욕구가 먼저이고 자기 자신을 사랑하고 소중하게 생각한다는 것이 어쩌면 집단의식을 중요하게 여기는 한국 사회에서는 이기적이라고 여겨질 수도 있다. 우리 부모님 세대만 해도 순응하는 착한 아이로 살아왔고, 결혼해서는 아내, 남편, 며느리, 그리고 부모로 살아가면서 어느새 자신은 없어지고 자녀들을 먼저 챙기고 희생하며 사신 분들이 대부분이다. 그런데 자기 자신이 없는 삶을 살았기에, 채워지지 못한 욕구와 해결되지 못한 감정이 자녀들을 통해서라도 이루고 싶어 안간힘을 쓰다가 결국 자녀의 등에 짐을 얹어 주게 된다. 그 짐을 운명처럼 받아온 자녀는, 부모가 걷지 못한 길을 대신 걷고 살지 못한 삶을 보상하듯 살아가면서 부모의 바람대로 살다 보니 진정한 자기와 멀어지는 삶을 살게 되었다. 내 취향대로 선택하기보다 부모님 뜻을 따라야 하고, 집안 전체를 생각해서 매 순간 자기를 버리는 선택을 해야 할 수 있다. 자기 자신으로 살지 못하는 삶 즉, "자신에 대한 진정한 사랑이 없는 상태를 자신의 본성과 멀어진 상태"라고 나는 말하고 싶다. 나를 찾는 것, 나를 먼저 생각하고 챙기는 것은 이기적인 것이 아니라 당연하다. 자신을 진정으로 사랑하는 사람은 타인에게도 친절하기 때문이다. 이미 그렇게 살지 못했다면 지금이라도, 자신의 꿈은 자기가 이루면서 살고, 너무 늦어서 포기해야 할 것은 포기하는 것이 좋다. 자녀에게 정말로 대물림해야 할 것은 자신을 사랑하는 모습이고 그것이야말로 가장 큰 사랑이고 유산이라고 생각한다.

그동안은 내 모습을 자각하거나 대면하면 수치심이 올라와서 견디기 힘들었는데, 천재처럼 살아온 나를 발견했을 때는, 정말 힘들고 치열한 싸움이 벌어졌던 전쟁에서 전승하고 돌아온 장군처럼 분명하고 당당했으며 무엇보다 기쁘고 힘이 올라오는 것이 느껴졌다. 그날의 경험 이후 나에게 정말 큰 변화가 있었는데, 우선 나 자신에 대한 믿음과 힘이 커졌고, 자동적으로 나를 비난하거나 누군가를 평가하고 판단하는 생각들이 많이 줄어들었다. 지인들도 내가 말이 적어지고 표정도 깊고 차분해졌다고 말하기도 했다. 처음에는 할 말도 딱히 없고 생각도 나지 않는 내가 좀 이상해진 거 아닌가? 라는 생각도 들었다. 하지만 이내 마음의 여유를 갖게 되었다. 이것은 가장 큰 변화였다. 차츰 익숙해지니 몸도 마음도 편안해지면서 오히려 이 상태가 정상이었다는 것을 알았다.

이렇게 천재로 살았던 내 모습을 발견한 것과 사랑에 대한 의미를 깨달은 것은 너무나 큰 수확이었다. 원래 태어날 때부터 사랑의 상태인 본성대로 살지 못하고, 원하지 않은 상처를 겪으면서 철저하고 완벽하게 나를 숨기는 천재가 되었고, 그게 나인 줄 알고 살았다. 나는 정말 나 자신도 완벽하게 속이는 천재가 되었던 것이다. 머리 굴려서 생존전략을 짜고 사랑받기 위해 애쓰면서 정말 많은 일을 하던 내가 이제는 그 일을 하지 않고도 편안하고 안전함을 느낀다는 것은 큰 축복이 아닐 수 없다.

2) 자석처럼 서로에게 끌리는 사람들

부부들 중에 서로의 장점에 끌려 결혼했다가 그 장점 때문에 싸우고 헤어지는 사람들이 있다. 내담자 A는 5살 난 딸을 둔 엄마로 남편이 자신의 가족들에게 헌신적이고 가정적인 면에 끌려 결혼했다. 자신에게도 당연히 따뜻하고 헌신적인 남편이 될 것이라 믿었는데, 막상 결혼하고 보니 남편이 너무 시어머니와 가깝게 밀착되어서 두 부부의 독립적인 생활이 없고 모든 결정에 시어머니의 영향을 받는 것에 실망해 더는 결혼생활에 희망이 없어 보인다며 상담을 요청했다. 남편이 아내에게 평상시 어떤 불만을 표현했는지 물어보니, A에게 자신의 어머니에게 잘해 달라고 요구하고, 그것이 안 될 때 화를 냈다고 했다. 남편이 상담받는 것을 거부하여 어쩔 수 없이 A의 이야기만 듣고 남편의 원가족을 탐색하여 보았다. 남편은 어렸을 때부터 시부모님 두 분 사이가 좋지 않았고, 시아버님이 워낙 무뚝뚝하고 고지식한 데다가 원가족의 부모님과 동생들까지 정신적으로나 물질적으로 돌보며 살다 보니 자연스럽게 현재 가족에 소홀했다고 한다. 게다가 아내에게 현모양처가 되기를 강조하면서 자신의 가족들에게 희생하는 것을 당연하게 여겨서, 시어머니는 늘 반박 한번 못하고 남편에게 맞추며 착한 며느리로 사셨다고 한다. 그런데 그 내면의 힘든 마음과 불만을 자녀들에게 평생 이야기하면서 희생하며 사는 모습을 보여주셨다고 한다. 남편은 그런 엄마를 안타깝게 바라보며 아버지를 마음속으로 비난하였고 착하고 공부 잘해서 엄마를 기쁘게 해드리는 아들로 자라, 아버지의 빈자리를 대신해서 엄마를 어린 시절 내내 위로하며 살다 보니 본인들이 얼마나 밀착되었고 경계가 없는지를 모르는 상태까지 온 것으로 느껴졌다. 그리고 이 남편은 어머니를 돌보듯 어린 시절 아버지를 일찍 여의고 집에서 별 존재감없이 자란 A가 측은하게 여겨져 돌보고자 하는 마음이 있었고, 어머니 또한 A와의 결혼을 적극적으로 추천하였다고 한다. 그런데 결혼을 하고 나서는 서로에게 기대했던 것들이 채워지지 못했고 부부는 서로에게 실망하고 분노하는 상태에까지 오게 되었다.

이렇게 내담자 A의 시부모님처럼 가족 안에서 가장 중요하고 중심이 되는 부부관계가 좋지 않으면, 부모 중 한 사람이 자녀와 정서적으로 밀착을 하게 되고, 그 아이는 부모의 자리로 올라가 결핍을 느끼는 엄마의 정서를 채워주며 아버지의 빈자리를 대신하는 역할을 할 수 있다. 자녀들은 말 잘 듣고 착한 아이가 되어 엄마가 자신들의 곁을 떠나지 않도록 하기 위해 최선을 다한다. 이렇게 자란 아이들 특히 아들은 결혼을 해서도 완전한 독립이 되기 어렵고, 아들에게 의존하며 살아온 엄마는 내담자의 사례처럼 아들의 배우자를 고를 때에도 관여하며 조금만 서운하게 해도 며느리에게 아들을 빼앗겼다는 마음이 들고, 급기야 통제하기 시작하며 부부 사이에 들어오게 된다. 아들은 자신들을 떠나지 않고 희생해온 엄마에게 보상을 해줘야 한다는 마음을 갖게 되고 이 일에 아내가 동참해주기를 요구하면서 갈등이 발생하게 된다. 어머니를 돌보면서 자라 돌봄이 익숙한 사람은 배우자 또한 돌보려 하면서 어머니처럼 순종적이고 착한 사람에게 끌릴 수 있다. 여자 또한 아버지의 죽음으로 부모에게 온전히 의존하면서 건강하게 분리되지 못한 상처가 있어, 아버지의 사랑을 느끼게 하는 남자에게 자석처럼 끌리는 것이다. 시어머니와 시집 식구들에게 잘하면 남편에게 당연히 사랑받을 것이라 기대했고 시집 식구들 모두 이런 자신을 좋아해 주리라 생각하며 처음에는 맞춰주면서 살았지만, 각자가 기대하는 것에 집착하느라 자신의 낮아진 자존감 상태나 근원적인 문제를 보지 못한 내담자 부부는 차츰 심해지는 어긋난 소통과 갈등으로 부부 사이에 균열이 생기기 시작한 것이다. 이들은 서로의 원가족에서 온전하게 분리되지 못한 채 부부가 되었고, 부모의 짐과 어린 시절 채우지 못한 욕구 등 자신의 미해결된 감정까지 모두 짊어지고 결혼을 한 것이다. 겉으로 보기에는 돌보는 남자가 힘이 있고 의존성 높은 아내가 약해 보이지만, 사실 내면은 둘 다 의존이 높고 자존감이 낮은 비슷한 에너지를 가진 사람들끼리의 만남이라고 볼 수 있고 서로의 욕구를 채우기 위해 자석처럼 끌어당긴 것이다. 의존성이 높은 사람은 원가족의 부모님과 건강하게 분리된 배우자를 선택할 확률은 높지 않다. 건강하게 독립된 사람이라면 균형을 갖고 있기에 상대의 의존성을 발견하고 의아할 것이고, 또 결혼하기 전에 미리 결혼 후 어떻게 생활할 것인지 관계를 분명히 할 것이다. 그 이전에 서로의 차이점을 발견할 것이다. 원가족에서 건강하게 분리되지 않은 상태에서의 만남은 이미 둘만의 결혼이 아니다. 각자의 내면 아이와 원가족의 부모님의 바람과 부담이라는 짐을 잔뜩 짊어진 채 시작하는 것은 엄밀히 말해 가볍고 새로운 출발이라고 볼 수 없다. 그래서 결혼 전에 미혼 남녀들이 어느 정도의 심리 내면을 알고 자신의 내면을 보는 것을 할 수 있다면 더 좋겠다는 생각을 한다.

위의 내담자 A의 문제해결은 남편이나 시부모님을 바꾸는 것이 아니라, 먼저 자신의 문제로 가져와서 어린 시절을 탐색하며 자신이 왜 이렇게 의존성이 강하고 화조차 제대로 내지 못하게 되었는지를 찾아가서 재경험시킴으로써 자존감 수준을 높이고, 지금의 문제 상황을 올바르게 바라보고 자신의 생각을 표현할 수 있는 힘을 기르는 게 가장 좋은 방법이다. 부부체계가 건강할 때, 애초에 자녀가 부모를 돌보거나 부모 사이를 중재하려고 애쓰지 않는다. 그리고 자녀가 독립할 때는, 자신들의 아쉬움과 상실의 심정을 표현하면서도 결국은 박수를 치면서 자녀를 보내준다. 이미 가족 안에서 내가 부모 사이에 끼여있거나, 가깝게 밀착되었다면 결혼을 생각할 때는 부모님께 그동안의 감사와 고마움을 표현하고 결혼 후의 독립된 생활에 대한 계획을 표현함으로써 자신의 현재 상태와 새로운 출발을 분명하게 알리는 것도 좋다.

혹시 내가 어떤 이성을 만나고 관계 맺는지를 잘 모른다면 지금까지 만났거나 끌렸던 이성이나 사람들을 전부 적고, 그들의 장단점과 성격 그리고 나와의 관계를 맺었던 방식에서의 특이한 점들을 간단하게 적어보고 전체를 비교해보면 대략 비슷한 점이 발견되거나 새롭게 발견하는 부분도 생길 수 있다. 나도 인간관계에서 매번 비슷한 패턴이 반복된다는 것을 알았는데 처음에는 왜 그런지 몰랐다가 집중적으로 관찰하면서, 내가 굉장히 힘든 상황을 찾아서 내 발로 걸어 들어간다는 것을 알았다. 워낙 어릴 때부터 정신적으로 힘들었기 때문에 성인이 되어서도 이 상황이 얼마나 힘든지 감각이 없으며 내가 좀 희생하면 더 큰 사랑을 받아서 채울 수 있다는 환상과 착각을 가졌던 거다. 그런데 상대도 똑같거나 비슷한 마음으로 나를 선택한다는 사실이다. 앞서 말했듯이 비슷한 내면 상태의 수준이 만난다는 사실을 잊지 말기 바란다. 내가 어린아이답게 살지 못하고 아버지 옆에 있을 때 인정받았던 것처럼, "저 사람을 내가 조금 도와주면 더 큰 사랑을 줄 거야."라고 착각을 했던 거다. 상대는 또 다른 자기만의 기준으로 나에게 받을 것에 대한 큰 그림을 그리고 있다. 사람의 관계를 의심하라는 것이 아니다. 단지 자기의 내면을 보지 못하고 '당연히 받아야 한다.'라는 절대 꺾이지 않는 신념을 가지고 있다면 실망하고 분노할 수 있다는 것을 언급하는 것이다. 그래서 되도록 균형을 갖추어서 주고받는다는 마음을 갖고 만나는 것이 좋다.

치유는 상처를
추억과 자산으로 바꾼다

1) 무거운 규칙을 버리고 집안을 신선한 공기로 채워라

아이가 부모를 바라보는 시선을 부모가 태양이고 자녀를 태양의 방향을 따라 도는 식물로 비유한 내용을 어느 책에서 봤는데, 정말 기가 막힌 표현이라는 생각이 들었다. 또 아이의 운명을 관리하는 어머니의 대명사로 모신(母神)이라고 칭한 책도 보았다. 그렇다고 부모가 완벽하다거나 아이들이 완벽한 부모를 좋아한다는 뜻은 아니다. 아이들은 완벽함보다 솔직하고 인간적인 부모를 좋아한다. 우리의 원가족을 보면 아이들의 운명인 부모가 정한 집안의 가훈이나 지켜야 할 규칙과 신념이 있을 것이다. 분명하게 언어로 규정되어 표면적으로 드러난 규칙이 있고, 말은 하지 않았지만, 암묵적으로 정해진 규칙이거나 혹은 독재자인 가장이 자기 주관대로 만들었다가 없애고 또 변덕스럽게 바뀌어서 혼란을 주는 규칙들이 존재한다. 한 집안에 신념이나 가치관을 담은 가훈이 있다는 것은 바람직하다고 볼 수도 있지만, 때로는 '~해야만 한다.'라는 언어에 갇혀 그것이 감옥이 될 수도 있다. 독재적이며 융통성 없는 가족의 규칙이 자녀들을 얼마나 힘들게 하는지와 우리 자신도 어린 시절 겪었던 고충이 무엇이었는지 알아볼 필요가 있다.

그리고 비합리적이고 시대에 맞지 않는 규칙들임에도 변화할 의지가 없고 타협이 없다면 자녀들은 규칙에 눌려 자유롭지 못하고 고통받을 수 있다. 예를 들면 "여자는 순종해야 돼. 남자는 울면 안 돼."와 같이 집안의 권위자가 직접 요구하는 언어로 분명히 드러난 규칙이 있고, "공부를 잘했더니 나를 자랑스러워하시는구나.", "내가 이런 일을 할 때마다 기뻐하시는구나.", "엄마가 너무 보고 싶은데, 말하면 아버지가 슬퍼하셔. 말하면 안 돼.", "돌아가신 아버지 이야기를 해서는 안 돼. 아버지는 과거에 엄마를 때리셨고 엄마가 고생하셨어. 아버지 보고 싶다고 말하는 것은 엄마를 배신하는 거야"라고 생각해서 그리워도 표현하지 못하는 것을 암묵적인 규칙이라고 한다. 말로써 규명하지는 않았지만, 부모를 지켜보면서 본능적으로 부모가 좋아하는 방향으로 삶을 살아가는 것이다.

나도 한동안 내가 만든 규칙 때문에 고생한 적이 있다. 어릴 때 아버지가 은행에 몇십 년에 걸쳐 갚는 조건으로 대출을 받아 집을 지었는데, 그때는 그런 일이 비일비재하게 많았음에도 어릴 때라 그런 상황에 대해서는 전혀 몰랐고, 훗날 아버지가 많이 아프셨을 때 "나도 이 집 팔아서 병원 가고 싶다."라고 하시는 말씀을 들었다. 나는 "우리 집이 빚이 많아서 어른들이 걱정이 많고, 돈이 없어서 병원에도 못 가는구나. 결국 돈 때문에 아버지가 돌아가셨어."라는 스토리가 있었다. 그래서 살면서 절대 빚지면 안 된다라는 지독한 규칙을 만들었고, 이 규칙이 현실에서 어떤 영향을 미쳤냐면, 처음 내 집을 살 때 대출받은 돈이 집값의 10%도 되지 않았음에도, 두려움이 밀려왔고 미친 듯이 아끼면서 빚을 갚기 시작했다. 중간에 갚으면 이자를 더 내야 하는데도 불구하고, 그냥 무슨 일이 일어날 것처럼 불안하고 긴장됐다. 덕분에 금방 빚을 갚을 수는 있었지만, 정신적인 스트레스로 짜증도 많아지고 즐거움이나 여유를 모르고 살았다.

내가 어떤 규칙을 가지고 살았는지 자각하였을 때, 이 규칙으로 인해서 내가 겪어야 했던 불안과 가족에게 끼친 부정적인 영향이 떠오르면서 그 시간들을 눈물로 애도했고, 감정이 조금 빠지고 나서는 잃은 것과 얻은 것을 분별해보았다. 그런 후에 객관적이고 현실에 근거한 관점에서 내 규칙을 바꾸어보면서 새롭게 인식하기 시작했다. '빚을 지면 안 된다.'를 '사람이 살면서 빚을 질 수도 있다.',

'투자의 관점에서 집값의 몇 %는 대출을 받는 것이 좋다.' 등 관점을 변화시키는 작업을 하였다. 이 규칙을 가지고 살면서 항상 빚이 없고 안정적으로 살아간다는 좋은 점도 있었고, 티끌 모아 태산이 될 수 있다는 것을 경험했고, 빚을 갚을 수 있는 탁월한 능력도 생겼다. 이렇게 자산이 된 것도 있지만, 어찌 보면 방어능력이 뛰어난 것이지 재테크라든지 투자를 해서 재산을 늘리며 앞으로 나아가는 부분에는 지체가 있고 제약이 있었다는 단점이 있다. 그래서 요즘은 재산증식과 투자에 관심을 갖고 공부를 하고 있다.

내담자들을 통해서도 가족 간의 암묵적인 규칙으로 영향을 받는 사례를 볼 수 있다. 한 내담자에게 가족이 어떻게 상호작용하고 소통하며 어떤 영향을 주고받는지를 보려고, 나무 인형을 주며 가족 구성원들을 표현해보라고 한 적이 있었다. 그런데 "싫어요! 이게 뭐예요. 인형으로 한다는 게 무슨 사이비 종교 같아서 안 할래요."라고 생각지도 못한 답변이 바로 돌아왔다. 나는 당황했지만 "그래요, 싫다면 안 해도 돼요. 그런데 이건 결코 종교적인 것도 아니고 가족 간의 심리적인 거리나 얼마나 친밀한지를 보려고 하는 거예요. 이 치료는 상담전공 교재에도 나오는 건강한 학문입니다. 싫다면 하지 않을게요. 어떻게 할까요?"라고 말했더니, 하기 싫은 마음도 있지만, 호기심이 생겼는지 "그래요, 뭐. 그럼 한번 해보세요."라고 퉁명스럽게 말했다. 침묵이 흐르고 긴장한 가운데, 인형으로 가족 구성원들을 놓던 내담자가 갑자기 울음을 터트렸다. 가족 구성원들을 각각의 자리에 놓을 때, 돌아가신 아버지의 빈자리를 다시 확인해야 했던 것이다. 아버지의 부재도 힘들고 그로 인해 고통받는 현실을 받아들여야 하는 아픔을 감당하기 힘들어했고, 아버지가 그리워도 고생하는 엄마가 불편해하실까 봐 아무도 이야기하지 못했다. 그 당시 언니가 사회인이고 오빠가 대학생이라고 해도, 아직 그 부분을 풀어놓을 만한 내면의 힘이 없었기에 자녀들끼리도 한 번도 아버지에 대해 이야기를 한 적이 없다고 했다. 엄마가 의도적으로 아버지에 대해 말하지 못하도록 한 것이 아님에도, '아버지의 죽음에 대해 말하지 말아라.'라는 느낌이 집안 전체에 암묵적인 규칙이 된 것이다. 아버지가 그립고 보고 싶은 마음은 자식으로서 충분히 표현할 수 있는 것이다. 아버지와 어머니의 관계가 어떻든 내담자와 아버지와의 관계는 누구도 끼어들 수 없고 표현할 수 있는 권리와 자격이 있다. 다만 어머니 앞에서는 미안한 마음과 죄책감으로 표현할 수 없었을 테니, 지금 안전한 이곳에서라도 그 마음을 충분히 표현하라고 했다. 내담자의 보고 싶고 그리워하는 마음이 틀리지 않았다는 것을 스스로 느끼게 해주었다. 20년 넘게 마음으로만 간직하고 있었던 아버지에 대한 그리움을 표현하면서 감정을 꺼내고 나니, 마치 깨끗한 공기를 들이마신 것처럼 얼굴이 환해지며 웃음을 지었다.

원가족에서나 현재 가족에서의 규칙을 찾아보고, 글로 풀어보자.

그리고 그것들이 정말 합리적인가, 현시대와 상황에도 맞는가를 검토해보기 바란다. 그리고 그 규칙이 언제 어떻게 생겼는지와 그 규칙을 가지고 살아갈 때 좋은 점과 나쁜 점도 적어보라. 일단 자각만으로도 상당한 변화가 생길 수 있고, 정리되는 느낌이 들 것이다.

사회적으로 힘들고 어려웠던 시절에 가난과 아픔으로 고생한 가족들 중에는 "가족이 한마음으로 똘똘 뭉쳐야 살아남는다."라는 규칙이 있었다면, 그것은 정말 힘들고 어려웠던 시절 그 순간에 필요한 것이었고 도움이 많이 되어서 지금까지 오게 된 고마운 신념이다. 그러나 지금도 필요한 생존방식인지 잘 분별해보라. 여러분 가족은 그 힘든 시기를 잘 이겨냈고 잘 버텨왔다. 이제는 서로 독립하면서 새롭게 시작해야 할 때이다. 더 이상 붙어살거나 서로 돌보지 않아도 충분히 각자가 자기 삶을 잘 살 수 있고, 의존이 아니라 의지하는 정도가 딱 적당한 거리일 것이다. 그리고 부모든, 자식이든, 형제, 자매나 부부 사이에도 내가 불쌍한 마음에 너무 돌봐줘서 상대의 힘을 약하게 만들지는 않는지, 혹은 내가 외로워서 붙들고 있음으로써 상대가 자유롭지 못하고 직접 경험하면서 배워야 할 기회가 줄어들지 않는지, 죄책감 없이 객관적으로 바라보아야 한다. 내가 외로워서라면 그 외로움을 어떤 방법을 찾아서든 충족되게 해주는 것이 진정 내가 할 일이고 나를 사랑하는 길이다. 가장 힘든 시기를 잘 지내왔음을 스스로 자신에게 인정해주고, 또 서로 인정하고 격려해주면서 이제 각자 자기 삶을 가꾸고 꽃피우는 길을 떠나자. 그래야지만 현재 가족 안에서 새로운 삶을 창조할 수 있다. 아직도 누군가의 보호를 받아야 하고 주어야지만 살 수 있다는 생각이 있다면 먼저 이제 바꾸겠다는 의지를 가지고 벗어나야 한다.

또 한 가지 중요한 원가족에서의 가족 간 상호작용의 영향을 말하자면, "나는 대인관계에서 생긴 문제를 어떤 방식으로 해결하는가?" 하는 나의 문제해결 방식이다. 사람과의 관계에서 의견이 다르거나, 서운한 일이 있거나 혹은 마음이 상했을 때 어떻게 극복하는가를 살펴보는 것이 중요하다. 어릴 때부터 힘든 일이 있거나 서운한 일이 생겼을 때, 자신의 마음과 원하는 것을 분명하게 표현하고 타협하는지 아니면 혼자 삐져서 마음에 담아두고 있거나 혼자 삭이고 덮어두는 방식으로 넘어가지만 두고두고 그 마음이 남아있게 하는지를 알아야 한다. 부모님의 해결방식은 어떠했고, 부모와 나 그리고 가족 구성원들 간의 상호작용이 어떻게 이루어졌는지를 보면 현재 나의 문제해결 방식과 흡사한 것을 알게 될 것이다. 그래서 오랜 시간 내가 힘들고 문제해결이 잘되지 않았거나, 오랫동안 썼던 방법이 비합리적이고 현실과 맞지 않으면 점검하고 방법을 바꿔야 한다. 요즘 의사소통 방법들에 대한 많은 책들이 있으니 참고하길 바란다. 나는 이렇게 오랜 시간이 흘러도 해결되지 않은 문제들 중에 지금이라도 완결 가능한 것들이 있다면 하나씩 꺼내서 완결하곤 한다. 말해 놓고 지키지 않은 약속에 대한 재확인이나 지금이라도 감사를 표현할 일들이나 사과할 일들이 있다면 가볍고 현실 가능성이 있는 선에서 차근차근 완결한다. 완결은 상대와의 소통으로 할 수도 있지만 남은 감정을 표현하면서 발산해보고 그냥 넘어가도 될 일은 나 혼자 완결하는 등 나 자신과도 할 수 있다.

<가족 규칙의 예>

* 너무 좋아하지 마라 울 일 생긴다.

➡ 기쁠 때 충분히 기뻐하여 울 일이 생겼을 때 이겨낼 힘을 키우자.

* 도움 없이 혼자 해내야 가치 있다.

➡ 요청도 힘이 있는 사람이 할 수 있는 것이며, 건강한 사람이 요청할 수 있다.

* ....

➡ ....

* ....

➡ ....

* ....

➡ ....

내 발목을 잡는 낡은 규칙과 그로 인해 내가 겪어야 했던 일들을 애도하고 상실하며 과감하게 떠나보내고, 항상 신선함을 유지하도록 하자.

<내가 문제를 해결하는 방법>

* 오해가 생겼거나 서운하고 속상한 일이 생겼을 때 어떻게 문제를 해결하
  는가?
  나 혹은 어린 시절 원가족의 부모님이나 우리 가족의 문제해결 방
  식을 점검해보자.

〈어린 시절〉

....
....
....

〈현재〉

....
....
....

<새롭게 깨달은 점이나 새로운 선택>

....
....
....

2) 엄마와 나누는 사랑, 든든한 배경이 된 원가족

한참 치유를 시작했을 무렵 나는 엄마에게 특별한 관심과 사랑을 받고 싶었던 그 상처를 토해내며 많이 울었고, 받을 수 없음에 쓰라린 아픔을 느끼면서 좌절하는 시간들을 보냈다. 좌절을 거듭하면서 마지막으로 엄마에게 해달라고 요청했던 말은 "너 많이 외로웠지."라는 말 한마디였지만, 엄마는 그것도 끝내 해주지 않았다. 아니 해주지 않은 것이 아니라, 엄마의 그 당시 상태나 느닷없는 상황에서 쉽게 해줄 수 있는 말이 아니었기에 아무 말 못 하고 그냥 얼어붙어 있었다. 나는 눈앞에 휴지를 산더미처럼 쌓아놓고 거의 광기의 상태로 울고불고 하면서 뒤집어졌다. 그렇게 많은 시도와 좌절을 반복하면서 집착이 사라지고 마음이 평온해졌다. 그리고 미련과 후회가 없어지면서 엄마가 그냥 평범한 인간으로 보이기 시작했다. 엄마 앞에서가 아니라 혼자서 분노하고 슬퍼하면서 많은 부정적인 감정들과 미움이 빠져나갔고, 엄마에 대한 우상화가 사라지면서 연민과 사랑이 싹트기 시작했다. 그래도 나의 사랑받고자 하는 시도는 없어지지 않았고, 내가 성공할 수 있는 다른 방법으로 표현하기 시작했다. "엄마, 사랑해."라고 말하며 엄마에게 스킨십을 했다. 내가 먼저 다가갔고, "그래."라는 답변만 나올 수 있는 표현을 골라서 했다. 이런 면에서 나는 우리 엄마를 참 많이 괴롭힌 딸이다. "엄마, 사랑해. 엄마, 나 예쁘지.", "나 낳길 잘했지."라는 표현을 갑자기 훅 던져서 어색하게 만들기도 했지만, 너무 큰 기대를 하지 않으면서도 답변을 기다리다 분노하거나 거절당한 느낌이 들어서 나도 힘들지 않고 미움으로 엄마를 공격하지 않기 위해, 꼭 아주 쉽게 답변을 들을 말들만 찾아서 하기 시작했다. 그랬더니 엄마도 어느새 "나도 사랑해.", "우리 딸, 사랑해."라고 표현하기 시작했고, 이렇게 표현하다 보니 어느새 "너 없었으면 어쩔 뻔했어. 넌 줄 알았으면 병원에 안 갔지. 내가 알았나 뭐."라는 말도 하셨다. 그때는 내가 원하는 답을 못 들어도 어떤 부정적인 관념도 안 생겼고, 그저 가볍게 표현하고 기쁨만이 남을 뿐이었고 엄마에게도 너무나 쉬운 표현방법이었던지 매번 기꺼이 반응해주셨다. 또 어떤 날은 어김없이 일 하러 일어나려는 엄마에게 잽싸게 달려들어 무릎을 베고 누워서 꼼짝 못 하게 꽉 누르며, "일하러 가지 마. 지금 밥 안 해줘도 돼. 엄마 무릎 베고 누우니까 좋다."라고 말하면서 엄청 어색했지만 그 상태로 머물기도 했다. 어느 날 대학원수업을 마치고 엄마 집으로 갔던 날이었다. 무릎을 베고 누워있는 내 옆에 놓인 가방을 열어보면서, "너 무슨 공부하는지 어디 책 좀 보자." 하시며 가방에서 책을 하나하나 꺼내며 정서중심치료, 가족치료 책들이 나오니, "너 꼭 의사 같다. 도대체 이게 무슨 공부냐?"라고 말했다. 그때의 그 자연스러움과 친밀감은 지금도 잊지 못할 추억으로 남아있다. 너무 행복했다.

친밀감이 어색한 엄마는 어렸을 때부터 심부름으로 일할 때 말고는 가까이 한 적이 거의 없고, 옆에 다가갔다가 덥고 땀나는데 치댄다고 손등이나 등짝을 맞을 정도로 스킨십을 싫어하셨다. 따뜻한 스킨십, 사랑받는다는 느낌이나 발달단계별 이루어야 할 과업은 놓치고 다 지나가고 없었고, 다시 받을 수도 없었다. 그러나 내가 대체할 수 있는 것들이 반드시 있음을 알았고, 충분히 표현하거나 애도하고 상실하고 나면 더 이상 받지 않아도 된다는 것을 경험으로 배웠다. 엄마에게 광적인 집착으로 매달려봤지만, 안된다는 것을 알고 집착을 내려놓았고, 더 이상 알아달라고 떼쓰거나 매달리지 않고 포기할 것은 하고 내가 지혜롭게 채워가기 시작했다. 내면의 힘이 커지면서 엄마 앞에서 벌벌 떨던 두려움도 차츰 사라졌다.

중국에서 4년 동안을 생활하던 중에 코로나가 터져서 오도 가도 못하고 있다가, 겨우 비행기가 뜨기 시작했을 때, 코로나 상황에 대한 불안과 건강관리의 위급함으로 급히 표를 구해 한국으로 들어왔다가 2개월 정도 휴식하고 나머지 일을 완결하기 위해 중국으로 들어갔던 일이 있었다. 비행기 표도 비싸고 중국에 들어가면 격리를 28일을 하게 되니 나와 회사가 각각 부담해야 할 경비도 만만치 않은데 내가 중국으로 다시 들어간 사실을 모르고 있던 엄마가 이러한 상황을 알게 되고 국제전화로 통화하게 되었다. 엄마의 걱정이 이만저만이 아니었고, 걱정과 두려움의 언어들이 수없이 튀어나오다가 급기야는 나를 보고 "너도 이상하고 그쪽 중국 사장도 이상하다. 평상시의 4배 정도 하는 비싼 비행기 표와 숙소를 주면서

까지 데려가다니 무슨 속셈이 있다."라고 농담인 듯 진담처럼 말씀하셨다. 그 얘기를 듣고 나는 웃으며 "엄마! 그렇게 말하지 말고, 이렇게 말해 봐! 우리 딸 대단하구나라고 말해 봐." 라고 했더니, 어이없다는 듯 "아우, 너는 사람을 이렇게 홀리냐. 우리 딸 대단하구나. 됐냐?" 내가 "어, 엄마가 그렇게 말해주니까 너무 좋아. 한 번만 더 해봐. 우리 딸 대단하구나."라고 운을 한 번 더 뜨니, 엄마도 마지못해 한 번 더 하셨다 "우리 딸 대단하구나. 허 참, 하하하" "와! 너무 좋아 엄마." 더 이상의 긴 대화가 필요 없었다. 나는 얼마든지 엄마를 홀리고 싶다. 그리고 마지못해서라도 해주는 엄마가 고맙고, 해달라는 것을 해주는 엄마에게 큰 사랑을 느끼고 감사할 뿐이다. 요즘도 가끔 만나서 부모님의 옛날 이야기나 어린 시절 일들을 은연중에 물어보게 되는데 "또 시작이다. 너 경찰이냐? 나도 이제 묵비권을 행사할 거야."라고 말하면서도, 일단 시작되면 또 진지하게 다 말해주신다. 엄마는 감추고 우아하게 돌려서 말하는 것을 하지 못해서 처음에는 이런 거친 면들이 아프고 너무 힘들었는데, 내가 너무 힘들게 내 상처를 찾아가야 하는 길을 단축시켜주었기에 치유하고 공부하는 데는 큰 도움이 되었다.

몇 년 전에는, 엄마랑 둘째 언니와 함께 서울 시내 카페에서 만난 적이 있다. 나는 종이를 꺼내 들고, "아버지 가족과 엄마 가족 구성원과 관계를 알아보는 가족지도를 그려야 되는데 내가 아는 게 별로 없으니 엄마가 좀 도와줘."라고 말하며, 엄마와 아버지의 원가족 구성원과 상황에 대해 물어본 적이 있다. 엄마가 "그럼 그렇지, 이거 물어보려고 불러냈구나?" 하시며, "내가 다시는 만나자고 하면 나오나 봐라." 하면서도 같이 푹 빠져서 그랬던 기억이 있다. 세 명이 머리를 맞대고 이야기 나누며 가족지도를 그리는데, 그때 둘째 언니랑 내가 동시에 쳐다보면서 한 말이 있다. "야, 우리 이 집안 분위기 속에서 정말 잘 컸다."라는 감탄사였다. 뭐 그렇게 이상한 집안은 아니지만, 우리 부모님들도 수고하셨고, 우리도 애썼고, 아이들도 잘 키웠다. 정말 잘 살아왔다는 느낌이 가슴으로부터 느껴졌다. 가족을 시스템으로 보고, 종합적으로 바라볼 때, 머리로 생각하는 "그럴 수밖에 없었다는 거 이해해.", "내가 이해해야지."가 아니라 저절로 깊은 공감과 나와 전체에 대한 이해가 깊어진다.

사실 우리 부모님 세대는 먹고 사느라 바빠서, 받아보지 못해서, 시댁 식구들 눈치 보느라 자기 자식 예뻐도 제대로 표현도 못 하고 산 안타까운 분들이 많다. 벽에 걸린 액자 속의 예쁜 그림 같은 엄마 밑에서 자라면서 얼마나 엄마도 감각을 못 느꼈겠는가. 기쁨이 뭔지도 모르고 어색해서 표현도 제대로 못 하고 산다면 너무 안타깝다. 서로 마음을 나누면서 표현하고 오늘 해야 할 감사와 기쁨과 사랑표현은 오늘 하면서 미루지 말고 살자. 엄마도 해보지 못한 것들이라 갑자기 해달라고 하면 당황하시는데, 아주 쉬운 방법으로 요청을 하니 이제는 엄마가 새로운 표현을 창조해서 더 해주고 딸에게 들은 사랑표현에 감동하시고 나도 엄마의 말에 너무나 큰 행복을 느낀다. 못 들어도 어쩔 수 없지만 들으니 더욱 행복한 그런 느낌이다.

나는 모든 부모는 위대하다고 생각한다. 자식을 위해서는 무엇이든 다 한다. 다만 몰라서 자식을 힘들게도 하고 부담도 주지만, 치유장에 와서 자신의 상처를 대면할 때, 두려워서 회피하다가도 "당신 자식이 배운다. 그렇게 살면 좋겠냐?"라고 물어보면 "그건 안 돼요." 하면서 자신이 다시 경험하면 죽을 것 같았던 그 아픔 속으로 뛰어들 때마다 감동 받지 않을 수가 없다. 상처를 걷어내기 전에는 머리로 이해했던 것들이 요즘은 가슴으로 느껴진다. 우리 부모님도 그 어려운 시대에 가난을 이겨내고, 최선을 다해서 자식과 가족을 지키는 과업을 이뤄내셨다고 생각한다. 부모님이 간절히 바라고 그린 그림대로 삶이 펼쳐졌다는 것을 깨닫게 된다. 다만, 부모님의 간절한 바람과 큰 그림 안에 부모의 본능적인 사랑은 있었으나 당신 자신이 없고, 불안과 두려움, 상처 위에 그려진 것이 안타까울 뿐이다. 삶이 조금만 더 정신적으로 여유로웠다면 좋았을 거라는 아쉬움이 크지만 그럼에도 그 사랑에 감사드린다. 우리 세대는 건강한 개인과 부부체계부터 탄탄하게 만들고 우리 가정이 잘 살고, 여유가 있다면 사회에 나누면서 함께 살아갈 수 있으면 좋겠다. 가족 구성원들이 온전히 사랑과 지지를 해줄 수 있는 건강한 가족체계로 기능할 수 있도록 나 자신부터 일으켜 세우자.

　부부간의 거리를 시인 칼릴 지브란은 "부부는 신전의 돌기둥처럼 서로 마주 보아라. 그리고 그 가운데 하늘의 바람과 구름이 놀도록 하라."라고 표현했는데, 이는 부부 사이에 적당한 경계가 있어야 한다는 뜻이다. 부부관계뿐 아니라 부모 자식의 세대 간 경계선도 명확해서 부모는 자녀에게 적절히 개입하고 자녀는 자기의 생각과 의견, 감정을 표현할 수 있는 안전하고 융통성 있는 가족이 되어야 한다. 부모가 어린 시절 원가족에서부터 겪은 상황이 너무나 고통스럽고 험한 세상을 살았고, 자신이 얼마나 힘들고 어떤 아픔을 겪었는지 모른다면, 그 이상이나 이외의 생활을 상상도 못 하고 자녀들에게도 감당하기 어려운 것을 시킬 수 있다. 자신도 무감각하게 해왔던 일이기 때문이다. 어른이 해야 되는 일이고 미성년자가 감당하기 힘든 일도 해온 부모가 자녀를 올바로 지키기란 쉽지 않다. 조금만 힘들어도 못하겠다는 자녀가 이해가 되지 않을 때도 많을 것이다. 그 부모는 아이들이 감당할 수 없는 어른들도 하기 힘든 일, 심하게는 아이들에게 시키면 안 되는 아동학대 수준의 일도 일상에서 어쩔 수 없이 해왔기 때문이다. 그래서 우리는 자신을 보는 것 외에도 현실에 깨어있어야 하고, 시대가 다름을 열린 마음으로 보고 받아들일 수 있어야 한다. 감사하게도 우리는 조상님들이 목숨 걸고 나라를 지켜주셨고, 빠른 발전을 이루었다. 그 덕분에 풍요와 여유를 선물 받은 축복받은 자손들이다. 이제 미뤄두었던 우리의 마음을 치유할 때이다.

우리 엄마도 한참 놀고 공부해야 할 시기에 일만 하고 살아오셨다. 그렇게 고생만 했는데, 자식 다섯을 두고 남편이 먼저 세상을 떠났을 때, 얼마나 두려웠을까. 두려움으로 손가락이 펴지지 않아서 어디 가서 일하기도 힘들었고 밤에 잘 때 손을 단단한 판에 대고 묶어놓고 잤다고 하셨다. 두려움으로 점도 많이 보시곤 했는데 어릴 때는 엄마의 그런 면이 너무 싫었다. 그래도 그 경험 덕분에 내가 치유를 좀 도와드릴 때면, 상황을 이미지로 떠올리고 상처를 상상으로 처리하는 작업도 곧잘 하신다. 요즘은 혼자 지내시면서 삶을 주도적으로 운영하는 노인으로서의 경쟁력이 점점 더 높아지고 있다. 연세가 있으셔도 될 수 있으면 자식들과 어느 정도 분리되는 것이 바람직하다고 생각한다. 부모라서 무조건 존중해야 하고 효도하고 잘해야 한다는 관계가 아니라, 아무 걸림돌 없이 "사랑해. 그냥 좋아."라고 말할 수 있는 자식과 부모의 관계가 되는 것이 가장 좋다.

제3장

사랑하기
위해
분노하고
슬퍼하세요

사랑을 회복하기 위해
'화'라는 감정을 표현하세요

화는 내면에 잘못된 일이 발생했다는 경보이고 자신을 지켜야 할 때를 알려주는 중요한 감정이다. 화의 순기능을 알고 긍정적으로 풀 수 있어야 하는데, 우리는 이것을 부정적으로 생각하고 감추고 누르면서 살았다. 대학원에 다니면서 친하게 지내게 된 언니가 있는데, 집도 가까워서 학교 다닐 때는 차를 같이 타고 다녔고, 공부하는 내내 항상 나의 긍정적인 면을 비춰주고 잘 챙겨준 고마운 언니였다. 나는 대학원 입학하고 역시나 천재처럼 사람들과 두루두루 잘 지내기 위해 애쓰느라 초기에 좀 바빴다. 많은 사람들과의 친분을 넓게 가지기 위해 점심시간에 같이 밥을 먹는 것을 기회로 이용했다. 그런데 점심시간이 되면 어김없이 나를 챙겨주려는 언니의 전화가 오곤 했다. 나중에 서로 이 부분에 대해 나누면서 한참 웃었다. "나는 열심히 교류 쌓으며 사회생활하고 있는데, 언니가 자꾸 밥 먹자고 전화해서 처음에 좀 귀찮았어."라는 게 나의 마음이었다면, 언니는 나를 보고 "저거 또 혼자 씩씩한 척 한다."라며 매번 챙겨주려는 마음이 있었다. 나는 일단 나에게 호감을 갖게 하고 친해지고 나서 무슨 일이든 하는 것이 안전하다는 생각이 있었기에, 이미 친하고 나를 좋아한다고 믿었던 언니는 안전한 사람이었다. 대학원 다닐 때만 해도 나한테 이렇게 천재 같은 패턴이 있는 것을 깊이 있게 몰랐지만, 치유를 시작하면서부터 내면에 분노가 많다는 것을 알고, 억압된 감정이 터져서 나올 때마다 가끔은 욕도 좀 하고 적절한 방법으로 감정처리를 하고 있었고, 어떤 때는 입에서 욕이 멈추지 않았다. 이 분노와 화는 누구를 공격하기 위한 것이 아니기에 문제가 되지는 않았다.

나는 화와 분노를 경험하고 있었고 욕을 심심치 않게 하였기에, 얌전한 내 이미지에 욕을 할 때마다 낯설었던 학우들은 재미있어했다. 반면 언니는 겉으로 드러난 모습은 터프하고, 강한 포스를 풍겼다. 하지만 친하게 지내면서 이해심 많고 잘 챙겨주는 따뜻한 사람이라는 것을 알게 되었다. 언니가 자신을 토끼 머리띠를 한 사자라고 재미있게 표현할 때는, 이런 이미지가 너무 적절해서 배를 잡고 웃었다. 겉으로 드러나는 표현방식이 나와는 좀 다를 뿐, 자신의 상처를 치유하면서 열심히 사는 사람이었고, 나와 환경이 비슷한 점이라면 아버지를 좋아했고 친밀했지만 일찍 돌아가셨고, 딸이고 막내라는 열등감이 있다는 점이었다. 엄마와는 정서적으로 얽힌 상처가 많았는데, 시원하게 표현하지 못하고 억압된 감정이 신체화로 나타나 종종 몸이 아프곤 했다. 학교에서도 안색이 어둡고 몸을 덜덜 떨면서 아픈 상태로 수업을 들은 적도 있었다. 나도 경험했지만 마음에서 처리되지 못한 자극들이 신체 증상으로 나타나 우울하고 몸과 마음이 아파서 증상을 호소하는 사람들이 꽤 많이 있다. 자기 자신의 주치의가 되어 마음을 보고 적극적으로 돌보지 않으면 저 아픔이 평생 가겠구나 싶어 정신이 번쩍 들곤 한다. 언니는 나의 욕을 환영했고 가끔은 물개 박수치면서 지지했다.

어느 날 수업을 마치고 가는데 옆 차가 갑자기 끼어들어 깜짝 놀란 일이 있었다. 언니는 적잖이 놀랐지만 달리 어떤 반응을 보이지 않았다. 그때 나는 감정을 모으고 모아 신나게 욕을 퍼부어 주었다. 그러자 언니가 마치 사우나에서 반신욕을 하고 나온 사람처럼 시원한 목소리로 크게 웃었다. 갑자기 차가 끼어들어와 너무 놀랐고 화가났다는 감정을 표출하고, 나 자신이 느끼는 것을 허용하고 표현을 안전하게 훈련해 보는 것 뿐이었다.

그때는 또 주말마다 가족치료연구소에서 같이 공부를 했는데, 수업을 듣던 날, 사티어 치료기법인 '영향력의 수레바퀴'라는 작업을 하고 있었다. 자신의 일생 동안 나를 둘러싼 주변에 나에게 긍정이든 부정이든 영향을 끼친 사람들을 찾아 연결하는 작업이었다. 열심히 적고 있는 언니가 뭘 경험했을지 궁금하여 살짝 들여다보았는데 여러 개의 영향을 준 동그라미 중 하나에, '이선희'라는 내 이름이 보였다. 순간 나는 내가 뭐 나쁜 영향을 끼쳤나 싶어 당황해서 보고 싶다고 했다. 그때 언니가 가리고 있던 손을 치우고 보여주는데, 동그라미 속 내 이름 옆에 '욕테라피'라고 적혀있었다. 자신은 지금껏 사람은 안과 겉이 같아야 한다는 규칙이 있어서 욕을 한다는 것은 상상도 못 했는데, 나를 통해 욕을 자연스럽게 접하면서 욕이 사람을 편하게 살 수 있게 하는 숨구멍이 될 수 있음을 알았고, 항상 어깨가 딱딱하게 굳어 있었는데, 경직되었던 것들이 풀리면서 욕이 갖는 힘을 느꼈다고 했다. 다만 욕을 하면 조절이 안 되는 약간의 부작용이 있긴 했지만, 내 욕이 이렇게 큰 긍정적인 영향을 주었다고 했다. 그 이야기를 듣고 "내 욕이 하나의 치유영역으로 자리 잡겠는데."라며 한참 배를 잡고 웃었다.

'욕테라피' 참 치유적인 단어라고 생각한다. 역시 자라면서 들은 욕이 좀 많아서 기본적인 욕은 자신 있게 할 수 있었다. 인풋이 있어야 아웃풋이 있듯, 대부분 자신이 경험하고 들은 것을 꺼내기 마련이다. 상담실이나 치유장 안에서 욕하는 내담자들을 보면, 역시 욕을 들은 사람들이 잘한다. 자신은 못 한다고 손사래를 치지만 일단 감정에 못 이겨 불현듯 자기 입에서 튀어나오는 욕을 들었을 땐 자신도 놀라는 경우를 많이 봤다. 내 마음 안에 억압되어있는 것들을 끄집어내 보는 것이 좋다. 글로 쓴다든지 해서 안전하게 먼저 꺼내 보자. 먼저 풀고 나면 마음이 가벼워지고 화내지 않고 적절하게 표현하는 방향으로 발전할 수 있다. 다시 한번 강조하지만, 욕을 하는 것은 누군가를 향해 직접 대면하여 공격하는 행위가 목적이어서는 절대 안 된다. 그렇게 하지 않는 것이 나를 사랑하고 지키는 방법이다. 분노를 빼고 나면 감정의 표현 수위가 적절하게 균형이 맞는다. 욕을 하는 것 자체가 목적이 아니다. 우리는 화나 분노 같은 부정적인 감정은 허용되지 않았기에 익숙하지 않다. 화는 부당하다고 생각할 때, 경계를 침입당했다고 느낄 때 표현할 수 있는 정당한 감정이다. 특히 어린 시절의 화는 욕구가 충족되었는지를 알려주기도 한다. 어느 정도의 표출이 허용되고 처리될 수 있었다면, 억압된 분노가 한꺼번에 욱해서 부적절하게 표출되지 않을 것이다. 분노 또한 생존에 필요한 감정이고 내가 상처받았음에 대한 표현이다. 부정적인 감정이 억압된 사람은, 경계를 침범당해도 모르기 때문에 남에게 짓밟히거나 부당한 일을 당해도 "싫어요. 안 돼요."라는 말을 못 한다. 자신을 보호할 내면의 힘을 쓰지 못한다면 희생자가 되거나 무기력한 삶을 살 수 있다. 그래서 사회성이 떨어지고, 현실적이지 못한 사람이 된다. 우리는 잘 표현하고 안전하게 처리하는 방법을 배워야 한다.

중국에서 내담자들을 상담할 때는 그들의 아픔이 내 안에도 있는 것이어서 불편하고 힘들 때가 간혹 있었다. 그러나 내 상처에 걸려 상담에 지장을 주지 않고 혹시 모를 내 감정이 흘러가지 않도록, 급히 회사 치유장으로 갔다. 30분 정도 울며 감정을 표출하는 셀프 치유를 하였다. 상대가 나를 힘들게 하는 것이 아니라, 내가 받아들이지 못하는 나의 아픔이기에 반드시 처리해줘야 한다. 다음 스케줄에 영향을 주지 않고 다른 사람에게 그 화가 넘어가지 않게 하려는 특단의 조치다. 처음에 이런 나를 의아하게 생각했던 직원이 "얼마나 미운 사람이 오길래 그러세요?"라고 농담하며 웃곤 했다. 그 선생님 역시 치유사이기에 내가 무엇을 하는지 잘 알고 공감하는 마음이 있었기에 나의 이런 모습이 멋있고 존경한다고 말해주었다. 상처가 치유된 그 자리에는 반드시 사랑이 자리한다는 것을 알기에 내 안의 화는 안전하게 풀어내야 한다.

1) 쓰레기 같은 감정은 가져온 곳에서 풀고 완결하라

"종로에서 뺨 맞고 한강에서 화풀이한다."라는 속담은 내면 아이가 생존을 빌미로 하는 행동을 그대로 표현해주는 말이다. 우리는 애초에 상처받은 시작이 가족이고 그것도 나에게 가장 소중한 사람에게 내가 아무런 존재가치가 없다고 느낄 때의 불안과 슬픔, 그리고 분노를 처리하지 못한 채 내면에 간직하고 살아온 것이다. 아이의 권리도 누리지 못하고 억압된 감정을 가지고 있음에도 부모가 자기 생존의 열쇠를 쥐고 있었기에 부모와 가족에게 반항 한번 제대로 못 한다. 부모에게서 부당하다고 생각하고 억울한 마음이 들었지만 두려워서 참고 억압시켜놓은 분노가 어린 시절의 무시당한다는 느낌이 드는 상황과 똑같이 재현될 때, 그 분풀이가 사회를 향하거나 제 3자에게 향하기도 한다. 그리고 정당한 화라고 생각하지만 도를 넘어서는 격노가 되어 생존을 위협하는 상황이 발생하기도 한다.

분노의 방향이 잘못되어서 피해를 보는 것은 가깝게는, 비교적 안전한 남편이나 아내, 그리고 약해서 그냥 당할 수밖에 없는 어린 아이들이다. 또 해결되지 못한 욕구는 무의식에 그대로 남아있다가 어른이 되어서도 해결하기 위해 부적절한 관계를 맺거나 비현실적인 기대를 통해 이루려고 한다. 이 분노가 근원적으로 어디에서 시작되었고, 어떻게 풀어야 하는지를 알아야 한다. 한 번에 욱해서 터지는 분노는 갑자기 누구에게 향할지 모르고, 이것이 타인에게 피해를 줄 수도 있다. 그리고 나에게 다시 화가 돌아올 수 있다. 이러한 것은 나를 망치는 행위이며, 좋은 해결방법이 아니다.

중국에서 나는 이와 같은 비유를 찾아내어 설명하기 위해 직원들에게 물어보면서 비슷한 속담을 찾아냈다. "시어머니에게 혼나고 개 배때기 찬다."라는 말이 있다고 한다. 개는 무슨 죄인가? 시어머니에게 부당하다고 이야기하거나, 서운한 것이 있다면 서운하다고 해야지 다른 약한 사람이나 동물에게 분노를 표출하는 것은 좋은 방법이 아니다.

사회적인 분위기도 자신의 목소리를 내지 못하게 하고 감정을 억압하는데 한몫하고 있다. 동양권의 나라에서는 가족 중심의 집단사회 문화가 아직도 지배적이고 상처 주고받지 않으려고 지나치게 예의를 지키고, 또 서로를 배려해야 한다는 교육을 받았기에 솔직하기보다 우회적으로 표현하는 것에 익숙하다. 여기에 '효'문화를 강조하는 사회이고, 어른들한테 자기 의견을 주장하는 것은 보기 좋지 않다고 교육받았다. 하지만 이것은 사실 어른들과의 관계를 어렵게 만드는 하나의 원인이다. 주변 사람들로부터 "평소에 조용하고 착한 사람이었는데, 그런 일을 저질렀다는 것에 놀랐어요"라는 말에도 억압된 내면 아이가 있음을 느끼게 해준다. 이 부분을 4장 내면 아이 재양육 부분에서 함께하면서 자신을 다시 키울 수 있는 계획을 세워보자. 나를 위해서 포기하지 말고, 상처를 받은 곳에서 풀어야 한다는 것을 기억하자.

우리는 이미 성장하고 독립하였다. 어린 시절 받고 누려야 하는 것들은 이미 다 지나가고 없지만 내가 찾아 주고 대신해주고 놓아 보내줄 수 있는 것들은 아직 많다. 간혹 분노하고 싶은데 부모님도 돌아가셨고 없는데 차마 돌아가신 분을 원망하고 미워할 수 없다고 말씀하시는 분도 있다. 이 책을 통해 본 많은 경험과 셀프 치유는 사람에게 공격하거나 직접 대면하는 것이 아니다. 절대 그렇게 해서도 안 된다. 그리고 치유는 진짜 사랑을 찾기 위한 것이다. 나를 사랑하고 찾아가는 걸 반대할 부모는 이 세상에 한 명도 없을 것이다. 단지, 그 상황과 그때의 경험에 비추어 감정을 표현하는 것일 뿐이다. 만약 셀프치유를 하다가 뜻하지 않게 깊은 죄책감으로 빠지게 된다면, 너무 불안해하지 않도록 자신을 위로해주고, 감당할 수 있는 부분까지만 다뤄주면 된다. 그리고 꼭 분노를 표출하지 않더라도 자신의 상처를 인정하고 있는 그대로의 모습을 수용하는 과정만으로도 치유가 될 수 있다.

2) 사소한 일상에서도 내 모습을 관찰하세요

무의식이나 내면 아이의 존재에 대해서 모르는 사람이라도 어떤 상황을 만났을 때, 내가 모르던 무의식이 건드려지는 경우가 있다. 육아를 하는 중에 어렸을 때 울지 못하도록 억압된 엄마들은 아이의 울음에 과도한 분노가 올라오게 되고 육아처럼 현실에서 맞닥뜨리지 않더라도 드라마를 보다가 어떤 장면에서 이상하게도 감정이 욱하고 올라오는 것을 느낄 때가 있다. 내 무의식에 저장된 경험과 비슷한 상황이 재현되었기 때문이다. 어느 장면이나 상황에서 나의 감정이 건드려지고 신체적인 반응이 오는지 살펴보면 나에 대한 이해가 쉬워진다.

드라마를 보다가 와닿는 장면이 있어 내가 교육하는 회원들의 그룹에 영상을 보여준 적이 있었다. 어떤 반응일지 궁금했다. 드라마의 상황을 말하자면 두 명의 딸이 있는데 아이돌 가수가 꿈이다. 부모는 두 딸의 꿈을 결사반대하다가 결국 허락하면서, 아이들의 오디션 현장에도 따라오며 적극적으로 아이들의 꿈을 돕는 장면이었다. 드디어 두 딸이 무대에 올라 춤을 추는데, 안무도 틀리고 어설프고 긴장하는 모습을 보이자 초조하게 지켜보던 엄마가 갑자기 무대 위로 뛰어 올라가 함께 춤을 추기 시작한다. 딸들이 엄마를 따라 추면서 긴장이 풀리기 시작한다. 이 모습에 심사위원들도 관심과 호의를 보인다는 내용이다. 이 영상을 본 회원 중에 저런 엄마가 너무 그리웠다며 눈물을 흘리기도 하고, 어떤 사람은 엄마가 나서서 활동하는 모습에 부모의 통제가 느껴져서 너무 싫었다고 말하기도 했다. 전자는 함께해주는 따뜻한 엄마가 그리웠고, 후자는 부모의 통제처럼 느껴져 답답했던 경험을 떠올렸다. 오래전부터 가지고 있던 저장된 경험에 근거하여 반응이 다르게 올라온다. 그러나 둘 다 자신이 원하는 좋은 엄마를 기다리는 것은 마찬가지다. 의식에서는 내가 좋은 엄마를 그리워하고 기다린다는 것을 모르는 사람도 따뜻한 엄마의 이미지나 구체적인 상황이 나타나면 함께 눈물을 흘리기도 한다.

언니와 생일이 3일 차이이고, 남동생이 있는 둘째 딸이 언니의 생일축하를 하는 자리에서 부모님을 향해 이런 대사를 한다. "이번에는 절대 언니랑 생일 같이 안 한다. 분명히 말했다."라고 몇 번을 강조해서 말하는 장면이 나온다. 그런 딸을 무표정하게 바라보는 부모 표정이 뒤에 펼쳐질 상황에 대한 복선으로 보여진다. 언니 생일날 케이크에 초를 꽂고 가족이 모두 신나게 축하 노래를 부르는데, 유독 주인공의 얼굴만 불안해 보이고 불만이 가득하다. 아니나 다를까 언니 생일 축하 노래가 끝나자마자, 생일 초 몇 개를 빼고 둘째를 위한 축하노래가 시작되었다. "하지 마. 내가 얘기했잖아. 절대 언니랑 같이 안 한다고. 왜 맨날 내 말은 안 듣는데, 내가 언니랑 생일 하기 싫다고 엄마랑 아빠한테 얘기했잖아. 작년에도 그랬잖아. 재작년에도. 왜 맨날 나한테만 그래? 내가 만만해. 나는 뭐 아무렇게나 해도 되는 사람이야. 왜 나만 계란후라이 안 해줘? 내가 계란후라이를 얼마나 좋아하는데…… 통닭도 아저씨가 나 먹으라고 준 건데 닭다리는 언니랑 동생한테만 주고, 나도 닭다리 먹을 줄 알거든." 그동안 참았던 서러움을 토해내면서 울부짖는 장면이다. 내레이션이 "오늘도 뭐 특별한 건 없었다. 둘째 딸의 서러움이야 늘 그랬으니까. 세상의 모든 둘째들이 그렇듯이 언니는 언니라서 동생은 동생이라 항상 양보하고 살아야 했다."라는 말이 왠지 찡했다.

직원 중에 둘째가 있는데 "저는 그런 장면 나오면 어김없이 눈물이 나요."라고 말했다. 이 영상의 댓글을 보니 "주인공이 전 국민 둘째의 서러움을 혼자 다 토해내 준 장면", "솔직히 이거 보고 안 운 둘째 없다."라는 글이 눈에 들어왔다. 이렇게 드라마에 나온 캐릭터가 나 같고 내가 겪은 서러운 상황과 같아서, 내가 그리워하고 기다리는 내 마음을 표현한 것 같아서, 혹은 내가 못해본 말과 행동들을 거침없이 쏟아낼 때 대리만족을 느낀다. 그리고 이럴 땐 이래야 한다는 통제나 억압당한 부분이 나올 때는 자신의 경험이 비추어져 그 행동에 대한 비난도 올라올 수 있다. 실제로 드라마를 보거나, 다른 사람의 어떤 상황에 대한 경험담을 들었을 때 "내 안에 나도 모르는 이런 아픔과 상처가 있었나 봐요."라고 눈물이 터져서 오는 내담자들이 있다. 뒷부분에 좀 더 다루겠지만, 살면서 미운 사람과 싫은 행동이 있을 때, 그 사람의 어떤 면이 싫은지를 적어보면서 내 안에 건드려지는 것이 무엇인지를 살펴보는 것이 좋다. 또 가족 중에 그 사람과 비슷하게 느껴지는 점이 있는지를 보는 시간도 한 번쯤 가져보자. 슬픔과 분노를 쌓아두지 말고 충분히 풀어주자. 눈물이 한번 터졌을 때 주위를 의식하지 않도록 평상시에 그런 나를 기다려주고 허용해줄 것이라고 마음먹자.

3) 오늘 내야 할 화는 오늘 푸세요

화를 자주 억압하여 분노가 되어 폭발하지 않게 나를 지켜야 한다. 앞서 말했듯이 나는 화를 내지 못하는 사람이었다. 화가 나야 내 경계를 지키라는 신호인지를 감지하는데 오랫동안 억압되어서인지 화라는 감정을 경험해 본 적이 없다. 다만 참다가 크게 욱해서 폭탄이 되어 터질 때면 나는 언제 사고 칠지 모르는 불안을 주는 존재가 되었다. 그리고 나서는 바로 수치심이 몰려와 나 자신을 비난하고 괴롭혔다. 화난 감정을 바로 못 느끼고 몇 달 뒤에나 심지어 몇 년 뒤에 느닷없이 불쾌감이 올라오기도 했다. 어릴 때부터 억압되고 눌려온 화를 어디서부터 어떻게 다뤄야 할지 몰랐다. 그런데도 차근차근 나 자신을 찾아가면서 나만의 방법을 찾으려고 노력했다. 내 안에 화가 뜨거운 불덩어리로 되어있어서 그 불에 내가 곧 타 죽을 것만 같아서 숨을 헐떡거렸다. 그럴 때면 나는 천천히 호흡하면서 불같은 화를 내보냈고, 숨을 들이쉴 때 신선한 공기를 들이마신다는 이미지를 그리면서 반복적으로 처리했던 적도 있었다. 너무 힘들 때는 숨을 들이쉬고 내쉴 때 나가는 숨에 색깔이 있다고 상상하니 더 실감 나게 상징적으로 응급조치를 할 수 있었다.

10년 전쯤 어느 날 거래처 사람과 미팅을 하고 돌아오는 길이었다. 정확히 알 수 없지만, 대화 중에 수치심이 올라왔고, 분노를 잔뜩 가지고 그 사람과 헤어져 돌아오는 날이 있었다. 그나마 나에 대해서 많이 관찰하다 보니 그 느낌을 상당히 빨리 알아챌 수 있었고, 이 감정이 잘못하면 딸에게로 갈 수 있다는 생각이 들어 그냥 집에 들어갈 수가 없었다. 그래서 선택한 것이 발바닥에 그 미운 상대가 있다는 상상을 하면서 걷기 시작했는데 마음이 풀릴 때까지 걷고 또 걸었다. 좀 편안해졌을 때쯤 시계를 보니 무려 2시간이 지나 있었다. '내가 이렇게 화가 많구나. 옛날에는 이런 것도 모르고 집에 와서 괜히 가족에게 화를 낸 적도 많았겠구나'를 다시 한번 실감했다. 집에 들어오기 전에 문 앞에서 그 감정들을 멀리 던지는 상상을 하고 감정을 정리하고 들어와서 딸과 즐거운 시간을 보냈다. 내가 그 미운 사람을 발밑에 놓고 2시간 밟았다고 하니 마치 그 사람을 저주한 것처럼 느끼는 사람도 있는데, 전혀 그렇지 않다. 오히려 미움이 빠지고 나니 그 사람과 미팅하는 것이 훨씬 편해졌다. 결국 내 안에서 해결하는 것이 답이다.

이렇게 자주 하다 보니, 이제는 분노로 가기 전에 올라오는 화들을 감지하는 시간이 점점 짧아졌고, 처리하는 방법도 다양해졌다. 어떤 날은 상대와 대화를 나누고 돌아서 나오는데, '아차, 내가 또 방어하느라 상황에 맞지도 않는 수치스러운 행동을 했구나.'라는 생각이 들면서 그 자리에서 몇 번 뛰다가 멈춰서서 그 감정을 느꼈다. 이렇게 빨라지다가, 차츰 행동하기 전에 자각이 올라오기도 하고, 하면 할수록 나를 더 많이 알게 되고 나 자신과 친밀감도 생기고 특별하고 따뜻한 보호를 받는 느낌도 들어서 너무 좋았다.

　중국에 있을 때, 한번은 특별한 일은 없지만 매일 화장실에 가듯이 감정 쓰레기를 버리러 치유장을 들어가 보면 어떨까 하는 생각을 했다. 한국에서 상담한 내담자가 상담 중에 담배를 피우면 안되겠냐며 잠깐씩 자리를 비우곤 했었는데, "담배 피우는 것을 참기 어려우세요?"라는 내 질문에 "생리현상을 해결하는 것과 같다고 보시면 돼요."라는 내담자의 말이 생각나서 묵은 감정 쓰레기를 청소한다는 생각으로 한번 해보자고 다짐했다. 치유장 안은 방음장치가 되어있고, 몽둥이와 타이어가 준비되어 있다. 2012년도에 한 TV 프로에서 했던 '분노왕'이라는 프로그램을 보셨다면 비슷한 느낌을 알 수 있을 것이다. 이 프로그램의 기획 의도가 '기막힌 분노의 소유자들을 만나보고, 그들의 속이 후련히 풀릴 때까지 맞춤형 해소책을 제공해주는 야심 찬 서비스 버라이어티 프로그램'이라고 올라온 글을 봤는데, 전문가인듯한 리더의 안내에 따라 마음속 분노를 소리치며 표현하기도 하고, 때로는 몽둥이로 대체물을 두드리면서 해소하게 했다. 매일 아침 30분 일찍 출근해서 치유장으로 들어가 몽둥이를 들고 두드리면서 내면에서 올라오는 목소리와 감정을 그대로 표현하면서 발산시켰다. 어떤 날은 뭔가 크게 분노가 올라올 것 같았는데 의외로 몇 분 만에 끝나기도 하고, 별거 아닌 일이지만 해보자는 마음으로 갔는데 한 시간 가까이 분노하고 서럽게 울다가 나오는 날도 있었다.

　내가 하고 싶은 말은 오늘 풀어야 할 감정은 오늘 풀라는 말이다. 되도록 오래가지 않게 처리하는 게 좋다. 나를 화나게 했다고 생각한 그 사람을 향한 분노로 시작하지만, 그 사람에 대한 분노는 사실 그렇게 길지 않다. 간혹 감정이 나의 내면의 상처로 넘어가서 근원으로 향하게 된다. 분노하면서 내 입으로 내가 하는 소리를 자세히 들어보면 "내가 A를 욕하기 시작했는데 왜 이 상황으로 들어갔지? 왜 엄마를 부르고 있지? 그때의 그 일이 건드려져서 이렇게 힘들고 저 사람이 미웠구나." 하고 내 마음에 공감이 된다. 내 마음의 소리를 들어보면, 작은 일을 크게 확대해석하지 않게 되고, 또 아무 일 아니라고 외면했던 상황이 큰 상처임을 알게 되어서 아픈 상처를 보지 않고 그냥 덮어둬서 덧나는 일이 생기지 않게 할 수 있다. 생리현상을 해결하기 위해 화장실을 가듯 감정의 찌꺼기를 배출하는 것을 매일이 아니어도 주기적으로 해주는 것을 추천한다. 내가 적극적으로 풀지 않는다면 제일 가까운 가족 구성원에게 영향을 줄 수 있기 때문이다. 상담사들도 자신이 속한 협회를 통해 윤리 교육을 듣고 기본적인 훈련을 지속적으로 받는 것이 의무이고 자신이 상담을 받는 것도 상담사의 양심일 만큼 묵은 감정을 배출하는 것이 너무나도 필요하다. 특히 자녀를 양육하는 부모님들이 아이를 키우면서 화가 올라오는 지점이 특히 많기에 더 필요할 거라 생각된다. 아이들은 미래의 주역이고 보호받아야 할 권리가 있으며 어른들이 지켜주어야 한다.

　일본에 있는 내담자들도 워크숍이나 온라인 상담이 있는 날은 노래방이나 차 안에서 대기하는 등 되도록 안전한 장소를 찾아서 온전히 풀 준비를 한다. 이처럼 갑자기 욱하고 올라오는 분노나 오래된 화의 감정을 처리할 방법이나 장소를 개발하는 것이 좋다. 상담사를 통해서 치유하는 것은 좀 더 분노의 근원과 만나서 처리할 수 있지만, 일상에서 할 수 있는 분노에 대한 응급조치나 자각만 해도 훨씬 삶이 편하고 자유로워짐을 느낄 수 있을 것이다.

참나를 찾아가는 가족치료 집단워크숍

고통의 순간이
신이 나를 살리는 타이밍이다

1) 나는 내 힘을 남에게 넘겨주는 삶을 살았습니다

어느 날 치유장에 들어가 4시간을 격렬하게 울었던 경험이 있다. 내 삶이 또 한 번 강아지와 같았다는 것을 느꼈던 순간인데, 내가 개처럼 네발로 엎드려 있고 내 목에 매여있는 끈의 손잡이를 손으로 직접 옆에 서 있는 사람에게 넘겨주는 이미지까지 확실하게 그려지는 것이었다. 그 손잡이를 또 다른 사람에게 넘겨주기도 했다. 나는 더 이상 감당할 수가 없어 엎드려서 서럽게 울었다. 실컷 울고 남은 감정을 빼버리고 싶어서 바닥에 놓인 목도리를 집어 들어 목에 감고 목도리의 한쪽 끝은 위로 뻗어 누군가에게 넘겨 주는 행동을 하면서 눈물 콧물을 빼며 서럽게 울었다. 선택과 주도권, 나를 짓밟아도 된다는 허락과 모든 것을 외부에 주고 살았던 수치스러운 존재를 다시 한번 느끼는 경험을 하면서 원 없이 울었다. 울고 나니 눈이 퉁퉁 부어서 잘 떠지지도 않았다. 얼굴에 실핏줄이 터져서 불긋불긋 올라왔지만, 마음만은 그 어느 때보다 가볍고 좋았다. 나와 더 가까이 연결된 것 같은 기분이 들면서 너무 시원했다. 나는 내 처지를 종종 강아지와 비교하곤 했는데, 그때마다 울컥하는 감정들이 올라왔다. 모든 불쌍한 것을 대체하는 것이 강아지였고, 나는 내 안의 설움과 불쌍함인 줄 모르고 저 강아지가 불쌍하다고만 생각했다. 내가 힘들어 치유를 받으러 갔다가도, 내 차례가 되면 도대체 뭐가 힘들었지? 갑자기 치유 동기를 잊어버리기 일쑤였고, 나의 내면에 집중하지 못했다. 그럴만한 힘이 없었기 때문에 강아지가 얼마나 불쌍했는지로 치유를 받곤 했다. 내 상처를 바라보는 것도 그만한 힘이 있어야 가능하다.

어릴 때 어머니가 싫다고 하는데도, 아버지가 강아지를 데려왔다. 말썽을 부릴 때면 엄마가 빗자루를 들고 때릴 것처럼 어린 강아지를 위협하면, 그 어린 강아지가 두려운 눈으로 엄마를 경계하다가 베란다 아래로 뛰어내리려는 듯 아래를 내려다보는 안타까운 장면이 지금도 생각난다. 궁지에 몰려 이러지도 저러지도 못하는 상황의 그 심정을 너무 잘 알 것만 같았다. 또 어느 날은 쇼핑센터 근처로 놀러 나갔다가, 사거리 찻길 가운데서 교통사고가 난 강아지를 보았는데, 몸은 다쳐서 움직이지 못하고 얼굴은 무표정하고 정지된 것처럼 그대로 있으면서 한 곳만 주시하고 있었다. 몸은 이미 회복할 수 없는 것 같았고 머리만 살아있는, 그런데 아무것도 못 느끼는지 무표정하게 한 곳을 주시하는 강아지가 너무 처참하게 느껴졌다.

이렇게 내 주장을 하지 못하고 나는 부족하다는 생각에 많은 권리와 선택권을 타인에게 넘겨주며 살았다. 내 인생을 측은하게 여기며 네발로 엎드려 있는 자세에서 그대로 멈춰 실컷 울었다. 그 마음 아팠을 내면 아이를 위로하는 울음이었다. 감정은 느껴서 애도하고 상실하고 흘려보내면 된다. 혹시 눈물이 날 때, "왜 이렇게 감성적이니? 그런 거 다 느끼고 어떻게 사니? 약해빠졌어. 그래서 험한 세상 어떻게 사니? 겨우 강아지 가지고 그래?"라는 내면의 말들이 떠올라 감정을 막지 않는지 자각해보고 이런 생각이 있다면 다 물리치고 오직 현재 내가 느끼는 내 감정에 집중하면 된다. 충분히 느끼고 경험해야 함몰되지 않고 내 발로 거기에서 나올 수 있다. 스스로에 대한 믿음을 가져야 한다. 그렇게 하기가 힘들 때는 주변에 긍정적인 사람이나 상담사에게 온전히 들어줄 것을 요청해서 도움을 받으면 된다.

2) 참지 말고 아프다고, 살려달라고 울어라

지금까지 살면서 온갖 알레르기 반응으로 인한 고통과 크고 작은 신체적인 아픔을 수없이 겪었지만 모두 대수롭지 않게 넘기며 살았다. 그런데 처음 중국에 가기로 선택을 하고 나서 내심 긴장과 두려움이 올라와서인지, 한밤중에 통증이 너무 심해 집 근처 병원 응급실로 갔다. 십이지장궤양과 간 수치가 70 가까이 올라가는 바람에 내 인생에 처음으로 일주일간 병원에 입원이라는 것을 해봤다. 중국에서는 오른쪽 어깨 회전근 파열로 인해 1년간 고생했다. 통증으로 인해 밤에는 20~30분 간격으로 자다깨다를 반복했다. 물리치료를 30여 회, 체외충격파 치료를 3번 넘게 받았고, 도수치료를 두 군데 옮겨가면서 120번 받았다. 아침 6시에 일어나 출근 준비하고, 7시에 치료받으면서 출근하기를 6개월간 하였다. 치료를 받으러 한국으로 올 수 없었던 이유는, 통증이 심해질 무렵 코로나가 터져서 한국을 자유롭게 왔다 갔다 할 수 없었기 때문이었다. 게다가 한국으로 온다고 해도 다시 들어갈 길이 막막했기에 통증을 참아가며 머물러 있을 수밖에 없었다.

어깨 통증은 상상을 초월할 정도였다. 예전에 누군가 출산을 경험한 사람에게, "아이를 낳을 때 얼마나 아파요? 통증이 어느 정도예요?"라고 물어본 적이 있었는데, 그 사람 답변이 "지금까지 살면서 아픔을 경험한 것 중에 가장 아팠던 기억이 있으시죠? 그거보다 훨씬 많이 더 아파요. 하늘이 노랗게 보여요."라고 말했다. 나는 15시간 넘게 산통을 겪은 후에 수술을 했기에 그때 그 사람의 말을 이해할 수 있었고 모든 산모의 고통을 알 수 있었다. 내가 산통을 할 때 병실을 방문하는 사람마다 내 이마에 뭔가 검은 것이 묻어 있다고 말해서 거울을 보았더니, 한 번도 본 적 없는 기미가 거뭇거 뭇하게 올라와 있는 것을 보고 깜짝 놀랐었다. 진짜 평생 본 적 없 는 피부 저 밑에 숨어있는 기미까지 올라올 정도의 고통을 경험했 는데, 어깨 통증은 아이를 낳는 아픔과 비교하자면 이렇다. 산통은 통증이 주기적으로 왔다가 사라지고 곧 새 생명이 탄생한다는 신비 를 경험하는 일시적인 희망의 아픔이라면, 어깨 통증은 산통의 아 픔의 강도가 주기적이지 않고 지속적이다. 이렇게 계속 멈추지 않고 오는 통증을 경험해 본 적이 없었기에 너무 힘들었다. 정말 괴로운 거구나. 어쩌면 어릴 때 내 마음도 이렇게 계속 아프지 않았을까? 어떻게 참고 견뎠을까? 외면하고, 방치하고, 인정받기 위해 생존을 걸고, 무리하게 사느라 나를 돌보고 내 마음과 몸에 집중한다는 것 은 생각도 못 했을 것이다. 어떻게 자신을 사랑하는지 방법도 몰랐 으니 당연히 그랬겠지. 어른들은 술 먹고 기분전환도 하면서 풀기 나 하지, 어린아이는 그 막막했던 상황들을 어떻게 풀었을까를 생 각하면 눈물이 나왔다. 치료받는 동안의 통증은 말도 못 하게 괴로 웠다. 진통제를 먹고 침대에 누워있던 어느 날, "하느님, 살려주세 요."라는 말이 나왔다. 이제 한계에 다다른 나를 있는 그대로 인정하고 수용하는 말이었다. "이제 진심으로 나를 보고 살겠습니다. 이렇게 아픈데도 괜찮은 척, 잘난 척하며 내가 통제할 수 있을 것처럼 살았지만, 사실은 너무 아파요. 그리고 아무것도 할 수 없어요."라고 간절하게 도움을 요청했다. 그 순간 바로 내 귀에 "지금 살리고 있다."라는 말이 마치 신의 목소리처럼 들려왔고 그 순간 얼마나 안심이 되든지 긴장했던 몸이 한순간에 풀렸다. 역시 이 아픔이 보내는 메시지가 있었구나. 감각을 마비시키고 아픈 걸 모르고 살아와서 한꺼번에 터졌고 이 아픔을 통해 깨달음과 변화가 있으리라 생각했다. 이 아픔은 감각을 느끼지 못하고 나를 지키지 못했던 나의 삶을 뒤바꾸어놓았다. 아픔을 느껴야지만 나에게 무엇이 필요한지를 알 수 있고 나를 지킬 수 있다. 아파도 아픈 줄 모르고 무작정 불도저처럼 밀고 나가면서 살아왔다. 그동안도 충분히 잘해왔으니 이제는 수고한 몸을 쉬게 하고 좀 더 섬세하게 내 마음을 봐야할 때가 왔다는 것을 직감했다. 도수치료 선생님과 뜸 치료를 해주신 선생님에게도 회복되고 싶은 강한 의지를 표현하면서 도와달라고 하니 감사하게도 아주 집중적으로 최선을 다해 치료해주셨다.

상담실에서 만난 내담자가 "상담받는 동안 고통을 안 느끼는 약 있어요? 고통을 느끼는 게 너무 힘들어요."라고 말하곤 했는데, "고통을 잠시 못 느낀다 해도 치유하는 동안의 그 아픈 과정을 함께하지 않으면, 다시 그 속으로 스스로 걸어 들어가게 되어요."라고 말했던 적이 있었다. 그런데 몇 달 뒤에 내가 똑같은 입장이 되어 도수치료 선생님께 "치료하는 동안 진통제보다 더 센 약이 없나요? 고통을 못 느끼게 하는 약은 없나요?"라는 말을 반복했다. 역시나 똑같은 답이 돌아왔다. 겪어야 할 일은 겪어야 하나 보다. 그러나 두려워할 필요가 없다. 한번 경험을 하고 나니 내면을 볼 수 있는 힘이 더 커졌다. 나에게 집중하게 되면서 더 많이 아프기 전에 스스로 알고 조치할 수 있게 되었다.

루이스 헤이의 책 『치유수업』에 보면 "사랑은 치유를 위한 모든 것을 우리 앞에 가져다줍니다"라는 글이 있다. 이처럼 내 아픔도 나를 살리기 위한 것이었음을 알았고 힘든 치료를 견딜 수 있었다. 내 상태를 알리고 요청하였더니 회사 대표님과 직원들, 회원들의 따뜻한 위로를 받을 수 있었다. 또 의사 내담자의 도움도 받을 수 있었고, 좋은 치료사를 소개해준 주변 사람들의 사랑도 큰 힘이 되었다. 그리고 또 얻은 것들이 많았다. 잠을 못 이루고 쪽잠을 자면서도 잠이 오지 않는 시간에는 다양한 중국요리에 도전했고, 그동안 중국 생활 초창기부터 회원들에게 언젠가 시행하고자 기회만 보고 있었던 교육을 온라인으로 시작했다. 자기의 내면에 집중하면서 탐색하는 훈련과정을 조직을 짜서 함께하였고, 열정적인 후손의 그들은 정말 전투적으로 훈련에 임했다. 나는 자유롭게 탐색하되 과제를 하루만 하지 않아도 그룹을 떠나는 엄격한 규칙을 적용했다. 내면을 다루는 작업은 어설프게 하면, 이것도 저것도 아닌 것이 된다. 간혹 머리가 아프다든지 신체적으로 반응이 오고, 하다 멈추면 깔끔하게 풀지 못했다는 기분이 들어 찜찜함을 남기게 된다. 이렇게 적용하게 된 엄격한 룰에도 불구하고 개인적인 사정과 업무상 어쩔 수 없는 상황으로 인한 한두 명을 제외하고는 모두 이 과정을 통과하면서 재경험하는 성과를 이루어냈다.

그리고 친한 사람들과만 교류하던 SNS의 한계를 넓혀 낯설고 모르는 사람들과도 연결하는 용기를 내보고 싶어서 페이스북을 하기 시작했다. 때마침 친구 요청이 하루에 80명 가까이 들어오고 있었고 요청자 대부분을 친구로 추가했다. 주로 늦은 저녁이나 새벽에 글을 올리며 치료받는 이야기, 중국 생활의 일상들을 가볍게 올렸고 많은 댓글과 격려는 물론 고맙게도 치료에 도움이 되는 민간요법이나 의학 정보를 주시는 분들도 많았다. 그로부터 2년이 되어가는 지금 페이스북과 SNS에서 과거의 추억을 확인할 수 있어 좋고, 위로와 격려를 해준 페북 친구들이 정말 큰 힘이 되었다는 것을 다시 깨닫게 되었다. 아플 때는 아프다고 울고 도움을 요청해도 된다는 것을 배웠다. 아프고 힘든 것은 딱 빼고 항상 좋은 것만 보여주려고 했었는데, 오픈하면서 세상이 더 넓어지고 포근하게 느껴졌다. 내 주변의 많은 사람들도 처음 겪는 펜데믹 상황에서 불안을 느끼고 당황했지만, 지금 할 수 있는 돌파구를 찾아 각자 열심히 생활하고 있었고, 회사도 리더의 기지와 직원들의 노력으로 위기를 잘 견뎌냈고, 어떻게 보면 이전보다 더 성장하였고 활동무대도 훨씬 넓어졌다. 그 과정에서 모두 수고하고 애썼고, 상황을 비관하거나 포기하지 않고 결국 잘 해냈다.

지금 내 앞에 청천 벽력같은 상황이 벌어져서 좌절하는 분들이 있다면, 그 두려움과 아픔과 막막함을 충분히 느껴주고 나에게 지혜로움이 있고 위기의 순간에 이 지혜가 발현될 것이라는 믿음을 가져라. 이 일을 계기로 여러분 삶의 터닝포인트가 될 것이고 많은 변화가 일어날 것이다.

나 또한 이 일이 나를 정성껏 돌보는 계기가 되었다. 아침 일찍 일어나 도수치료를 받으러 다니고, 주말에 가끔 호텔 22층 식당에서 아침을 먹고, 욕조에 뜨거운 물을 받아 몸을 담그면서 어깨 통증도 줄이고 힐링을 하며 보낸다. 휴식하는 날 하루는 온전히 마사지도 받고 새로운 중국요리에 도전하면서 통증을 관리하였다. 결국 이렇게 많이 아프고 나서야 몸과 마음을 진지하게 보게 됐다. 이전에는 좋은 곳에서 휴식을 취하거나, 여행을 가면 '나만 편해도 되나, 나만 이래도 되나?'라는 생각이 먼저 떠올랐고, 좋은 음식을 먹을 때면 '나만 비싸고 좋은 거 먹어도 되나?'라는 생각들이 떠올랐다. 그런데 어느 날 호텔의 뜨거운 욕조에 발을 담그는 순간 "아, 행복해!"라는 말이 내 입에서 자연스럽게 툭 튀어나오는 경험을 했다. 드디어 내 머릿속의 프로그래밍이 완전히 바뀌었다는 걸 알 수 있었고, 그날 충분히 행복을 누렸다. 아프지 않은 내 왼팔에 감사했고, 많이 아픔으로써 나를 깨어나게 한 오른쪽 어깨가 고마웠다. 다시는 참지 않겠다. 아프면 아프다고 말하고 쉬고 돌보겠다고 다짐했다.

고통은 그때 마땅히 겪어야 할 것을 회피하면 더 커지기에, 내 몸과 마음에 집중하면서 그때그때 느끼고 겪어서 보내도록 해야 한다. 아프면 아프다고 소리치고 울 수 있어야 한다. 그래서 나는 내가 한 어떤 행동 뒤에 따라 오는 수치심이나 간혹 그냥 존재 자체에서 수치심이 느껴지면 침대에 데굴데굴 구르면서 "나 마음이 아파. 살려줘. 내가 그랬다는 것이 너무 수치스러워. 하지만 나는 지금 이 고통을 느끼고 이겨 낼 거야."라고 말하며 수치심을 온전히 느끼고 나는 꼭 회복된다는 것을 믿었다.

3) 분노하라, 분노를 경험하라

분노를 억지로 삼키지 말고 몸속에서 가라앉혀라.

화가 났을 때는 몸의 긴장을 풀어야 한다.

이런 감정을 긍정적으로 발산할 방법이 몇 가지 있다.

차 안에서 창문을 꼭 닫은 채 소리를 질러보자.

침대를 내리치거나 베개를 걷어차도 된다.

시끄러운 음악을 틀어놓고 그동안 하고 싶었던 말을 다 할 수도 있다.

베게에 입을 대고 소리를 지르는 것도 방법이다.

트랙을 몇 바퀴 뛰거나 테니스 같은 경기를 하면서 에너지를 발산할 수도 있다.

화가 났든 아니든 일주일에 한 번은 침대를 두들기거나 베개를 걷어차면서, 몸 안에 가둬둔 육체적 긴장을 풀어주도록 한다.

– 루이스 헤이 『하루 한 장 마음챙김』

루이스 헤이의 방법처럼 나도 참 많은 방법들을 찾아가며 분노를 발산시켰다. 글쓰기, 울고 소리 지르기, 욕하기, 운동하기, 배게나 인형 치기 등. 때로는 분노의 언어들을 핸드폰 녹음기에 녹음해서 들으면서 풀기도 했다. 이상하게 매우 세게 표현했다고 생각했는데 들어보면 약해 보이고 성에 차지 않았다. 다시 녹음할 때는 더 강렬하게 한다. 그리고 또 내가 한 말을 내가 듣다 보면 내가 진짜 원했던 것이 무엇인지를 알게 되는 수확도 얻는다. 이렇게 하면서 화가 풀리고 마음이 안정되는 것이 느껴질 때, 녹음되었던 음성들을 모두 지움으로써 깔끔하게 완결한다. 휴지통에 있는 것까지 찾아서 깔끔하게 삭제한다. 공공장소이거나 감정을 해소할 적합한 장소가 아닌 곳에서는, 실제로 일어났던 상황과 행동들을 머릿속에서 이미지로 그려보고 내가 하고 싶은 행동을 이미지로 그리면서라도 풀어냈다. 안 그러면 폭발해서 누군가를 공격할 것 같았기 때문이다. 먼저 내 안에 있는 화를 인정하고 그 화를 밖으로 안전하게 풀어내는 것이 핵심이다. 그래야 분노의 화살이 다른 곳으로 향하지 않고 내 건강도 지킬 수 있다. 화를 일으키게 한 상황이나 그 대상을 상징하는 대체물로 풀어내면 된다. 이렇게 몸으로도 풀고 이 분노를 재경험하면서 내가 느끼는 진짜 감정이 무엇이었는지 내 마음을 알게 되고 감정의 주인이 나임을 알게 된다. 나에게 올라온 감정을 내가 처리했다는 경험만으로도 힘이 올라온다. 무엇이든지 이론으로 배우고 듣는 것도 좋지만 실제로 경험하는 것이 좋다. 어린아이 중에는 감정을 스스로 자신이 처리하는 아이들이 있다. 예를 들면 동생이 태어나서 엄마의 사랑을 빼앗겼다고 느낀 첫째의 스트레스는 당사자가 아니면 모를 것이다. 이럴 때 첫째가 동생에 대한 미움을 동생 대신에 인형을 때리거나 물건을 치는 아이들이 있는데, 이때 무조건 야단치고 나무라지 말고, 안전한 대용물을 주는 것이 좋다. 마음을 공감받고 인형을 때림으로써 어느 정도 화가 누그러지고 나면 오히려 동생을 잘 보살핀다. 다만 주의할 것은, 첫째의 마음을 공감해주고 때리고 싶은 마음을 대신할 수 있는 물건에만 허용해주고 실제로 동생을 때린다면 그 행동은 막아야 한다. 감정에 공감하는 것이지 때리는 행동에 공감하는 것은 아니다. 또 현재 우리 가족은 일하러 가기 싫을 때나 아플 때 "아이고, 아파. 출근하기 싫어. 나 안 갈래."라고 그 감정을 충분히 표현한다. 실컷하고 나면 어느새 훌쩍 일어나서 출근하거나 "앓는 소리 좀 했더니 덜 아픈 거 같네."라고 웃으며 말하기도 한다. 사실 이런 과정을 지켜보는 사람이 중요하다. 이런 표현 한번 못하고 꾹 참고 살았던 사람이거나, 정말 회사 안 갈까 봐 두려움에 있는 사람은 들어주기를 힘들어하고 명령하고 통제하려고 한다. 그런데 그냥 기꺼이 들어주면 어느새 훌훌 털고 일어난다. 공감해주면서도 결국은 훈계하려고 하면 이러한 방법은 먹히지 않는다. 들어주기 힘들다면 자신의 내면을 보고 앓는 소리 한번 못해본 내가 있는지 보고 자신도 한번 경험해보면 공감할 수 있을 것이다.

나의 내면을 만나는
빙산 탐색

1) 상대의 어떤 말이나 행동에 화가 나나요?

어느 날 딸이 엄마의 말에서 기분이 나빠지고 화가 날 때가 있다는 말을 하길래, 그럼 우리 서로의 어떤 말이 힘든지 나눠보자고 제안을 했다. 나는 대화를 나누다가 궁금한 것이 생겨서 딸한테 질문을 했는데, "그냥 들어봐!"라며 내 말을 훅 끊어 버릴 때 화가 난다. "알지도 못하면서 질문하지 말고 그냥 들어. 들어야 알지."라고 무시당하는 것 같은 수치심이 들고, "내 말 듣고 있어? 못 들었지? 내 말 안 듣고 뭐 했어?"라는 말을 들을 때 순간 통제받는 느낌이 들어 긴장되고 수치심이 올라온다. 어릴 때 나는 내 이름을 부를 때 한 번에 알아들어야 했고, 혹시나 내가 뭔가에 집중하다가 듣지 못하면 비난을 들어야 했다. 일단 나를 부르면, 혼나거나 하기 싫은 심부름을 시키거나 하는 등 좋은 일로 부른 적은 없었던 것 같다. 내 이름을 부른 뒤에는 부정적인 말들이 따라온다. "너, 저 단어 뜻이 뭔지 알아? 중학생인데 아직 이 단어 뜻도 몰라?"라고 혼난 수치심도 있어서 눈치를 보며 함께 있는 자리를 피하는 데에 에너지를 많이 썼다. 똑같은 말을 들어도 다 나처럼 부정적으로 받아들이지는 않을 것이다. 그 당시 내 자존감 수준이 이런 한마디에도 흔들릴 정도로 낮았고, 그 말을 한 사람들이 나한테 중요하고 영향을 많이 주는 가족이었기 때문에 더 힘들었다. 모르는 것이 있어도 비난받을 것이 두려워서 "모르는 건 다음에 혼자 알아보면 되지 뭐."라고 그냥 넘어갔고, 그런 것들이 차곡차곡 쌓여서 나중에는 아예 질문이라는 걸 할 수 없는 상황까지 갔다. 그러다 보니 반대로 아는 척으로 방어하는 불필요한 에너지도 쓰면서 살았다.

딸은 내가 "가만히 있어 봐!"라고 말할 때마다 짜증이 났다고 해서 내심 놀랐다. 부정할 수 없이 정말 오랜 시간 이 말을 했다. 왜 이 말을 하게 되었는지 생각해보니 원인을 짐작할 수 있었다. 외부의 눈치를 봐야 하니 내 행동은 산만하고 바빴고, 특히 엄마 앞에서 때때로 감정이 얼어버릴 때가 있는데, 그 순간 나에게 말을 걸어오면, "가만히 있어 봐"라고 딸을 제지 시키는 말을 자주 했었다.

"지금 내 머릿속이 복잡하니, 아무것도 나한테 요구하지 마.", "엄마는 지금 해결해야 할 것이 많으니 일단 너는 가만히 있어 봐.", "나는 지금 내 엄마 감당하기도 벅차. 너는 좀 가만히 있어."라고 단절시킨 적이 많았다. 이렇게 살다 보니 평소에도 딸에게는 공감을 많이 못 해줬고 필요할 때는 주로 해결을 해주려는 경향이 많았던 것 같다. 딸이 또 "내가 말할 때마다 엄마는 작정하고 내가 틀렸다는 걸 증명하려는 사람 같아. 꼭 그래야 속이 시원해?"라고 말했다. 이 말도 생각해보니 수용이 된다. 나는 딸에게서 부정적인 말이 나오면 그 관점을 긍정적으로 바꿔주려고 꼭 그 반대의견을 이야기하면서 "네가 틀릴 수도 있어."라는 메시지를 보내곤 했다. 어릴 때 우리 가족은 두려움과 생존의 위협을 지니고 있었고, 부정적인 감정까지 받아주고 공감받으면서 살 여유가 어디 있었을까? 누군가 힘들고 부정적인 이야기를 하면 전체가 다 기운이 빠지고 힘들 수 있는 현실이었다. 사실 나는 좀 겉으로는 매우 긍정적이고 웃었지만, 우리 가족을 슬프게 바라보는 면이 있었다. 내면은 우울함이 정말 많았고, 간혹 이 마음을 표현하기도 했었는데, "너는 좀 이상하다. 너무 부정적이다."라는 지적을 듣고 더는 말하지 않았다. 그만큼 힘든 시기에 모두가 긍정적으로 살려고 노력하며 살다 보니, 나도 모르게 딸에게서 부정적인 생각이나 말이 나오면 나도 불안했고 "그 생각 틀렸어. 너는 왜 항상 부정적이니? 좀 긍정적으로 생각해봐."라는 마음을 담아 결사적으로 막았던 것이다. 이후 우리는 서로에 대해 충분히 이야기를 나눴고 조심했다. 또 예전과 같은 말을 들어도 이전처럼 상처를 많이 받지는 않았다.

　자유롭게 비평할 수 있는 딸이 나보다 훨씬 긍정적이고, 안으로 잔뜩 숨기고 표현하지 못하는 나는 매사에 부정적인 면이 더 많은 게 사실이었다. 가족 간에 어떤 말이나 행동이 힘든지를 나눈다면 서로를 비춰주는 거울이 되어 성장에 도움이 될 뿐 아니라 무엇보다 관계가 좋아지고 서로를 지지해줄 수 있다. 주의할 것은 서로의 불평과 불만을 나누는 대화로 흘러가거나, 내 의견을 관철하기 위한 것이 목적이 되어서는 안 된다. 대화를 나누다가 '내가 맞고 너는 틀리다.'라는 판단으로 팽팽하게 대립하여 비판하거나 힘겨루기를 하면 몸도 마음도 피곤해지고 관계만 더 멀어질 뿐이다. 가장 가깝고 소중한 가족에게 나에 대해서 알려줌으로써 서로 배려하자는 차원에서 나누는 것이다. 해결이 아닌 마음으로 함께 고민하고 때로는 지지와 응원도 해줄 수 있다. 이런 의미에서 항상 가족은 자신의 변화나 최신 상태를 서로에게 알려주는 것이 좋다.

　자기 내면에 있는 스스로 견디기 힘든 부분을 무의식적으로 타인에게 전가함으로써 타인을 비난하면서 내 고통과 괴로움을 줄이려고 하는 것을 투사라고 한다. 그래서 미운 사람이 많을수록 내 안에 스스로 수용하지 못하는 내가 많은 것이다. 이 부분을 안다면, 상대를 바꾸려는 헛된 노력을 하는 것보다 내가 변하는 것을 선택하는 것이 더 쉬울 수 있다. 내가 변한다는 것은 결국은 상대에게 있는 그 보기 싫은 면을 내가 가지고 있다는 것을 인정하고 수용하는 과정이기에, 경험하고 나면 내 수치심이 그만큼 줄어든다. 나는 유머로 은근히 돌려서 까는 대화를 하는 사람이 싫다. 웃으면서 칭찬하는 것 같은데 뼈가 들어있는 말을 하는 것이다. 한동안 그런 대화가 너무 거슬려서 만나기도 불편했었는데, 사실은 나한테 있는 모습이었다. 솔직히 말하는 것이 두려워서 농담처럼 비난을 많이 했었고, 내가 그랬기 때문에 상대도 그렇다고 생각했고, 불편했다.

4년쯤 전에 워크숍을 할 때였는데, 젊은 여성 참가자 A가 같은 참가자 중에 어떤 사람을 보면 표정이 변하면서 계속 피하는 것 같아서 휴식시간에 조용히 A에게 다가가서 내가 보고 느낀 것이 맞는지 물어보았다. "맞아요. 저는 저런 사람들이 제일 싫어요. 옆에 가기도 싫어요."라고 하였다. "저 사람들의 어떤 점이 너를 그렇게 불편하게 했니?"라고 물어보았다. "한 명은 교양있는 척하는 게 싫고, 또 한 사람은 착한 척하는 게 이중성이 있어 보여서 싫어요."라고 했다. 나는 교양있는 척하고, 이중성을 띤 사람과의 어떤 경험이 있었는지 물어보고자 잠시 이야기를 나누었다. A는 외부에서 만나는 50대 여성들을 볼 때 자신의 엄마와 많이 비교해서 본다고 한다.

엄마와 갈등상황이 자주 있었고, 보여주기식 교양을 떠는 엄마가 싫고 그 이중성을 까발리고 싶다고 했다. 어렸을 때부터 엄마의 사랑이 지나쳐서 간섭과 통제로 많이 느껴졌고, 자신이 하는 일을 무조건 부정하고 절대 인정해주지 않는 엄마에게 있는 그대로의 사랑을 기다리는 딸이었다. 그렇다고 엄마를 한 방 먹이거나, 대드는 것은 큰 위험이 따르는 일이어서 못하겠고 일부러 밖에서 시간을 많이 보내려고 하고 집에 있는 동안에도 방 안에서 나오지 않고 살고 있다고 한다. 엄마와 나이, 말투, 표현이 비슷한 느낌이 드는 두 참가자를 보고 거부감이 들었던 것이다.

내게 미운 사람이 있다면 그 사람들의 이름을 적고 그 사람의 특징과 행동을 짧게 형용사로 표현하고, 문장으로 짧게 적어보라.
(흐지부지하다, 배려하는 척한다, 힘들면서 힘들지 않은 척한다, 앞뒤가 다르다 등)
예) OOO: 산만하다, 얍삽하다 = (나 혹은 원가족 식구 중 연상되는 사람과 특징을 적는다.)
　　OOO: 근엄한 척, 독재자 = (　　　　　　　　　　　　)

미운 사람의 미운 행동과 상황 그리고 내 가족 중 연상되는 사람과 연결시켜서 생각해보고, 그 상황을 다음에 나오는 내면을 탐색하는 도구인 빙산 일기로 다뤄보면 좋다.

2) "수고했어요. 먼저 들어가세요": 배려받는데 화가 나요

제목을 보고 이게 뭔 소리인가 의아할 것이다. 나도 내 자신에게 처음으로 어이없음을 느꼈었다. 그 당시 같이 심리공부 하는 사람들 안에서 유행했던 말이 "잘해줘도 지랄한다. 이래도 지랄, 저래도 지랄."이라는 말인데, 이 상황을 설명하는데 딱 맞는 표현이다. "지랄도 가지가지."라는 제목으로 책을 내면 어떨까요? 라고 누군가 말해서 박장대소를 하고 웃었던 적이 있다.

배려를 받는데 화가 난 경험에 대해 이야기를 해보려고 한다. "수고했어요. 먼저 들어가세요."라는 배려의 말에 실제로 나는 버림받음을 느꼈고 속으로 큰 분노를 느꼈다. 내가 일하던 회사는 부모교육 관련된 일을 하기에, 아빠들이 퇴근해서 아이를 봐줄 수 있는 평일 저녁이나 주말에 만나는 회원모임과 행사가 전국에서 많이 열렸다. 그래서 나를 포함한 직원 중 몇 명은 지방 출장도 자주 가고, 야근이나 주말 출근이 많았는데, 재미도 있고 보람도 있었지만, 간혹 늦게 끝나는 업무가 힘들기도 했었다. 그러나 충분히 내가 스스로 먼저 퇴근하고 갈 수도 있는 상황임에도 나는 거의 먼저 자리를 비우지 않았다. 그때마다 간혹 사장님은 "나머지 일은 내가 마무리 할 테니 먼저 들어가서 쉬세요."라고 나를 배려해주셨다. 그 순간 감사가 아니라, 전혀 반대로 내면에서 화가 욱하고 치밀어 올라오는 것을 느꼈다. 왜 이렇게 화가 나는지 모르고 정말 오랜 시간 힘들고 고통스러웠다. 그러는 중에 치유하고 공부하면서 비슷한 감정을 자주 느낀다는 것을 알게 되었고, 나의 어린 시절과 연결되어 있다는 것을 깨달았다. 빙산 일기를 쓰면서 점점 더 뚜렷하게 마음을 구석구석 읽어가는 과정을 경험하였고 그 패턴에서 벗어나는 데 많은 도움이 되었다.

내가 희생하면서 얼마나 노력하는데, 쉽게 들어가라는 말 한마디로 끝낼 수 있는지, 억울하고 화도 나고 내 희생이 가치 없이 사라지는 것 같았다. 그리고 그때는 화 밑에 깊은 슬픔과 외로움이 있다는 것을 몰랐기 때문에 머리로 논리를 따지면서 미워하는 것 외에 할 수 있는 게 없었다. 그리고 내가 진짜로 무엇을 원하는지 전혀 몰랐다. 그저 그때의 나는 앞장에서 말했던 태내 환경에서부터 버림받음의 위기를 겪었던 충격과 상처가 그대로 무의식에 남아있다가 비슷한 상황에서 반사적으로 반응하는 내면 아이일 뿐이었다. 정말 내 안에 나도 모르는 내가 많다는 생각이 든다. 고군분투하면서 꼭 필요한 사람이 되려고 노력했던 내면 아이의 생존방식이었다. 한마디로 먼저 들어가라는 말이 나에게는 배려가 아니라, "이제 니가 없어도 된다."라는 위협으로 들렸다. 아픈 내면 아이의 상처가 불현듯 재현되었다. 다시 한번 어린 시절의 버림받은 고통을 재경험하는 것은 너무 힘들어서 그저 미움만 타인에게 던지고 탓하느라 내 마음도 힘들었고, 후에 사장님도 황당했다는 표현을 하셨다. 아무리 감춘다고 해도 표정까지 감출 수 없었고 비언어적이고 비상식적으로 미움을 쏟아낸 성인 아이의 투정이 얼마나 이상했을까. 누군가를 미워하느라 마음 아프고, 인정받느라 고생하고, 나 자신까지 버려가면서 애썼을 그때의 그 아이를 그저 그냥 안아주었고, 공감하며 울어주었다.

엇갈린 의사소통을 하는 이유도, 이와 비슷하다. 서로 하고 싶은 말만 하고 듣고 싶은 말만 들으려 하거나 배려해도 배려로 받지 못하고, 잘해줘도 지랄한다는 한탄이 나오는 상황이 자주 있다면 그 이유를 찾아보자. 먼저 빙산의 각 영역에 대한 간단한 설명을 하고 나의 일기를 예로 보여주고, 빈칸에는 여러분들의 상황을 직접 적어보길 바란다. 일기 쓴 것을 두었다가 주기적으로 다시 보면, 이 상황을 바라보는 관점이 달라지고 더 깊은 내면을 탐구하게 될 것이다. 〈빙산 일기〉 쓰기가 어렵게 느껴진다면 첫 일기는 형편없이 써도 된다.라는 편한 마음으로 쉽게 쓰자. 내가 처음 대학원과 연구소 과제로 일기를 쓸 때는, 아무것도 몰라서 정말 엉망으로 썼음에도 그것들을 쭉 모아놓고 보니 거기서도 패턴을 발견할 수 있었다. 나를 사랑하기를 미루지 말고 지금 경험하자.

3) 내면을 탐색하는 빙산 일기 쓰기

가족치료학자 사티어는 인간을 빙산에 비유하여 빙산 일기라는

것을 통해 내적 경험을 끌어내
면서 사람들의 치유를 도왔다.
어떤 상황이 발생했을 때, 말
이나 행동은 수면 위에 드러
난 작은 부분인 빙산의 일각
에 지나지 않는다. 보이지 않
는 수면 아래는 내면을 나타
내는데 여기에는 감정, 지각,
기대, 열망, 자기(self) 등의 요

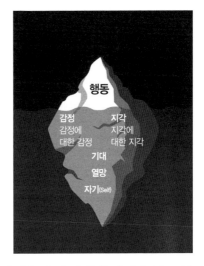

소를 가지고 있으며, 대부분의 경험은 수면 아래에 남겨져 있고 무
의식의 영역이라고도 한다. 그래서 어떤 상황이 생길 때 눈에 보이
는 것만이 전부라고 할 수 없으며, 훨씬 더 큰 부분이 수면 아래인
내면에 존재한다는 것을 잊지 말아야 한다. 자신의 내면에서 경험
하는 것이 무엇이고, 진정으로 원하는 것이 무엇인지 모른다면, 자
신과 연결되지 못한다. 또한 자신과 연결되는 경험을 하지 못한 사
람이 타인과 연결되기는 힘들다. 이렇듯 빙산을 탐색하는 빙산 일
기는 수면 아래에 숨겨져 있는 충족되지 못한 기대와 열망에 많은
관심을 갖게 하며, 자신의 경험에 접촉하여 억압을 풀어내고 분노
를 완화 시켜 자존감을 높인다. 자존감이 높아야 책임지는 선택을
할 수 있으며 올바른 소통을 할 수 있다.

내 마음으로의 여행을 함께 떠나줄 상담사나 코치는 없지만, 안전하게 홀로 탐색할 수 있는 도구로 빙산 일기 쓰기를 추천한다. 일기 양식에 맞추어 반복되는 힘든 일을 기록해 보고, 그때 어떤 감정을 느꼈고 어떤 생각이 그 감정을 일으켰는지 문득 떠오르는 것들을 적어라. 그 상황에서 상대에게 어떤 기대가 있었는지까지만 점검해봐도 자신을 이해하기에 좋은 도구다. 더 자세한 내용을 알고 싶다면 책『사티어 빙산의사소통』을 참고하길 바란다. 마음 여행은 혼자 떠나기가 쉽지 않고 자신의 내면을 본다는 것은 누군가에게는 참으로 고통스럽고 힘든 일이다. 대학원 수업과 연구소 공부를 병행할 때, 빙산 일기에 대해서 처음 배우게 되었고, 자격증 준비를 위해서 일기 쓰기는 필수였다. 그때는 과제이다 보니 힘들게 느껴졌다. 하지만 그때 썼던 일기들을 살펴보면 상황은 모두 다름에도 기대를 통한 나의 열망이 채워지지 않았을 때 느껴지는 나의 존재감이 형편없었다는 것을 발견할 수 있었다. 외부에서 내 기대를 구체적으로 충족시켜주는 상황이 있어야지만 열망이 채워지고 비로소 존재감이 생긴다고 생각했다. 나의 기대는 꼭 채워져야 한다는 집착이 너무 강해서 상대 역시 나에게 기대가 있다는 것을 알지 못했다. "서로 자기 기대만 채우려고 하니까 상호작용이 어려웠겠구나."를 가슴으로 알았고, 그동안 살아오면서 겪었던 일들을 떠올리며 나와 타인에 대한 이해를 할 수 있었다. 나에 대한 이해가 먼저이고, 타인의 입장에서 느껴보는 작업이 필요하다. 진정한 소통은 마음과 마음을 나누는 것이고 상대의 감정에 공감하려면, 먼저 내 감정이 살아있어야 한다. 이런 차원에서 내 마음 들여다보기가 항상 먼저다.

회원들과 함께 빙산 일기를 공부할 때는, 정말 보람 있고 재미있었다. 서로의 내면 여행에 조심스럽게 함께해주면서 상대가 얻을 수 있도록 질문도 해주었다. 그러면서 마음을 나누는 것이 무엇인지, 존재와 존재가 연결된다는 것이 무엇인지를 보여주었다. 당연하다고 생각했던 관념과 그래야만 한다는 집착을 내려놓는 시간이었다. 함께하는 이 과정은 인간을 이해하고 존재를 찾아가는 과정이 되었다. 함께 공부하고 경험한 사람들은 빙산 일기를 쓰면서 "자신과 타인에 대한 연민과 사랑이 느껴져요. 내면에서 느껴지는 것을 망설임 없이 표현하기 시작했어요"라는 자신의 변화를 표현하였고 나는 그들의 성장이 기쁘고 뿌듯했다.

< 빙산 일기 쓰기 >

1. 상황: 최근의 경험이나 과거의 일 중에 다뤄보고 싶은 사건. 상처받았던 상황의 한 지점을 선택하여 재경험으로 해결하고 싶은 사건을 간단하게 적는다.
2. 행동: 1의 상황을 경험했을 때, 당신은 어떻게 행동했나요?

겉으로 표현되는 언어나 비언어적인 표현, 신체적인 경험 등을 적는다.

3. **감정**: 그 당시 느꼈던 감정을 적는다.

   1) 감정: 상황에 대한 직접적 반응으로 발생하는 두려움이나 슬픔 등의 생존감정

   2) 감정에 대한 감정: 감정 뒤에 따라 느끼는 감정.

      (예: 슬픔이라는 감정을 느꼈다면, "슬퍼하는 것은 나약한 사람이나 하는 것이야." 등. 그 감정을 지켜보며 드는 생각이나 판단을 감정에 대한 감정이라고 한다. 어렵게 생각되면 감정만 적어도 된다.)

4. **지각**: 개인의 관점이나 주관적 해석과 의미를 부여함으로써 왜곡되거나 경직된 비합리적인 신념. 특히 아이들은 맥락을 이해 못 하고, 자기중심적 사고를 함으로써 왜곡된 신념과 가치관을 가질 수 있다

   1) 지각: 개인의 주관적 관점이 포함된 사고방식, 가설, 의미, 해석, 신념

   2) 지각에 대한 지각: 지각에 대한 판단

5. **기대**: 그 상황에서 기대했던 구체적인 행동이나 말. 기대에는 3가지가 있다.

   1) 내가 타인에게 갖는 기대

   2) 타인이 나에게 갖는 기대

3) 내가 자신에게 갖는 기대

관계가 잘 유지되려면 쌍방 간의 기대를 타협할 수 있어야 한다. 나의 기대만 중요 하거나, 상대방의 기대만 중요하게 여기면 좋은 관계를 형성하기 어렵다.

6. **열망**: 사람은 사랑, 소속, 수용, 안전, 인정, 힘, 자유 등의 보편적이고 근원적인 열망을 지니고 있으며, 열망을 충족시키는 삶을 살고자 하는 바람이 있다. 생존이 아니라 열망을 충족시키면서 살아갈 때 행복하고 높은 자기 가치감을 형성할 수 있다.

7. **자기(self-나)**: 열망을 충족시킬 때 자기 가치감이 높아지고, 든든해진다. 즉 자존감이 높아진다. 사람이 자기(self)와 만날 수 있을 때 다른 사람과도 이 수준에서 만날 수 있고 연결될 수 있다.

– 김영애의 『사티어 빙산의사소통』

상 황		회사의 주말 모임과 강연이 있는 날, 사장님이 "오늘 수고했어요. 먼저 들어가세요. 나머지는 내가 정리하고 들어갈게요."라고 말씀하시는데, 배려하는 말임에도 불구하고 순간 마음 깊은 곳에서 욱하고 화가 난다.
행 동		신체적 경험: 몸이 뻣뻣하게 굳는 것 같고 경직된다. 표정이 굳어진다. "아니에요, 괜찮아요."라고 말하면서 감정이 차단된 듯 무표정으로 쳐다보고, 감정 없이 대화한다.
감 정		분노, 슬픔, 무력감, 좌절감, 적개심, 배신감
감정에 대한 감정		격노감, 비참함, 스스로에 대한 실망감, 우울함, 한심함
지 각		아무리 열심히 해도 아무도 나를 알아주지 않아. 나는 뭘 해도 가치 없는 존재야. 사람들은 나를 거부해. 나를 싫어해.
지각에 대한 지각		나는 쓸모없는 사람이야, 중요한 존재가 아니야, 바보 같아, 한심해.
기 대	**나 → 타인**	너 없으면 안 돼. 너는 꼭 필요한 사람이야. 나의 존재가치를 표현해주는 것.
	타인 → 나	퇴근 시간이 지날 때까지 수고했으니 먼저 들어가세요 라는 배려를 받아주는 것. 직원들 눈치 보지 않고 편안하게 일하고 싶다.
	나 → 나	"사장님이 불편할지는 모르겠지만, 저는 끝까지 도움이 되고 싶고 마무리 하는데 같이 있고 싶어요." 이렇게 표현하고 마무리를 끝까지 하는 것. 또는, "사장님이 배려해주시는 것 같은데 제가 느끼는 것은 사장님한테 필요 없는 존재가 된 것 같은 느낌이에요."라고 표현할 수 있는 것.
열 망		필요한 존재이고 인정받고 싶다. 같이 하고 싶다.
자기(self)		가치 없는 비참한 존재

새로운 선택과 결정	이미 나의 영향력은 충분히 발휘되었어. 이런 나를 내가 인정하고 상대의 배려와 감사를 받고 충분히 쉬자. 괜찮다고 위로하고 내면 아이를 안심시켜주자. 아픈 마음을 인정하고 이 아픔을 꼭 다루어서 치유해 주겠다고 약속해.
자신에 대한 칭찬	내 마음을 들여다보고 나를 위해 이 일기를 쓴 것을 제일 칭찬해.

위의 경험과 빙산 일기를 통해 본 나의 미해결된 감정을 살펴보면

나는 굉장히 필요한 존재이고 그 쓰임을 당하고 싶고, 내가 일을 정말로 잘한다는 것을 인정받고 싶은 마음이 있었으며, 모든 사람들이 나와 같이 내 눈앞에서 함께해야 하고, 소외시킨다고 느껴지면 그 사람을 나쁜 사람으로 여겼다. 나의 이런 면은 긍정적으로 보면 궁금증과 호기심이 많고 모험적이기도 하지만 부정적으로 기능할 때는 무섭게 집착하는 편집증적인 면으로 나타나곤 했다. 그러나 이것은 현실적인 기대가 아니라, 그냥 나 혼자만의 내 기대일 뿐이었다. 왜 그럴까? 나는 스스로를 인정하는 것이 아니라 나를 비난하고 있었기에 여기서 벗어나기 힘들었던 것이다. 스스로를 사랑하고 인정할 수 있어야 사라질 문제이지 결코 상대가 채워주서서 해결되는 것이 아니었다. 차라리 이런 내 모습을 일찍 발견하고 "저 자꾸 들어가라고 하지 마세요. 사장님은 배려해주셨지만 저는 필요 없는 존재가 된 느낌이 들어서 힘들어요."라고 속마음을 표현해볼 수 있었다면 나도 치유되고 서로 좋은 관계를 만들어갈 수도 있었을 텐데, 자

존감이 낮고 되돌아올 반응이 두려웠던 나는 전혀 표현하지 못했다.

　이것을 가족치유로 연결해보면 나의 이런 근원적인 기대는 그 상대에게 원한다기보다 부모에게 받고 싶었던 바람이 다른 사람에게 투영된 것이다. 원가족에서 내가 그토록 간절하게 확인하고 싶었던, "너를 절대 어디에도 보내지 않을 거야. 너는 정말 소중한 딸이고 우리 가족에게 없어서는 안 될 귀한 존재야."라는 강력한 메시지를 기다리는 내면 아이의 바람이었다. 제대로 경험하지 못한 내 마음이 그 순간에 멈춰서 얼어붙어 있다가 어른이 되어서도 인정에 집착하며 살다가 비슷한 상황에 튀어나온 것이다. 하나님도 맞추지 못할 나만의 기대를 만들어놓고, 희생하면서 받으려고 애쓰다가 돌아오는 인정과 관심이 없으면 혼자 괴로워하고 힘들어하며 살았다. 실체를 알고 표현할 수만 있었어도 이렇게 먼 길을 돌아오지 않았을 것이다. "너는 꼭 필요한 사람이야. 니가 없으면 안 돼." 나는 이걸 찾기 위해서, 상대는 원하지도 않는데, 매 순간 타인에게 맞추고 희생하면서 불가능한 기대를 안고 살았다. 그 기대가 나를 태워죽이는 불덩어리라는 것을 몰랐고, 치유하면서 그 불을 저 멀리 우주로 던져 버릴 수 있었다. 모든 원인은 내가 진정한 나 자신이 되지 못해서 생겼다. 나 자신이 되어야 하는데, 버림받은 나라는 수치심이 내면화되어 나로 살지 못했기 때문이었다. 크게 실망하고 좌절하였던 상황이 있다면 떠올려보고, 그 순간 내가 듣고 싶었던 말이

나 표현하고 싶었던 말이 무엇이었는가를 적어보면, 기대가 채워지지 못했을 때 크게 실망하고 분노했다는 것을 발견할 것이다. 그 부분을 찾아서 공감하고 수용해주고 그 아픔에서 벗어날 수 있는 대안을 찾아보며 나 자신과 함께 머물러 주자.

〈빙산 일기 쓰기〉

상 황		
행 동		
감 정		
감정에 대한 감정		
지 각		
지각에 대한 지각		
기 대	나 → 타인	
	타인 → 나	
	나 → 나	
열 망		
자기(self)		

새로운 선택과 결정	
자신에 대한 칭찬	

4) 마음과 행동 사이의 간극을 줄여라: 신체의 느낌에 주목하라

"내면과 외면의 불협화음, 마음 따로 행동 따로 엇박자에 춤추는 사람들"

내가 표현하고 싶은 것이 이런 느낌이다. 긍정이든 부정적이든 모든 감정을 존중받고, 자유롭게 표현할 수 있는 환경에서 살았다면, 내면에서 느끼는 감정과 생각을 그대로 표현해도 안전했다면, 마음과 행동 사이의 간극이 그리 크지 않을 것이다. 반대로 있는 그대로 표현하고 행동했다가 수치 당한 아픔이 있다면, 그래서 안전하지 않았거나 가족 규칙과 비밀이 너무 많아서 안 되는 것이 많고, 천재처럼 자신을 감추고 사느라 자신의 존재가 없었던 사람들은 마음과 행동 사이의 간극이 크다.

『착한아이로 키우지 마라』라는 책에서는 착한아이의 반대말을 '자연스러운 아이'라고 표현했는데, 바로 자연스럽지 못한 착한아이들의 의사소통이 불협화음과 엇박자를 만들 수 있다. 의사소통에는 말이라는 언어적인 표현과 표정, 행동 등의 신체적인 표현 즉 비언어적인 표현이 포함된다. 그래서 침묵이나 폭력도 그 안에 담긴 메시지가 있고 그 사람만의 소통이라고 볼 수 있다. 상대에게 내 생각과 말을 전달하는 과정이 자연스러운가, 자연스럽지 않은가를 통합적으로 보여주는 내담자들이 있는데, 오로지 상대에게 집중하면 섬세하게 관찰할 수 있다. 예를 들어 "싫어, 안 할 거야. 미워." 등 부정적인 의사 표현을 해본 적 없고 허용 되지 못한 사람이 엄마가 되었다. 이 엄마는 종종 아이에게 좋은 엄마가 되고 사랑받기 위해 화가 났는데도 "괜찮아."라고 말했다. 언어로는 화가 났는데도, 괜찮다고 속였지만, 신체를 완벽하게 속이지는 못한다. "엄마 화 안 났다고 하는데, 입은 웃는데 왜 눈은 화났어?"라고 아이는 바로 엄마의 내면을 읽는다. 이럴 때 엄마는 "어머, 정말 내가 그랬나?"라고 자신을 들여다보면 좋은데, 수치심을 보는 두려움과 아픔을 보기 힘들어 그 마음을 외면하고 아이에게 화를 내면서 외부로 화를 던지게 된다. 정직한 표현은 허용되지 않았고 오히려 수치를 당했기 때문이다. 신체가 알려주는 많은 정보를 놓치지 말고 주의해서 관찰해보아야 한다. 상담장면에서도 내담자를 만날 때 상담실 문을 열고 들어올 때부터 관찰한다. 긴장하는가, 지나치게 밝은 면이 있는가 등을 본다. 신체는 속일 수 없고 대체로 솔직하기 때문이다.

나는 상대의 이야기가 끝나기 전에 이미 고개를 끄덕이는 의사소통을 오랫동안 하며 살았었다. "당신 뜻대로 하겠어요. 나는 신경 쓰지 마세요. 다 알고 있어요."라며 타인의 기준에 맞추어 살다 보니 그냥 예스가 나가버린다. 이 끄덕이는 행위 안에는 척하는 부분이 있고, 이것은 나의 열등감이라고 해도 틀린 말이 아니다. 또 미움을 받을까 봐 두려워 "싫어"라는 말과 거절을 못 했다. 무조건 "예스"하고 나서 후회한 적이 많았지만, 수치 당할까 봐 번복하지 못했고, 이것은 다시 나를 비난하고 수치 주는 악순환으로 이어졌다. 나의 내면에 이렇게 아프고 두려운 마음이 있다는 걸 그때 볼 수 있었다면 좋았을 텐데, 그때는 들킬까 봐 감추는데 에너지를 다 쏟으며 사느라 바빴다.

17년 전쯤인가 회사 회원들과 함께 모임 후에 뒤풀이를 할 때 망신당한 경험이 있다. 이야기를 전혀 듣지 못했는데도 웃으면서 고개를 끄덕였고 이에 한 회원이 "어머 동의하시네요? 어떤 생각인지 궁금해요?"라고 물었다. 나는 전혀 답변할 수 없었고, 변명도 할 수 없을 만큼 완벽하게 속였기에 "미안해요. 사실은 잘 못 들었어요."라고 솔직하게 말했다. 지금도 간혹 그 버릇이 나온다. 몇십 년을 살아온 생존방식의 잔재가 몸에 남아있는 것이다. 어쩌겠는가 이런 나도 나이니 인정하고 안아줄 수밖에 없다.

또 한번은 내담자 중 한 분이 말을 할 때마다 짧게 숨을 쉬고 말을 하는 엇박자 스타일 대화를 하는 사람이 있었다. 신체가 먼저 반응하고 언어가 뒤따라 나온다. 내담자의 그런 모습에서 느껴지는 부분을 그대로 표현했더니, 깜짝 놀라면서 "그게 보이시나요?"라며 의외로 본인도 알고 있었는데 왜 그런지 이유를 모르겠고 잘 고쳐지지 않는다고 했다. 이렇게 마음에서 느껴지는 대로 표현하는 것이 자연스럽게 안 되는 착한아이로 자란 사람들이 있다. 결국은 내면을 알아가면서 자신의 두려움과 슬픔의 상처와 깊이 연관되어 있다는 것을 알아가며 치유해 가고 있으며, 그 아픔이 지금도 잔재로 남아있지만, 그 조차도 사랑으로 안아줄 수 있다. 자신의 역사이고 아픔의 흔적은 오랜 시간 함께한 전우처럼 찐한 애정이 생기기도 한다. 내담자 중 한 명은, 거의 일 년을 만나면서도, 자신에 대한 정보를 잘 제공해주지 않는 과묵한 사람이었다. 그러나 상담 외의 대화에서는 말도 잘하고 재미있고 유쾌한 면을 보였다. 일 년쯤 되었을 때, 해결하고 싶은 일이 있어 찾아왔는데, 내가 질문할 때마다 그냥 편하게 답을 하거나 "그 질문이 문제와 무슨 연관이 있나요?"라고 물어보지 않고, 눈을 위로 뜨면서 눈동자를 허공에 두고 잠시 생각하다가 대답하기를 계속 반복하는 모습이 보였다. 질문할수록 힘들어하고 화가 난 것처럼 보이더니, 역시나 "왜 자꾸 이 일과 벗어난 질문을 하세요?"라며 화를 내는 것이었다. 그 순간부터 우리 사이가 편안하고 안전해졌고, 그때부터 상담이 시작되었다. 나는 내담자의 비언어적인 행동들을 그대로 말해주면서 왜 이렇게 반응하게 되었는지를 찾아보자고 제안했다. 내담자는 똑똑하고 조리 있게 말해야 한다는 가족 규칙이 있었고, 또 부모를 지켜보면서 세상을 이렇게 살아야 무시당하지 않는다는 것을 배웠다고 했다. 누구보다 열심히 사느라 바쁜 부모가 이 사람을 있는 그대로 받아주고 섬세하게 돌봐주지 못했다. 또한, 과거의 여러 가지 경험들로 열등감도 생겼고, 이 모든 것들이 자유로운 표현에 걸림돌이 되어 대인관계에서 늘 긴장했던 것이다. 내 앞에서만 긴장한 것이 아니라 오랜 시간 다른 사람들과도 이런 관계를 유지했을 것이다. 즉 어린 시절부터 몸에 밴 경험이 있다는 뜻이다. 사실 이 내담자는 성실하고 유능한 자산규모 30억의 여성 CEO다. 그런데도 자신의 아픔을 수용하기 힘들었기에 유능함조차 받아들이지 못했다. 그날 이후로 안전한 관계 안에서 상담을 진행해왔고 여러 가지 프로그램에 참여하고 치유하면서 내면의 당당함이 행동에서도 드러나는 자신감 있는 모습을 볼 수 있었다.

위의 빙산 일기에서 보면 몸이 뻣뻣하게 굳는 것 같고 경직된다. 표정이 굳어진다. 무표정과 무감각하게 대화한다는 신체의 느낌에 주목하는 것을 보았을 것이다. 내 기대가 무너지고 실망으로 분노가 올라오면 나는 세상의 모든 것을 차단하듯 차가워졌다. 이런 현상은 대인관계에서 자주 나타났다. 이렇듯 몸은 내면을 비춰주는 거울이기에 몸과 마음이 협조하는 치유가 되어야 한다. 상담과 치유는 주로 언어로 진행되지만, 언어 이전에 받은 상처는 미처 처리되지 못한 채 변연계의 편도체에 남아있다가 비슷한 경험을 했을 때 몸으로도 반응이 올 수 있다. 신체가 나에게 보내는 신호를 알아차려야 한다. 상담을 받다가 어린 시절의 경험을 이야기하던 중에 갑자기 몸을 움직이지 못하고, 꼿꼿이 굳은 채로 양손을 떨기 시작하는 사람들도 있다. 내가 말을 붙였지만, 언어를 배우기 이전의 경험이었던지 옹알이 같은 소리만 낼뿐 말은 하지 못한 채 무섭다는 말만 간신히 하면서 한 시간 이상을 그 감정을 고스란히 느낀다. 딱 봐도 겁에 질린 어린아이의 모습이다. 그대로 몸에서 공포를 느끼고 통과될 때까지 안전하게 연결되었음을 확인시켜주면서 느끼게 하였더니, 너무도 두렵고 무서웠던 자신의 어린아이 마음을 알게 되었고 그 아픔을 느낄 수 있었다고 한다. 이 경험을 하고 난 후 자신에게 연민이 생기고 보살펴 주려는 마음이 든다고 한다. 상담 시작부터 거의 두 시간 가까이 두려움을 경험하고 집으로 돌아가는 길에 다리에 힘이 풀리고 쓰러질 것 같지만, 자신의 어린 시절 진실을 알게 된 내담자는 자신과 가까워졌고 진지한 표정이 역력했다. 이후의 성장과 치유는 더 쉬워진다. 몸이 정직하다는 것을 알게 되었고 이 과정을 통해 대면의 용기와 이겨낼 수 있는 마음의 근육이 단단해졌기 때문이다.

나는 몇십 년 전의 일이라도 지금 느껴진다면 지금이라도 완결한다. 그때의 상황과 상대의 행동으로 내가 받은 영향과 그때 하고 싶었던 말을 떠올려서 셀프로 표현해보고 어느 정도 해소가 되면 앞으로 이런 일이 생기면 어떻게 대처할 것인지 새로운 선택을 한 다. 이런 방식으로 지금이라도 완결할 수 있다면 하고, 내 직관으로 이제는 그냥 지나 보내야 할 일이라고 판단되면 미련 없이 인사하고 보낸다. 또 어떤 일은 분노와 슬픔의 감정을 처리하고 다시 한번 상 대를 만나 기대 없이 사과하거나 요청 혹은 거절을 적절한 타이밍 을 잡아 다시 표현하는 것으로 완결할 때도 있다. 꼭 다시 만나면서 까지 완결하지 않아도 된다고 판단되면 감정 처리한 것만으로 만족 하고 지나 보내면 된다. 또 바로 결정을 해야 할 일이 있을 때, 무조 건 예스 하지 않고 잠시 생각해보고 결정해도 되는지를 물어보고 시간을 확보하거나, 내가 한 선택에 뒤늦게라도 번복할 수 있는 일 은 양해를 구하고 번복하였고, 어떤 부분은 실수가 있었다고 판단 되면 선택에 대한 책임을 지는 것을 받아들였다. 이렇게 맺고 끊는 것이 어려운 나에 대해 비난하지 않고 집중하면서 함께 해주니, 점 점 마음과 행동 사이의 간극이 좁혀지면서 몸과 마음이 일치하는 자연스러운 표현과 관계를 만들어갈 수 있었다. 그리고 좀 더 효율 적으로 모든 일들을 처리할 수 있고 단순하고 가볍게 다가왔다.

※ 표현에 걸림돌이 많고 답답함을 느낄 때, 셀프 토킹을 하며 내면의 목소리를 마음껏 소리내어 표현하고 내가 어떤 말을 하는지 잘 들어보라. 합리적이지 않은 생각에는 반박도 해보

자. 나의 주인은 나다. 내가 새롭게 느끼는 것을 허용하고 현재를 살아갈 힘을 충전하라.

"똑똑하게, 논리적으로 잘 말해야 한다."	"내 맘대로 할 거야."라며 거침없이 표현해봐라. 내가 언제 이렇게 되었고 표현하려고 할 때 누가 가장 두려운지 떠오르는 상대에게 반박하라.
숨겨야 하는 것이 많아서, 말하면서 자꾸 생각하게 될 때	"나는 모든 것을 다 표현할 자유가 있어." 안전한 곳에서 금지되었던 비밀을 털어놔라. 침묵하라는 규칙을 준 상대와 맞서라.
~해야한다. ~하면 안 된다. 등 규칙이 많아서 표현하는데 제한이 많을 때	"낡은 규칙은 꺼져."라고 소리쳐라. 규칙을 만든 상대에게, 이제 내가 판단하고 알아서 할 것이라고 선언하라.
감정을 잘 못 느끼거나, 두려움이 올라올 때	"나는 두렵고 무섭다"라고 소리쳐라. 지금 현재 두려움을 느끼고 있고 그런 자신을 인정하고 두려움에 맞설 것을 선언하라.
내가 지금 힘듦에도 "나보다 더한 사람도 있는데, 나는 이 정도면 괜찮아."라며 고통도 비교하고 참고 억압하려고 할 때	"나 괜찮지 않아." "나 너무 힘들어."라고 소리치며 다 표현하라. 나는 현재의 내 감정에 충실하겠음을 선언하라.
부모 혹은 권위자나 어떤 상황에서 부당하고 합리적이지 않다고 느끼면서도 두려워서 반박이나 말 한마디 못하고 있을 때	"엄마가 틀렸어. 부모라도 틀릴 수 있어."라고 소리쳐라. 내 감정이 옳아. 잘못한 거 인정해. 끝까지 당신들이 옳다고 해서 내가 잘못된 아이가 돼버렸어. 이제 내 감정을 따르고 믿을 거야.

어렸을 때나 청소년 시기에 부모의 실수나 때때로 이해되지 않는 행동을 경험하고 겉과 속이 다른 면을 보았음에도 두려워서 물어보거나 반박 한번 해보지도 못한 경우가 있을 것이다. 부모가 실수를

인정하지 않거나 사과하지 않고 끝까지 자신의 생각을 고수하면 결국 아이는 자기 잘못으로 가져올 수밖에 없으며, 자연스럽게 표현할 수 있는 안전한 환경이 되지 않으면 부정적인 감정조차 표현할 수 없기에 자기 자신이 이해할 수 없는 이상한 사람이고 잘못됐다고 믿고 살게 된다. 그래서 그때의 아이 마음을 느끼며 "엄마가 틀렸어. 부모도 실수할 수 있어. 내 감정이 옳아."라는 표현을 해보는 경험 또한 중요하다. 이것은 어른도 실수할 수 있음을 알려주는 말이다. 실컷 풀고 나면 감정의 수위가 조절되기 때문에 실제로 당사자 앞에서 좀 더 편안하게 소통할 수 있다.

4
응급조치와 예방법을
알려주세요

나는 너무 화가 나고 분노에 휩싸여서 남편이나 아이들에게 극
단적인 행동과 표현이 나갈 때나 멈추고 싶은데 마음대로 되지 않
을 때, 응급조치방법을 알려달라는 요청을 많이 받았다. 자신의 화
도 존중하면서 가족에게 상처를 주지 않으려는 마음에 감동받았
고, 내가 경험한 것들을 최대한 책에 나눠주려고 마음먹었다. 대
부분 사람들은 외부에서는 예의를 갖추려 하고 잘 보이려 하기에
참을 수 있다. 그런데 밖에서도 참지 못하는 사람들은 얼마나 많
은 화가 있겠는가. 이런 분노와 화가 없어지지 않고 내면에 축적되
어 반드시 어딘가에서는 풀려고 할 것인데, 그 대상이 나를 버리거

나 떠나지 않을 가장 편하고 안전하다고 생각하는 가족이 될 수 있다. 특히 어린아이들이 그 대상이 되기에 내 상태에 맞는 분노 해소법은 꼭 필요하다. 너무 화가 많은 사람의 응급조치는 잠깐 그 자리를 피하는 것이다. 그런데 분노에 휩싸여 잠깐 이성적으로 피하는 것조차 어려운 사람들은 미리 예방하는 방법을 찾아서 실천하고, 내 자존감을 높이려고 하는 습관이 필요하다.

책 곳곳에 내가 했던 방법과 내담자들이 했던 감정처리 방법들을 다시 한번 정리해서 아래에 나열해 보았다. 이 부분들을 참고하면서 나만의 방법도 창조해 보길 바란다. 그냥 단순히 수다로 푸는 스트레스 해소 차원이 아니라 조금 더 내 감정과 내면의 기대와 열망을 찾아보고 내 존재에 맞닿아서 느끼고 해소하는 것이 문제를 줄여가는데 가장 효과가 크다.

1) 타임아웃을 하고 일단 그 상황을 잠시 벗어난다.
   안전한 장소를 찾아, 지금 느끼는 감정을 그대로 표현한다. 분노하고 울거나, 상대를 대신 할 수 있는 상징물(인형 등)을 앞에 두고 셀프 토킹을 한다. 어린아이가 있다면 놀라지 않게 주의하고, 단지 지금 나의 내면에 감당하기 어려운 감정이 있어 처리하는 것이지 누구 때문이 아님을 말해주고, 어느 정도 감정을 빼고 다시 대화한다.

2) 상대에게 참지 못하고 과하게 분노하거나 행동으로 표출했다면 그 부분에 대해서 사과한다. 단, 사과를 받고 안 받고는 상대에게 있다는 것을 전제해야 한다.

3) 지금의 감정을 거침없이 글로 써봐라. 글을 쓴 것을 다시 보면 무의식이 반영되어 있음을 알게 된다. 글을 쓰고 읽으면서 마음을 느껴보고 마음이 풀릴 때까지 반복한 후 어느 정도 감정이 조절되었을 때 깨끗이 찢어 버린다.

4) 욕을 실컷 해도 좋다. 녹음해 들어도 좋고 그냥 욕만 해도 풀린다면 실컷 해보자. 마음이 풀릴 때까지 녹음해서 듣기를 반복하고, 들으면서 새롭게 느껴진 부분이 있는지 내가 무슨 말을 하고 싶었는지 잘 들어보면서 내 마음을 확인하라. 그리고 감정이 어느 정도 빠져나갔을 때 깔끔하게 삭제한다.

5) 편안한 자세를 취하고 호흡에만 집중하면서 천천히 크게 숨을 쉰다. 나가는 숨에 내 안의 모든 화, 분노, 찌꺼기 감정이 함께 나가고 들이마실 때 맑고 신선한 공기가 내 몸으로 들어와서 온몸에 구석구석 퍼져서 순환되는 상상을 한다.

6) 내 이야기를 평가와 판단 없이 있는 그대로 들어줄 사람에게 요청하고 나눠라. 이야기하다가 내가 왜 화가 났는지, 왜 슬픈지가 자각된다면 "새롭게 알게 된 것"도 꼭 나눠라. 그리고 그때 하고 싶었던 말, 듣고 싶었던 말이 있다면, 상대에게 요청해서 듣고, 감사의 표현까지 하면 완결이다.

7) 평소에 화나는 지점의 상황과 사람을 주기적으로 간략하게 적어봄으로써 평상시 나의 지각 체계나 행동 패턴을 파악한다.

8) 한번 울음이 나왔을 때 그치지 않고 충분히 지속할 수 있도록 눈물이 나오는 가사의 노래나 음악을 듣는다. 평소에도 가끔 들으면서 울어 준다.

: 중국의 내담자들은 음악, 영화, 영상 등을 저장해두었다가 어떤 시점에 대면이 일어나서 슬픔이 올라올 때 충분히 울 수 있도록 활용하고 있고 SNS에서도 서로 정보를 나눈다.

9) 현실에서 일어난 상황이 과거 어린 시절의 상처와 연결되어 떠올랐다면, 아이 마음으로 어린 시절 상처받은 지점의 감정에 몰입해서 하고 싶은 말, 억울함, 듣고 싶은 말들을 꺼내서 표현하고 현실의 어른으로 돌아와라.

예를 들어, "어떻게 그런 말을 해. 애가 뭘 안다고. 그 감정 내가 다 가져왔잖아. 왜 수치심을 줬어. 한 번만 괜찮다고 말해주지. 한 번만 안아주지. 한 번만 사랑한다고 말해주지."라고 충분히 표현하고 어른의 내가 그때의 아이를 도와주고 안아주며 하나가 되는 이미지를 상상으로 그리면서 현실로 돌아온다.

10) 내 감정을 잘 모르겠다면, 감정카드를 이용해서 지금의 내 기분이 적힌 카드를 고른다음 감정을 읽어주고 경험하는 것을 연습한다.

11) 감정을 표현할 수 있는 안전한 장소가 없다면, 최대한 상상으로 이미지를 떠올려 감정을 처리한다.

: 분노하고 화내고 울고 어떤 행위를 하는 상황을 상상하고 남은 감정들을 모두 모아 깊은 바다 속에 던지거나 우주로 날려버리며 처리한다.

12) 내 안의 분노나 문제라고 생각되는 것을 의인화해서 표현한다. 그것이 어떤 모양이고 어떤 색깔이며, 어떤 속성을 가지고 있는지, 그리고 내 몸의 어느 부분에 존재하고 있는지, 크기도 상상하고 떠올리면서 그것을 점토로 만든다. 만드는 과정 중에 내면에 집중하면 감정이 올라온다. 이것을 하나의 생명체라고 생각하고 헐크, 불안이, 바보 등 정체성의 이미지에 어울리는 친근한 이름을 붙여준다. 아래의 셀프 질문을 하고 답하면서 새롭게 느껴진 점이나 자각한 것이 있는지 관찰하며 나에 대한 이해를 높여가라.

① 불안이는 언제부터 나와 함께 하게 되었는가?
② 불안이와 처음 함께할 때 무슨 일이 일어났는가?
③ 불안이는 주로 어떤 상황에서 나타나는가?
④ 불안이가 있어서 좋은 점은 무엇인가?
⑤ 불안이가 있어서 좋지 않은 점은 무엇인가?

13) 운동하기: 운동을 하면서 땀과 호흡으로 부정적인 감정의 에너지를 배출하는 것도 좋다. 그리고 운동으로 몸이 힘들

때, 머리로만 생각하는 습관을 내려놓게 되어 무의식의 기억
이 떠오르기도 한다. 운동을 통해 잠시라도 머리를 쉬게 하
면 좋다. 또 나의 사례처럼 걷는 중에 발바닥으로 부정적 감
정을 분출하며 분노의 감정을 처리할 수도 있다.

14) 분노할 때 대신하여 때리는 인형이나 그와 반대로 나 자신
을 다독이며 안아주고 위로해주는 인형을 몇 개 준비하여 감
정을 다룰 때 사용한다. 베게나 이불을 쌓아놓고 해도 된다.

15) 빙산 일기를 써보고, 비합리적이거나 이루지 못할 기대를 찾
고 상대의 기대도 느껴봄으로써 분노 수위를 조절할 수 있다.

16) 현재의 힘듦에 두려움이나 규칙이 있는지 찾아보아라.

 : 화내는 것은 나빠, 우는 건 약한 거야, 이렇게 하는 게 무
슨 소용 있어 등 내 울음을 그치게 하고 화내지 못하게 하는
규칙이나 신념이 내 감정을 막지는 않는지 점검하고, 그 규칙
에 반박하고 다른 언어로 바꾸어준다.

17) 의사소통이나 다양한 표현방법을 배워서 도전한다.

 : 인생 수업에 보면 노벨상을 탄 동료에게 아무도 축하해주
러 오지 않았는데, 단 한 명의 친구가 축하 자리에 나와 "질
투가 나지만 축하하오."라고 인사를 건넸다고 한다. 이 친구
를 가장 안전한 사람이라고 표현했다. 나도 내가 꿈꾸던 바
람을 이루며 사는 부러운 지인이 있었는데, 비교가 일어나
한동안 SNS를 차단하려는 생각도 했지만, 정면으로 대면하

기로 하고 그의 일상에 공감도 하고, 축하할 일이 생기면 축하해주면서 표현했다. 비록 비일치적인 면이 있었지만, 문제는 나의 아픔과 상처 때문이기에 언젠가 좋아질 거라고 믿었더니 역시나 지금은 그 지인의 존재 자체가 좋아졌다.

18) 일본에 두 딸을 키우는 내담자가 있는데, 집에 화내는 박스가 있어서 엄마가 화내면 딸들이 "엄마 여기에다 화를 내."라며 박스를 가져다 준다고 한다. 이것도 모든 감정을 수용하고 처리하는 좋은 본보기가 되는 가족문화라고 생각한다.

19) 거절당할 두려움과 수치당할 것을 무릅쓰고 원하는 것을 정확히 요청하는 것을 사소한 부분에서부터 연습하라. 응급 처치를 하는 것도 좋지만, 미리 예방하는 차원에서 좋다.

〈거절하지 못하고 들어주기만 하는 사람이 해보면 좋은 방법과 요청〉

a) 대화가 가능한 시간을 정하고 시작한다: 상대방이 "지금 시간 되세요?"라고 물을 때, 나를 아끼는 마음으로 모든 시간을 다 허용하지 말고 "30분 정도 가능해요."라고 기꺼이 들어줄 수 있는 시간을 정하고 시작한다. 30분 동안은 최대한 나도 이 대화에 참여하려고 노력해야 하며 그게 잘 안되더라도 들어주기로 선택했기에 문제가 없다.

b) 막상 대화를 시작했는데, 주고받는 소통이 잘되고 즐겁다면 자연스럽게 시간을 연장한다.: 내 외로움도 해소하고 상대도

나도 서로 즐거워야 한다.

c) 평소에 내가 자주 얘기를 들어줬던 사람이 있다면, 그 사람에게 받을 돈이 있다고 가볍게 생각하고 "혹시 제 이야기를 20분만 들어줄 수 있어요?"라고 요청하라. 요청하는 과정에서 거절당할까 봐, 혹은 내 이야기를 지루해하고 싫어하지 않을까 하는 두려운 마음이 들 수도 있지만, 용기를 내보자. 그리고 이 요청이 상대에게 빚을 갚을 기회가 되고 보람을 줄 수도 있으니, 그 기회를 주는 것을 선택하자.

들어주는 것이 힘들고 싫으면서도 계속 이런 관계를 지속한다면, 내 안에 항상 좋은 사람이 되려는 마음이 있는 건 아닌지, 혹은 자신을 존중받을 가치가 없고 받을 자격이 없는 사람으로 생각하고 있는 건 아닌지 가슴 깊이 생각해보아야 한다. 그리고 평소에도 대화는 서로 주고받음이 있도록 균형을 맞추는 것이 좋다. 그렇다고 자로 잰 듯이 계산하고 누가 더 주고 덜 주고를 따지자는 것이 아니라 부부관계 친구, 동료, 형제, 자매 등 모든 관계에 가능한 균형을 맞추는 것이 좋기 때문이다. 똑같이 주고받지 않더라도 고마움을 느낄 때는 기꺼이 감사를 표현하면 된다. 거절하지 못하고 매번 참으면서 들어만 주다가 너무 피곤해서 혼자 스스로 관계를 단절해 버리거나 분노하는 경우가 생기는데, 이제부터 그런 관계를 맺을 필요가 없다. 물론 이것이 내 근원적인 상처를 해결하는 직접적인 방법은 아니지만, 너무 힘들 때는 치유와 함께 새로운 행동을 훈련하는 것이 정말 좋은 방법이고 도움이 된다. 신도 맞추지 못하는 내 마음을 누가 맞춰줄 수 있을까. 아무리 노력해도 안 되고, 백날을 기다려도 외부에서 인정이 오지 않고, 비합리적인 기대와 신념으로는 아무것도 안 된다는 것을 아프게 경험해보았다면 안되는 것을 내려놓고 새롭게 배우고 행동하는 것을 선택해보자.

그리고 주고받는 것을 훈련하기 위해 상대에게 감사한 마음이 들 때, 단 한 줄을 쓰더라도 잘 들었다는 후기를 남기거나, '좋아요' 버튼을 누른다던가, 소소하게 무엇이든 내 마음을 표현하고 감사의 뜻을 전달하자. 일상에서 이런 것들이 자연스러워지도록 연습하면 좋은 습관이 되는 것이다.

인생을 길게 놓고 바라보고 다음 세대까지 진지하게 생각한다면 이런 과정을 포기하지 못할 것이다. 나는 딸의 간질 발작이 일어나는 순간을 6년 동안 기록했고, 상담이나 심리를 몰랐을 때도 이혼의 근본 원인을 찾고자 7년을 넘게 탐색했다. 많은 내면 아이들을 만나기 위해 중국으로 가는 선택을 하였고, 열등감의 실체와 극복을 위해 40대 중반에 대학원을 진학했고, 나와 가족 그리고 내면 아이에 대한 관심과 연구는 이번 생을 다할 때까지 할 것이다. 아프고 힘든 과정만 있으면 하지 못한다. 나를 알아가고 변화하면서, 또 이러한 과정들을 다른 이들과 나눌 수 있어서 기뻤고, 삶의 의미를 다시 한번 느끼게 되었다.

* 위의 응급조치나 예방법 중 실천해본 것이나 나만의 감정 해소 방법이 있
  다면?

  ....
  ....
  ....

* 새롭게 깨달은 점이나 얻은 것이 있다면?

  ....
  ....
  ....

1) 화와 분노를 표출하는 세 가지 유형

화와 분노에 대해서 자각하고 행동하는 단계를 세 가지 유형으
로 나눠보았다.

첫 번째는 화를 자제하지 못하고 폭언과 폭력을 행사하고 난
후, "내가 정말 웬만해서는 화를 안 내고 참는데, 상대가 나를 너무
화나게 했기 때문이야."라며 화를 정당화시키고 원인은 상대에게 돌
리며 상황을 끝내는 사람이다. 이런 사람들은 화와 내가 완벽하게

하나가 되어 행동한다. 이 단계에 있다면 자신의 화가 다소 적을 때에도 관심을 갖고 해소하는 방법을 찾아서 시도해보는 것이 좋다.

두 번째는 죄책감이 들면서 "내가 왜 그랬지? 좀 참을걸. 너무 심했어.", "나 같은 엄마 밑에서 애가 불쌍해."라는 자책과 후회를 하는 사람이다. 이런 경우 수치심을 안 느끼기 위해 상대와의 관계를 회피하거나, 아이들에게 보상으로 만회하는 선택을 한다. 자신의 화에 대해 자각하면서 반복되는 패턴을 인식할 수 있으므로, 실수했음을 인정하며 사과하는 방법도 좋다. 내가 한 행동에 대한 인정과 그 결과에 대해 용기 있게 선언해보자. 사과를 하더라도 아이들이나 상대는 갑작스러운 변화에 혼란스럽고, 불안해하거나 부정할 수 있으므로 조심스럽게 다가가자. 사과에 대한 상대의 반응이 좋지 않더라도 실망하지 말고 자신을 위로해주길 바란다. 사과에 대한 방법은 4장에서 다루었다.

세 번째는 화를 표출하고 난 후, 나의 내면에 있는 수치심 때문에 일어난 일이며, 내가 한 행동으로 다시 수치심을 갖게 된다는 것을 알고 있다. "다시 그날로 돌아간다고 해도 참지는 못했을 거예요. 그런데 정말 달라지고 싶어요. 어떻게 하면 좋을지 응급처치 방법을 알고 싶어요." 이렇게 화와 한 덩어리가 되어 행동할 때, 통제할 수 없는 자신의 모습이 있다는 것도 잘 알고 있다. 또한, 화가 났음을 인정하고 부정하지 않고 억압하지 않는다. 자신의 내면을 보는 훈련을 수년간 하거나 그런 환경 안에서 살며 치유의 상황을 지켜본 사람들 중 이 수준까지 자각하는 사람들이 많다. 자신의 화가 어린 시절의 어떤 상처와 연관되어서 현재 나타났는지 알기 때문에 할 수 있는 분별이다. 자신의 화에 대한 처리를 어느 정도 했고 하고 있는 상황이다. 계속 자신을 관찰하면서 그 화 뒤에 감춰진 진짜 감정이 무엇인지 찾고 언제 그랬는지 연관성을 찾아서 이 책에 나와 있는 다양한 방법들을 적용하여 자신에게 공감하는 시간을 가져보자.

위의 첫 번째에서 세 번째 단계로의 변화는 화와 한 덩어리가 되어서 화를 내며 분노하는 나의 행동을 자각하는 단계다. 그리고 지켜볼 수 있고 근원을 치유하면서 분리하는 과정의 단계이기도 하다. 세 번째 단계에서처럼 사람들의 화가 다뤄지면 정말 좋겠다. 나는 공공장소에서나 대인관계에서 자신의 화를 존중하면서도 잘 표현하는 사람들을 보면 매력 있어 보이고, 상대에 대한 좋은 이미지를 갖게 된다. 소통을 잘하는 매력적인 사람은 너무 오래 쌓아두지 않고 나쁜 감정을 많이 배출한 사람이라고 본다. 화가 나는 상황들이야 늘 생길 수 있지만, 내가 한 행동이 과했다고 느껴지거나 가슴에 남아서 그냥 흘려 보내지지 않는다면 내 안에 해결 해야 할 상처나 감정이 있다고 보고, 이 부분을 다뤄주는 게 좋다.

2) 참회합니다: 참회 명상

　나는 아이가 12살 되던 시기부터 내가 잘못한 행동들을 아이에게 사과했다. 그런데도 너무 큰 아픔이어서 아이에게 말할 수 없는 부분은 혼자서 풀었는데, 생각만 하면 변할 것 같지 않아서, 참회하는 마음뿐 아니라 의식과 무의식에 좀 더 깊이 각인시키고자 종교는 없지만 108배를 한다거나, 기도를 일정 기간 정해놓고 했다. 중국에 있을 때 기차를 타고 2시간 정도 가면 동양에서 가장 큰 불상이 있는 '돈화'라는 곳이 있는데, 바람도 쐴 겸 그곳에 가서 내가 한 행동들을 고백하며 참회의 기도를 했다. 살면서 가끔 아이에게 사과하고 참회의 기도를 했지만, 절에 갔던 그 날은 좀 달랐다. 아주 짧은 순간이었지만 지금까지의 고통을 다 합친 것보다 더 아픈 고통을 느꼈다. 내 실수로 인해 되돌아온 결과를 수용하자고 마음먹고 아픔을 받아들인 날이었다. 그렇게 나는 잘못을 인정하고 죄책감을 덜어낼 수 있었다.

　한국으로 돌아와 지내던 어느 날 오후에 지인에게 안 좋은 일이 생겼다는 내용의 전화를 받았는데, 어떤 말도 해주지 못하고 듣기만 하다가 전화를 끊었다. 그리고 나서야 침대 위에서 가슴을 움켜잡고 뒹굴면서 아픈 마음을 느끼며 울었다. 예전에는 이런 이야기를 들었을 때 무작정 뛰어들어서 그 상황을 내가 해결하려고 했다. 상대의 말이 내 탓을 하는 것처럼 들릴때는 미운 마음도 있었지만 어떤 때는 어려움에 처한 사람을 모른 척하는 냉정한 사람이 된 것 같기도 하고, 내 책임이 아님에도 자책하는 습관이 있었는데, 그날 다시 그 마음이 모두 올라왔다. 그리고 시간이 지날수록 어떻게 할 수 없다는 무력감과 절망감으로 잠을 이루지 못했다. 새벽이 되어서야 당장 뛰어들고 싶었던 충동과 모든 감정들이 가라앉고 그 마음이 분별이 되면서, 나와 그 사람에 대한 믿음이 올라왔고, 이전에 내가 해결하려고 뛰어들면서 상대가 경험할 기회를 빼앗았던 것에 대한 미안함 그리고 그 사람에게 신의 축복이 내려지고 잘 풀리기를 바라는 마음으로 간절히 기도했다. 그 순간, 내면 깊은 곳에서 올라오는 목소리가 들렸는데, "아, 이 모든 일들이 내가 나를 하찮게 여기고 미워한 대가구나. 시작이 거기구나."라는 말이었다. 모든 고통은 나를 사랑하지 않고 믿지 못했기 때문이었다. 사랑과 인정과 존재감 있는 사람이 되는 길을 외부에서 찾다가 무분별하게 뛰어들면서, 나도 고통받고 일을 꼬이게 만들어 힘들어졌다. 내 삶이 이러니 내 주변의 사람들도 비슷한 아픔을 가진 사람들이 모였고, 서로의 인생이 함께 꼬인 것이다. 그 사람이 겪어야 하는 일에 요청도 하지 않았는데, 내가 뛰어들고 분별과 경계 없이 뭉쳐서 살았던 생활이 떠올랐다. 나 자신은 보지도 않으면서 남의 일에 뛰어든 내가 수치스럽기까지 했다. 정식으로 도움을 요청한 것도 아니고 그 사람이 겪어야 할 과정이 있기에 생긴 일이겠지, 충분히 해결할 수 있다고 믿고 기도나 하자고 마음먹었다. 그때 마음에서 올라왔던 참회의 기도를 적었다.

그리고 몇 번 읽으면서 마음이 가벼워지고 두려움이 사라지면서 내면의 평화가 찾아왔다.

나를 사랑하지 않은 것이 참 많은 고통을 가져왔습니다.

나를 미워하고 인정하지 않고,

외부에서 나의 존재 가치를 찾아 헤매느라 참 많이 아팠고, 고통스러웠습니다.

나는 버림받았다고 생각했고, 그래서 나도 나를 버렸습니다.

이 모든 아픔과 고통은 내가 나를 버린 대가였습니다.

나 자신에게 용서를 구합니다.

내 수치심을 전가 시키며 상처를 준 나의 자녀에게도 용서를 구합니다.

사랑으로 이 세상에 온 아이를 있는 그대로 비춰주지 못해 미안합니다.

가족 혹은 누군가를 힘들게 했다면, 미안합니다. 용서하세요.

이제 나도 나를 용서하고 받아들이며

'나는 못났다, 부족하다'라는 잘못된 믿음을 철회합니다.

내 인생에서 고통의 길은 이 잘못된 믿음 하나에서 출발했고 참으로 멀게 돌아왔습니다.

나는 '온전하고 충분하다' 이 진실을 부정하며

그렇게 나를 미워하고 밀어내고 증오했습니다.

마치 내가 얼마나 못난 사람인지를 증명하기 위해 살아온 삶 같습니다.

그러나 결국 자기 자신을 만나야 하네요.

오랜 시간 마음의 방해로, 에고의 방해로 돌아왔지만 결국 만나고야 맙니다.

더 이상 많은 대가를 치르지 않고, 새로운 것을 선택하고 창조하겠습니다.

오랜 시간 내 삶을 지배하였고 지금의 나에게 맞지 않는 과거의 생각들도 한때는 나를 지키기 위한 감정이었음을 인정하고 감사하며 떠나보냅니다.

나에게 감사하며 있는 그대로의 나를 사랑합니다.

매일매일의 나를 응원하고 사랑하며 사랑의 세상을 창조하겠습니다.

이런 경험을 하면서 유튜브로 들었던 법륜스님의 강연이 생각났다. 타인에게 의존하는 것이 고민이라고 말한 사람에게 "108배를 하세요. 그런데 108배를 할 때마다 입으로는 우리는 남입니다라고 말하세요."라는 처방을 해주셨다. 나에게도 꼭 필요한 처방이라고 생각되었으며 너무 명쾌하고 시원했다. 자식조차도 내 마음대로 하려고 했으며, 내 가족에게도 하면 안 되는 집착을 남에게 분별없이 하려 했던 모든 내면 아이의 잘못된 신념을 깨우치는 강연이었다.

우리에게는 남 탓으로 돌리고, 회피하고 싶고, 이기고 지고의 싸움을 하는 두렵고 아픈 마음을 가진 내면 아이가 있다. 의존해야 할 때, 충분히 의존하지 못했던 그 아픈 마음에 공감해주길 바란다. 그리고 안전한 곳에서 자유롭게 자신의 모든 감정을 풀고 '우리는 남이다'라는 현실의 자리로 돌아오는 분리를 연습하길 바란다.

제4장

누구나
재양육이 필요하다.
내면 아이
육아법

당신도 아이였다.
어린 시절로 돌아가 못 이룬 발달을 채워라

　나는 사회에서 만난 사람들 중에 비호감인 사람도 자녀를 양육하는 부모라는 말을 들으면 비호감이 갑자기 호감으로 바뀐다. 아이들의 영혼은 맑고 순수하며 어른들을 바르게 살게 하는 동기가 된다. 간혹 거래처에 미운 사람이 있어도, 자기 자식을 예뻐하는 것을 보면, 미운 마음이 눈 녹듯이 사라지곤 한다. 정말 아이들은 존재만으로 치유적이며, 이런 사랑스러운 꼬마 치유사들을 집에 모시고 사는 사람들에게 일단은 믿음이 간다. 우리도 모두 한때는 본성이 살아있는 영적인 어린아이였다. 그런데 언제부터 우리는 많은 짐과 책임을 떠안고, 자신이 누군지도 모르고 살게 되었을까. 나는 항상 중요한 무엇인가를 잃어버리고 놓치며 산 것 같아 아쉽고 그립기까지 했는데, 내가 잃어버린 것은 바로 어린 시절의 모든 권리와 자유와 희망이었다. 그리고 진정한 나 자신과의 만남이 그리웠다. 나의 존재가 사랑이었음을 확인하는 내면 여행에서 꼭 다시 돌아봐야 하는 곳이 어린 시절이다. 육아하시는 분들은 더 분명하게 알 것이다. 아이들의 발달과정을 모르고, 아이를 섬세하게 관찰하지 못한다면 지극히 정상적인 발달을 보이는 아이라도, 아이를 문제 자체로 볼 수 있다. 문제로 보느냐 있는 그대로 보느냐의 차이가 아이의 삶에 얼마나 큰 영향을 미치는지를 실감하면 정신이 번쩍 들 것이다.

우리는 모두 사랑스러운 아이였고, 세상에 대한 호기심으로 가득했다. 보호받고 아이의 권리를 누리면서, 이루어내야 할 발달과업들만 충실히 해내면 되는 완전무결함 그 자체였다. 아이는 세상을 탐험하면서 살아야 한다. 보는 것만으로 만족하지 않고, 만지고 씹고 맛보고 즐기며 세상을 모험해야 한다. 이런 아이들의 모험에는 부모가 안전하게 지켜준다는 전제가 있어야 한다. 때로는 아이들도 미지의 세계에 대한 모험에 두려움을 동반하기 때문이다. 두려움이 있음에도 아이들의 호기심은 탐험하기를 선택하고, 모든 경계 너머를 가보고자 하며, 부모에 의해 좌절되고 꺾이지 않는 한 매번 시도하고 또 시도한다. 이런 측면에서 보면 진짜 용기는 아이들에게서 배워야 한다고 생각된다. 아이를 관찰하면서 어떤 재능이 발현될지를 지켜보고 지지하는 교육이 되어야 하는데, 부모의 두려움으로 아이를 언어의 틀로 막고, 행동을 규제하면서 부모가 생각하는 이상적인 아이를 만들어내려고 하지 않는지 돌아보자. 좁은 틀 안에서 양육되고 교육받은 아이는 "나는 뭘 해도 안 되는 불안한 존재야."라는 왜곡된 신념을 가질 수 있다. 실수할까 봐 선택하는 것도 힘들어하고 시도조차 하지 못해 무기력해지고, 이런 자신이 마음에 들지 않으면서 자존감이 낮아진다. 부모는 아이를 먼저 제지할 것이 아니라, 이 불안이 나의 과거 어떤 경험에서 나왔는지, 나와 우리 부모는 어떤 걱정과 염려가 있었는지를 살펴봐야 한다. 자신의 두려움과 불안을 다루면서 아이의 울타리를 넓혀주며 관찰하는 부모가 되어야 한다. 육아서를 읽고 강연을 듣고 나누면서 배우는 시간이 필요하다. 아이를 비교하고 평가하기 전에 부모의 믿음과 한계만큼 아이가 자란다는 것을 기억하자.

우리의 어린 시절은 사회적 배경만 보더라도 여유롭게 아이의 발달과업을 지켜봐 줄 수 있는 사회가 아니었다. 우리 부모님 세대의 어린 시절은 훨씬 더 열악했다. 그렇다고 당연하게 생각해서는 안 된다. '남들도 다 그래.'라는 말로 덮어두거나, 부모를 탓하기만 해서는 안 된다. 누구를 탓하고 원망하는 것이 치유의 과정 중에 있겠지만 그것이 우리의 최종 목표는 아니다. 내 존재를 확인하는 것이 처음에는 괴롭다. 왜냐하면 내가 못났다는 믿음과 수치를 먼저 봐야 하기 때문이다. 수치스러운 존재라는 잘못된 믿음, 그 너머 사랑의 본성인 나를 발견하기까지의 과정이 어려워 포기하기도 한다. 힘들더라도 그 너머에 있는 나를 만나는 여행을 포기하지 않기를 바란다. 내가 그리워하는 것이 그 사랑의 본성인 나이고 어디서인가 나를 기다리고 있을 것이다.

자신을 사랑하라는 말을 많이 들었을 것이다. 어떻게 하는 것이 나를 진정 사랑하는 방법일까? 나를 위해 좋아하는 물건을 사는 아주 사소한 것부터 내 감정을 돌보는 것 등이 있을 것이다. 어떤 것이든 나를 위하는 것이면 뭐든 좋다. 단, 이 핵심사항만 알면 된다. 사랑을 만들어내는 것이 아니라, 내가 사랑임을 가로막는 걸림돌을 제거하는 과정이라는 것이다. 그러기 위해서는 내 감정을 온전히 느끼고 표현할 수 있어야 한다. 나 자신이 되도록 하는 것을 허용해야 한다. 슬픔을 그대로 느끼는 것을 허용하고, 화를 존중하고 안전하게 겪어서 보낼 수 있도록 함으로써 내가 나로서 존재할 수 있게 하는 것이 치유의 한 과정이라면, 나는 성인인 나의 내면 아이를 재양육하는 것이 치유 이상의 효과가 있다고 강조하고 싶다. 발달과정에서 상실한 것을 채워주는 것은 하나의 선택적 훈련이기도 하다. 간혹 우울증이 심하거나 조울증이 있는 사람들을 마주할 때면, 어린 시절부터 자기 자신으로 살지 못한 착한 아이가 학습되어있다고 느껴지며, 진심으로 정말 힘들었겠다는 생각이 들면서 공감이 된다. 특히 조울증이라면 저 높은 곳에서 한 번에 바닥으로 추락할 때의 아픔이 얼마나 클까가 느껴지면서 마음으로 응원하고 상담관계에 최선을 다하게 된다. 이렇듯 생애 초기 학습된 경험이 중요하다.

나의 내면 아이를 이해하기 위해 내가 이루어야 할 발달과업의 시기에 나의 상황은 어떠했는지, 나에게 필요한 부분이 무엇인지 알아보자. 참고로 나는 19년간 부모교육회사에 근무하였고, 그 이전부터 교육 관련 도서를 출판하는 일을 했으며, 나의 경험과 많은 내담자들의 공통점이 육아하는 엄마들이라는 점을 다시 한번 밝힌다. 아이 때 마땅히 누렸어야 할 권리와 발달과업을 이루지 못해서 생긴 결핍을 공감하고 위로해주는 치유와 공감을 많이 해왔기에 그 중요성을 다시 한번 강조하고자 한다.

1) 엄마를 기다리지 말고, 나 자신의 안전한 엄마가 되어주자

우리는 어릴 때부터 사랑으로 하신다는 걱정과 염려, 과도한 기대의 말들, 잘해야 한다는 부담의 말을 들으며 자랐다. 아무리 말을 해도 아이가 듣지 않는다고 불평하는 내담자에게, "당신이 자녀에게 했던 말을 제가 그대로 되풀이해서 말할 테니 한번 느껴보세요."라며 들려주었더니, "내가 바보라서 한번 말하면 못 알아듣는 것 같아 자꾸 이야기하는 것 같고, 화가 나요. 그리고 제 내면에 불안이 있고 그 불안이 아이에게 잔소리로 이어지는 것이 느껴지네요."라고 말한다. 그리고 이어서 "그렇다고 아이에게 말을 안 할 수도 없고 어떻게 하면 좋을까요?"라고 물었을 때, 아이에게 꼭 필요한 말이고 잘 전달하고 싶다면, 먼저 엄마 안의 분노를 빼고 이야기하라고 답해주었다. 나는 치유를 하고 내 안의 분노를 빼는 작업을 수년 동안 하고 나서야 부모님과 가족들의 말이 맞았고, 지혜로운 부분이 많다는 것을 느꼈다. 그런데 그때는 왜 그렇게 하나도 들리지 않았을까? 말하는 사람의 내면에 불안과 두려움 그리고 상대가 듣지 않는다는 것에 대한 분노가 있다면, 전달하려는 내용보다는 그 부분을 먼저 느끼기 때문이다. 내 말이 맞으니 들어야 한다는 지속적인 메시지에는 "너는 모르고 무능하며 니가 틀렸다."를 내포하고 있기에 아이를 무기력하게 만든다. 아이를 살리는 말이 있고 무기력하게 만드는 말이 있는데, 그 말들이 두려움과 분노에 근거하고 있는지 판단해야 한다. 나도 부모로부터 이래야 한다. 저래야 한다라는 통제와 억압받은 부분이 있었는데 반박 한 번 제대로 못해보고 그대로 자녀에게 전달하였고, 아이가 내 말을 듣지 않는다고 분노했었다. 이와같은 분노가 크게 느껴진다면, 먼저 나의 내면에 쌓인 나쁜 감정을 풀어내는 것이 중요하다.

또 희생하고 양보만 하였던 착한 아이들은 타인에게 맞추고 타인에게는 좋은 피드백을 잘 주는 반면 자신에게는 야박하다. 이런 사람들은 외부에 주었던 긍정을 자신에게 해주어야 한다. 또 기대의 의미가 담긴 칭찬을 많이 들은 소년, 소녀 가장이나 영웅 역할을 한 사람 등 과도하게 부풀려진 자아를 가진 사람은 자신에게 내 마음을 가장 편안하게 해주는 구체적이고 현실적인 언어를 찾아서 안정감을 주어야 한다. 그리고 내 감정이나 마음을 느끼기보다 현실적인 조언과 옳고 그름을 판단해주는 역할을 했던 사람들은 상황에 앞서서 먼저 자신의 감정을 풍부한 언어를 사용하여 공감해주고 중요하게 다뤄주어야 한다.

마음을 알아가는 초기과정에서는 상처를 치유하는 부분에 가장 큰 중점을 두겠지만, 이 외에도 수치심을 느낄까 봐 못했던 말이나 이미 수치를 겪어서 입을 꼭 닫게 했던 요청이나 감정의 표현들도 편안하게 허용하면서 한 번도 들어보지 못했던 긍정의 말들을 해주는 재양육 과정을 거쳐야 한다. 또한 내면을 치유하면서 두려움이 사라진 자리에 사랑이 채워질 때 도움이 될만한 좋은 책들을 찾아서 읽어주자. 읽기만 해도 에너지가 올라오는 긍정 확언이 많은 책들을 찾아서 명상하듯 읽으면 된다.

엄마가 있는 그대로 바라보고 지켜주면서 좋은 환경을 찾아 제공해주면 아이는 안정을 되찾을 수 있으며, 긍정뿐 아니라 부정적인 감정이나 어떤 불만도 엄마 앞에서 이야기해도 안전하다고 느끼게 된다. 그리고 아이는 자신의 과거 어린 시절의 경험으로 들어갈수 있다. 이렇게 나 자신에게 친절한 마음으로 지지를 해줄 수 있는 안전한 엄마가 되어 나에게 가장 좋은 것을 주고 치유하기에 가장 좋은 환경을 찾아서 제공해주자.

2) 격려의 말, 나에게 해주세요: 듣고 싶은 말 & 해주고 싶은 말

매일매일 자신을 응원하고 격려해주자. 당신은 누구를 돌보기 위해 태어난 존재가 아니다.

.... 야(아), 넌 사랑받을 자격이 있어. 맘껏 자랑하고 표현해.

.... 야(아), 너는 사랑스럽고 소중한 존재야, 너를 사랑해.

.... 야(아), 너는 최고의 것을 누릴 자격이 있어, 너는 빛이고 사랑이야, 난 너를 믿어!

.... 야(아), 사랑해. 잘하고 있어. 널 아끼고 사랑해줄게. 사랑해, 고마워.

.... 야(아), 잘했어. 하고 싶은 거 다 해 봐. 넌 충분히 할 수 있어.

세상에 하나뿐인 예쁜 .... 야(아), 넌 혼자가 아니야. 내가 옆에서 꼭 지켜줄게. 무슨 일이 있어도 난 너의 손을 절대 놓지 않을 거야. 널 꼭 안고 모든 순간을 함께할 거야. 너무너무 사랑해.

.... 야(아), 너는 이 우주에서 가장 눈부시게 빛나는 태양 같은 존재야. 있는 그대로 충분해. 사랑해.

.... 야(아), 너는 존재 자체로 사랑이고 사랑받을 자격이 충분히

있어. 이제부터 내가 너를 사랑해주고 지켜줄게. 약속
할게.

.... 야(아), 너는 단단하고 힘이 있어. 너 자신을 꼭 믿어. 그리고
모든 축복을 받아들여.

3) 존재 자체로 환영하고 있는 그대로 바라보세요

요즘 젊은 부부들은 뱃속의 아이에게 태명을 지어 불러 주면서
친근하게 다가가는 사람들이 많다. 태아를 인격체로 대하면서 존
중하는 모습이 정말 보기 좋고 부럽기까지 하다. 교육의 시작은 태
교라고 하는 말에 나는 전적으로 동의한다. 그런데 혹시 여러분 중
에 뱃속에서부터 아들이기를 바라거나 딸이기를 바라는 부모의 마
음을 느껴서 부정당한 상처가 있지 않은가? 엄마가 나를 가졌는데
회사에서 부당한 대우를 받을까 봐 숨기지는 않았는가? 실제로 이
런 사례들이 꽤 있다. 회사 동료는 물론이고 친정엄마까지도 임신
한 사실을 몇 달이 지나서 알았고, 심지어 태어나서 아이의 존재를
알았던 친척들도 있다고 한다. 이렇게 성장한 내담자 중 한 명은 참
성실하게 자녀를 양육하고 유능감이 있음에도 숨겨진 존재에 대한
상처가 있어서 자신을 굉장히 약하고 부족하다고 믿었다. 그래서
의존성이 강했으며, 이것이 진실이라고 믿고 평생을 살아갈 뻔했
다. 이 진실을 확인할만한 큰 아픔을 경험하면서, 누구보다 야무지
게 잘 대응하고 처리하는 모습이 드러나기 시작했고, 자신의 존재

와 힘을 확인하면서 자신을 믿기 시작했다. 지금은 아이도 잘 키우고 자기 인생을 개척하면서 누구보다 멋지게 살아가고 있다.

내가 20대 때 일하던 곳에서 우연히 나이 많은 상사분들의 대화를 들었는데, 이미 아들이 있음에도 또 아들을 바랐고, 둘째에 이어 셋째도 아들을 낳았음에 몹시 기뻐하시는 모습을 보고 놀란 적이 있었다. 나만 놀랐지 그 사무실 안에 있던 내 나이 이상의 분들은 거의 다 공감하였다. 아이가 엄마 뱃속에서 자라고 있는데, 부모가 아들이기를 간절히 바라고 있다면 아이 마음이 어떨까? 간혹 "아버지는 아들을 바랐지만, 엄마는 그러지 않으셨어요.", "우리 부모님은 아들, 딸 차별하지 않으셨어요."라고 말하는 사람이 있는데, 나도 제발 그 말이 사실이기를 바란다. 그런데 많은 어머님들이 남편과 시부모님들이 아들 낳기를 기다리는 경우, 남편에게 사랑받고 시댁 식구들에게 인정받기 위해 엄마의 무의식에서는 아들을 기다리는 경우가 많다. 여기에서 자유로운 사람은 많지 않으리라 생각한다. 그리고 어렸을 때는 아들이었으면 했지만, 크고 보니 딸이 훨씬 좋아라는 의미로 "네가 딸이어서 좋았어."라고 마음을 전하는 부모님들도 있다. 물론 부모님들의 말은 진실이다. 그러나 아이가 평생 가져가는 짐은 초기의 경험이기에 우리가 다루어야 할 부분도 아기였을 때 가져온 환영 받지 못한 존재의 느낌이고 이 부분을 나누고자 한다.

존재 그 자체로 환영받기를 기다렸을 나의 내면 아이를 위해 환영 인사를 해주자. 당신의 내면 아이는 어떤 말을 듣고 어떤 환영을 받으면 행복해할까? 한 번도 생각해본 적이 없어서 모를 수도 있는데 이럴 때는 다른 사람들에게 물어보면서 내 몸과 마음이 영향을 받는 말을 찾으면 된다. 환영받고 싶은 언어는 그냥 문득 떠오르는 말로 쉽게 선택하면 되고, 한번 선택하면 이걸로 끝이 아니다. 의외로 이런 데서 완벽함을 추구하여 말을 못 하는 사람들이 있는데, 아무 말이나 먼저 꺼내고 다음에 또 다른 말을 고르면 된다. 너무 많다면 하나씩 꺼내면 되고, 오늘 꺼내고 내일 또 다른 말을 꺼내도 된다. 모든 축복의 말은 당신 것이다. 나도 이게 뭐라고 2년간 적당한 말을 찾지 못했었다. 그냥 훈련하듯이 툭 던지는 것으로 시작하면 된다. "감정이 올라와야 느끼고 적당한 언어를 찾지. 난 못하겠어."라고 저항하는 분들이 있는데, 이것은 "기분이 좋아야 웃지. 웃을 일이 없어.", "좋은 일이 있어야 춤을 추지, 춤출만한 좋은 일이 나에게 없어."라고 무미건조하게 시간을 보내는 것과 같다. 이렇게 산다면 정말 삭막하지 않은가. 행동을 먼저 하면 감정이 따라올 수 있다. 웃어보니까 감정이 올라오면서 웃을 일이 생기고, 춤을 춰보니 흥이 날 수도 있으니 먼저 해보자.

나는 강사훈련을 할 때, 표현하는 걸 어려워하는 참가자에게 고마운 마음이 조금이라도 있다면 인사를 한번 해보라고 특별히 표현하는 것을 훈련 시킨다. 그러면 역시나 처음에는 말이 잘 안 나온다고 주저한다. 이럴 때 고마운지 안 고마운지 둘 중의 하나만 선택해서 표현해보면 되고, 오늘 고맙다가 내일 미울 수도 있으니 편하게 지금의 감정에 충실하게 말하면 된다. 남에게 피해를 주지 않는 것이라면 자유롭게 표현해보길 바란다. 망설이는 참가자에게 "누군가 당신에게 망설이지 않고 고마움을 표현한다면 어떨 것 같나요?" 라고 물으면, "사랑받을 자격이 있다는 확신이 들 것 같아요."라고 말하면서 그 자리에서 감사를 망설이지 않고 표현한다. 이렇게 치유하면서 많은 저항들을 만나지만 항상 사랑의 힘이 승리한다.

> "사랑하는 예쁜 내 딸아! 이 세상에 잘 왔단다. 네 잘못이 아니야."
> "사랑하는 내 아들아, 이 세상에 잘 왔다. 니가 내 아들이어서 너무 좋단다."
>
> – 신영일의 『엄마 마음』

.... 야(아), 너는 귀하고 소중한 사람이야. 니가 와서 너무 좋아.
.... 야(아), 사랑스러운 아가야, 이 세상에 잘 왔다. 엄마는 널 사랑한단다.
.... 야(아), _____
.... 야(아), _____

.... 야(아), _____

.... 야(아), _____

.... 야(아), _____

    나의 내면 아이가 듣고 싶은 환영 인사를 적어보자. 처음에는 어색하고 무슨 말을 할지 모르지만 생각날 때마다 해주거나 날짜를 적고 해마다 나의 생일날 하다 보면 점점 달라지는 변화를 느끼게 될 것이다. 충분히 해주어서 만족 되면, 이런 욕구가 있었다는 것조차 잊어버리고 가족과 다른 사람들을 향해 진심으로 축복해주는 자신의 모습을 보게 될 것이다.

4) 아이의 소유 욕구를 채워주며 나의 내면 아이도 챙겼다

    나는 어렸을 때부터 항상 뭔가가 부족하다고 느꼈고 뺏고 싶은 마음이 많았다. 성취에 대한 것이나 배움에 대한 욕구보다도 물건에 대한 집착이라고 하는 것이 맞을 것이다. 그런데 이런 나 자신이 마음에 들지 않았고, 상처가 있다 보니 아이를 통해 그 모습을 보는 것이 너무 힘들었다. 딸이 "내 거야." 하고 욕심부리는 것이 너무 불편해서 그러면 안 된다고 나쁘다고 나눠주고 양보하라고 시켰다. 그런데 이렇게 가르쳐서 절대 고쳐지지 않았고 오히려 아이가 불쾌한 감정만 가슴에 담아두는 것이 느껴졌다. 그때 『배려 깊은 사랑이 행복한 영재를 만든다』라는 아이의 발달을 다룬 책을 읽으면서 소유할 수 있는 충분한 기회를 주어 소유욕을 충족시켜주어야 한다는 것을 알았다. 소유욕이 충족된 아이들은 자신의 욕구를 존중받았듯 타인의 욕구도 이해할 수 있을 뿐 아니라, 흔쾌히 나누어줄 수도 있게 된다는 글을 보았다. 그냥 읽기만 해도 이해가 되었고, 내 욕구가 충족되어야 타인의 욕구도 이해할 수 있다는 게 너무 일리 있는 말이었다. 비록 아이가 10대에 들어섰지만, 지금이라도 충족시켜주자고 마음먹었고, 동시에 먹고살기 힘들고 막막할 때 태어나 다른 집에 보내질 수도 있었던 나에게도 공감해주었다. "혹시나 나만 갖지 못하고 못 먹을까 봐 얼마나 힘들었을까?" 내 차례가 주어지지 않고 내 것이 없을까 봐 음식과 물건에 집착했던 그런 나와 딸의 모습을 부정하고 외면하지 않고 있는 그대로 봐주고 충분히 충족시켜주자고 마음먹었다.

그때부터 어떤 것이든 남의 것과 나의 것을 명확하게 구분하여 주었고, 음식을 먹어도 꼭 정확하게 나누었다. 실제로 소유의 욕구나 음식과 관련된 상처가 있는 부모는 어른이라도 아이 것을 탐낸다. 또한, 자신의 이런 면을 발견하고 고민이라고 말하는 부모들도 종종 있다. 또 한번은 아이에게 과자를 사준 아빠가, "아빠 한 입만 줘!"라고 했을 때, 아이가 "싫어, 내 거야."라고 하자 순간 욱해서 아이를 때리려고 쫓아가고 엄마는 우는 아이를 안고 도망치고 한바탕 난리가 났었다는 이야기도 들었다. 내 것을 가져보지 못했던 착한 아이, 언니나 오빠라서 양보해야 했던 아이들 중에는 자신의 욕구도 눌렀기에 내 것을 챙기는 사람이나 자녀를 보면 비난하거나 다른 사람에게 양보하라고 아이에게 가르친다. 또 집착의 행동을 보이며 자연스럽게 나누는 것이 힘들기에 관계에서 어려움을 겪기도 한다. 아이에게 양보해야 한다고 강요하면 아이는 어쩔 수 없이 양보해야 하는 상황에서 아이의 마음속 깊은 곳에 "내 거야. 나는 뺏겼어. 내가 더 가질 거야. 절대 뺏기지 않을 거야"라는 집착을 갖고 살거나 사람과의 관계가 부자연스럽고 경직될 수 있다.

나는 딸에게 무조건 몰아주기보다 나누기로 선택한 것에 대해서는 무조건 절반씩 나누어 갖기 시작했고, 아이에게 사주면서 나도 갖고 싶은 것이 있다면 내 것도 하나 더 사는 것을 선택했다. 치유를 시작하고 한 2년간은 명절에도 좋은 선물을 나에게 사주기도 했다. 이것이 습관이 되다 보니, 아이도 나누는 것을 당연히 여겼고, 자신의 것이 보장받는 것에 안심했다. 어떤 날은 "올해 명절에는 엄마 선물 뭐 살 거야?" 하고 참 재미있다는 듯 웃으며 자연스럽게 물었다. 아이와 함께 다시 성장하고, 재양육한다는 것이 무엇인지 조금은 감이 오리라 생각된다. 물론 아이가 어리다면 부모의 희생도 필요하고 헌신해야 한다. 하지만 당연히 부모니까 나보다 자식이 먼저라는 생각을 하지 않기를 바란다. 나에게 지금이라도 해줄 수 있다면 외면하지 않고 해주는 것은 나를 위해서나 아이를 위해서도 나쁘지 않다. 내 욕구를 채우니 기꺼이 줄 수 있고, 또 나에게 오는 배려와 사랑을 기쁘게 받을 수 있어서 좋다. 무엇보다 나는 뺏겼고 뺏고 싶다는 것에 쓸데없는 에너지를 쓰지 않게 된다. 너무 참으면서 희생하지 말아라. 희생은 어떤 방식으로든 받으려는 마음이 숨어있기에 관계에서 깔끔하고 좋은 에너지를 주지 않는다. 특히나 자식에게 물려 주어서는 안 되는 것이 희생인데, 지나치게 희생한 부모들이 자녀가 성장한 후에도 자식에게 무언으로 많은 기대를 가짐으로 아이에게 마음의 부담과 책임을 지게 한다.

또 하루는 친하게 지내던 언니가 우리 집에 놀러와서 하룻밤을 자게 되었는데, 우리 집 책꽂이에 꽂혀있는 '미스터 초밥왕'이라는 만화책을 발견하고 꺼내려는 순간 딸아이가 "그거 내 건데……" 하며 울상을 지었다. 나는 그 순간 당황했지만 "언니 그 책 우리 딸이 정말 아끼는 책인데, 미안한데 다른 거 보면 안 돼?"라고 말했다. 그때 언니가 언짢은 말투로 "됐어. 아유 안 봐."라고 말했다. 나는 딸이 잠들고 난 후에 "언니 고마워. 그리고 미안해. 우리 애가 퇴행도 했고, 지금 소유욕을 채워주느라고 언니한테 그렇게 말했어."라고 정중하게 사과했다. 다 큰 아이가 하는 행동이 저게 뭐냐고 말할 사람도 있겠지만, 나는 지금이라도 아이에게 수치심 주지 않으며 채워줄 수 있다면 채워주고 싶었다. 그런데 그렇게 신경 쓰며 채워주던 어느 날, 비슷한 상황이 생겼는데, "엄마가 이 책을 좀 봐도 되니? 빌려줄래?"라고 물었더니, 아이가 "엄마도 참 이상해. 그냥 보면 되지 뭘 물어 봐."라고 하는 것이다. 그때 '아! 바로 이런 거구나.'라는 생각이 들었다.

　　소유가 충족되어야 할 시기에 충족 받지 못했거나, 있는 그대로의 따뜻한 사랑을 받아보지 못한 아이는 그 사랑을 물질로 대치시켜 끊임없이 더 가지려고 집착한다. 어릴 때 그런 것은 귀엽게 봐줄 수 있으나 나이가 들어서도 물질에 집착하는 것은 좋게 봐주기도 힘들고 주변 사람들의 눈살을 찌푸리게 한다. 자신이 정당하게 소유해야 하는 것들을 나누어 주어야 했거나 본의 아니게 뺏겼던 사람들은 지금이라도 자신의 소유 욕구를 건전하게 채워주는 방법을 찾아서 해보길 바란다. 그리고 서로의 경험과 느낌을 누군가와 나누면 정말 좋다. 이런 부분들을 나눌만한 조직이 없다면, 독서 취향이 비슷한 사람들끼리 독서 모임을 하면서 나누고 서로를 위로하고 격려해주면 좋다.

2

끝나지 않은
마음의 사춘기를 완결하자

나는 나의 사춘기나 딸의 사춘기 시기 모두 힘든 시간을 보냈기에, 사춘기를 제대로 겪어낸다면 건강한 성장을 이룰 수 있다고 강조하고 싶다. 그럼 제대로 겪어낸다는 것은 무엇일까? 간단하게 말하면, 부모가 아이의 발달을 이해하고, 좋다 나쁘다를 평가하지 않고 있는 그대로 바라보는 것이다. 거의 모든 사람은 누구나 사춘기를 거치며 성장한다. 단지 그 사춘기를 어떻게 보냈는가의 차이만 있을 뿐이다.

아이를 키우면 두 번의 힘든 시기가 찾아온다. 1차 반항기(18~36

개월) 그리고 2차 반항기라고도 불리는 사춘기, 두 시기의 공통점은 서툴고 미숙할지언정 모두 분리와 독립을 시도한다는 점이다. 1차 반항기와 사춘기 아이 모두 부모에게 의지하고 싶었다가 혼자 하기를 반복하며, 아직은 미성숙하기에 자기 마음대로 되지 않아 분노와 좌절을 표현한다. 1차 반항기 아기는 뒹굴면서 발작하듯이 뒤집어지고, 사춘기 아이는 부모와 직접적으로 충돌하면서 표현하는 방법에 약간의 차이가 있을 뿐이다. 이 아이들의 표현 행동들이 받아들여지고 충분히 표현할만한 안전한 환경이었느냐에 따라 이후의 삶이 달라진다. 아이들에게는 다 이유 있는 행동이지만, 부모가 보기에는 단지 변덕스럽고 이해할 수 없는 행동으로 판단될 수 있기에 부정당할 수 있다. 나도 딸의 사춘기 때 당황스러웠던 적이 많았는데, 어떤 날은 옆에 바짝 붙어서 도와달라고 의존했다가, 갑자기 이유도 없이 선을 딱 그으면서 거리를 두고, 엄마의 간섭과 충고는 더는 필요 없고 지겹다는 듯 "나도 알아"라고 말하며 가버리는 경우가 종종 있었다. 나는 그때 '자기가 필요할 때는 살살거리면서 도움받고, 이제 와 모른 척하고 냉정하게 가버리네. 저건 아닌데……'라는 생각에 화가 났고, 아이의 잘못된 버릇을 고쳐야겠다는 생각에 아이에게 억지로 충고와 조언을 해주었다. 이렇게 부모가 아이를 고쳐주고 싶은데는 그만한 이유가 있다. 부모가 보기에는 정말 미숙하고 불안해 보이기 때문이다. 1차 반항기 아이의 경우는 부모가 시간이 없어 기다려주기 힘들어서, 아이가 혼자 하느라 엉망이 된 집을 치우기 힘들어서, 아이의 시도가 너무 위험해 보여서 부모가 먼저 해버리거나 너무 지나치게 시도를 막기도 하는데, 아이의 입장에서는 독립의 시도가 좌절된 것이다.

사춘기 아이에게 부모가 개입하고 싶은 마음이 드는 것은, 사춘기는 어린이도 아니고 성인도 아닌 그야말로 주변인이기에 몸은 컸지만, 하는 행동이 딱 어린아이 같고 중국속담으로 표현하자면, 백두산 날씨처럼 마음이 변덕스럽기 때문이다. 그런데도 어른으로 대접받고 독립적인 존재로 존중을 받길 원한다. 그래서 사춘기 아이들이 가장 싫어하는 것이 부모가 명령투로 말하는 것이다. 어떤 부드러운 말이라도 명령이라는 느낌이 들면 바로 거부한다. 식사때마다 "밥 먹어, 빨리 와."를 몇 번 반복하며 실랑이를 벌이다가 엄마가 지쳐서 나가떨어진다. 엄마도 사람인지라 아이에게 부정적인 반응이 자꾸 오면 힘들어진다. 나는 밥 먹으라는 말을 여러 가지로 바꿔서 많이 해보았고 결국 "밥 먹을래?", "밥 준비 완료!", "밥 차려놨어."라고 권유의 의미나 선택의 여지를 주는 언어로 바꾸어 가며 했다. "닭볶음탕이 너를 애타게 기다리고 있어."라며 재미있게도 해보았다. 다 해봤지만 결국은 긍정의 대답을 받고 싶은 나의 기대를 내려놓거나 그 상태를 있는 그대로 수용하거나 둘 중의 하나밖에 방법이 없었다. 그럼에도 처음은 힘들었지만 차츰 여유가 생겼고, 유머로써 우리 둘은 긴장이 풀리면서 웃었던 날들도 많았다.

아무리 좋은 의도라도 고치려고 하는 마음으로 아이를 바꿀 수는 없다. 역시 내가 변하는 것이 답이다. 나도 그때 내가 왜 이렇게 불안하고 무엇을 두려워했는가에 의문을 가지면서 나의 사춘기는 어땠는지 떠올려보았다. 자녀가 부정적 감정을 표현했을 때, '이게 무슨 상황이지? 아이가 왜 저렇게 행동하지?' 행동 뒤에 숨겨진 아이 마음을 읽으려고 한다면 문제가 없는데, 자녀의 행동에 반사적 반응으로 욱하고, 화가 나서 아이를 통제하고 누르고 싶은 마음이 올라온다면, 그 이면에 부모의 미해결된 감정이 있을 것이다.

이 시기는 부모와 자녀 모두에게 어려운 시기이다. 특히 자녀가 부모에게서 독립하려고 시도하면서 발생 되는 일종의 반항이기에 부모 자신이 자신의 원가족과 해결하지 못한 상처를 자극하게 된다. 이미 이전에 부모에게서 독립하려는 시도가 상처만 가득 안은 채 실패하고 좌절되었다면, 그 일이 자극되어 부모들은 자녀를 더욱 통제하려 하기에 문제가 생기게 된다. 자신의 과거 어린 시절 경험을 떠올려서 객관적으로 바라보고 무엇이 좋았고, 무엇이 아쉬웠는지를 느껴보고, 아쉬운 마음이 남아있다면, 스스로를 공감하고 위로를 해주어야 한다. 그러면 아이를 있는 그대로 바라볼 수 있는 여유가 생긴다.

또 하나 알아야 할 것이, 부모 입장에서 자녀를 바라볼 때, 진정으로 아이의 독립을 지지하고 원하는가이다. 우리가 진정으로 원하는 것도 결국 아이가 독립적으로 잘 살기 위한 것이라면 지지하고 견딜 수 있는데, 나를 떠나고 독립하는 것이 서운하고 외롭다는 마음이 드는 부모님은 아이가 경험하고 배워야 할 시도를 막고 있지 않은지 생각해보아야 한다. 아이가 자유롭게 세상을 향해 도전하고 있고, 이제는 이전만큼 엄마를 필요로 하지 않는다는 것이 섭섭하고 마음에 걸린다면 엄마 자신을 돌아봐야 한다. 머리로는 '빨리 독립했으면 좋겠어. 더는 나를 찾지 않으면 나야 편하지 뭐.'라고 생각하지만 무언가 허전하고 외로움이 느껴진다면, 내 마음을 점검하고 돌아봐야 하는 신호로 받아들이길 바란다. 이 발달단계를 수용하면서 잘 보낸다면 아이와 부모가 서로 분리되면서 각자의 자리를 잡아갈 수 있다. 특히 아이의 사춘기 시기는 부모에게도 신혼 이후 다시 한번 부부 중심으로 돌아오는 시기가 된다. 부부중심으로 가정이 안정되어야 아이도 안정되고, 부모를 신경 쓰지 않고 건강한 자아를 성립해갈 수 있다. 아이도 세상을 배워가는 중이기에 나름의 고충을 느끼는 상황이다. 이럴 때 자식을 위한 최선의 방법이라는 명분으로 아이에게 상처를 주어서는 안 된다. 공격적인 아이한테 부모도 공격적으로 대응하면 아이는 더 크게 공격적인 아이가 되고, 반면 부모가 일관된 믿음으로 대하면 공격성은 완화되고 그 에너지가 자기주장을 하는 힘으로 바뀔 수 있다. 아이의 경험에 반응하고, 마음을 읽어주어 말로 표현할 수 있도록 하자. 완벽하지 않더라도 부정적인 감정들을 수용하고 다루는 모습을 부모가 먼저 보여줄 수 있는 모델이 되어야 한다. 아이들의 사춘기를 흔들리지 않는 믿음으로 응원해주는 어른이 꼭 있어야 하고, 필요할 때는 전문가의 도움을 받는 것이 좋다. 이렇듯 자신에게도 믿음으로 응원해주는 보호자가 되자.

1) "싫어"라고 말하지 못하고 독립에 실패한 아이

앞에서 언급한 발달 부분을 좀 더 살펴보자면, 제1 반항기 시기에는 그동안 말을 잘 듣고 예쁘기만 하던 아이가 갑자기 "싫어, 안 할 거야."라고 말해서 부모를 당황하게 만든다. 부모가 시키는 것을 따르기보다 자기가 원하는 행동을 하는 아기의 자그마한 독립시도가 시작된다. 즉 자아가 나오는 시기이다. 15년 전쯤 엄마들 모임을 야외펜션에서 하게 되었는데, 그중 한 회원님의 아기가 가파른 계단을 힘들게 올라가고 있을 때, 엄마가 아이를 안아서 몇 계단 올려주었다가 바닥에 뒹굴고 울고 난리가 난 적이 있었다. 엄마가 도와준다고 한 것이 본의 아니게 아이의 시도를 꺾어버린 것이다.

"싫어, 내가 할 거야."를 말하는 아기는 자기와 자기가 아닌 것을 구별하기 시작했음을 의미한다. 내가 누구인지, 내가 무엇을 할 때 만족이 되는지를 알기 위해 부모가 시키는 것을 부정하면서 진정한 의미에서 자아를 찾고 있는 것이다. 어른들이 보기에 답답해 보이고, 바쁘다는 이유로 경험하고 있는 아이를 들어 올려주거나, 안고 가버리기를 얼마나 많이 했을까. 나와 엄마만이 있는 세상이 아닌 온갖 신기한 것들이 펼쳐진 세상에서 탐험할 것이 어마어마했을 텐데 아이답게 무엇이든지 만져보고, 입에 넣어보고자 하는 호기심과 독립의 시도가 부모의 "안 돼.", "하지 마.", "빨리빨리"에 부정당하고 좌절되었다면 아이는 어려운 일이 생기거나 앞으로 나가야 할 때 무기력해지고 더는 노력하지 않으려고 한다. 무기력이 학습된 아이에게 활발하고 진취적이길 바라는 것 자체가 무리이고, 내 아이가 어떤 경험을 했을지 아는 엄마라면 욕심을 내려놓고 정서를 먼저 채워주는 것이 바람직하다. "안 돼. 하지 마."는 "너는 무능해서 할 수 없어서 엄마가 해주는 거야."라고 아이가 느낄 수 있다. 물론 아이라서 모를 수 있지만, 그렇다면 왜 그런지를 천천히 알려주는 것이야말로 아이를 인격체로 존중하고 공감하는 것이며 올바른 대화 방법이다. 아이에게도 힘든 발달과정이며, 발달을 제대로 이루지 못한 아이의 스트레스는 사춘기에 다시 한번 표출될 수 있다. 억눌린 것이 많을수록 크게 분출할 수 있고, 반항의 시기도 길어질 수 있음을 알아야 한다.

"그게 궁금하구나, 위험하니까 엄마랑 함께 하자. 위험하지 않은 것으로 줄게 해볼래?"라고 아이에게 알려주고 "이게 가지고 싶구나, 하지만 지금은 돈이 없으니 며칠 뒤에 사줄게. 네가 잘 기다려줘서 엄마가 약속을 지킬 거야."와 같이 기다린 것에 대한 칭찬과 약속을 지키는 것이 중요하다. 무조건 안 된다고 하면 아이는 '나는 가질 자격이 없구나.'라고 느낄 수 있다. 그리고 갖고 싶은 욕구가 올라오면 수치심을 느끼기도 한다. 그래서 욕구를 느낄 때 수치심이 올라온다고 괴로워하는 내담자들도 많다. 눈앞에 보이는 것만이 교육이 아니다. 보이는 것 뒤에 있는 심리를 읽어야 하며, 혹시 지금 내 아이의 중요한 시기를 모르고 놓치고 있지 않은지 점검해보라. 아기 때 힘을 쏟아 육아하면 성장해서 더 편해짐에도, 반대로 아기 때는 모를 거라 생각하고 무관심했다가, 다 커서 독립해야 할 아이에게 관심을 과하게 가지는 오류를 범하기도 한다. 때로는 아이의 반항이 자존감이 낮은 부모에게는 부정당하는 상황과 위협적으로 느껴지기까지 한다. 이런 모든 삶의 버거움은 부모 내면의 억압되어 해소하지 못한 감정들이 쌓인 것이기에, 아이가 반응을 보일 때마다 아무리 좋은 부모라도 어느 순간 욱하고 올라와서 아이에게 터지기도 한다.

사춘기가 되면 그동안 참았지만 그래도 좀 힘이 생겨서 바른 소리를 할 수 있다. 그런데 부모의 권위로 사춘기마저 누른다면 영원한 중년의 사춘기를 경험할 수 있다. 우리 엄마도 나의 사춘기 행동들을 몹시 두려워하였고 불안해하여서 어떻게든 잠재우려고 애쓰셨다. 어린 시절을 돌이켜보면, 동네에 한 명씩 사춘기 시기에 아픈 아이들이 있었다. 한 명은 온전한 정신이 아니었고, 폭력적이어서 학교 가는 길도 조심해야 했고, 한 명은 엄마가 항상 뒤에서 아들을 졸졸 따라다니며 돌봐야 하는 분도 계셨다. 나는 우리 엄마가 사춘기 자체가 무엇인지도 모를만한 환경에서 자랐고, 그 당시 동네마다 있는 아픈 아이들과 속상해하는 부모들을 보면서 두려움을 많이 갖고 있었다는 것을 직감할 수 있었다. 엄청 과민하게 적극적으로 나의 사춘기를 막기 위해 애쓰셨기 때문이다. 쉽지는 않지만, 아이에게 사춘기가 오면 엄마 자신의 어렸을 적 억압된 감정을 풀어낼 기회라 생각하고 자신을 돌아보며 스스로에 대해 공감해주자. 그리고 부모로서 아이에게 든든한 울타리가 되어주자.

2) 부모에게 크게 실망하고 좌절할 수도 있다

아무리 사춘기의 발달과 지식을 잘 알고 있어도, 갑자기 내 아이에게서 사춘기 증상이 발현되면, 알던 지식도 싹 잊어버릴 뿐 아니라 과거의 경험이 불현듯 나도 모르게 튀어나와, 아이를 대하는 태도에 부정적인 영향을 미칠 수 있다. 아이들은 어릴 때보다는 자신을 지킬 힘이 생겼기에 그동안 억눌려왔던 것을 사춘기 시기에 표현하려고 한다. 또한 사춘기라는 발달과업을 통해 부모의 이중성과 위선이라고 느끼는 것들을 폭로하고 싶은 마음이 생기기도 한다. 그런데 권위적이고 부정적인 감정의 표현이 허용되지 않은 환경에 있는 아이는 잘못된 것을 봐도, 사춘기라 하여도 감히 부모를 비판하지 못한다. 이렇게 성장한 아이들은 긍정적인 사고를 가지고 잘 살 것 같지만, 균형과 조화의 발달을 이루지 못했기에 현실감각이 떨어지고, 아니라고 생각하거나 틀린 것을 봐도 말하지 못한다. 어떻게 긍정적이고 좋게 보이는 부분만 내 자식이라고 인정할 수 있겠는가. 단점과 비판적이고 부정적인 것도 모두 지극히 정상이고 잘 크고 있다고 믿고 봐주어야 한다. 부모 말을 잘 듣고 착하고 좋은 모습을 보일 때만, '아, 잘 크고 있구나.'라고 안심하고 기뻐하면 아이들은 자기 자신을 잃어버리고 부모의 그런 기대에 맞춰 살게 된다.

나는 딸의 사춘기를 힘겹게 받아들이면서, 어린 시절부터 억압되었던 아이의 권리와 자유가 누적되어 터지는 것임을 직감했다. 아이 자신도 스스로 조절하기 힘든 부분도 있지만 불안했던 것일 뿐이고 미숙하지만 독립의 노력과 시도를 했다는 것을 깨달았다. 분노의 에너지가 폭발하면서도 한편으로는 엄마를 두려워하는 부분도 있었다. 다행히 이 모든 과정이 안전하게 독립을 배워가는 소중한 기회라는 진리를 뒤늦게 깨닫고 아이와 다시 연결을 시도할 수 있었다. 아이들의 발달이나 행동 이면의 마음에 관심이 없는 부모들의 경우 아이의 행동이 변덕스럽다고 비웃고 조롱하고 수치를 주기도 한다. 실제로 이런 아픔을 호소하는 내담자가 많이 있다. 우리는 본능적으로 받은 대로 주려고 하고, 부모가 우리를 대하듯 그렇게 자신을 대한다. 그런데 우리는 자신에 대해 부단히 연구하고 배우는 사람들이기에, 나 자신이 어떤 수치스러운 행동을 했더라도 내가 수치심을 가지고 있고 그로 인해 부적절하게 행동했음을 인정하고 받아들일 힘을 키워야 한다. 그래야 다음에 또 비슷한 상황이 올 때 내가 좀 더 나은 선택을 할 수 있기 때문이다. 수치스럽고 괴로워서 외면하거나 덮어두기만 하면 부지불식간에 재현하게 되고, 조금이라도 더 나아지기는 어렵다.

그리고 어떤 사건이거나, 아무 일이 없음에도 부모에게 화를 내고 무시하는 듯한 행동을 할 수 있는데, 아이들이 크면서 어떤 계기로 자연스럽게 부모에게 실망하거나 우상화가 깨지면서 좌절감으로 이러한 행동을 할 수 있다. 이럴 때 아이의 입장에 서서 생각해보고, 관찰하면서 기다릴 수 있어야 한다. 아이로부터 상처받았다고 오히려 부모가 더 분노하거나 권위를 내세워 무조건 누르려고 하면, 일시적일 수 있는 아이의 행동이 길어질 뿐이다. 부모와 자녀 관계에서 친밀감 또한 한계를 갖게 된다. 아이를 마음으로 격려하면서 위기를 잘 보낸다면 실망하고 좌절했던 일들이 부모의 인간적인 면으로 받아들여지면서 더 좋은 관계로 발전할 수 있다. 부모도 사람이라 충격도 받고 아프겠지만 그래도 부모인 우리가 먼저 치유되어서 든든하게 버텨주자. 사춘기라서 이해받을 수 있고, 소심하게나마 몸부림칠 기회마저 사라져버리면 나이가 들어도 끝나지 않는 영원한 사춘기에 갇혀 살게 된다.

3) 나의 사춘기 내면 아이를 위한 테라피

왜 평소에 얌전한 사람들이 한번 화가 나면 욱하고 크게 분노할까? 점잖고 교양있는 사람들이 술을 마시면 다른 사람이 되어 이상한 행동을 하고, 국내에서는 교양있고 착한 사람이 책임과 역할에서 벗어나거나 외국에 나가면 성격과 행동이 갑자기 달라질까? 마음의 편안함으로 조금 달라질 수는 있지만, 큰 차이가 난다면 억압된 마음의 스트레스가 있는 것이다. 이 스트레스가 어떤 환경으로 인해 생긴 것인지, 아니면 오래된 어린 시절부터 쌓인 것인지를 잘 살펴보길 바란다.

가정이 흔들리고 파괴되는데도 불구하고 마음을 잡지 못하고 방황하는 어른들의 이야기나, 이런 소재를 다룬 영화나 소설을 간혹 보거나 들은 적이 있을 것이다. 이런 상황을 흔히 제2의 사춘기를 보내고 있다라고 비유하기도 한다. 자신에 대한 믿음이 없고 자신을 사랑하지 못한다면 방황하는 영화 속의 주인공이 될 수 있다. 성인이 되어서 하는 심한 방황은 가족 전체를 흔들고 특히 자녀들에게 큰 불안과 상처를 준다. 남을 고치려 하지 말고, 먼저 나부터 나를 공감하고, 실수도 용서할 수 있고 부정적인 감정도 수용하는 어른이 되자. 나를 수용하고 끝까지 지켜주는 든든한 보호자가 되어주고 남에게 피해주지 않는 선에서 지금이라도 나를 위해 허용할 수 있는 행동들에 대해 알려주고자 한다.

① 나만의 정서적 공간과 물리적 공간을 만들자.

집에서 충분히 사랑받은 아이들은 자신을 소중하게 여길 뿐 아니라 잠시 방황을 하더라도 일정 시간이 지나면 본래의 자리로 돌아온다. 그러나 가족 안에서 사랑받았다는 경험이 없고 안전함을 느끼지 못하는 아이들은 외부의 대상에게서 찾으려고 하기에, 지나친 의존과 집착하는 관계를 맺으려고 한다. 특히 이성의 대상에게 못받은 사랑을 채우려는 시도를 하면서 상처받고 긴 방황의 시간을 보내기도 한다. 청소년시기에 이런 방황이 시작될 때 간혹 자신을 소중히 여기지 않고 위험한 행동을 하는 아이들도 있다. 밖에서 아무리 힘든 일이 있더라도 집으로 돌아왔을 때, 집은 휴식을 취할 수 있는 공간이 되고 가족은 존재만으로도 정서적 안정감을 주어야 한다. 집과 가족은 적어도 나에게는 세상에서 가장 편안하고 사랑받았던 최초의 기억과 장소가 되어야 한다. 그래야 외부에서 찾으려고 방황하고 헤매다니지 않고 잠시 방황을 하더라도 다시 돌아올 수 있기 때문이다. 과거에 불안과 결핍으로 방황했었고 지금도 내면의 불안이 남아있다면, 이제는 내가 그 내면아이의 정서를 채워주는 안전한 보호자가 되어주자. 흔들리면서 균형을 찾을 때까지 격려하며 함께해주는 것이 필요하다. 마치 아이가 방황하더라도 부모가 평정심을 가지고 믿고 기다려주면 빨리 안정을 찾을 수 있는 것처럼 말이다. 자녀가 잘못된 이성관계를 맺을까봐 불안하고 고민이 된다면, 먼저 그 불안을 생각하기 전에 아이를 존재 자체로 사랑해줄 방법을 찾길 바란다. 사랑받은 경험만이 모든 고난과 역경을 이긴다.

비록 집이 나에게 안정감을 주는 곳이 아니었더라도 어린 시절 우리가 좋아했던 공간이 누구에게나 있을 것이다. 어둡고, 좁고, 먼지투성이의 공간이라도 내면 아이에게는 소중했던 공간이 있었다. 그곳은 내면 아이에게는 슬프고 힘들 때 찾았던 곳이기도 하고 안정을 찾게 해주고 위로가 되었던 고마운 장소다. 나는 사춘기 딸 방에 문을 열어놓은 상태에서 커튼을 달아주며, 그 공간을 침범하거나 엿보지 않겠다는 약속을 하였고, 커튼 아래로 강아지는 자유롭게 드나들 수 있게 했다. 아이는 단절을 원하는 것이 아니라, 연결감은 갖되 자신의 공간을 보호받고 싶은 것뿐이다. 지금도 우리 집은 각 방마다 커튼이 달려있고, 위로와 힐링이 되는 나만의 공간을 좋아하고 집안의 한 부분은 꼭 내가 좋아하는 분위기로 꾸미곤 한다. 예쁜 꽃과 싱싱한 초록식물을 나만의 공간에 놓고 거기서 책을 읽고 차를 마시면서 힐링하는 것을 즐긴다.

② 변덕 부려도 괜찮아!

흔히 선택하지 못하고 갈팡질팡하며 번복하는 행동을 갈대 같다고 표현하는데, 여기에는 변덕스럽다는 부정적인 의미가 담겨있다. 그래서 변덕 부린다는 말을 자주 듣고 자란 나로서는 그런 나 자신이 마음에 들지 않았다. 그리고 아주 사소한 것도 잘 선택하지 못하고 왔다갔다 했다. 나는 열심히 치유하면 이러한 부분들이 변화되어 결단력 있는 선택을 하게 되리라 생각했었다. 그런데 꼭 그렇지만은 않다는 것을 힘든 상황에 부딪쳤을 때 알게 되었다. 나는 여전히 흔들렸고, 이런 나의 모습에 실망했다. 하지만 마음을 추스르고 천천히 생각해 보니 이전과 달라진 부분이 있었다. 흔들리는 내 마음을 그대로 느끼면서 기다릴 수 있었고, 타인에게 조언을 구하기도 하고 도움을 요청하기도 했다. 실망은 했지만 섣불리 나를 비난하지는 않았다. '흔들리면서 균형을 잡는 것이 갈대 같다는 뜻이구나.' 갈대 같은 마음이 결코 나쁜 것이 아니라는 것을 깨달았다. 나의 어떤 실수나 문제라고 느껴지는 행동을 보더라도 즉각 판단하지 말고 다양한 각도에서 '왜 지금 이 말과 행동을 할까? 그 순간 내가 진짜 기대하는 바람은 무엇이었을까? 그런데 왜 반대로 행동할까?' 생각하고 받아들일 때 '이럴 때, 지금 내가 나를 어떻게 도와줄 수 있을까? 이렇게 하는 데는 이유가 있어.'라는 믿음을 갖고 바라봐줄 수 있었다. 타인에게 큰 피해를 주지 않는 것이라면 내가 결정한 것이라도 때로는 번복하고 변덕 부려도 괜찮다. 무엇이든 흔들리면서 균형을 잡아간다는 것을 인식하고 허용해주는 것이 좋다. 그리고 선택의 힘과 그에 따르는 실수에도 책임질 수 있는 내가 되어가면 된다. 변덕을 부리고 선택을 번복하기도 했지만 결국 나는 선택의 주체와 책임으로 존재하고 있는 나를 경험하면서 나에 대한 믿음과 힘이 올라왔다.

③ 내려놓음과 받아들임

'나는 누구의 결실이거나 자랑거리가 아니고, 누구를 빛내주기 위해 온 존재가 아니다. 나는 나이고 나로서 온전하다. 부정적인 감정을 느끼는 것은 안전하다. 그것은 내 마음을 들여다보라는 신호일 뿐이다. 우울하고 슬픈 나를 느끼는 것은 괜찮다. 우울해도 된다.'라는 생각으로 나 자신을 수용하고 모든 감정을 허용하면서 통제를 내려 놓는 시간들을 가졌다. 이 우울함은 지금 현재 느끼는 감정인가, 아니면 어린 시절에서 온 것인가라고 나 자신에게 물어보면서, 우울함과 슬픔을 받아들이고 온전히 느끼려고 했다.

몸의 어느 부분에서 아픔 혹은 분노와 우울이 느껴지는지 찾으며, 그 부위에 손을 대고 에너지를 넣어주며 치료한다고 상상하면서 만져주었다. 나는 치유를 하면서, 젊었을 때 아팠던 곳이 어느 팔인가를 물어보는 코치의 질문에 무의식적으로 그냥 짚었던 곳이 있었는데, 대부분 첫 번째로 짚은 곳이 아픈 곳일 확률이 높다. 손이 몸의 아픈 곳을 찾아서 짚는다고 믿으면서 손을 비벼서 따뜻하게 하고 자주 손으로 아픈 곳을 만져주곤 했다. 아픔이 느껴지고 존재한다고 생각하는 곳을 만져주면서 그와 관련된 이야기를 공감과 위로의 언어로 해주었다. 이렇게 스스로 위로하면서 셀프 토킹을 할 때, 어떤 상황이나 환경의 이미지가 떠오르기도 하는데, 그때 무엇이 힘들었고 간절히 바라던 소망이 무엇이었는지 느껴지는 대로 언어로 표현하면서 공감하고, 하고 싶은 말들을 충분히 하도록 허용했다.

④ 나에 대한 인정과 칭찬, 새로운 선택으로 힘을 주자.

부정당하는 경험을 많이 했고, 상처가 많음에도 불구하고 내가 이전과 달리 내 힘으로 잘 견뎌내고 있고, 자각도 잘하고 있다고 느꼈다면 그것을 인정하고 칭찬해주자. 힘 있는 자신을 재경험함으로써 자존감이 높아진다. 무언가를 자각하고 분노하고 울고 슬퍼한 후에도, '정말 잘 느끼고 잘 표현해줬어. 용기가 있어야 가능한 일인데 정말 많은 힘이 올라왔어.'라고 자기 자신한테 사랑의 메시지를 주어라. 울 수 있는 것도 용기이다. 이렇게 힘든 경험을 했음에도 불구하고 너는 현재 참 잘살고 있다고 수시로 자신을 지지해주어라.

3년 전쯤 대련에서 나는 강연과 모임을 모두 마쳤는데, 직원들은 아직 업무가 남아있는 상황이어서 혼자 숙소로 돌아가야 했었다. 처음 가본 낯선 거리의 길을 혼자 걷고 있을 때, 문득 '나 정말 어려서부터 그렇게 죽을 만큼 힘든 상황들을 겪어왔지만, 결국 나는 이렇게 살았구나. 내가 이렇게 살아서 강연을 하고 이 외국의 낯선 거리를 당당하게 걷고 있구나. 내가 살아냈잖아! 결국 내가 이겼어.'라는 나의 내면의 목소리가 들려왔다. 그 순간 짜릿하고 뭉클한 감동을 느끼면서 온몸에 큰 힘이 올라오는 것을 느꼈다. 이렇게 가끔 나 자신에 대한 인정의 마음이 올라오면 부정하거나 망설이지 않고 강력하고 확실하게 표현하고 인정해주었다. 그날 걷던 거리와 느낌이 지금도 생생하게 기억날 뿐 아니라 힘들 때 그때의 기억을 떠올리며 힘을 낸다. 이렇듯 나에 대한 인정과 칭찬을 해주면, 우리는 상처로 인해 아픔만 있는 것이 아니라 얻는 것도 많음을 알게 된다. 나는 이렇게 살면서 얻은 것과 특별한 경험들을 글로 적거나 함께 성장하는 지인들과 나눈다. 그렇게 함으로써 확실하고 분명한 경험으로 머릿속에 남긴다. 이러한 활동은 자존감 향상에 도움이 된다. 경험에서 얻은 것, 새롭게 깨달은 점들을 써보는 것이 좋다. 그리고 새로운 선택이라는 것은, 어떤 마음이 나의 내면에 있든 그게 수치스럽고 아플지라도 인정하고, 수치심이 들지만 그래도 나는 또 대면하고 도전하는 것을 선택하겠다는 스스로에 대한 선언이 될 수도 있다. 선택의 주체가 내가 되기에 항상 힘이 있으며, 표현하고 나면 마음도 한결 가벼워진다.

⑤ 좌절과 성공 경험을 위해 도전하라.

좌절과 성공 두 가지를 적절하게 경험하는 방법은 아래와 같다.

1. 좌절 경험

평소에 좌절과 실패가 두려워서 못하고 있으며, 내가 가장 힘들어하는 부분을 안전하게 경험시켜줄 수 있는 도전을 하는 것이다. 실제로 나는 10년 전쯤 한 성장프로그램에 참여했을 때, 거절을 받아오는 과제를 수행한 적이 있다. 일상에서 소소하게 할 수 있는 요청조차 하지 못했던 나에게 그 과제는 너무도 막막했다. 하지만 수업에는 온전하게 참여하고 싶었으므로 최초로 거절 받는 경험을 찾아서 하였던 적이 있다. 지금 생각해보면 별거 아닌 일이지만, 진땀을 흘리며 과제를 했던 걸 생각하면 참 이렇게 힘들게 살았구나를 공감할 수 있었고, 한번 경험해보니 타인의 요청도 진지하게 받아들이게 되었다. 일상에서 이렇게 체험해볼 기회를 찾아서 해보는 것도 좋은 경험이 된다. 그리고 학창시절 시험에 떨어진 경험으로 수치심을 겪었던 상처가 있어서 무엇이든 도전하는 게 어려웠던 나는 요즘 자격증 시험에 도전하면서 좌절에 대한 두려움도 받아들여 가고 있다.

2. 성공 경험

자신에 대해 엄격하고 높은 기준으로 스스로를 좌절시키는 사람들이 많은데, 마치 자기 자신이 가장 큰 적처럼 느껴지기까지 한다. 사실 높은 도전과제를 주는 것은 좋은 일이지만, 매번 실패를 반복한다면, 무엇이 문제인지 보아야 한다. 자신에게 도전과제를 줄 때, 실패에 대한 두려움이 큰 사람은 처음부터 너무 큰 도전을 주기보다 쉬운 것부터 시작해서 차근차근 단계별로 높여가는 것이 좋다.

예를 들어 미라클 모닝을 시작한다면, 21일로 시작하다가 서서히 기간을 42일, 63일로 늘려가면서 목표를 조절해 주는 것이다. 유명한 동기부여 강사들의 책『변화의 시작 5AM 클럽』,『미라클 모닝』에도 보면 이불 개기, 짧은 명상과 운동 등 소소한 행동을 아침의 첫 성공 경험이라고 말한다. 강사 훈련을 지도하는 중에 참가자 중 한 명이 영어 동화책 함께 읽기 프로젝트를 하는데 1년을 기획하고 있어서 내가 먼저 3개월로 줄이도록 조언을 해준 적이 있다. 물론 이 친구는 1년도 충분히 할 수 있고 그만한 능력이 있는 사람이다. 그러나 스스로에게 '나는 부족하고 부실하다. 모르고 함부로 말하면 안 되니 제대로 해야 한다.'라는 수치심이 있고 자신을 억압하고 누르는 부분이 있었다. 그녀는 한번 시작하면 제대로 하겠다는 의지가 있기에 무슨 일이든 맡기면 걱정이 없는 사람이다. 하지만, 지치고 힘든 마음만 들어도 제대로 완결하지 못하였다는 자괴감에 빠질 수 있어 기간을 조정해주었다. 1년을 3개월로 줄여서 하면 도전하기에 시시하다고 생각될 수 있지만, 마지막 완결할 때 참가자들의 후기를 받고 나눔하면서 기쁘게 마치면 자신도 보람을 느낄 수 있을 것이다. 자신을 무조건 채찍질하지 말고 과정을 즐기고 마지막에는 참자가들과 함께 기쁘게 완결할 수 있어야 한다.

⑥ 어른들의 합리적인 퇴행 놀이

안나 프로이트는 퇴행을 참을 수 없는 갈등이나 스트레스를 피하기 위해 어린 시절의 행동양상으로 되돌아가고자 하는 것이라고 말하였다. 이렇듯 퇴행은 발달 과정상 어린 시절의 미성숙한 행동으로 되돌아가는 것을 말한다. 보통은 둘째를 낳았을 때, 엄마 사랑을 동생에게 빼앗겼다고 생각한 첫째에게서 퇴행 현상이 많이 나타난다. 즉 엄마의 사랑을 받기 위해서 퇴행 현상을 보이게 되는 것이다. 동생은 응가와 쉬를 가리지 못하기 때문에 엄마의 사랑을 받고 있다고 생각한 첫째가 지금까지 잘 가리던 대소변 실수를 한다든지, 엄마가 온전히 돌봐주며 자기만을 사랑해주었던 갓난아기 때로 돌아가고 싶은 강한 욕구를 느끼게 되면서 아기의 행동을 하는 등 사랑받기 위해 안쓰럽게도 필사적으로 매달린다.

퇴행은 일시적인 현상이고 사랑받고 싶은 아이의 순수한 본능이고 아이다운 생각이다. 이럴 때 아이의 욕구를 있는 그대로 받아주면 엄마의 사랑을 확인하게 되고 안정된 상태로 다시 돌아가면서 동생을 받아들이게 된다. 제1 반항기나 사춘기와 같은 부정적이고 저항이 오는 발달과정을 있는 그대로 받아들이고 발달로 이해하면 아이는 한층 성장한다. 그런데 엄마가 지쳐있고 이 부분에 대해 이해를 하지 못하면 아이의 퇴행 현상을 더 강화시킨다. 아이는 야단을 덜 맞았던 어린 시절로 퇴행하려다가 사랑받으려는 시도가 좌절되어 위축되고 자신감을 잃게 된다. 분노하고 엄격하게 하기보다 아이처럼 대해주고, 의존 욕구를 채워주면 퇴행은 없어질 수 있는데, 도대체 언제 끝날지 재촉하는 마음으로 걱정하고 있다면 오히려 퇴행 기간은 연장될 수 있다.

두 자녀를 둔 아이에게만 퇴행이 오는 것이 아니다. 아이답게 자라지 못하고 억압되거나 철이 일찍 들어야만 했던 아이에게도 퇴행이 온다. 그런데 퇴행 현상을 보인다면 사실 좋은 것이다. 그만큼 엄마가 안전해지고 받아줄 수 있다는 것이기도 하기 때문이다. 나는 부모교육을 공부하고 심리치료를 하면서 딸아이가 아이답지 못하고 오히려 엄마인 나를 위로해주면서 살았다는 것을 알고 내가 변해야겠다고 결심하고 아이를 대했다. 그러자 12살 된 딸에게서 퇴행 현상이 나타났고 두려움과 걱정보다는 기회로 생각하고 아기처럼 대해주면서 의존 욕구를 채워주었다. 이 과정이 너무 힘들고 지치기도 했지만, 가끔 보람도 있었고, 지나고 보니 그때만큼 소중한 시기도 없었다는 생각이 든다. 아이의 발달을 무시하고 성장을 재촉하면 차곡차곡 발달과정을 채우며 성장하기도 전에 아이가 어른이 되어버린다.

나는 많은 프로그램에 참여하며 어른의 내면 아이들이 프로그램 속 놀이를 통해 자연스럽게 퇴행하는 것을 보면서, 어른들의 놀이에 관심을 갖기 시작했다. 수치심을 느끼지 않으면서 합리적으로 신나게 아이처럼 놀면서 치유할 방법이 있다는 것을 알게 되었다. 그래서 놀이를 치유의 중요한 자리에 놓고 싶다. 융도 프로이트와 생각의 차이로 헤어지면서 혼란스럽고 정체되었던 시기에 모래 놀이를 하면서 다시 한번 창조의 힘을 발휘할 수 있었다. 또한 이 놀이는 모래 놀이 치료기법의 시작이 되기도 했다. 나는 모래 놀이 치료나 미술 치료 등에 참여하면서 창조적인 에너지가 나오는 것을 경험했고, 푸드 표현 예술치료나 타로도 에너지 향상에 좋다는 것을 경험했다. 물론 깊이 있게 내면을 다룰 수도 있지만 나는 이 부분을 퇴행과 연결하여 힐링으로 소개하고 싶다. 내가 어린아이 상태로 퇴행하면서 몰입이 되고, 내적으로 충족함을 느끼면서 창조적인 상태가 되는 것을 느낄 수 있다. 어떤 활동을 하든 틀을 벗어나서 이 순간만큼은 완벽주의나 자기 비난을 내려놓는 것을 선택하고 시작하는 것이 중요하다. 퇴행의 기간은 아이들의 경우 사랑이 충분히 충족되면 그렇게 길게 가지 않을뿐더러 채워진 아이는 마음이 여유롭고 배려 깊은 아름다운 아이가 된다. 어른들도 잘 놀고 나면 한층 여유로운 마음을 느낄 수 있다.

이렇게 구조적으로 정해진 프로그램을 통해 놀이를 할 수도 있지만, 마음이 맞는 사람들끼리 드레스 파티를 한다든지, 어린 시절 재미있게 놀았던 놀이에 다시 몰입해보는 것도 좋다. 중국의 우리 회사에서는 드레스 파티와 성과를 격려해주는 시상식을 화려하게 했다.

회원들도 자신들끼리 생일이거나 특별한 날 드레스 파티를 하면서, 여자로서의 자신을 온전히 수용하고 받아들이며 환영과 탄생의 축복을 주고받으며 어린아이처럼 기쁘게 웃고 신나게 논다. 이렇게 생각이 비슷한 사람들과 안전한 집단 안에서 건전하게 놀면 그 자체가 치유적이다. 이 과정에서 집단원 내에서 자신의 관계 패턴이 드러나기도 한다. 놀 때 만큼은 실컷 웃고 어울리면서 즐겨야 하는데 어린 시절에 느꼈던 소외감을 느낀다면 충분히 표현하고 울어주는 것이 좋다. 한쪽에서는 웃고 즐기지만 다른 한쪽에서는 울면서 자신을 공감하기도 한다. 퇴행을 합리화시켜 단순히 술 먹고 노는 것이 아니라, 나의 내면 아이를 위한 이벤트이고 퇴행임을 알면서 선택하고 어린아이처럼 순수하게 즐기고 노는 것이다. 때로는 파티에서 내가 주인공이 되고 왕 노릇도 체험할 수 있으며, 아기처럼 젖병 체험을 하기도 하는 등 그 순간만큼은 누구도 서로를 비난하지 않는다. 그렇다고 이들이 일생을 매일 이렇게 살거나 사치하지는 않는다. 아이들처럼 놀이 속에서 자신의 정서 세계를 탐색하고 표현하기도 하고, 여러 가지 형태로 스트레스를 풀면서 신나게 잘 놀고 나면 다시 일상으로 돌아와 현재를 살 수 있다.

이밖에도 모래 놀이 치료, 미술치료, 푸드 표현 예술치료 같은 분야들을 통해서 오직 나만의 작품을 만들고 이야기를 만들어갈 수 있다. 자신의 깊은 무의식을 만나기도 하지만 내가 주체가 되어 하는 놀이 행위로 만족감을 느낄 수 있다. 나는 이런 어른들의 놀이를 '합리적인 퇴행 놀이'라고 이름 지었으며 '힐링'의 영역으로 추천한다. 그림으로 그려 내지 못하는 것들을 모래 위에서 피규어로 장식하거나, 혹은 푸드로 표현하면서 창조가 이루어지고, 안정감을 찾을 수 있다. 물감을 도화지 위에 풀어 맨손으로 칠을 할 때, 점잖은 남자 성인들도 신이 나고 자신이 뭔가를 창조하는 기분이 들면서 흥이 올라온다고 표현하기도 한다.

최근에는 푸드 표현 예술치료를 배우면서 커피 가루를 활용한 놀이에 대해서 알게 되었다. 커피 향을 맡으면서 모래처럼 가지고 놀며 손가락 그림도 그리고, 도화지 위에 딱풀로 그림이나 글씨를 쓰고 커피 가루를 뿌린 다음 털어내면 상대에게 전달하고 싶은 메시지를 전달할 수 있다. 또 이 놀이를 확장시켜 가족과 함께 협동 그림을 그릴 수도 있다. 큰 도화지에 딱풀로 한사람이 무슨 그림을 그릴지 말하지 않고 그림을 그리고, 다음 사람에게 딱풀을 넘겨 준다. 딱풀을 넘겨받은 사람은 앞 사람이 무엇을 그렸는지 잘 관찰했다면 이어서 그릴 수 있다. 그림이 다 그려지면 커피 가루를 뿌려서 털어내면 된다. 서로 말하지 않았지만, 침묵 속에서 만든 협동 그림이 나타난다. 커피 가루라는 놀이 매체가 향도 친근하고 어른들이 놀기에 더없이 좋다. 가끔 재미있는 놀잇감을 찾아서 혼자 혹은 마음이 맞는 지인들과 함께 실컷 웃으며 신나게 놀아보자.

3

사과는 존재를 잘못 비춰 준
거울에 대한 취소다

인간관계가 모든 사람과 두루두루 좋으면서 자기의 의견도 소신
껏 표현하고 타인의 의견에도 귀 기울이고 타협할 줄 아는 아이. 목
표를 향해 나아가면서 비록 실수가 있어도 다시 나아갈 수 있으며,
개인의 성취뿐 아니라 리더십을 발휘하며 팀을 이끄는 아이. 이런
아이들은 사회성 좋고 성격 좋은 아이의 이상적인 모습이다.

눈치 보지 않고 자신이 좋아하는 일을 하면서 살 수 있는 사람
이 되려면 아이가 태어나서 제일 먼저 접하게 되는 부모가 전부인
세상에서부터 건강해야 한다. 삶의 초기에 나를 돌보는 부모가 어

떤 거울의 역할을 했는가에 따라 아이는 자신의 모습을 내면화시키기 때문이다. 부모를 우상화하는 아이는 부모가 나를 가장 잘 알고 있기에 부모가 비춰준 것이 맞다고 생각하며, 혼란스럽고 힘들어도 순응하면서 살게 된다. 일차적으로 부모라는 세상에서 얻은 자신의 존재감과 관계의 경험이 바탕이 되어 사회로 연장된다. 그래서 엄마 앞에서 두려움에 떨었던 아이는 사회에서도 안전함을 느끼지 못하고 세상을 두려워하고 방어와 회피하는 에너지를 쓰면서 살게 되고, 엄마가 나에게 했던 것처럼 사람들이 나를 미워하고 괴롭히고 조종하려 든다고 생각되면 즉각 반응하게 된다. 엄마 앞에서 경험했던 것처럼 똑같이 두려워할 수도 있고, 반대로 과하게 분노하며 공격하거나 관계를 차단하기도 한다.

그래서 상처를 치유하고 변화할 수 있는 가장 빠른 방법은 상처 받은 그 지점에 가서 나 자신의 내면 아이가 치유되어야 한다는 것이다. 그 과정을 재경험해보면 반드시 미해결된 감정이 드러나고, 엄마에게 기대했던 것이 무엇인지를 느끼게 되고 간절히 받고 싶어했던 내면 아이를 만나게 된다. 그 인정과 사랑을 꼭 받아야지만 내가 괜찮은 존재이고 정말 가족의 일원으로 수용 받을 것 같았기에 성인이 되어서도 여전히 자신의 부모나 특정한 관계에서 집착하는 모습을 보이기도 한다.

나도 엄마에게 불안하고 철없는 아이가 아니라, 잘할 수 있고, 어떻게 해도 너를 믿는다는 믿음을 원했는데, 도저히 어떻게 해도 받을 길이 없어서 엄마 주변을 맴돌며 기다리다가 좌절하고 다시 시도하고 좌절하기를 반복했다. 엄마에게 했던 그 집착이 다른 사람에게 가서 부적절하게 요구하고 분노하면서 참 아픈 시간들을 보냈다. 나만 못 받았고 없다고 생각하니까 어디서든 뺏어서라도 갖고 싶었다. 사과도 받고 싶고, 나를 몰라본 것에 대해 후회하게 만들고 싶고, 보란 듯이 뭔가를 보여주고도 싶고 정말 발악이란 발악은 다 하면서 많은 시간들을 아파하며 낭비하였다. 어떻게 해도 내 뜻대로 안되고, 상대가 해줄 수 없다는 것을 아프게 깨닫고 나서야, 나 자신이 스스로 채워줄 수 있음을 받아들이고 나의 모든 아픔을 수용할 수 있었다. 이 아픔을 누구보다 잘 알기에 나는 아이에게 했던 잘못이 있다면 먼저 진심으로 사과해야겠다고 생각했다. 그러나 이 사과도 쉽지 않았다. 오랜 시간 사과하면서 경험했던 것들을 나누고자 한다.

1) 사과의 기술: 사과에도 기술이 필요하다

① 먼저 나 자신에 대한 수용이 이루어진 후 아이와 연결한다.
내가 잘못 비춰준 거울로 인해 아이가 살아갈 세상의 고통이 공감되었기에 진정으로 사과하고자 아이와 연결하였다. 아주 사소한 실수였음에도 나 자신의 수치심 때문에 아이를 야단

치고 수치를 줬던 사건을 떠올려 그 한 가지 사건에만 사과했다.

② 아이의 연령과 성향을 고려하여 반응을 보면서 사과한다.
(어릴수록 짧고 간단하게!)

a) "엄마가 미안해. 잘못했어. 실수했어. 용서해줄래?"

b) "그때 그 상황에서 엄마가 화를 낸 것은 너무 심했다는 생각이 들어. 그건 단지 실수였는데 말이야. 누구라도 실수할 수 있어. 엄마도 실수할 수 있어. 정말 미안해."

c) "엄마가 너를 많은 사람들이 보는 앞에서 야단친 것이 너에게 정말 큰 상처를 주었다는 생각이 뒤늦게 들었어. 니가 한 행동은 누구나 할 수 있는 실수였는데, 정말 미안해."

d) "엄마가 입장을 바꿔 생각해 봤는데, 엄마가 그렇게 혼났다면 나 자신이 정말 바보 같고 실수투성이 형편없는 존재라는 생각까지 들었을 것 같아. 그게 진실이 아닌데, 니가 그렇게 생각하지 않았으면 좋겠어. 진심으로 사과할게. 엄마가 잘못했어."

e) "엄마가 받은 잘못된 교육을 너에게 그대로 했어. 니가 타인에게 피해를 준 것도 아니고 단지 실수였는데도, 좀 더 여유 있게 너를 봐주지 못한 것도 엄마의 한계야. 인정할게. 그리고 사과할게, 정말 미안해."

③ 죄책감의 사과는 No!

평소에 아이에 대한 희생과 기대의 좌절로 생긴 미움이 엄마 무의식에 크게 자리 잡고 있다면, 먼저 그 마음을 인정하고 아이가 없는 안전한 곳에서 아이의 싫은 행동과 엄마마음을 몰라주는 서운함을 표현하며 풀어내야 한다. '어떻게 자기 자식을 미워할 수 있지? 그러면 안 돼.'라고 부정하면 그 죄책감으로 아이에 대한 분노는 숨기고 겉으로 더 친절하게 대할 수 있다. 좋은 엄마가 되기 위해 하는 사과나 죄책감으로 하는 사과에 아이들은 '내가 엄마를 울리고, 힘들게 했어.'라고 생각하며 엄마 감정을 다시 위로하려 하거나 사과의 진정성을 느끼지 못한다. 그리고 엄마도 사과는 했지만, 행동은 크게 바뀌지 않기에 오히려 신뢰를 잃어버린다. 반면 엄마 마음 속에 있는 감정과 마음을 인정하고 아이가 없는 곳에서 풀고 나면 오히려 아이가 예쁘게 보인다.

④ 아이가 사과를 받지 않을 수 있다. (받고 안 받고의 권리는 아이에게 있다.)

'내가 이렇게까지 고개를 숙이고 들어가는데 반응이 없어?'라고 분노하는 마음이 든다면 내가 준 것에 대해 받고자 하는 마음이 있는 것이다. 즉 진정한 사과는 아니다. 분노가 올라온 다면 그때는 내 마음을 봐야지 아이를 비난해서는 안 된다.

⑤ 행동이 따르지 않는 빈번한 사과는 No!

엄마에 대한 믿음이 없어진다. 기도나 참회 등 다른 방식으로 사과하는 것이 좋다.

⑥ 엄마의 사과가 아이에게 부담이 될 수 있다.

평소 자신과 아이에 대한 요구나 기대가 높고, 가까이하기 부담스럽고 완고한 엄마가 사과할 경우 아이는 갑작스러운 엄마의 변화에 낯설어한다. 엄마의 사과를 받아들이고 나면 더 잘해야 한다는 부담감이 작용할 수 있다. 엄마의 사과에 아이의 반응이 좋지 않거나 무반응일 때 너무 좌절하지 말고 잠시 멈추고, 천천히 차츰 엄마가 변했다는 것을 행동으로 보여주면 된다.

"됐어. 하지 마." 내가 사과를 했을 때 딸이 보인 반응이다. 그때는 은근히 화가 났다. 이렇게 힘들게 사과했는데, 웬만하면 반응 좀 해주지 하는 기대가 나도 모르게 있었다는 것을 알았다. 그런데 그건 내 기대일뿐이었다. 나만 사과하고 끝내는 사과는 하지 말자. 아이가 화를 낼 수도 있고 나를 더 미워하면서 충분히 풀어내도록 기다리자. 누구를 위한 사과인지를 반드시 생각해야 한다. 일 년쯤 후에 화가 여전히 남아있거나, 시간이 더 필요할 수도 있겠지만 받아주면 고맙겠다라는 마음으로 다시 가볍게 사과했는데, 이번에는 무반응을 보였다. 또 한참 세월이 흐른 후에 사과했더니, "응응."이라고 대답했다. 또 세월이 흐른 후에 같은 사건을 사과하니, 아이가 먼저 "에휴, 그때 엄마가 화내고 때릴 때, 황당하고 어이없었어."라는 얘기가 나왔는데, 이제 표현하는구나 싶어 너무 기뻤다. 그러더니 또 몇 년이 흐른 후에, 어느 날 딸이 메일을 보내왔고, 메일로 서로의 마음을 주고받으며 나눌 수 있었다.

"엄마는 항상 나한테 어릴 적 일로 많이 사과하는데, 그땐 엄마도 어렸고 누구의 엄마가 되는 게 서툴렀을 거잖아. 그래서 지금 나한테도 하나하나 미안하다고 해주고 반성도 많이 하고 있는 것 같고, 나한테 물질적으로나 정신적인 지원도 많이 해줬어. 처음 중학교를 그만둘 때부터 내 의견에 지지해주고 응원해주고 도와줘서 고마워. 배우고 싶은 게 있다고 하면 아낌없이 지원해 주고, 엄마 하고 싶은 것도 많았을 텐데 그거 아껴가면서 나 해외 보내주고 이것저것 많이 배울 수 있게 해줘서 고마워. 내가 끈기가 너무 없어서 엄마가 들인 돈만 다 갖다버린 것 같아서 속상하기도 한데, 내 인생에 언젠가 꼭 도움이 될 거라고 믿을래. 이렇게 열심히 키워줘서 고마워, 사랑해."라는 내용이었다.

"엄마가 서툴러서 어린 너를 지켜주지 못한 적도 많았고, 너를 힘들게 했지만, 니가 엄마를 인간적으로 봐주고 이해해주니 정말 고맙다. 그런데도 엄마가 부탁하고 싶은 건, 힘들고 답답할 때는 죄책감 없이 엄마를 미워해 주렴. 그리고 끈기를 이뤄내기 위해 싫은 일을 억지로 하지 말 것을 다시 한번 부탁해. 엄마가 너무 뭘 몰라서 끈기없는 애라는 딱지를 붙여줬지, 너에게 붙일 딱지가 아니란 다. 그저 엄마가 어릴 때부터 많이 듣던 말이었고, 너를 통해서 이루려 했던 어리석은 생각이었을 뿐이야. 엄마 이제 힘들지 않아. 너도 잘 컸고, 내 인생 정말 잘 살아왔다고 자신할 수 있어"라고 답장을 해주었다.

이 순간 나는 '엄마는 니가 요청할 때 얼마든지 사과할 수 있고, 이번 생에 걸쳐서라도 다 해주고 갈게. 엄마한테 표현해도 안전하니 언제든지 말해. 감당할게. 그러나 상처로 인해 니가 살아가면서 겪어야 할 일들도 있단다. 엄마는 그 모든 것을 니가 잘 이겨낼 수 있다는 믿음으로 너를 지지하고 응원해.'라고 마음속으로 다짐한다.

2) 꿈이지만 그래도 미안해, 잘했어

엄마가 안전해지면 아이에게는 그동안 수용 받지 못했던 밀린 감정들이 찾아온다.

"엄마, 나 오늘 꿈꿨어. 글쎄 엄마랑 같이 오락실 가서 인형 뽑고 놀고 있는데, 잘 놀다가 엄마가 갑자기 1시에 가야 할 것 같다고 하는 거야. 왜 그러냐고 물어봤더니 누가 놀자고 나오라고 했대. 어이가 없어서 나랑 먼저 약속하고 놀러 나온 거 아니냐고. 어떻게 당일에 놀러 나와서 약속을 깨냐고 막 난리를 쳤는데, 엄마가 자꾸 어쩔 수 없다고 말하는 거야. 그래서 열 받아서, '딸이랑 놀고 있다고 하면 돼지, 왜 가려고 그래?'라고 말했는데도 결국 엄마가 가버렸어."

딸의 이런 꿈은 이유가 있었다. 어릴 때 나는 아이 옆에 있지 못했고, 함께 있어도 야근을 하거나 밤을 새며 일을 한 적이 많아서 집에 오면 정신없이 잠이 들거나, 일이 생기면 아이와의 약속을 어기곤 했다. 나는 딸의 꿈 이야기를 듣고, "엄마가 어릴 때 너하고 한 약속을 어긴 적이 꽤 있었는데, 어쩌면 꿈에서도 그랬을까, 엄마가 찔린다."라고 공감하고 사과 메시지를 SNS에 유머러스하게 보냈다. "비록 꿈에서 잘못한 일이지만, 과거에 같은 실수를 저지른 경험이 있었기에 진심으로 사과할게."라고 글을 써서 보냈더니, 딸이 웃음 이모티콘을 보내왔다.

아이들은 부모가 몰라서 채워주지 못한 의존 욕구를 빚쟁이처럼 받으러 온다는 말이 있다. 내가 어린 시절 자신에게 했던 일종의 학대와도 비슷한 부분을 적나라하게 꿈 이야기로 풀어내곤 할 때, 너무 놀라고 나는 그때마다 어김없이 사과한다. 세월이 흘렀지만, 그것은 정확히 내가 했던 행동들이다. 너무나도 기가 막히지 않은가. 그래서 부모란 언제까지나 마음을 열고 있어야 하는 존재인 것 같다. 아이가 어떤 것이든 표현할 때, 공감해주고 사랑으로 받아주면 아이는 훌쩍 성장해있다. 중년의 성인인 나도 변하는데, 부모가 함께해준다면 얼마나 삶이 편해지겠는가. 나도 좋고 가족도 좋은 것! 이것이 내가 끊임없이 성장하고자 하는 이유다.

　딸은 요즘 내 유튜브 파일을 편집하는 작업을 한다. 편집하러 컴퓨터 방으로 갈 때마다 강아지를 좀 봐달라고 내방에 데려다 놓고는 "강아지가 이렇게 떨어져 있어 주니까 내 할 일도 하고 좋네. 엄마랑 내가 밖으로 일하러 나갈 때보다 오히려 강아지가 혼자 있는 시간이 훨씬 짧을 텐데도, 같이 있으니까 더 떨어뜨리기가 힘드네. 이상하게 집에 있으니까 더 혼자 두기 미안해 죽겠어. 강아지보다도 내가 분리불안인 거 같아."라고 말한다. "강아지가 혼자 있는 모습을 보면 애틋하구나. 혼자 있는 외로움을 니가 아니까 그 마음에 공감이 되는 거 아닐까?"라고 내가 말하자,

　"아, 그래서 그런가 보다. 내가 혼자 있는 일이 워낙 많아서 나도 모르게 그게 제일 신경 쓰였나 봐."

　"혼자 있게 해서 미안해."

　매일 혼자 있었던 불쌍함과 외로운 마음이 자신의 내면에 있음을 보기보다는, 눈앞에 혼자 있는 강아지를 통해서 보고 느끼는 것이 훨씬 쉽다. 아이의 무의식 저편에는 혼자 있는 외로움이 얼마나 힘든지에 대한 경험이 저장되어 있기에 강아지에게 공감할 수 있는 것이다.

"엄마 나 A 아줌마한테 꿈에서 혼났어. 뭐라고 혼났는지 자세히 기억은 안 나는데, 무슨 모임이 끝난 뒤 사람들과 인사하고 난 뒤였는데, 아줌마가 강아지를 데리고 가지 않고 혼자 집으로 쑥 들어가 버리는 거야. 그래서 내가 따라 들어가니까, 나한테 '얼른 가라고 하면서, 뭐 네 인생은 네가 알아서 살아.'라는 느낌으로 나를 쫓아내서 너무 당황한 거야."라고 꿈에서 본 것을 이야기 한다. 그때 내가 든 생각은 '어쩜 내가 그 사람에게 그렇게 의존하려고 발악을 하는 걸 너는 느끼고 있었구나. 엄마가 이제는 정말 집착을 내려놓고 내 발로 서야할 때인가보다.'라고 마음을 다진 적이 있다. 그 꿈 이야기는 나의 결심을 굳게 했다. A는 평소에 내가 깊이 의존하고 있는 대상이었기 때문이다.

또 한번은 "꿈에 엄마랑 할머니가 나왔는데, 배경도 우리가 같이 살던 파주 집이랑 비슷해. 할머니가 밥한다고 부엌에 있고 나는 거실에서 음료수 쪽쪽 거리면서 TV 보고 있는데, 갑자기 베란다에서 웬 여자가 뒷모습인 채로 나타나서 앞으로 걸어가다가 거실로 나오려고 하는 거야. 나는 너무 놀라서 온몸이 굳어 있었는데, 글쎄 그게 바로 엄마인 거야. 근데 엄마 얼굴이 막 쎄한 기분 들고 눈 마주치자마자 내가 너무 놀라서 할머니 있는 쪽으로 도망쳤는데, 엄마가 얼굴은 웃고 있는데 약간 섬뜩한 느낌이고 되게 무서웠어. 할머니도 이상한 걸 느꼈는지 엄마를 보면서 칼을 들고 '가까이 오지 마.'라고 소리쳤어. 그런데 엄마가 아무렇지도 않게 웃으면서 점점 더 다가오더니 손을 뻗는 거야. 엄마 손에 잡히면 끝장날 것 같았어. 할머니는 칼을 들고 있다가 점점 엄마가 다가오니까, '아이고 안 되겠다' 하면서 어디론가 가버리고, 나 혼자 남았지 뭐야. 엄마가 내 팔을 딱 잡았는데, 너무 무서웠어. 그런데 그 순간 내가 엄마 코를 잡고 확 잡아당겨서 넘어뜨려 가지고 엄마 위에 앉아서 엄마를 협박했어. 별 웃기는 꿈이 다 있지."라고 말했다.

나는 이 꿈 이야기를 들으면서, "드디어 니가 무서운 엄마를 제압했구나. 너무 잘했어."라고 꿈에서 엄마를 제압한 딸에게 박수를 쳐 주었다. 상처 주는 엄마는 안전하지 않고, 안전하지 않은 엄마는 무서운 엄마다. 아이의 언어에 자주 등장하는 내 이미지는 완전 무표정이거나, 상대가 두려움에 벌벌 떠는 데도 웃고 있는 섬뜩한 얼굴이라고 말한다. 실제로 이 책의 앞부분에서 언급한 대로 감정과 행동이 일치적이지 못한 나의 모습이 딸의 묘사와 비슷했고, 꿈에서도 그 이미지가 그대로 나타난 것이다. 엄마가 두려운 아이는 세상이 두렵다. 엄마가 두려워 엄마 앞에서 기를 못 펴는 아이는 사회에 나가서도 그렇다. 비록 어릴 때는 두려움에 꼼짝 못 했지만 무서운 엄마를 누르고 힘있게 맞서고 이기고 싶었던 아이의 바람이 꿈에서나마 이루어진 것이 너무 기쁘고, 그 경험을 꿈에서 하고 스트레스를 풀면서 아이는 힘을 얻었을 것이다. 꿈 하나로도 정말 많은 대화를 나눌 수 있었고, 꿈에서 한 일에 대해 박수 치며 칭찬하거나 유머러스하게 사과하는 과정에서 정말 많이 웃고 행복했다.

나는 육아를 하면서 정말 중요한 것 중의 하나로 유머를 말하고 싶다. 특히 사춘기 아이를 키울 때, 너무 막막하고 더 이상 대화를 이어나갈 방법이 없다고 생각되고 갈등이 극에 달했을 때, 순간 떠오른 유머러스한 말 한마디로 긴장이 한 번에 사라지고 둘이 함께 시원하게 웃었던 경험이 몇 번 있었다. 사춘기 이후의 아이들에게는 때때로 유머로 여유를 갖는 것도 필요하다. 내가 이렇게 받아들이니 아이도 편하게 말하고, 옛날 일이라도, 엄마도 그때 너한테 서운했었다고 말하면 딸도 나에게 자연스럽게 사과를 하기 시작했다.

또 한번은 꿈에 본 집을 그림으로 구조까지 그리며 설명해 준 적이 있었는데, 같이 살고 있는 하나의 집이지만, 출입구가 두 개로 확실하게 분리되어있는 공간이었다. "여긴 엄마가 살고, 이 공간은 내가 사는 곳이야. 같이 살지만 출구가 다르고 프라이버시가 존중되는 그런 집이야. 이 집이 너무 마음에 들고 이런 집에 살고 싶어." 라고 말하는데, 딸은 어릴 때부터 할머니랑 같이 살면서 친척과 손님들이 자주 드나들어 자기 공간을 뚜렷이 구분 지어본 경험이 적었다. 꿈에서 본 집은 소유의 경험도 충분히 못 했고, 자기만의 공간을 너무도 갖고 싶어 하던 아이가 오래전부터 꿈꿔왔을 그런 구조였다. 이 꿈이 의미하는 바가 무엇인지 짐작되었고, 나는 좀 더 아이를 덜 통제하면서 분별과 경계를 두어야겠다는 생각을 했다.

3) 내면 아이의 외로운 마음 공감하기: 다시 사랑한다면

중국 연길에 가서 처음으로 2일간 집단워크숍을 하였을 때 만난 한 회원이 있다. 이분 이야기를 하면 지금도 가슴이 아련해진다. 두 번째 날 워크숍이 끝난 뒤, 경직된 얼굴로 질문이 있다고 말을 걸어왔다. 순간 나는 "너도 이번 워크숍에 참여했니?"라고 물었고, 내 물음에 "네, 어제부터 참여했는데요."하고 놀란 얼굴로 대답했다. 워크숍 참여자는 겨우 20명인데, 내가 기억을 못 하다니, 미안하면서도 그저 신기하기만 했다. 이 회원은 어릴 때부터 힘겹게 사는 엄마를 귀찮게 하지 않으려고, 어떠한 접촉도 하지 않고, 불평도 하지 않으며, 참기만 했다. 엄마가 언젠가 자기를 봐주기만을 기다리는 아이였다. 성인이 된 지금도 어디서나 조용히 있는 듯 없는 듯 지냈고, 얼마나 얌전히 있었는지 그날 나도 알아보지 못한 것이다.

어느 날은 친정엄마가 아이를 봐주러 중국으로 들어오시는데, 그동안 엄마와 못해본 것들을 할 수 있는 기회라며 설레는 마음으로 기다렸다가 막상 엄마와 함께하니 무엇을 해야 할지도 몰랐고, 한국으로 돌아가고 싶어 하는 엄마의 마음이 느껴져서 실망했다고 했다. 엄마가 보기에는 딸이 평온하게 잘살고 있는 것으로 보여 걱정이 없었던 것 같은데, 딸의 입장에서는 엄마가 나를 봐줄 것이라는 오랜 기대가 채워지지 못해 몹시 서운했던 것이다.

　　조용히 눈에 띄지 않게 기다리던 내면 아이는 어디에서나 비슷한 모습으로 봐주기를 기다린다. 5~6살 무렵 엄마는 밭에 일하러 가고, 아빠나 오빠도 없이 캄캄하고 어두운 방 안에 혼자 남겨졌고, 귀신이 나올까 봐 무서워 혼자 꼼짝 못 하고 떨면서도 엄마, 아빠에게 투정부리고 징징 거리지 못한 아이였다. 상담을 하면서 그때의 감각을 대면하였고, 잔뜩 웅크린 자세로 꼼짝 못 하고 공포에 질렸던 그 모습 그대로 살아왔다는 것을 알았고, 그런 자신을 보면서 왜 이렇게 살았는지를 이해하게 되면서 눈물을 흘렸다. 완결 상담에서 애도와 상실을 다루는 질문을 하였다. "너, 엄마를 너무 사랑하고 기다렸구나?"라고 질문하니, "네" 하면서 또 울음이 터졌다. 그래서 자신은 '다시 사랑한다면'이라는 노래의 가사가 마음에 와닿아서 자주 들으면서 운다고 했다. 그 자리에서 나는 이 노래를 틀어주고 함께 공감하면서 실컷 울 수 있도록 했다. 너무 큰 기대를 걸어 많이 아팠던 마음을 토닥여주는 노래 가사이다. 기대했던 것이 채워질 때 내 열망이 이루어지는 것은 맞지만, 내면 아이가 바라는 기대가 성인이 된 현실에서 이루기에는 비현실적이고 불가능한 것이 대부분이다. 그럴 때 이 부분을 자신이 자각하는 것이 가장 중요하고, 그 기대를 조절하거나 상실과 애도로 보내거나 아니면 스스로 채워주는 방법을 찾아 주어야 한다. 내가 중국에서의 업무를 마치고 한국으로 돌아오는 날짜가 임박해졌을 때에야, 그동안 저항하며 표현하지 못했던 엄마에 대한 마음과 나에 대한 믿음도 표현하기 시작했고, '자신을 사랑하는 방법을 결국 찾아가고 있네. 이 순간 정말 용기냈구나.'라는 생각이 들어 흐뭇했다. 지금도 자신의 성장과 치유에 도움이 되는 활동이 있다면 꾸준히 이어나가고 있고, 놀랄 정도로 자신을 찾는 길에 대한 열정이 높은 회원이다.

> 다시 태어난다면 다시 사랑한다면 그때는 우리 이러지 말아요.
> 조금 덜 만나고 조금 덜 기대하며 많은 약속 않기로 해요.
> 다시 이별이 와도 서로 큰 아픔 없이 돌아설 수 있을 만큼
> 버려도 되는 가벼운 추억만 서로의 가슴에 만들기로 해요.
> 이젠 알아요. 너무 깊은 사랑은 오히려 슬픈 마지막을 가져온다는 걸
> 그대여 빌게요. 다음 번의 사랑은 우리 같지 않길 부디 아픔이 없이.
>
> 중략
>
> 내 마음을 하늘만은 알기를…….
>
> – 노래 '다시 사랑한다면' 중 일부

내면 아이의 마음을 공감 해주는 노래 가사여서 지금도 기억에

남는다. 그렇게 참고 인내하며 힘든 상황에서 자랐지만, 대학을 나와 고등학교 선생님으로 아이들을 가르치고 자신의 아이를 키우며 줄 수 있는 사랑을 다 주면서도 엄마들에게 강연과 상담으로 나누면서 살아가는 모습에 격려의 박수를 보내게 된다. 부모님이 표현을 하지 않으셔서 그렇지, 너무 잘자라 주어서 고마운 딸이라는 것을 엄마 마음으로 느낄 수 있었다. 노래 가사 "내 마음을 하늘만은 알기를"을 들으면서, "니가 니 마음을 알게 된 것이 가장 큰 축복이고, 너무 기뻐."라고 지금도 말해주고 싶다.

또 다른 워크숍에서도 '나의 정체성 혹은 나에 대한 느낌'을 시로 표현하는 수업을 했었다. 직업이 판사이고 두 아이의 엄마인 한 참가자가, 감정을 느끼고 표현하는 것이 어려웠던 평상시 모습에도 불구하고 이 워크숍에서 심금을 울리는 시를 써서 감동의 박수를 받았던 적이 있다. 너무 외로웠던 자신의 마음을 시를 통해 표현하는데 듣던 사람이 함께 울었다. 이 워크숍 이후로 자신의 숨겨진 재능을 발견했다며 몇 편의 시를 더 써서 보내주었는데, 그 중에 한 편이 내면치유에 관한 부분이어서 소개하고자 한다.

나를 찾으라

나를 찾으라
그때는 미처 몰라서 버렸던 나를

다른 이의 울음소리가 귀에 거슬리는가
그래서 울면 약한 거라고, 지는 거라고, 무너지는 거라고
자신을 단속하며 울고 싶어도 애써 참아왔는가
그럼 나를 찾으라 울지 못했던 나를
그리고 실컷 울어라

다른 이의 빈둥거리는 모습이 눈에 거슬리는가
그래서 지친 줄도 모르는 채
자신을 채찍질하며 끝없이 일해 왔는가
그럼 나를 찾으라. 쉬지 못했던 나를
그리고 실컷 쉬어라.
또 어떤 소리가 귀에 거슬리는지
어떤 모습이 눈에 거슬리는지 잘 느껴보라
그리고 그 속에서 나를 찾으라
그대는 미처 몰라서 버렸던 나를

버렸던 나를 되찾으면 따뜻하게 안아줘라.

그리고 정말 미안했다고 사과하라

다만 그동안 버리고 있었다고

자책 하지는 마라, 후회하지도 마라

그때는 내 안의 틀에 갇혀 사느라

남들에게 보이기 위한 나로 사느라 버렸으니까

버렸던 나를 하나, 둘 찾으면서부터

귀에 거슬리던 것이, 눈에 거슬리던 것이 사라지기 시작했다.

내 온몸에서는 다시금 생기가 넘치고

내 삶은 풍요로움과 만났다.

– 박향자

무엇이든 내 안에 거슬리고 불편한 감정이 있고, 그것이 그냥 지나가는 것이 아니라 나를 힘들게 한다면 거기서 나를 찾아라. 드라마나 노래를 들으면서 내가 해결 받지 못한 감정이 느껴진다면 무엇인지 느끼고 실컷 울고 화낼 수 있도록 허용해주자. 슬픔이나 분노는 수치스럽고 감춰야 할 것이 아니라 나를 위한 치유에 꼭 필요한 가장 강력한 힘이다.

* 내가 좋아하는 노래나 마음에 와닿는 가사 내용이 있다면 무엇인가? 나

의 어떤 경험과 가사가 연결되는가? 경험으로 연결해보자.

....

....

....

4) 한 아이를 키우는데 온 우주가 협조한다: 함께 키우기

먼저 어린아이들을 위해 미소지어줄 수 있는 단 한 명의 어른
이 되어주자는 말을 전하고 싶다. 청소년들을 상담하면서 알게 된
것은, 과한 것을 칭찬하면 받아들이지 못한다는 것이다. 그 아이가
말한 내용에 근거하여 사소한 것이라도 발견해주고, 그것이 긍정적
인 자원이 될 수 있음을 반영해줄 때 아이들은 수긍하고 받아들인
다. 청소년이나 어린 아이들 뿐 아니라 모든 사람들이 아주 사소한
것에 감동받는다.

나는 중1 때 영어 선생님의 한마디가 나를 달라지게 했던 경험
이 있다. 내성적이고 공부에 전혀 관심 없던 나였고 아버지가 봄방
학 때 돌아가셨는데, 개학해서 아무에게도 말하지 못했을 정도로
말이 없는 아이였다. 중학교 1학년에 처음 영어를 배웠는데, 영어
수업이 있던 날 전과를 뒤져서 처음으로 한 과를 열심히 읽고 해석
해서 학교에 간 적이 있었다. 이건 그냥 평범한 일이 아니었다. 자기
소개 한번 제대로 못 해 봤고 목소리를 밖으로 거의 내지 않던 내

가 그날 영어 선생님이 "누가 읽고 해석해볼래?"라고 하셨을 때, 나 혼자 손을 번쩍 든 것이다. 떨리는 마음으로 한 과를 읽고 해석했는데, 선생님이 지긋이 나를 쳐다보시더니 "발음도 좋고 아주 잘 했어."라고 말씀하셨고, 잠깐의 침묵이 흐르고 아이들도 멍한 표정으로 나를 쳐다보고 있었다. 존재감 없는 뜻밖의 아이가 혼자 손을 들고 발표했기 때문이다. 선생님의 칭찬은 너무 과하지도 않았고 적당해서 진실되게 느껴지는 칭찬이었다. 나는 그 뒤로 영어 시간 만큼은 선생님에게 야단맞는 일은 절대 하지 않았고, 단어시험을 보면 틀린 대로 손등을 맞았는데, 그 선생님 수업을 듣는 1년 동안 나는 한 번도 맞지 않을 만큼 영어단어를 열심히 외웠다.

이 경험이 나중에 아이를 키우면서 영어책을 읽어줄 때, 발음이 안 좋다고 해서 수치심을 느끼거나 단어를 몰라서 읽어주는 것을 멈추거나 하지 않고 그냥 있는 그대로 읽어주는데 아무런 걸림돌이 되지 않았으며, 영어 실력이 없어도 외국에 나가서 소통하는데 두려움이나 문제가 없었고, 별 걱정도 없었다. 회사에서도 영어 동화책 가이드북을 만들고 영어책 구성을 기획하는 부서에서 일하면서 외국의 도서전시회도 가는 등 많은 경험을 했다.

또 한 번 공감받은 기억은, 중학교 1학년 봄방학 때 아버지가 돌아가셔서 누구도 몰랐는데, 1학년 때 담임이 중3 때 또 한 번 담임 선생님이 되셨는데, 3학년 때서야 내가 아버지를 잃은 것을 알게 되셨고, 나를 교무실로 불러, "아버지 돌아가셨는데 이 녀석아, 왜 말 안 했어."라는 단지 이 한마디 말을 들었는데 눈물이 왈칵 쏟아질 것 같았고 세상이 그렇게 따뜻하게 느껴질 수 없었다. 지금도 그 선생님께 너무나 감사하다. 누구도 물어보지 않았고, 물어보지 않았기에 나도 말하지 못했던 내면 아이가 있었다.

성인 한 명이 있는 그대로 봐주기만 해도, 아이에게는 작은 씨앗이 되어 내면 어딘가에 저장되고 아이의 삶에 큰 힘이 된다. 내 안의 상처가 있어, 때로는 내 아이를 괴롭히는 애들이 밉고 싫었지만, 나는 어른 단 한 명이 아이에게 어떤 영향을 끼칠 수 있는지를 경험했기에, 미운 마음은 내가 처리해야 할 감정이라는 것을 알았고, 억지로라도 평정심을 가지고 편견 없이 아이들을 대하려고 노력했다. 딸을 키우면서 상처받은 아이들이 자신과 비슷한 상처를 떠올리게 하는 상대를 공격하는 것을 보았고, 누구를 공격하는 방식으로 친밀감을 맺거나 자신을 알아달라는 표현을 하는 아이들도 있는데, 이 아이들은 외로움으로 어디서든 접촉하려 하지만 건강하게 연결하고 소통하는 방법을 배운 적이 없다. 해결되지 못한 욕구는 그대로 남아 타인을 괴롭히는 방식으로 접촉하려는 시도가 계속된다.

우리 딸도 어렸을 때 엄격하게 키워서 움츠려 있었고, 초등 저학년부터 등굣길에서 딸에게 달라붙어서 괴롭히던 아이가 있었다. 도대체 그 아이에게 어떤 나쁜 행동도 하지 않았는데, 왜 우리 아이를 괴롭히나 이해되지 않았다. 그 친구를 야단치고 싶기도 하였고, 어떻게 해야 되나 고민을 하다가 하루는 딸아이를 학교에 데려다주자고 마음먹고 함께 걷고 있었다. 딸이랑 조금 떨어져서 걸으니 내가 엄마인 줄 몰랐는지, 오늘도 어김없이 그 아이가 우리 딸에게 다가와서 좋지 않은 시선과 말투로 장난을 치기 시작하고 우리 딸은 귀찮다는 듯이 대꾸를 하지 않았다. 대꾸를 하지 않으면 않을수록 아이는 더 귀찮게 굴었다. 순간 내가 끼어들었다. "너 참 예쁘구나. 어느 동네 사니? 처음 보네." 가볍게 인사를 하고 어디에 사는 누구인지를 물으면서 좀 친근해졌을 때, "집이 좀 먼데도 혼자 잘 다니는구나. 부모님이 학교에 데려다 주실 때도 있니?"하고 물으니 "아니오. 식당 하셔서 바쁘세요." 하고 말하는 아이의 얼굴에서 외로움이 느껴졌다. "그럼 바쁘시겠네."라고 이야기를 이어갔다. 이런 이야기를 나누는데, 의외로 아이가 대답도 잘하고 피하지도 않았다. 이때다 싶어. "혹시 우리 딸이랑 친해지고 싶니? 유난히 말을 많이 시키는 것 같던데? 아니면 우리 딸이 너한테 뭐 잘못한 거라도 있니? 아줌마가 보기에는 너가 우리 딸에게 화난 것 같기도 해서 물어보는 거야."라는 질문에, "아니에요."라고 답하면서도 얼굴이 밝아졌다. 그때 나는 그 아이가 딸에게 하는 방식은 사람들과의 친밀감을 표현하는 것이겠지만, 부드러운 방식을 배우지 못했을 거라고 생각되었다. "니가 아니라고 하니까, 그럼 아줌마가 잘못 봤겠구나. 혹시 직접 말하기 힘든 일이 있다면, 아줌마한테 언제든지 말해."라고 해주었더니, 신기하게도 다음 날부터 괴롭히거나 귀찮게 하는 일이 없어졌다.

집에서의 피해자가 밖에 나와서도 피해자가 되고, 자신이 힘이 없어 당했던 것처럼 약한 아이를 괴롭히는 가해자가 되기도 한다. 집에서 부모에게 보고 배운 그대로 밖에 나와서 사회성을 형성한다. 딸이 초등학교 6학년 때 같은 반에 민지(가명)라는 아이가 있었다. 평소에 민지가 유난히 딸에게 집착하는 듯이 느껴졌는데, 여름방학이 되어 딸이 방학 캠프를 위해 캐나다에 가게 되었는데, 아주 친한 친구는 아니기에 민지에게 알리지 않았고, 민지가 그 사실을 몰랐던 것 같았다. 그 당시 방학 캠프에는 핸드폰을 가져갈 수 없었기에 딸의 폰을 내가 보관하게 되었는데, 어느 날 폰에 계속 불이 들어와서 보니 민지에게서 부재중 통화가 50여 통에 가깝게 와 있고 음성메시지가 들어와 있었다. 나는 무슨 큰일이라도 생긴 것이 아닌가 싶어 고민 끝에 음성을 들었다가 너무 놀랐다. 녹음기에서 들려오는 소리나 말투는 아이가 아니라 딱 어른의 말투 같았다. "야, 너 지금 어디야, 전화 안 받아. 당장 받아. 지금이라도 받으면 내가 용서할게. 당장 받아."라는 다급한 음성이었고, 자신이 지금 몹시 화가 났으니, 당장 받지 않으면 가만 두지 않겠다는 말투였다. 상대의 반응은 전혀 고려하지 않고, 본인의 분노에 휩싸여서 고래고래 소리치고 난리가 난 내용이었다. 나는 너무 충격을 받았고, 순간 어떻게 해야 할까 고민을 하였다. 학교로 찾아가서 담임 선생님께 말할까, 아니면 그 애 아빠를 찾아가서 이 음성을 들려주면서 한바탕 싸움을 벌이고 항의할까, 별의별 생각이 다 들었다. 그때 문득 일전에 딸에게 들은 이야기가 생각났다. "엄마! 아빠 있는 애들이 다 행복한 건 아닌가 봐. 학교 갔다 오는 길에 민지 아빠가 운영하는 가게에 들렀는데, 크게 잘못한 일도 없는 것 같은데, 민지가 아빠에게 엄청나게 혼나는 거야. 민지가 너무 불쌍했어."라며 아빠가 야단치던 말투를 이야기해준 적이 있었는데, 민지의 음성녹음에서 그때 그 말투를 듣는 듯했다. 만약 내가 민지 아빠를 찾아가면, 민지가 엄청 야단 맞을 수도 있겠구나 싶어 나는 고민 끝에 민지에게 전화했다. 민지에게 상처 주지 않으면서 이 일을 잘 해결하고 싶었다. "민지야, 나 수연이 엄만데, 아줌마가 음성 듣고 깜짝 놀랐어. 무슨 일이 있었던 거니?"라고 물으니 "아니에요."라고만 말했다. "수연이는 지금 캠핑갔고, 너한테 말 안 하고 가서 화났니?"라는 물음에도 "아니요."라고만 답하길래, "니가 이 정도로 화가 나 있는 걸 보니, 너희 둘 사이에 아주 큰 문제가 있어 보여. 어른들의 도움이 필요한 일이라면 말해서 도움을 받아야 돼. 학교에서 생긴 문제라면 학교에서 풀어야 하고, 그렇다면 아줌마가 학교로 갈 수도 있어."라고 말했더니, "아니에요. 제가 잘못했어요. 괜찮아요."라고 말하는 것이다. "그래, 그럼 다행이다. 도움이 필요하면 선생님이나 아줌마한테든 언제든지 말해."라고 하고 전화를 끊었다. 그 뒤로 딸에게서 민지에 대한 어떤 이야기도 듣지 못했고 큰 문제 없이 학년을 보냈다. 나중에 물어보니, 민지가 평소에 통제하려는 부분이 많고, 자기가 시키는 대로 할 것을 요구한 적이 많았다고 한다. 우리 딸도 많이 눌러서 표현을 잘 못 하던 때라 무반응을 보이니 민지가 더 답답해하면서 통제하려고 했던 것 같다.

나는 이 일이 잘 마무리되어서 다행이라고 생각했고, 그때 감정적으로 처리하지 않은 부분은 지금도 참 잘했다는 생각이 든다. 어른들이 아이에게 줄 수 있는 영향을 간과 해서는 안된다. 그렇다고 너무 과장해서 잘해줄 필요도 없고, 그저 한번 웃어주고 있는 그대로 봐주면 된다. 진정한 어른이 한 명이라도 있어야 아이들이 상처받지 않고, 회복할 수 있는 힘이 된다고 믿는다. 민지도 집에서 지쳐있는 아이이고, 여지없이 외로운 아이일 뿐이다. 그냥 편견 없는 말 한마디 건네주고 미소만 지어줘도 된다. 폭력이 오갔을 때는 바로 저지하고 나쁜 행동이라고 알려주어야 하지만, 내 아이만 지키겠다고 다른 아이에게 상처를 주지는 말아야 한다. 내 딸이나 민지의 집에는 아이를 통제하고 싶은 독재자 부모가 있었고, 아이들은 외로운 피해자일 뿐이다. 어떤 아이라도 그저 자신을 사랑하고 잘 자라기를 기도할 뿐이며, 우리의 아이들을 협력해서 함께 잘 키우자라고 강조하고 싶다. 우리는 아이들의 인생에 영향을 줄 수 있는 어른이기 때문이며, 편견 없이 아이들을 대하는 것은 일상에서 바로 실천할 수 있다. 아이들은 어른들이 지켜줘야 하고 보호받을 권리와 가치가 있다.

존 브래드 쇼는 인간성을 파괴하는 주요인인 공격적 행동은 어린 시절의 폭력과 학대, 해결되지 않은 슬픔의 결과물이라고 했다. 한때 무기력하게 학대 당한 피해자인 아이가 자라서는 왜 가해자가 될까? 아무런 힘 없이 당할 수밖에 없는 아이는 그 고통에서 살아남기 위해 자신의 정체성을 잃어버리고, 같은 경험의 아이를 만나면 대신 자신을 가해자와 동일시하기 때문이다. 해결되지 않은 욕구나 감정은 언제나 해결될 때까지 반복된다. 그래서 아이가 누구를 이유 없이 때리거나 왕따를 시킨다면 그것은 반드시 해결되지 않은 욕구와 감정을 가지고 있는 것임을 알아야 한다.

나는 요즘 청소년 상담을 현장에서 경험할 기회가 생겨서 초,중,고등학교에 들어가 상담사 직업인 특강이나 감정 수업 집단상담을 진행하면서 아이들을 만나고 긍정적인 영향을 주려 하고 있다. 그렇게 수줍고 소심했으며 학교가 두렵고 공부에 관심 없던 내가 학교에 들어가서 강연과 상담을 한다는 것이 새삼 놀랍기까지 하지만 나의 이런 경험이 청소년들에게 도움이 되길 바랄 뿐이다.

* 내 인생에 나에게 가장 긍정적인 영향을 준 사람이나 말이 있다면 적어보자. 그 경험이 내 삶에 어떤 영향을 주었는지 적어보고 감사의 마음도 표현해보자.

....

....

....

제5장

완벽한
사람이 아닌
안전한
사람이 되자

나를 아는 것이
가장 힘이 있는 것이다

대통령 선거 기간이 다가오고 있는데, 누군가 권력을 갖는 자리에 오른다면 건강한 사람이었으면 좋겠다는 바람을 갖게 된다. 그런데 완벽한 사람이 어디 있겠는가? 완벽한 사람보다는 자신의 마음을 알고, 보려고 하는 사람, 즉 자신에 대해 많이 아는 안전한 사람이 당선되기를 바란다. 상담공부를 하고 사회에서 경험하면서 알게 된 것은 자기 자신을 너무 모르는 사람을 보는 것이 때로는 불안하다는 점이다. 자신이 감당하지 못해 무의식에 저장해 놓은 깊은 상처가 언제 어떤 상황에서 튀어나올지 모르는 사람, 어떤 분노의 칼을 쥐고 사는지 자신을 너무 모르는 사람이 책임자의 자리에 있으면 주변 사람은 물론 밑에 있는 사람이 힘들어진다. 또 이렇게 불안한 사람은 수치심이 내면화되어서 공적인 자리에서 무심결에 예상치 못한 행동이 튀어나오고, 친한 사람에게 분노를 투영하여 압박하거나 경계한다. 일반적인 생활을 하는 사람이라면 그나마 괜찮은데, 조직의 상사, 혹은 회사의 대표, 나라의 대표 등 영향력을 가진 사람들이 자기 내면을 너무 모를 때 답답하고 때로는 위협적으로 느껴질 때도 있다. 자신을 모르고 행동한 것에 대한 결과는, 작게는 승진에 제한이 생기고, 기회가 적어지거나 없고 아니면 망신을 당하는 일이 생기거나 존경심을 잃어버릴 수 있으며, 크게는 조직이나 단체의 존폐위기까지 생길 수 있다. 반면 안전한 사람은 이런 일이 생기더라도 자신의 실수와 아픔을 인정할 수 있는 사람이다. 무조건 자신을 피해자의 자리에 놓지 않고, 문제가 생겼을 때, 자신에게 집중하면서 먼저 자신의 문제로 놓고 관찰하고 문제를 풀어나간다. 타인의 행동이 잘못되었다고 단언하기보다 자신의 내면에 어떤 것이 건드려져서 저 사람을 비판하고, 자신을 피해자의 자리로 놓고 있는지를 살핀다. 그리고 나는 왜 저 사람에게 존재가 흔들릴 만큼 많은 영향을 받는가를 생각하면서 문제를 풀어가는 것이 답이다. 자신의 내면을 보고 힘을 키워서 자신이 변하는 것이 가장 좋은 해결방법이다. 자존감의 상태에 따라 상대가 어떻게 하든 내가 받아오지 않으면서 방어적이지 않게 대응할 수 있음에도, 그게 왜 안되는지를 살펴보는 것이 중요하다.

나는 내 업무 중에서 강사를 훈련 시키고 양성하는 일을 가장 보람 있고 중요하게 생각한다. 대중 앞에서 공개적으로 자신을 드러내고 표현하는 일은 먼저 자신에게 진실해야 하기에 개인적으로 빠른 성장을 이룰 수 있다. 조직의 대표나 리더십을 발휘하는 사람들, 혹은 유명한 강사들이 급성장하기도 하고 갑자기 추락하기도 하는 것을 보면서, 원인이 있기에 결과가 나타난 것일 텐데 자연이 주는 결과라고 여기며 반드시 원인이 무엇인지를 찾아가는 시간이 필요하다고 생각한다. 난관에 부딪히거나 실수가 생기더라도 어떤 관점에서 바라보고 대처하느냐에 따라 해결방법이 다를 수 있다. 마음이 너무나 아픈 일이지만 어느 곳에 상처가 숨어있는지 자신의 내면을 봐야 할 일이 있다는 뜻이다. 그런 때일수록 자신을 보살펴주고 사랑해주는 것이 필요하다. 인간은 누구나 실수할 수 있고 실수할 권리가 있다. 또 잘못된 일에 대해서는 진심으로 사과하고 참회할 수 있다. 어떤 일이 있어도 당신의 고귀한 존재는 변하지 않으며, 어떤 일이 있어도 삶을 포기하거나 회피하지 말고 자신을 수용해줄 수 있어야 한다.

중국에서 했던 강사훈련 교육이나 성장과 치유 수업도 모두 자신을 보고 수용하는 과정이었다. 어떤 상황을 만나도 자신의 문제로 가져가서 치유할 수 있는 사람이 결국은 큰일을 한다. 여러분들 중에 강사가 되기 위해 훈련센터를 찾는 분이 있다면, 강사훈련의

기술적인 면을 배우는 것도 중요하지만 심리를 함께 다뤄주는 곳을 찾길 권한다. 중국에서 근무하던 회사는 육아와 부모 역할을 교육하는 곳이면서 심리 부분의 치유가 얼마나 중요한지를 강조하는 곳이었는데, 부모들이 자신의 마음을 너무 모른 채 아이를 키운다면, 어른들의 불안한 내면이나 어디로 튈지 모르는 감정들은 아이들에게 불안과 공포심을 줄 수 있다. 아이의 인생 전체를 놓고 보면 이 영향은 어마어마하게 클 것이다. 내 강연과 훈련을 받은 회원들은 모두 부모이고, 자신도 한때 아이였기 때문에 본인들의 상처와 걸림돌이 무엇인지를 알아가기 위해서 이 수업을 선택한 사람들이었고, 교육을 받는 동안 너무나 많은 변화를 가져올 수 있었다. 자신의 내면을 보는 일은 의무는 아니다. 그런데도 그들은 선택하였고 회사에서는 그분들이 자신을 치유하고 훈련하여 행복하게 살기를 바라는 마음으로 훈련과 심리를 병행한 최고의 교육시스템을 운영했다.

중국 회사대표의 철학이 '개인의 행복과 온전한 육아와 가정을 만들고, 이 행복을 사회에 기여하는데 쓰는 것'이었고, 먼저 자신의 내면을 보는 부분을 중요시하였다. 그 부분의 한 파트로 내가 고용되었고 그들의 아픔과 성취를 함께하면서 소중한 경험을 할 수 있었다. 현재 강사와 상담사로 활약하는 회원들을 볼 때마다 너무나 흐뭇하고 기쁘다. 그들은 자신 안에 무서운 분노와 상처가 있고, 공격하고 싶은 분노의 칼을 쥐고 있음을 본인들이 알아차리고 치유 장에서 울면서 풀어내거나 상담받고 그룹에 오픈하면서 자신을 수용해간다. 안전한 사람은 사람들을 공격하고 싶은 마음과 적개심이 있다는 것을 알고 행동을 잠시 멈출 수 있으며, 화를 넘어 격노하는 자신을 잠시 돌보면서 상처의 근원을 찾아갈 필요를 느끼는 사람이다. 이들은 종종 "욕하고 저주하고 싶어요. 상대의 실수를 비웃으면서 경멸도 하고 싶은 마음이 내 안에 있어요"라고 울면서 고백한다. 내 안에 이 마음이 있음을 수치스럽지만 받아들이고, 울고 절규하며 지금 고스란히 느끼면서 통과시켜 보내는 회원들을 볼 때 "분노와 네 자신이 하나가 되어 행동으로 표출할 수도 있었고, 적당히 숨기고 살 수도 있었는데, 솔직하게 인정하고 변화하기를 선택했구나. 당신은 정말 안전한 사람이다. 네가 안심이 된다. 리더로서 역할을 해보고 도전해도 좋아. 그러나 그 감정을 좀 더 안전한 곳에서 풀어내라. 당신이 이루지 못한 열망이 무엇이길래 이렇게 아픈지도 꼭 찾길 바란다."라고 말한다.

이렇게 안전한 사람들은 타인에 대한 공감도 잘할 뿐 아니라 공격하거나 평가 판단하기 이전에 측은지심으로 바라볼 수 있다. 안전한 사람이 되어서 자신의 영향력을 마음껏 발휘하게 하는 것이 우리 회사에서 중요하게 생각했던 일 중 하나이다. 자신의 아픔과 상처가 수용될 때, 타인에 대한 공감도 자유로워지고 감추고 방어하는 에너지를 창조로 전환시켜서 사용할 수 있다. 사람들이 때로는 자신의 공격성을 감추기 위해, 내가 이런 나쁜 생각을 하는 사람이라는 것이 들킬까 봐 상대에게 더욱 친절하게 하는데, 이런 부분이 있음을 알고 해결해나간다면 감추려고 애쓰지 않아도 된다. 얼마나 자유로워질지 상상해보라.

2장에서 언급한 것처럼 내가 자신을 감추기 천재라는 것을 알았을 때, 끊임없이 애쓰면서 했던 방어적 행동이 사라지고 정리가 되면서 내면을 보는 일이 훨씬 수월해졌고, 에너지를 창조에 쓰면서 이전보다 오히려 더 많은 일을 더 잘할 수 있게 되었다. 나의 모든 부분을 수용하고 받아들임으로써 나의 내면 아이를 연민으로 바라볼 수 있는 사람, 충분히 그럴 수 있다고 공감과 위로를 할 수 있는 안전한 사람이 되기를 바란다.

1) 내가 어떤 행동을 해도 나를 믿어줘!

성인이 되어서도 여전히 어떻게 행동해도 자신을 믿어주고 지지해주길 바라는 내면 아이의 마음 상태를 가진 사람들이 많다. 이들은 실제로는 믿을 수 없게 행동을 하면서도 있는 그대로 수용 받길 바라는 아이 마음으로 살아가는데, 지금도 여전히 내면은 아이이고 사춘기이다. 이런 행동을 자각하지 못한다면 곤란을 겪을 수 있다. 어릴 때 자신에게 아주 중요한 대상인 부모에게 "철딱서니 없다. 생각 없다. 너는 믿을 수 없다."라는 말을 수시로 들었을 때, 속상하고 마음이 상했음에도 표현하지 못했고, 이 상한 마음을 성인이 될 때까지 그대로 유지한 채 살고 있다고 보면 된다. 성인이 되어 사회생활을 하면서 조직의 대표나 중요한 대상이 "당신은 우리 회사의 룰을 잘 따르고 있나요?"라고 조금이라도 염려하거나 의심하는 것처럼 말할 때, 이 사람은 여전히 믿음의 존재가 되지 못한다는 생각에 상했던 마음이 다시 올라오면서 마음이 힘들어진다.

간혹 상대가 나를 믿는 만큼 딱 그대로 행동하는 사람들도 있다. 그래서 하지도 않을 행동을 할 것처럼 던짐으로써 상대에게 고민거리를 던져준다. "내가 이 회사의 규칙을 어길 수도 있다."라는 상황을 흘리면서, 상대가 어떻게 하는가? 이 상황에서 나를 믿는지 안 믿는지 반응을 기다리는데, 말하자면 상대를 실험하는 덫을 놓는 것이다. 이때 자신에 대해 고민을 한다거나 누군가와 대책을 마련하고 의논을 한다면, '역시 나를 못 믿는구나.'라는 마음이 들면서 다시 한번 마음이 싸늘해지고 반감이 생긴다. 자신이 이런 행동을 하는 줄도 모르고 정작 마음이 괴로운 것은 자신임에도 무엇 때문에 괴로운지 모르고 산다. '나를 그렇게밖에 안보다니, 당신들 믿음대로 살아 줄게.'라는 반항과 상대를 골탕 먹이고 싶은 마음과 행동으로 나타나는 경우도 있다. 이렇게 다른 사람의 말 한마디에 충동적으로 행동하거나 반응하고 사랑과 인정을 확인하려 했다는 것은, 이미 자기 자신에 대한 믿음이 없다는 것을 의미한다. 상처받은 내면 아이는 자신도 믿지 못하고 세상도 믿지 못하기에 항상 사랑을 시험하는 덫을 놓는다. 일상생활에서도 가족 간에 사소한 일에도 이런 사랑의 덫을 놓는 사람이 있다. "알아서 해주면 나를 사랑하는 것이고, 내 이야기를 기억해주면 나를 사랑하는 것이다."라며 무수히 많은 덫을 놓으면서 살고 있는데, 정작 괴로운 것은 덫을 놓는 사람이다. 혼자 아프고 힘들어도 표현도 못 했고, 표현해도 받아들여지지 못했던 외로운 내면 아이가 성인이 되어서도 끝까지 받고 싶은 마음을 세상과 타인에게 투영하며 살아가는 것이다. 불편하고 힘든 마음이 반복되고 오래 간다면, 내가 봐줘야 할 상처가 있다는 것이고, 무엇이든 자각하는 순간 이 감정의 책임은 성인인 나에로 넘어와서 그때의 어린 내 마음을 알아주고 치유해 주어야 한다.

2) 본능적으로 친숙한 곳으로 가는 나

자신의 마음에 대해 알아야 할 너무도 중요한 것이 있는데, 본능적으로 친숙한 과거로 돌아가고 싶은 마음이다. 나도 이해되지 않는 이런 상황을 몇 번 경험했다. 그때마다 그렇게 치유해도 아직 이 상태인가 하는 생각이 들었다. 지치고 포기하고 싶어질 때도 많았는데, 40~50년간 살면서 몸에 밴 습관이므로 치유의 과정에서 나타날 수 있다. 혹시 이런 순간이 오더라도 꼭 다시 용기 내기 바란다. 내가 어릴 때 부모님은 거의 매일 싸우셨고, 성인이 되어 엄마와 함께 살던 시절에도 엄마는 비판적이었고 잔소리를 많이 하셨는데, 나는 그것이 '너가 만족스럽지 않아. 너는 불안하고 부족해. 바보 같아서 내가 다 해줘야 돼. 좀 잘해봐.'라는 메시지로 받아들여져 답답했다. 지금은 이것이 엄마 마음 안의 불안이라는 것을 알지만, 내가 느꼈던 존재가치는 그랬고, 이런 상황에 젖어서 사는 것이 일상이고 아주 익숙했다. 그렇기에 나는 어릴 때부터 단 며칠만이라도 평화로운 가운데 내가 하고 싶은 대로 자유롭게 살아봤으면 하는 바람이 있었고, 지금도 내 소망은 정서적으로나 물질적으로 안정적인 상황에서 공부를 실컷 하고 싶은 것이다. 비록 공부와 거리가 먼 삶을 살았지만, 가장 아쉽고 다시 돌아가면 하고 싶은 것이 공부이고 어쩌면 가장 잘했을지 모르는 것도 공부라는 것을 최근에 더 느끼고 있다.

이렇게 불안한 상황에서 생활하던 어느 날, 딸이 6~7살쯤 되었을 때 내가 그토록 바라던 평화로운 순간이 왔다는 것을 감지했다. 넓은 집이 깨끗하게 정돈되고, 엄마도 여행을 가고, 딸도 잘 놀다가 깨끗하게 씻고 평화롭게 잠든 순간이었다. 잠깐의 평화지만 모든 것이 만족스럽고 좋았다. 그런데 문제는 내가 적응이 되지 않는 것이었다. 이 상황이 낯설고 믿어지지 않아서 안절부절못하는 나의 모습을 보았다. 어떻게 이럴 수가 있지? 꼭 무슨 일이라도 벌어질 것 같은 폭풍전야 같기도 했다. 그때는 내가 왜 그런지도 몰랐고, 어떻게든 이 상황을 벗어나서 빨리 정리하고 싶었다. 순간 지갑을 들고 밖으로 나가 술과 안주를 사 왔고 맥주 한 캔을 다 마시고 나서야 한숨 돌렸다. 죄책감과 후회와 약간의 비난을 나 자신에게 하고 나니 불안한 마음이 사라지는 것이었다. 그날 나는 행복과 평화로운 상태에 익숙하지 않은 나를 보았다. 결국 부적절하다고 생각하는 행동과 죄책감을 갖는 행동을 해서 균형을 맞추고서야 안심을 했다. 이 느낌이 나에게는 늘 더 편안했다. 불행을 느끼면서 살던 내 과거의 생활에 익숙해서 내가 선택한 것이다. 그 뒤로도 몇 번 이런 일을 경험했는데, 그때는 너무 깊이 깨닫지는 못했고, 후에 상담공부를 하면서 불행에 익숙해서 불행을 선택하는 무의식이 있음을 알게 되었다. 무의식중에 불행을 선택하거나, 쉽게 갈 수 있는 길도 어렵게 가고 있지는 않은가? 혹시 좋은 일이 있으면 꼭 그만한 대가를 치를 것이라는 두려움을 갖고 있는가? 그런 당신이라면 이렇게 말해줘라. '그건 진실이 아니야. 대가를 치르지 않고도 좋은 것을 쉽게 가질 수 있어. 지금 행복을 충분히 누려서 힘을 얻어. 그 힘으로 어려운 일이 생길 때 헤쳐나갈 수 있어. 지금 행복해도 돼. 나는 지금 이러한 상황이 너무 행복하고 즐기고 있는 중이야.'라고 마음속으로 말하고 행복을 선택하시길 바란다.

　나는 지금 커피를 한 잔 마시며, 노트북을 2개 열어놓고 글을 쓰고 있다. 직장이 없는 프리랜서 상태이고 한국에서 쓰는 핸드폰에는 음악을 틀어놓았고, 또 하나의 중국전용 핸드폰으로는 중국과 일본에 있는 회원들과 줌을 통해 미라클 모닝으로 연결되어 있다. 사랑하는 딸과 강아지는 세상 평화롭게 잠자고 있다. 내가 그토록 기다리던 순간을 지금 즐기고 있다. 또 몇 달 전 나는 자격증 시험준비로 밤잠도 못 자고 괴로운 시간을 보냈다. 공부시간이 충분하지 않았고 시험에 떨어졌던 상처가 있어서 공부에 집중하는 시간보다 괴로워하는 시간들을 더 많이 보내고 있었는데, 다 포기하고 싶어질 때 문득 든 생각이, '경제적으로나 환경적인 면에서 고민 없이 공부만 해보는 것이 소원이었는데, 지금이 그 순간이 아닌가? 지금 이루고 있잖아. 게다가 친정 식구들이나 딸도 그렇고 가족의 지지와 응원까지 받으면서 공부하고 있어.'라는 생각이 드니, 시험에 붙고 떨어지는 것보다는 지금 소망을 이루고 있음에 모든 상황이 반전되면서 감동에 눈물이 흘렀다. 그리고 다시 소중함을 느끼며 마음을 잡고 공부를 계속할 수 있었고 시험에도 합격했다. 이렇듯 소소한 평화와 행복을 어떻게 무참히 깨버렸는지를 경험으로 아시는 분은 지금의 제 마음에 깊이 공감하시리라 믿는다. 아래에 소소하지만 내가 바라고 기다리는 행복한 순간이 무엇인지 적어보고 지금 그런 상황이라면 충분히 느끼고 즐기자. 모든 마음을 표현해 보라. 기록해 보면 내가 그토록 바라고 기다리던 순간이 왔을 때를 놓치지 않을 것이다.

....

....

3) 생각만 했는데 뭐가 나빠!: 감정과 행동의 분별

"동생이 없어졌으면 좋겠어. 갖다버려. 칼로 찌를 거야." 등 동생을 본 아이의 심정이 논리적으로 말을 할 수 있는 나이가 아니기에 여과 없이 아이 입에서 그냥 마구 터져 나온다. 이럴 때 부모들은 깜짝 놀라며 "나쁜 말이야, 그러면 안 돼."라고 호되게 야단을 치면서 아이에게 상처를 준다. 나는 "법 없이도 살 사람이다."라는 말을 들을 만큼 정직한 부모님 밑에서 자랐고, 행동하지 않았음에도 간혹 어떤 생각을 이야기할 때 정말 따끔하게 혼난 적이 있다. 그럴 때마다 억울한 마음에, "내가 뭐 어떻게 했어, 말도 못 해?"라고 따지면, "그럼 못 써, 그런 말을 괜히 쓸데없이 왜 해?"라고 말씀하셨다. "아니 내가 생각만 한 거지 행동을 한 것도 아닌데, 왜 난리야."라고 하면 "생각만 한 것도 나빠."라고 혼나곤 했다. 어린 시절에는 생각까지도 검열을 받아야 하나 생각하며 억울했었던 적이 많았다. 공감받지 못하는 마음은 억울하고 답답하기까지 했다. 먼저 공감받고 그 뒤에 조언을 받는다고 해도 좋았을 것 같다. 그런데 부정적인 감정을 불현듯 느낀 엄마로서는 정말 당황스러웠을 것이다. 그 당시 나는 엄마가 불안도 많고 완고한 생각과 가치관을 가졌다고 생각하기보다는, 점점 내가 이상한 생각만 하는 독하고 못된 아이인 데다가, 버릇 없는 나쁜 아이라는 생각을 했다.

육아를 하면서도 엄마가 어떻게 딸을 상대로 그런 생각을 할 수 있지? 라는 죄책감으로 오히려 아이에게 경계를 줘야 할 때 분별없이 허용해준 부분도 많이 있었다. 이것은 결코 온전한 사랑은 아니며, 기꺼이 해준 것도 아닌 그저 내 마음 편하자고 했던 행동일 뿐이었다. 그래서 치유를 시작했을 때는 상대가 나를 평가할 것이고 비난받을지 모른다는 두려움에 상담사에게 조차 솔직하기가 힘들었는데, 처음으로 아무 평가와 판단 없이 같이 슬퍼하고 공감해주셨던 스승님들 덕분에 세상을 보는 태도가 달라졌고 무겁게 느껴졌던 마음이 사라지고 산뜻하고 가벼워진 느낌이었다. "어떻게 그런 생각과 행동을 할 수 있냐, 벌 받는다."라는 말로 죄책감을 주는 사회적인 분위기가 있었던 나의 어린 시절과 달리 요즘은 죄의식에 대한 사회의 의식이 많이 변화한 것을 느낄 수 있다. 한번은 드라마를 보는데, 수녀님께서 신도들에게 "아이들을 자기 자신처럼 사랑하고 아내도 남편을 존경해야 된다."라고 말씀을 하시는 장면이었는데, 그 얘기를 듣던 한 여자가 "수녀님 저, 고백할 게 있어요. 남편이 죽었으면 좋겠어요. 그래서 검은색 운동복을 사서 선물로 줬어요. 남편이 밤마다 밖에 나가서 조깅을 해요. 검은색 운동복을 입고 뛰면 차에 치여 죽기 쉽잖아요."라는 말을 한다. 그때 그 자리에 함께 있는 다른 사람들이 "그래도 남편이 죽길 바라는 건 안 되지 벌 받아.", "그건 절대 안 돼요. 어떻게 남편이 죽었으면 좋겠다고 생각할 수 있어요. 절대 있을 수 없는 일이예요."라고 말을 한다. 이때 듣고 있던 수녀님이 "요즘 트랜드가 바꼈어요. 우리 주님은 그렇게 꽉 막힌 분이 아닙니다. 그런데 그게 답은 아니죠."라고 하자, "그럼 어떻게 해요, 수녀님."라고 물었다. "남편이 죽었으면 좋겠다고 했죠? 그럼 죽었다고 생각하고 살아요. 밥도 제삿밥이다 생각하고, 매일 진수성찬 차리고 밥 한가운데 딱 숟가락 꽂아주고 그렇게 매일매일 정성을 다해봐요." 나는 이 말에 웃음이 터졌다. "그러다 사이 좋아지면 어떡해요?"라고 다시 물었다. "그러면 같이 살면 되죠. 그게 구원이죠. 구원의 문은 좁지만 열려있어요"라고 수녀님이 말씀하셨다. "우리 주님은 그렇게 꽉 막힌 분 아닙니다."라는 말은, 벌주는 주님이 아니라는 의미다. 죄의식을 가진 사람은, 대부분 벌주는 하나님을 알고 있기에 부정적인 생각만 해도 두려움을 내면 깊이 가지고 산다. 벌 받을 거라는 두려움과 죄책감이 사람을 도덕적으로 생활하게 만든다고 생각할 수도 있다. 물론 그런 면도 없지 않아 있지만, 가슴 한편에 숨겨져 있는 죄책감이 뭘 해도 진심으로 기뻐하지 못하고 자유롭지 못하게 한다. 부정적인 감정을 옹호하고 정당화하라는 말이 아니라 그저 있는 그대로 공감해주고, 공감이 아니어도 그냥 함께 머물러 주기만 해도 너무 좋다. 그러나 잘못된 행동에 대해 부추기거나 정당화하는 것은 분명 아니다. "그런 생각을 할 정도로 답답했구나. 그런 극단적인 생각을 할 정도로 속상했구나."라는 공감은 언제 들어도 좋다.

긍정으로 살기 위해 부정적인 생각을 쫓아내고 산다면 얼마나 더 좋아지고 행복할까? 나는 겉으로 보기에는 긍정적인 사람으로 보였지만, 사실 누구보다 부정적이었고, 내면은 비관적일 때가 많았기에 긍정적으로 보이려고 애썼던 사람이었고, 항상 긍정을 끌어올려서 살아야된다고 믿었다. 어릴 때 동생이 생긴 큰아이에게는 부모가 섬세하게 자신을 돌보지 않는다고 생각하면 동생의 존재가 미울 수밖에 없고, 사라졌으면 좋겠다는 마음이 들 것이다. 100으로 받던 부모 사랑을 동생의 존재만으로 빼앗기게 되었고, 어느 날 갑자기 엄마 품에 안겨 들어오는 동생을 본다는 것은 아이에게 너무 힘든 일인 것이다. 그런데 거기에 "동생한테 잘하고 말 잘 듣는 착한 아이가 되어라."는 메시지까지 받는다면, 눈물을 머금고 동생에게 잘해줘야 하는 그 심정을 누가 알까? 간혹 "동생이 없었으면 좋겠어. 갖다버려. 죽었으면 좋겠어. 칼로 베어버리고 불로 지져 버릴 거야."라는 말을 했을 때, 부모에게 돌아오는 언어, 비언어적인 부정과 버림받음을 느낀 아이들은 또다시 이중 삼중으로 버림받고, 이상하고 나쁜 아이라는 존재의 수치심을 가질 뿐 아니라 혼란스럽다. 느껴지는 것을 표현했을 뿐인데, 감정을 표현했다는 것만으로 혼이 난다면 얼마나 힘들까. 그 정도로 힘들구나. 아프구나라고 공감을 해주는 것이 좋다. 첫째와 협력하여 둘째를 키우는 방법을 찾았더라면 비록 상처를 받는다고 해도 충분히 치유될 수 있을 것이다. 나는 딸만 하나여서, 형제자매 관계에서의 경쟁이나 부모를 놓고 벌이는 질투에 대해 잘 몰랐다가, 다른 친구를 통해서 듣고 보며 간접 경험만을 하고 있었다.

딸의 친구는 초등학생 때 맞벌이하는 부모님을 도와 막냇동생을 포대기에 업고 다니거나 어린이집에서 데려오는 적도 있었다. 어느 날 우리가 강아지를 입양하여 키우게 되었는데, 두 달도 채 안 된 강아지가 너무 예뻐서 사랑스러운 눈으로 바라본 적이 있었다. 옆에서 그런 내 모습을 지켜본 딸이 "아, 친구가 한 말이 바로 이 뜻이었구나. 부모님들은 동생을 더 예뻐한다던데 바로 이런 기분이구나."고 중얼거리는 것이었다. 나는 그 말을 듣고 깜짝 놀라, 어릴 적 엄마와 떨어져 지낸 시간이 많았던 딸을 바라보며 강아지에 대한 애정표현을 자제하기 시작했다. 아이가 부모와 애착이 충분히 채워지면 강아지나 다른 아이에게 하는 엄마의 표현에 크게 영향을 받지 않는다.

할머니 집에서 키웠던 아이들은 여지없이 '나도 동생처럼, 언니처럼, 엄마 집에서 같이 살고 싶어. 엄마 미워. 동생만 이뻐하고.' 이런 마음을 가지고 있고 표현조차 하지 못했다면, 평생 힘들어한다. 할머니 집에 보내졌던 아이들이나 어린이집에 보내진 아이들 중에 한 번쯤은 어린이집이나 할머니 집을 뛰쳐나와 엄마 집으로 찾아간 경험이 공통적으로 있는데, 이런 경험을 한 사람들의 특징은 우리 집이라고 하지 않고 엄마 집이라고 표현한다. 그렇게 엄마 집을 찾아갔는데, 부모가 "너 왜 왔니?"라는 표정을 지었다거나, 집도 좁은데 "왜 왔어?"라는 반응을 보였던 사람들은 여지없이 그날을 평생 잊지 못하고 펑펑 울면서 대면하는 경우가 많다. 이런 아이들은 엄마가 데리러 오고 봐줄 때까지 평생 기다리는 마음으로 산다. 겉으로는 드러나지 않지만 '공부를 잘하면 봐줄까, 말을 잘 듣고 착하게 있으면 봐줄까, 내가 잘되고 성공하면 봐줄 거야.'라는 마음을 갖고 있다. 이렇게 성장한 어른 중에 일을 그만두고 쉬고 싶어도, 부모님을 뿌듯하게 해주던 직업이었기에 부모님이 실망할까 봐 그만두지 못하는 사람도 있다. 이렇게 누르고 억압하고 살다가 자신은 한 번도 못 했던 감정표현들을 자기 자식이 할 때, 분노가 폭발하면서 원래 있었던 자신의 상처 지점을 찾아가 치유하고 아이를 있는 그대로 수용하는 경험을 한다. 그래서 "육아는 축복이다."라는 말을 더욱 실감하게 되며, 자신에게 문제가 생길 때 남을 비난하거나 공격하며 관계를 깨지 않고 자신의 문제로 먼저 가져와서 치유하는 내담자들을 보면 "당신은 정말 안전한 사람입니다"라고 감탄하게 된다. 자식이나 가족, 타인에 대한 미움, 비난과 경멸하고 싶은 마음이 격렬할 때 상대에게 표출하지 않고 치유장이나 상담실로 달려온다는 것은, 자기 내면의 상처가 건드려진 것이라는 진실을 알기 때문이고, 그런 자신을 감추지 않고 표현하는 것은 용기있는 행동이다. 상담받을 여유가 되지 않더라도 그 순간의 격한 감정을 안전한 곳에서 표현하며 발산시키면 된다. 부정적인 생각은 누구나 언제나 할 수 있다. 그러나 행동으로 옮기지 않고 자신이 그렇다는 것을 인정하고, 아픔도 수용하면서 자기 문제로 처리할 줄 아는 이런 사람이 안전하고 사랑스러운 인간의 모습이 아닐까 생각한다. 우리는 완벽해지기 위해 애쓸 필요가 없다. 안전한 사람이 되자.

4) 내가 나를 버렸을 때 더 수치스러웠다

나는 결정적인 순간이나 선택에 놓였을 때, 직관의 힘으로 선택할 수 있다는 사실을 몰랐었다. 과거의 경험이 직관의 신호였다는 것을 치유를 시작한 후에야 깨달았다. 20대 후반이었을 때 '이 선택이 아닌 거 같아, 실패할 것 같다.'라는 생각이 갑자기 머리를 스쳐 지나갔었다. '이 느낌이 뭐지!'라고 생각하면서도 '지금 되돌리면 그 야말로 정말 수치스러운 존재가 될 것이고 엄청나게 욕먹고 이상한 애로 찍힐 거야.'라며, 내 인생보다 다른 사람들에게 피해를 줄 것과 미움받을 것이 더 걱정되었고 체면이 더 중요했었다. 나는 나를 믿을만하지 못하고 불안한 존재로 각인하고 있었고, 그래서 내 직관을 늘 외면하고 무시했다. 내가 잘못된 선택을 하기 전 머릿속에 떠오른 '잘못된 선택이야'라는 직관의 느낌을 무시했다. 다시 과거의 그 기억을 떠올린 것은 10년이 지난 후였다. '인생의 가장 중요한 순간에도 나는 내인생을 진지하게 바라봐주지 않았구나. 내면의 신호가 있었음에도 불구하고.'라는 생각이 들었다. 설령 직관으로 한 선택이 잘못되더라도 내면의 목소리에 귀 기울인 내 선택이었다면 이렇게 억울하고 힘들지는 않았을 것이다.

마음을 보는 것도 힘이 있어야 되고, 어떤 선택을 하거나 그 선택을 번복하고 되돌리는 데도 내면의 힘이 필요하다는 것을 뼈저리게 느꼈다. 내담자 중에도 이런 사례들이 많다. "오늘 일이 있었는데, 두 가지 선택의 기로에서 분명히 이렇게 하면 안 될 것 같은 느낌이 있었는데, 그걸 외면하고 다른 선택을 해서 결국 문제를 일으켰어요. 내가 왜 그랬는지 너무 바보 같고, 한심하고 원망스러워요."라며 자신을 부정하며 미워한다. 이런 선택을 하고 나서, 이유 없이 자신에게 너무도 화가 나서 자책하는 것은 자신의 직관을 버리고 이리저리 흔들리며 다른 선택을 한 것에 대한 수치심 때문이다. 나도 치유를 하면서 차츰 내 직관과 느낌을 믿는 경험을 하기 시작하고 나를 일으켜 세울 수 있었다. '실수해도 괜찮아. 실수도 받아들일 수 있어. 오히려 많은 상황을 회피하지 않고 경험하다 보면 직관의 힘이 얼마나 큰지 경험하게 될 거야.'라고 위로하면서 한 걸음 한 걸음 나아갔다. 정말 다행인 것은 육아를 통한 성장이라는 이 교육 분야를 놓지 않은 것만큼은. 나의 현명한 자아가 올바른 선택을 했음에 감사한다. 많은 경험으로 정보를 모으되 최종결정은 자신의 직관의 힘을 사용하자. 상담사를 선택하는 것이나 건강한 단체를 찾고 소속되는 일 등에서도 마찬가지다. 상담사를 찾을 때는 내면화된 수치심이 적거나 이 부분을 자각하고 자신에게 깨어있는 안전하고 인간적인 상담사에게 상담받으시기 바란다. 어린 시절의 트라우마 중 깊은 상처일수록, 상상의 힘으로 그 상황과 이미지를 그리면서 재경험으로 치유하는 것이 좋은데, 최면 치료나 가족치료 분야의 사티어가 이 부분을 정말 잘 다루고 있으며, 육아를 통한 치유영역을 창조한 푸름이교육연구소의 코칭 치유 또한 이 부분에 강력한 파워를 갖고 있기에 육아를 하는 부모들에게 적극 추천한다. 또 상담사에게 지나치게 의존하지 않고 개인 내면의 힘을 비춰주는 곳이 좋으며, 혹시 미래에 대한 불안을 던져주는 곳이라면 사양하길 바란다. 내담자에게 두려움이 있다는 것만 비춰주고 치유하면 될 뿐이지, 미래는 현재의 선택에 따라 결정될 수 있기에 불안을 오히려 더 가중 시키는 것은 바람직하지 않다. 안전한 사람들과 함께하면 더 깊이 있게 상처 지점을 더 빨리 찾아갈 수 있다. 이렇게 가끔은 내 느낌과 직관에 귀 기울여주길 바란다. 내 행동들을 뒤돌아보면 외부에서 외면당하고 버림받았다고 느꼈을 때의 아픔과 수치보다 내 선택권을 남에게 주고, 직관을 외면한 선택으로 스스로 버렸을 때가 훨씬 더 아프고 수치심으로 힘들다는 것을 경험했다. 매 순간 현재에 머물면서 나에게 집중하는 시간을 갖고 실수하더라도 내 힘으로 선택해보길 바란다.

인생은 버티고 기다리는 것이 아니라
지금 즐기는 것이다

나는 빨리 늙어서 모든 고통이 끝나기만을 기다리며 버티고 산다는 생각을 하곤 했다. 어리고 젊을 때는 이 생각이 지배적이었지만, 지금은 우리 앞에 고통만 놓여진 것이 아니라, 치유가 일어나면 축복이 따라온다는 것을 안다. 치유는 과거의 상처를 추억과 자산으로 만들기도 한다. 어린 시절의 기억이 없는 사람들이 치유와 상담을 하면서 점점 어린 시절의 기억이 되살아나는 것도 바로 치유하면서 생긴 내면의 힘 때문이다. 어린 시절의 상처를 떠올리고 바라보는 데에도 힘이 필요하다.

내 딸은 어린 시절 기억이 왜 없는지 하나도 생각나지 않는다고 늘 말하곤 했고, 그렇다고 내가 과거의 이야기를 꺼내려고 하면, "싫어, 몰라! 기억 안 나!"라고 말하며 찌푸린 얼굴로 눈앞에서 사라지곤 했었다. 그 순간 나는 '아픈 상처이니 생각하기 싫겠구나. 그래서 망각 한 거야.'라는 것을 깨닫고, 딸이 옛날이야기를 꺼낼 수 있도록 더 많이 사랑하고 안전한 환경을 주기 위해 신뢰를 쌓는데 노력했다. 그랬더니 감당할 힘이 올라왔는지 하나둘 꺼내놓기 시작했다. 그럴 때 엄마인 내가 모르고 상처를 줬던 상황이나 그 시점으로 들어가서 아이랑 이야기를 나누었다. 뭐가 힘들었는지, 왜 표현하지 못했는지, 그때 해결되지 못한 아이의 감정이 무엇이었는지를 이야기 나누면서 다시 느끼고 경험해보도록 했다. 이것이 바로 치유의 과정인데, 엄마가 준비되어 있지 않으면, 아이가 옛날이야기를 꺼낼 때 엄마가 먼저 회피하기도 한다. 그래서 엄마가 한 발자국 더 먼저 성장해서 아이를 기다려야 받아들일 수 있다. 아이에게서 어떤 이야기가 나왔을 때는, "아이고 그때 힘들었겠다.", "그때 엄마가 그렇게 했을 때 어떤 마음이 들었니?, 엄마 화 안 낼게. 솔직하게 말해줘." 이렇게 주고받고 공감도 하고, "혹시 눈물이 나면 지금이라도 실컷 울어도 돼."라거나, "화나면 화내도 괜찮아"라고 말해주면서 사과도 했다. 이런 경험을 하면서 아이의 자존감이 올라오는 걸 느꼈다. 다시 그때로 가서 공감받고 존중받으면서 "내가 잘못된 것이 아니구나, 엄마가 실수를 했구나."를 알게 되면 자기 잘못이나 비난으로 가져가지 않는다. 그리고 엄마가 어떤 모습도 그대로 수용해주고 격려해줬기에, 아이는 자기가 소중한 존재임을 알게 되고, 그 자체만으로도 치유가 일어나면서 자존감이 높아진다. 이것이 더 발전해서, 이전에는 말도 꺼내지 못하게 했던 실수나 상황을 본인이 먼저 이야기하며 반성하기도 한다. "그때 내가 왜 그런 행동을 했을까, 지금 생각하니까 부끄러워. 그래도 그때 내가 한 실수를 처리하긴 했지만 아무튼 부끄러운 건 사실이야."라고 말할 때, "딸아, 사실 그때 너는 엄마에게 화를 내고 싶었을 거야. 엄마가 무서워서 못하니까 다른 곳에서 했을 거야. 안전한 엄마가 되어주지 못해서 미안해."라고 하면 "응."이라고 대답하는 딸의 모습이 너무도 사랑스럽고 대견하다.

사실 나도 과거를 들추는 것이 싫었다. 그런데 내가 나를 먼저 수용하고 받아들이고 변화하기 시작하니까, 어느 순간 나도 그렇고 딸도 자신의 역사에 흥미를 갖게 되었다. 이전에는 분명 생각하기도 싫어했던 기억이었는데, "너 어릴 때 이런 일이 있었는데 기억나?" 하면 이전과 달리 "그래? 흥미롭네, 언제 시간 되면 그때 이야기 좀 해줘."라고 메신저로 연락이 오기도 한다. 이런 대화를 나눌 당시 딸과 나는 중국 상해와 연길에 따로 떨어져 있었기에, 시간이 날 때마다 딸이 듣고 싶다던 어린 시절 이야기를 음성으로 강연하듯 사건 하나하나를 이야기해주었고 우리 모녀는 각자 자신을 받아들이고 삶을 사랑하기 시작했다.

또 나는 원가족의 식구들과 대면하면서 관계를 변화시키고 싶은 간절한 소망을 가졌다. 치유를 하면서 큰오빠와의 어릴 적 경험이 떠올라 오빠에게 애교 섞인 말로 사과해달라고 말한 적이 있었다. 오빠가 학창시절에 엄마가 오빠에게 우산과 도시락을 갖다 주라고 두 번 심부름을 시킨 적이 있었는데, 그때마다 오빠가 "왜 왔어? 그냥 가!"라고 제대로 쳐다보지도 않고 퉁명스럽게 대답해서 도시락도 그냥 가져온 적이 있고, 뻘쭘하게도 오빠는 비 맞고 오고, 나는 들고 간 우산을 버스정류장에서부터 들고 온 적이 있었다. 그때 집으로 돌아오면서 내 마음이 엄청 심란했다. 지금 생각해도 민망하고 곤란했던 마음이 느껴진다. 이 외에도 엄마가 아들하고 소통이 안 되고 오빠가 무뚝뚝해서 말도 잘 듣지 않으니 나에게 심부름을 시키곤 했었다. 이 일이 떠올랐을 무렵, 오빠가 엄마 집에 온 것을 알았고 "한번 표현이라도 해봐야겠다."라는 비장한 마음으로 엄마 집으로 향했다. 그리고 오빠에게 그때 이야기를 하면서 "나한테 사과해줘!"라고 말했더니, 오빠가 웃으면서 "야, 뭐 다 지난 일을 가지고 그러냐"라고 하길래, 한 번 더 표현해보려다가 안 될 것 같아서, 바로 옆에 앉은 올케언니한테로 가서 "언니, 오빠가 저한테 이런 적이 있는데, 잘못한 거 맞죠?"라고 말하니 올케언니도 그냥 웃는다. 사실 나는 화를 내려고 했던 것도 아니고, 오빠 성격을 너무 잘 알기에 사과받을 거라는 상상도 기대도 없었으며 단지 한번 표현해보고 싶었다. 그런데도 그냥 포기가 되지 않아서, 집에 돌아올 시간에 대문 앞에 배웅나온 오빠에게 차에 앉아 시동을 걸면서 창문을 열고 "오빠, 내가 용서해줄게."라고 웃으면서 말했는데, 오빠가 "그래, 고맙다."라고 뜻밖의 답변을 하는 것이었다. 그때 속으로 "바로 이거야. 너무 산뜻하고 좋아." 하며 기뻐했고 집으로 돌아오는 길이 너무나 행복했다. 이미 나는 엄마에게 부적절한 기대를 갖고 이말 저말 다 듣겠다고 고집도 부리고 떼도 써봤으며, 어떻게 해도 안 된다는 것을 알고 내려놓았고, 다른 방식으로 충족시키거나 애도와 상실로 떠나보내고 난 후라서, 오빠를 만날 때는 정말 빠르게 나를 위한 선택을 할 수 있었고, 쉽게 행복감도 느낄 수 있었다. 나를 아프게 하고, 관계를 파괴하면서 집착하였던 경험을 선택하지 않고 나를 위한 최선의 방법을 선택할 수 있었다. 오빠가 그 말을 하지 않았더라도 나는 나를 위로할 수 있었다. 크든 작든 원망의 끈을 오래 쥐고 있으면 가장 아픈 것은 나이고, 뜨거운 분노의 불덩어리를 품고 있으면 결국 내가 타죽는다는 사실을 빨리 알아야 한다. 사실 오빠는 나에게 큰 죄를 진 것도 아니었고, 누구도 잘못하지 않았다. 그 시절에는 각자 다 자기 자신이 가장 힘들었고, 친밀감이나 표현이라는 것을 배우고 경험해본 적도 없었다. 안전하게 표현할 방법을 찾아서 하되, 오로지 감정의 책임은 내 것이라는 것을 잊지 말아야 한다.

시간이 흐르기만을 기다리고 버티던 내가 지금은 일생을 거쳐 떠나고 싶은 것이 내면 여행이되었고, 내가 먼저 내 인생을 사랑할 줄 알아야 한다는 것을 알았다. 그리고 부모가 자신의 인생을 성공했다고 평가할 수 있을 때, 자식은 행복하고 평온해지며 아무것도 잘못된 것이 없구나라는 안도감을 갖게 된다. 내가 보기에 엄마가 너무 잘했다고 생각되는 부분에 대해 엄마에게 솔직하게 말했을 때, 엄마는 늘 언짢아하고, 자신을 놀린다고 화내셨지만, 지금은 스스로 인정하셨다. 엄마도 부모에게 칭찬을 받아 본 경험이 없기에 낯설기도 하고 받아들이기 쉽지 않았으리라 생각된다. 처음에는 딸이 보내는 인정과 축복을 받아주지 않을 때 정말 답답했다. "그렇게 말해줘서 고맙다."라는 말 한마디만 해도 속이 시원할 것 같았지만, 나는 그냥 기대 없이 한번은 엄마에게 표현하자고 마음먹고 편지를 써서 용돈과 함께 서랍에 넣어두고 집으로 온 적이 있었다. 할 수 있는 걸 다해봤으니 충분했다. 이렇듯 치유는 즐기는 삶을 현실로 만들어 준다.

1) 먼저 내 안의 감시자를 넘어가라

우리는 희망의 말보다 근심과 걱정 어린 잔소리를 더 많이 듣고 자랐다. 그러면서 나 자신도 그렇게 대하게 되었다. 사랑으로 한 충고이지만 두려움에서 시작되었고 '이래야 한다, 저래야 한다.'라는 틀 안에 나를 가두는 생각으로 자리 잡았다. 그 생각이라는 놈이 생명체가 된 것처럼 내 안에 살고 있으면서 나를 지배한다. 뭔가를 좀 해보려고 해도 "너는 안 돼, 망신만 당할 거야, 나대지 마. 아직은 안 돼. 넌 아무것도 할 수 없어. 실수하지 마. 멋지게 보여줘서 널 무시하게 만들지 마."라고 자신에게 말한다. 상담을 공부하면서도 처음 만난 가장 큰 걸림돌이 있다면, 나의 낮은 자존감과 자기 가치감의 빈약함이었다. 반면 세상에 나가 뭔가 나를 표현하면서 꿈을 펼치고 뛰어난 상담사로 인정받고 싶은 열망도 강렬했기에 과감하게 나누고 외부로 나가는 것을 선택해야만 했다. 이 모든 과정에 나를 가장 힘들게 하는 요소는 외부에 있지 않았고, 내부의 검열을 넘지 못하게 하는 나 자신이 가장 큰 걸림돌이었다. 외부에서 어떠한 검증을 받거나 확인할 기회조차 나한테 막혀서 할 수 없었기 때문이다. 이럴 때 나 자신이 밉고, 타인을 향한 질투와 미움의 마음도 나를 힘들게 했다. 한번만이라도 밖으로 나가는 죽음을 각오할 용기로 나를 넘어야 했는데, 나를 가장 비난하고 부족하다고 막는 것이 내 자신이었기에 밖으로 한번 나가보지도 못하고 끙끙거리고 자기 비난에 휩싸여 있었다. 이런 고민을 하다가 얻은 결론은 '나부터 치유되자' 였다. 도저히 내 자신과 타협이 안 되니 아무것도 할 수 없고, 뭔가 나 자신을 극복하고 싶지 그냥 이대로 살기는 싫었다.

우리의 어린 시절, 우리를 보호하기 위해 시작된 부모의 잔소리와 꾸짖음은 그대로 내면화되어 우리 자신을 꾸짖는 내면의 비판자가 되며, 이 내면의 비판자가 우리를 향해 끝없이 자기 검열을 요구하고 있다. 내면의 비판자는 '그런 행동을 하면 안 돼.', '그런 말을 해서는 안 돼.', '아직 부족해.'라며 우리의 생각과 행동을 감시하는데, 이는 우리가 어린 시절 부모에게서 듣던 목소리 그대로다. 우리가 다른 사람의 시선에 기준을 두어 자신의 행동을 결정하게 만들고, 자신의 아이디어나 행동을 낮게 평가하고 장점보다 단점에 초점을 맞추어 자신을 남들보다 열등한 존재로 생각하게 만든다. 내면의 비판자는 내가 가진 행운이나 성과와 감사는 봐주지 않고, 잘못이나 문제만 탓하고 죄의식을 준다. 우리 자신을 스스로 죄인 취급하지 말고, 고통받음으로써 죄값을 치르게 하지 말자. 우리는 죄인이 아니며, 더 나은 사람이 되기 위해 나를 바꿀 필요는 없다. 나를 있는 그대로 사랑하고, 우리는 존재만으로 충분히 사랑받을 만한 사람이고 고귀한 존재이다.

내담자 중 한 명은 연휴를 보내고 나서 속상한 마음으로 상담을 왔다. '주말인데 책 좀 읽자. 이번 연휴에 육아서 5권 읽기에 도전해야지.'라고 결심했다가 결국 한 권도 못 읽은 자신에게 '이렇게 빈둥거리는 너 정말 한심하다. 그렇게 의지가 약해서 사람 노릇 하겠니.'라는 목소리가 들려서 힘들었다고 호소했다. 이렇게 내면의 비판자는 언제나 당신을 향해 바보, 실패자, 넌 언제나 모든 걸 망쳐놓지라고 부정한다. 그때 나는 그런 비판을 누구에게 들은 경험이 있는지 물어보았고, 역시나 부모에게 들었다는 말을 들었다. 부모님들은 자신들이 배우지 못해서 고생했던 경험이 있기에 자식이 잘되길 바라는 마음으로 말한 것이다. 하지만 부모 내면의 깊은 상처가 해결되지 않았기에 비난으로 받아온 것이었고, 내담자도 같은 방식으로 자신을 대하는 삶을 살아온 것이다. 겨우 책 몇 권 안 읽었다고 실패자가 되고 바보가 된다는 생각에 대해 "그게 맞아? 진실이야? 누가 그랬어?"라고 정면으로 반박하고 소리치면서 감정을 마음껏 표현하도록 했다. 만약 그 목소리가 엄마의 말이라면, "엄마, 나는 엄마 생각과는 달라요."라고 말해보아라. 또 어떤 사람들은 '게으르다'라는 구체적이지도 못하고 애매한 기준을 만들어놓고 그 안에 못 들어온다고 게으르다고 낙인찍어 무작정 비난하며, 자신을 형편없이 게으르다고 믿는데 에너지를 많이 쓴다. 이제부터 이 잘못되고 근거 없으며 기준도 모호한 믿음에서 벗어나라. 나는 문제없으며 너무 오랜 시간 다른 사람의 감정에 맞추느라 힘들게 살았을 뿐이다. 또 주중에 일했으니 휴가 기간에는 좀 쉬어도 된다. 차라리 이번 휴일에는 무리한 계획을 짜서 책보지 말고 계획을 변경하자. 책 한 권 읽고 나머지 시간은 그냥 푹 쉬어. 너는 충분히 쉬어도 된다고 스스로에게 허락해주어야 한다. 또 물건을 사려고 해도 쓸데없는 거 산다. 닭따라서 모이를 쪼아서 다 퍼트려 없애야만 시원한 아이야. 물건 사는 거 보면 바보 같아. 또 어디서 속았지?'라는 내면의 목소리가 들려 돈을 쓰고도 찝찝하고 제대로 선택 한 번 못한 사람이라면, '이 물건 산다고 해서 지금까지 망한 적도 없었고, 오히려 판단하는데 경험이 되었어. 내가 직접 써 보고 합리적인지 아닌 지 정도는 구분할 수 있어.', '이게 사람 구실 못할 정도의 일이야?' 라고 내 안의 비판자에게 대응하라. 누워만 있어도 비판자의 목소리가 들리는 경우도 있다. '난 충분히 쉴 자격이 있어. 그리고 그건 내 자유야. 낮잠 좀 자고 누워있다고 인생 망하지 않아. 그건 말도 안 돼.'라고 당당하게 말하라. 중국의 회원들도 처음에는 내면의 감시자를 극복하는 것을 너무 힘들어했고, 강사로 훈련되는 연습 과정에서조차 강단 위에 올라가는 일에 많은 에너지를 써야 했다. "내가 도와줄게, 나와서 너를 드러내 봐. 무엇이든 아주 작은 거라도 행동해보고 다시 찾아와. 그래야 변화가 있지 않을까? 해보고 나서 그때 네가 혼자 죽게 놔두지 않을게."라며 정말 혼신의 힘을 다해 자신을 일으켜 세우는 작업을 협력하면서 열심히 해왔다. 나는 "뭘 배워도 끝까지 하는 게 없고, 대가리도 꽁지도 없는 거 계속 배운 다. 이거 조금 하다 저거 하다 제대로 끝까지 하는 게 없어"라는 비판을 정말 많이 들었는데, 후에 회사 일을 하면서 젊었을 때 잠깐 배웠던 것들을 충분히 다 써먹었고, 지금은 20년 가까이 하나의 분야에서 일하는 전문가로 살고 있다.

내면의 감시자부터 먼저 극복하는 경험을 통해 용기 내고 자신을 믿어야 한다. 그리고 나면 세상의 어떤 편견에도 흔들리지 않는 다. 나를 힘들게 하는 주범이 외부의 편견이 아니라 나의 내면에 있는 그 감시시스템이기 때문이다. 대학원을 졸업하고 상담을 시작했을 때 "이 학교는 이렇고 저 학교는 저렇다더라. 거기는 놀다가 아무나 들어가도 갈 수 있는 곳이라더라" 등 학교와 전공에 대해 비교하는 평판들도 들렸다. 나는 그 사람들 말을 반박하거나 비난하지 않았고, "음, 그렇게 생각하는 사람들도 있구나. 그렇게 생각할 수도 있어, 제일 중요한 건 본인이 직접 경험하는 것이지, 직접 한번 공부해봐."라고 말한다. 내가 만약 성장하지 않았다면 외부의 기준에 흔들려서 학위를 몇 개 더 따려고 했거나 학위 모으기 전문가가 되었을지도 모른다는 생각을 했었기에 그렇게 솔직하게 표현해준 상대에게 고맙기까지 했다. 한번 내면의 감시자를 넘는 경험을 하면 그보다 더 힘든 일은 많지 않다. 외부의 편견에 심하게 흔들리고 자신의 검열에서 극복하지 못하는 사람들은 끊임없이 자기 부족함을 채우기 위해 노력하고 또 노력한다. 내면에 든든한 자신이 없으면 세상의 편견과 시선에 엄청 흔들릴 것이다. 먼저 나의 내면을 든든하게 하는 일이 중요함을 배우자.

2) '나만 이래도 돼, 괜찮아!' 나에게 허용하라

중국에서 어깨 통증으로 고생하면서 치료받을 때 알게 된 것은, 도수치료나 재활운동이 필수지만 몸을 따뜻하게 찜질했을 때 근육이 부드러워지면서 팔도 잘 움직이고 치료 효과가 더 좋아진다는 것이었다. 그런데 아쉽게도 중국 가정집 대부분에는 욕조가 없다.

그래서 최대한 샤워기나 쑥뜸 같은 재료들로 찜질을 하거나 중의원의 물리치료를 이용하기도 했지만, 중국 전체가 휴일이 되는 날에는 그마저도 문을 닫아서 치료를 받을 수 없기에 고통을 어떻게 견뎌내야 하나 암담하기도 했다. 거기에 코로나 사태까지 겹쳐 쉽게 한국으로 돌아오기도 힘들었다. 그 변화를 감당해내기에도 벅찰 정도로 외로움과 두려움까지 겹쳐 있었던 나는 최대한 안정과 평온을 되찾으려는 시도로 휴일이나 주말에 욕실이 딸린 호텔을 하루 예약하여 보내곤 했다. 어떤 날은 가끔 경치뿐 아니라 시설 좋은 호텔을 선택했고, 창문을 오픈하여 바깥 경치가 보이도록 하고 욕조에 따뜻한 물을 받아, 피부에 좋은 재료를 넣는 호사를 누려보기도 했다. 욕조에 들어가기 위해 발을 들여 넣고 뜨거운 물에 발가락 끝이 닿는 순간. "아 행복해."라는 말이 입에서 튀어나왔고 그 순간 너무 놀라고 기뻤다. 왜냐하면 오랜 시간 나는 이런 상황에서 '나만 이래도 되나?'라는 죄책감이 먼저 떠올랐다. "아, 행복해."라는 말이 진심으로 나온 적이 없었기 때문이다. 대학원을 다니면서 수업받을 때도 '내가 여기 있어도 될만한 존재인가'라는 생각이 스쳐 지나갔었고, 비싸고 좋은 음식을 먹을 때도, '나만 이렇게 잘 먹어도 되나?'라는 생각들이 지나가면서 '너는 자격이 없다. 너까짓 게'라는 수치심과 죄책감이 같이 따라 올라오곤 하였다. '이러니 내가 기뻐하고 행복할 수가 없었구나. 그동안 어떻게 살아온 거야'라고 한탄을 하곤 했었는데, 수년간 수치심을 다루고 이런 나를 관찰하며 치유하였기에 그날은 순간 내 입에서 "아, 행복해."라는 말이 나왔고 너무 놀랐다. 50년 가까이 지녀온 신념을 변화시킨다는 것이 정말 쉽지 않는데, 치유는 사람을 이렇게 바꿔놓는구나. 나라는 존재 자체가 이생에 올 때, 기쁘게 환영받으며 오지 않았고, 심지어 나로 인해 엄마, 아빠 모두가 힘들어했기에 나는 가족에게 민폐가 되면 안 되었다. 어떻게 하면 내가 즐겁고 행복한가를 발견하는 것이 아니라, 내가 지금 이래도 되나? 정신 못 차리는 거 아닌가? 생각하기에 바빴다. 내가 행복하면 고생한 원가족의 가족들과 딸이 의식되었다. 그러나 누구보다 내 행복이 먼저인 것이 당연하지 않을까? 충분히 그래도 돼. 나는 안 된다고 나를 죽이는 것도 나 자신이고, 잘할 수 있다고 나를 살릴 수 있는 것도 나 자신밖에 없구나. 푹 제대로 쉬어도 된다고 휴식을 허락하는 것도 나이며, 휴식을 막는 것도 나라는 것을 알았다. 그렇다면 이제부터는 내가 어떨 때 힘들어하고, 어떻게 하면 행복해지고 좋아하는지를 찾아야 한다는 생각을 했다. 그리고 나를 위해서 지금의 나에게 무엇이 필요한지 찾기로 했다. 지금도 나는 내가 좋아하고 가장 보람을 느끼는 일을 위해 새로운 희망을 가져 본다. 큰 걱정 없이 안전함을 느끼는 상태에서 즐기면서 실컷 공부만 한번 해보고 싶고, 사람들을 가르치고 치유하면서 재능을 꺼내서 발현시키는 인재양성의 일을 하고 싶다. 이 소망을 이루면서 경제활동이 동시에 가능하다면 더할 나위 없이 행복할 것 같다. 지금 그 길을 위한 여정을 걷고 있다. 나에게 행복할 권리를 먼저 허용하자.

3) 우리에게 헌신이라는 좋은 대안이 있다

　희생이란 놈은 때로는 정말 사악하고 늘 조건이 있다. 내가 이렇게 희생하고 있으니, 나를 좀 봐줘. 내가 말하지 않아도 원하는 것을 좀 알아서 해달라는 직접적인 표현은 없지만, 상대에게 전달되는 무언의 메시지는 어마어마하게 크다. 나 또한 죄책감으로 인한 희생이 너무나 커서 관계가 깨지는 경험을 많이 했다. 내가 왜이렇게 되었을까를 곰곰이 생각했다. 부모님과의 관계에서 두 분의 영향을 너무도 많이 받으면서 선택한 것들이 있었다.

　우선 엄마의 솔직함이 너무 힘들었다. 좀 아름답고 교양있게 포장이라도 하지, 가리지 않고 있는 그대로 표현하는 엄마가 정말 아찔했기에 나는 교양있는 사람으로 살 거라고 다짐했다. 그러다 보니 솔직하기보다는 많은 것을 감추며 살기 시작했다. 또 아무도 강요하지 않았음에도, 아픈 아버지 옆에서 말동무가 되어주면서 사랑받을 수 있었다. 내가 살아온 방식을 그대로 사용하면서 살다 보니 진짜 내 모습은 다 감추고 착한 사람이 되어 희생하면서 받기를 기다리는 상태가 되어있었다. 기대가 채워지지 못해서 온 좌절과 실망, 분노와 슬픔의 감정들이 내면에 뒤죽박죽된 상태로 쌓였지만 그럴수록 겉은 더 평온하게 포장했다. 결국은 모두 나의 선택이었고, 그렇게 교양있는 척을 하려고 해도 아이를 키우면서 그 바닥이 드러났다. 딸은 엄마의 희생과 보상받으려는 마음을 느끼고, "내가 왜? 엄마 말대로 해야 해. 왜 그래야 해? 엄마는 행동과 말이 맞지 않고 이해가 안 돼."라는 의문을 던지곤 했다. 그럴 때마다 내가 한 고생이 떠오르면서 억울하고 가슴이 무너지는 것 같았지만, 그래도 내가 안전한 엄마가 되었기에 아이가 저렇게 자유롭게 표현할 수 있는 것이라고 애써 위로했다. 나의 문제로 가져와서 진지하게 생각해 보았다. 어떻게 희생하지 않고 아이와 잘 지낼 것이며, 아프지 않게 분리되어 독립까지 잘 시킬 수 있을까? 하는 고민을 했는데, '독립을 시킨다'는 말에 살짝 아쉬움과 나의 외로움이 스쳐 지나갔다. 엄마인 내가 외로워서 붙잡고 통제 아닌 통제를 하며, 내가 주고 싶은 것을 일방적으로 주면서 보상받으려는 마음이 숨겨져 있지는 않은지 지금이 바로 내 마음을 살펴야 할 때임을 알았다. 나 자신에게 기꺼이 할 수 있는지? 약간의 희생일 수 있으나 그에 따라오는 분노나 후회의 결과를 감수하면서라도 선택하고 싶은지를 스스로에게 묻고 대답하는 셀프 토크를 하면서 매 순간 훈련처럼 반복하며 집착을 내려놓기 시작했다. 나는 내 마음만 잘 관리하면 되고, 아이는 그냥 발달 그대로 존중하면서 따라가다 보면 자연스럽게 분리와 독립은 이루어진다는 것을 알았다. 그리고 죄책감 때문에 진심이 없는 보상을 하거나, 희생하고 받으려 했던 마음의 악순환에서 벗어나기 위해 이제부터 내가 잘못한 건 인정하고, 결과나 아픔을 받아들이겠다고 결심했다. '그래 내가 아이를 통제도 했지만 방치하고 외롭게 한 거 맞아. 그렇게 한 게 나야. 내가 그랬어. 그것 때문에 나도 아프고 힘들어.'라고 인정했다. 있는 그대로 나의 과거와 문제를 끌어안으면서, 부인하고 방어하는데 에너지를 낭비하지 않기로 했다. 내가 한 행동으로서의 부작용은 내가 어쩔 수 없이 겪을 것이다. '뭐 어쩌겠는가 감당할 것이 있다면 당연히 감당해야지.'라는 마음으로 끌어안으니, 다시 아이를 보면서 사랑을 줄 수 있게 되고, 인정하니 새로 시작하는 힘이 올라왔다. 죄책감으로 회피하고 부인하지 말고 인정하고 새로 시작하자. 그리고 우리에게는 희생 말고도 헌신이라는 좋은 대안이 있다. 헌신은 자신이 가능한 선에서 기꺼이 주는 것을 선택함을 내포한 말이며, 받는 사람에게도 기쁨과 감사를 선사한다. 희생이 아닌 헌신으로 선택하는 삶의 방향으로 우리 자신을 안내하면서 살자.

희생은 모두에게 부담을 줄 뿐 아니라 자유도 없어진다. 나는 교양있는 척하느라, 화도 못내고 시원하게 울지도 못했으며 치유에도 전혀 도움이 되지 않았다. 오히려 화병 나서 죽을 뻔했다. 화내고 우는 것도 주변을 의식하니 어떻게 치유가 잘 되겠는가? 남의 눈치 좀 그만 보고 살아야겠다고 생각했을 때 내 감정들을 안전한 곳에서 있는 그대로 표출하는 것을 반복하며 교양 없는 내 모습도 수용했다. 교양보다 솔직한 엄마가 좋은 점이 많다는 것을 알았다.

"이렇게 어려운 상황에서도 자식들에게 욕 한 번 하지 않고 키웠어"라는 말이 이전에는 부럽기만 했었는데, 이제는 그 속을 들여다보기 전에는 알 수 없다는 생각이 들며, 경험해보기 전에는 모른다고 생각한다. 먼저 내 안의 감정 쓰레기들을 처리하고, 나를 단련하고 정화 시키는 것이 오염을 없애고 세상이 아름다워지는 지름길이고 행복의 비결이라는 것을 알았다.

4) 스승을 찾아 지혜를 배우고 모방하자

나는 방황하고 흔들릴 때, 무너지고 좌절할 때마다 그리고 용기를 내야 하는 삶의 순간에 함께하는 것만으로도, 그저 보는 것만으로도 힘이 되었던 스승님들이 있었다. 감정이 폭발하여 눈물이 터졌을 때, 회사의 강연 일정이 시작되는 순간에도, 내 울음이 끊기지 않도록 배려해주셔서 그 감정을 재경험하면서 치유할 수 있었다. 어린 시절의 두려움을 재경험하며 오열하고 호흡조차 제대로 하지 못해, 죽음의 두려움까지 더해졌고, 이런 내 모습에 나조차 두려워하던 때에도 "지금 이순간 함께 있으니 두려워 말고 천천히 경험해."라며 조금만 견디면 된다고 위로해주셨다. 이 모습을 보면서 나도 그런 따뜻하고 힘이 되어주는 상담사가 되고 싶었고, 나를 찾아온 내담자에게 울음이 끊기지 않도록 실컷 울면서 경험하여 통과할 수 있도록 최대한 배려하려고 노력했다. 역시 사랑은 받아야 줄 수 있고 사랑은 이렇게 전파되며 힘이 있다는 것을 경험했다. 선택과 판단을 하지 못해 방황할 때, 스승님이라면 이럴 때 어떻게 할까를 생각하면서 마음을 잡고, 때때로 분별을 받으면서 이겨낼 수 있었고, 앞이 안 보이고 좌절할 때 스승을 보면서 포기하지 않았고, 비록 힘들지만 치유의 길에서 만나게 될 행복은 저 모습이겠구나. 나도 저렇게 되고 싶다는 희망으로 나아갈 수 있었다. 결국 나 역시 그 순간을 맞이하는 경험을 했다. 이렇듯 나에게 스승은 삶의 기준을 제공해주고 인생의 롤모델이 되었다. 나의 스승님들은 현장에서의 임상경험이 많은 분들이었고, 최대한 많은 경험의 기회를 만들어주셨다. 숨은 재능을 발견하여 사용할 수 있도록 격려와 응원을 해주시며 제자의 성장을 누구보다 기뻐해 주는 분들이다. 이렇게 현존하는 모든 스승님들과 함께 같은 길을 걷고 있음이 정말 행복하다.

완벽한 스승이 아니라 안전한 스승을 찾아라. 통제하기보다 스스로 깨닫게 하며, 완벽함을 강조하기보다 자신의 실수도 인정하고 자신을 성찰하면서 앞으로 나아가며 경험과 삶을 나누는 안전한 스승, 나를 이끌어줄 수 있는 스승을 만나고자 하는 간절한 마음을 갖는다면 우리의 현명한 자아가 꼭 발견해내고 선택하게 할 것이다.

나는 이 책을 쓰는 중에 잠시 휴식하며 유튜브를 열었다가 '스승이 필요한 이유'라는 원빈스님의 명쾌한 강연을 듣게 되었다. 스님은 스승의 본질을 '농부 아버지와 서울대 아들' 이야기를 통해 들려주 셨다.

농사를 지어 아들을 서울대에 보냈고 대기업 간부를 지내다 실 직한 아들이 시골에 와서 아버지에게 얹혀살게 되었다. 속상한 아 들이 술만 마시며 보내는 모습을 처음에는 봐주다가 한계에 다다른 아버지가 "일이나 해."라고 아들을 발로 차버렸고, 눈치 보인 아들 이 아버지를 도와 논밭 가는 작업을 하게 되었다. 서울대 출신 아 들은 경쟁력이 발동하여 '술 드신 아버지보다는 내가 잘하겠지, 내 가 서울대 출신인 것을 보여주겠다.'라며 정신을 똑바로 차리고 밭 을 가는데도 삐뚤삐뚤한 것이다. 이때 막걸리를 잔뜩 드신 아버지 가 "야, 나와 봐라."하며 밭을 가시는데, 반듯반듯하게 자로 그은 것 처럼 밭고랑을 일직선으로 가는 광경에 아들은 놀랐다. 놀란 아들 은 다음날은 자신도 술을 마시지 않았고 아버지보다는 잘하겠다는 생각으로 일주일을 열심히 했음에도 절대로 반듯하게 밭을 갈지 못 했다. "아버지! 막걸리 드시고 삐뚤삐뚤 밭을 가는데에도 어떻게 고 랑을 일직선으로 갈 수 있으세요?"라고 물었더니, 아버지가 방법을 알려 주셨고, 아버지의 그 말이 아들을 다시 일어서게 하는 조언이 되었다고 한다. 아버지의 조언은 "일을 할 때 선을 똑바로 그으려고 생각하지 않는다. 반대편에 기준을 세워놓고 그 기준을 보고 따라

가라. 40년간 농사를 지어본 결과 자기가 긋고 있는 선을 봐가지고는 일직선이 되지 않고, 반대편에 있는 명확한 기준이 필요하고, 그것만 보고 가면 선은 자연스럽게 직선으로 그어질 수 있다."라고 말씀하셨다. 이렇듯 스승의 본질적인 역할도 기준이라는 것이다. 그리고 내가 기준에서 어긋났을 때 언어적, 비언어적으로 짚어줄 수 있는가? 꼭 나에게 말하지 않아도 스승을 보고 정신이 차려지는가? 그 사람이 살아가는 모습이 나에게 기준이 되는가? 이런 기준이 필요하다는 것이다. 왜냐하면 우리는 길을 잃고 헤맬 수 있으며, 그런 순간에 선택을 해야 하고, 갈등이 생길때마다 나에게 이런 기준을 줄 수 있는 사람이 필요하며 그 기준을 스승의 본질이라고 하셨다.

원빈 스님의 강연을 들으며 나의 스승에 대한 확신과 선택에 대한 자부심으로 뿌듯하고 행복했고, 나에 대한 믿음과 자신감이 한층 더 강하게 느껴지면서 이 모든 것에 감사한 마음이 들었다. 우리의 삶의 여정에 좋은 스승을 만나는 것도 큰 축복이다. 스승을 찾고 지혜를 배우고 모방하는 것에 주의를 기울여 보자.

제6장

새로운
경험을
선택하고
선언하라

나는 희망을 이야기하는 것을
선택하기로 했다

낯선 것, 새로운 환경에 적응하는 것이 힘들어 도전하지 않으면 변화가 없고 배울 것이 없다. 나는 내면치유를 하는 과정 중에 표현이든 행동이든 그동안 하지 않은 것들에 집중하고 훈련을 하면서 낯선 것들과 가까워지는 연습을 하기 시작했다. 이전에 경험했던 대학원 공부와 강사훈련 수업도 그런 마음으로 도전하였고, 바보여서 내가 할 수 없다고 생각했던 일들에 도전하기 시작했으며, 중국을 가는 선택까지 하게 되었다. 분명 나는 새로운 선택에서 배우고 변화할 수 있다는 것을 깨달았기 때문이다.

2020년 새해를 중국의 한 호텔에서 맞이하는 새로운 경험을 하였고, 노트북이랑 읽을 책들을 잔뜩 들고 연변대학 근처 호텔로 갔다. 책을 보면서 새해를 맞이하고, 호텔에 박혀 책만 실컷 읽어보고 싶어서였다. 강아지를 먼저 애견 샵에 일주일 맡기고 일본에 있는 회원에게 요청해서 연대 근처 호텔에 예약하였다. 새롭게 맞이하는 2020년에는 건강도 챙기고, 그동안 해보고 싶었던 것들, 표현하고 싶었던 말들을 망설이지 않고 하면서 살겠다고 다짐했다. 그리고 매년 새해를 맞이할 때마다, 내가 한 해 동안 어떤 책을 몇 권 읽고, 강연을 몇 개 만들고, 어떤 경험에 도전할지 소박한 목표를 꼭 세웠다. 그야말로 소박한 목표였기에 90% 이상이 달성되었으며, 목표보다 더 달성되는 해도 있었다. 말하자면 나는 해마다 성공 경험을 쌓아가고 있었으며 목표를 이루어가는 삶을 살고 있었다.

해마다 계획을 세워 목표를 달성하고, 희망을 향해가며 생동감

넘치게 살자고 결심하게 된 계기가 있었다. 나는 한동안 누가 더 힘든지, 누가 더 앓는 소리를 많이 하는지 내기라도 하는 것처럼 사람들과 시간을 보냈다. 이 관계도 처음에는 자각하지 못했던 부분이다. 만나기만 하면 서로의 불안을 이야기하면서 내가 지금 얼마나 힘든 상황인지에 대해 번갈아 가며

서로 질세라 주고받았고, 그러면서 또 서로를 위로했다. 내가 아무 일도 없고 편안하고 행복하다고 하면 '나는 이렇게 힘든데, 너는 행복하구나. 나 좀 줘라.'라고 뺏길 것 같은 마음도 생기기 시작했다. 일단 나만 편하고 행복한 것은 불편했던 것이다.

그 당시 현실적으로 힘든 것이 사실이었지만 방어하듯 내가 얼마나 힘든지를 설명하기 위해 매일 변명하는 것이 심적으로 더 힘들었다. 처음에는 서로의 불안을 나누는 것이 마음의 위안과 위로가 되었지만, 차츰 에너지와 기운이 다 빠져나가고 있었고, 그 상황에서 더 발전되거나 서로를 위해 도움이 되지 않는다는 것을 알았다. 그래서 나는 잠시 거리를 두는 것을 선택했고, 주변에도 이 사실을 이야기하고 도움을 요청하기로 했다. 내가 스스로 일어날 수 있는 희망도 있고 자신도 있는데, 이 상황에서 서로 의존하고 불안만 이야기하면 같이 무너질 수 있으니, 내가 나의 일에 집중할 수 있게 중간에서 이야기를 전달하지 말고, 저를 믿고 맡겨주시기를 요청했다. 그때 그렇게 용기낼 수 있었던 것은, 나의 내면 깊은 곳에서 간절하게 울려 나오는 '나도 이제 희망을 얘기하고 싶다.'라는 목소리가 강렬했기 때문이다. 이 말을 입으로 꺼내기만 해도 소름이 돋을 정도로 힘이 나는 것을 느꼈고 자신감과 희망이 있었다. 이렇게 요청하고 긍정적인 답변을 듣고 나니 힘이 더 올라왔고, 결국 내가 할 수 있는 최고의 성과를 이룰 수 있었다. 그때는 누가 봐주지 않아도 나 자신을 위해 기꺼이 선택했고 헌신할 수 있었으며, '내가 이렇게 희생하고 있으니, 나를 좀 봐줘.'라는 마음도 없었다. 나도 희망을 얘기하고 싶다고 했을 때, 이미 나는 스스로 인정하기 시작했고, 존재 자체로 소중하다는 것을 마음으로 느끼고 받아들이고 있었다.

이전에는 모든 잘못의 원인이 외부에 있다고 생각했고, 나 자신의 내면은 불평과 불만만 가득하니 나와 비슷한 사람들만 찾아왔다. 서로의 힘듦만을 나누었으니 매일 기분이 가라앉아 있었다. 얼마나 힘들었을까? 당시 나는 감각조차 무디었기에 힘들어도 힘든 줄 몰랐고, 그저 "너무 힘들어."라는 말을 입에 달고 살았다. 치유와 선택의 힘으로 차츰 나 자신을 믿기 시작하면서 그 굴레를 벗어날 수 있는 돌파구를 찾기 시작했다. 물론 어떠한 만남에서도 얻을 것이 있고 모든 인연에 감사하지만, 부정적인 에너지를 가지고 교류할 때 나아지는 것이 보이지 않았던 것이다. 운 좋은 사람들과 위기를 극복한 사람들을 만나서 보고 배우고 결국 내가 그 운 좋은 사람이 되겠다는 희망을 품어야 한다. 실제로 그 당시 나는 위기를 극복하였거나 잘되는 사람들을 찾아다니면서 많은 것을 배웠고, 내가 잘하는 것도 스스로 인정해줄 수 있었다. '내가 좋은 사람이 되어, 내게 좋은 사람이 오도록'이라는 유명한 말의 참 의미를 깨닫게 되었다. 내가 먼저 회복되어야 힘든 사람이 내 앞에 찾아와도 좋은 에너지를 나눠줄 수 있다고 생각했고, 내가 먼저 그런 상태가 돼서 나를 찾아오는 사람들을 기꺼이 도와주고 싶었다.

"나는 희망을 이야기하고 싶습니다. 그리고 그 기쁨을 충분히 누리고 축복과 영광을 받겠습니다. 잘되는 사람을 스승으로 모시고 보고 배우겠습니다."라는 희망을 이야기하는 사람이 될 것을 먼저 선택하고 행동할 때 이루어진다.

* 나의 희망과 선언

....

....

1) 사랑의 본성을 회복시키는 3가지 선택훈련

선택이라는 용어를 쓴 것에 주의해서 느껴보라. 우리는 삶의 매 순간 선택을 한다. 흔히 자신을 버리고 상대에게 맞췄다는 것도 일종의 생존을 위한 선택이었으며, 우리는 항상 선택을 해왔고 할 수 있기에, 이제 새로운 선택도 할 수 있다. 매일 하던 대로만 하는 패턴으로는 변화가 없다. 그리고 기회는 삶의 매 순간에 있고, 그 기회를 잡는 주체는 바로 나다. 기회가 올 때 잡고, 내가 나의 성장을 방해하지 말아야 한다. '도전', '표현', '확인'의 세 가지 기회는 완벽하게 하나의 세트이며, 온전하게 현재에 깨어있게 한다. 이제 나 자신에게 사랑의 회복이라는 선물을 주어야 할 때이다. 성장은 현실에서 부딪치며 겪을 때 가장 빨리 일어나며, 이제까지 해오던 것들을 깨는 훈련이 필요하다.

① **도전할 기회를 주세요.**

인간의 기본욕구 중 하나는 소속감이다. 현재 육아에 집중되어 있다면, 같은 교육법을 공유하거나 육아 경험을 나누는 곳에 소속되어 있으면 좋다. 혹은 내 꿈과 연결된 곳이거나 안전하게 표현할 수 있는 강사훈련 스쿨에 들어가거나, 내가 좋아하는 롤모델을 중심으로 펼쳐지는 커뮤니티 단체도 좋다. 서로 영향을 주고받으며 연결되는 경험을 할 수 있다. 공감대가 형성되는 같은 철학을 가지고 있는 건강한 집단이 필요하다. 내 딸은 한때 학교에서 함께 공부하는 반 친구들보다도, 같은 취미를 가지고 있는 모임이나 동아리, 클럽활동을 훨씬 더 좋아했고 자신이 선택한 모임에서는 비교적 열심히 임하는 모습을 보였다. 그때는 학교와 반 친구들과 멀어지는 것 같아 불안한 마음으로 바라보기도 했었는데, 내가 경험해 보니 충분히 딸의 마음에 공감이 갔다. 나는 직업상 푸름이닷컴과 푸름이교육연구소라는 조직에 속하게 되었고, 공감할 수 있는 조직에 소속되었을 때 안정감을 찾을 수 있었다. 크든 작든 서로 수치심으로 비춰주지 않는 건강한 조직을 선택할 수 있다면 너무 좋은 경험이 될 것이다. 그리고 관계를 조화롭게 하면서 주어진 환경 내에서 최대한 기회를 찾아서 잡아라. 나에게 오는 모든 기회에 YES 하겠다는 마음으로 임하면 좋다. 나는 나를 표현하고 싶은 욕구가 너무 커서, 어떻게든 정당하게 나를 표현할 수 있는 취미활동 모임이나 같은 철학을 가진 단체에 가려고 고민하던 때도 있었다. 이런 생각이 들 때 '너는 자격이 안 돼.'라는 자책과 자기 비난이 뒤따라 왔지만, 어느 순간 비난도 더는 내 욕구를 막을 수 없는 상황까지 왔다. 이런 나 자신을 수용하는 것도 수치스럽고, 아프고, 가슴이 쓰렸지만 결국 현실에 맞서 나를 드러내는 경험했을 때, 훌쩍 성장해있었다. 나는 '내가 인생에서 꼭 배워야 하고 겪어야 할 것들이 있다면 다 겪겠으니 나에게 그것을 모두 경험할 기회를 주십시오'라고 기도했고, '내가 겪고 배워야 할 일이 있다면, 다 와라. 내가 다 겪어줄게.'라고 두려움에 맞서는 선언도 스스로 했다. 신기하게 선언을 하고 나면 어김없이 선택의 기회들이 찾아왔고, 그렇게 기도하고 중국으로 건너갈 기회도 생겼고, 선택하게 된 것이다. 지금도 나는 경험하고 싶고 도전할만한 기회들을 찾고 있다.

② 표현할 기회를 주세요

도전의 기회를 잡으면, 그 안에서 마음껏 자신을 펼쳐야 한다. 나에게 주어진 시간 내에서 최대한 표현해야 내가 무엇을 말하고 싶은지, 어떤 두려움을 가졌는지 알 수 있다. 앞에 나아가서 자신을 표현할 때, 자신이 감추고 있는 수치가 드러날까 봐 두려워하는 모습을 자각할 수 있고, 자책과 비난이 그림자처럼 따라다니는 것을 느낄 수도 있을 것이다. 이런 나를 만나고 자신을 느끼면서 엉킨 실마리를 풀어나갈 수 있다. 나는 수치스러운 나를 만나며 그 감정을 고스란히 느꼈지만, 그런데도 다시 표현하고 드러내는 것을 선택하였다. 또다시 수치심이라는 손님이 어김없이 찾아오지만, 나는 이 상황에서 어떻게 할 것인지 선택하고 선택했다. 강사훈련을 시킬 때도, 참가자들에게 자신을 최대한 많이 표현하고 드러내도록 격려했고, 안전한 집단에서 이루어질 때 서로 자극이 되면서 동반성장 한다는 것을 강조하였다. 도전할 수 있는 프로젝트가 있다면 무조건 선택할 것을 권장하였고, 선택 후의 두려움과 끝난 후의 수치심은 상담을 통해서나 치유장에 가서 풀더라도 내면의 표현 욕구를 드러낼 기회를 자신에게 많이 줄 것을 강조했다.

많이 표현해보아야 내가 무엇을 말하고 싶은지 알게 된다. 그리고 감사를 표현하고 싶을 때, 고마움을 표현하고 싶을 때 망설이지 말고 표현하도록 연습하는 것이 좋다. '표현하지마, 거절당할 수도 있어. 너의 수치를 드러내지 말고 그냥 가만히 있어. 표현할 때 네 모습이 바보 같아.'라고 말하는 내면의 감시자를 넘어서라. 표현의 기회는 나뿐 아니라 상대에게도 충분히 주자. 이 말의 뜻은 상대가 나에게 주는 축복을 받음으로써 상대에게 기쁨과 기회를 주자는 뜻이다. 먼저 내가 축복받는 기회를 방해하지 말고 허용해야 한다. 상대가 나를 축하해주고 인정하고 있음에도 "아니에요."라고 부정하거나 민망해하는 사람이 있다. 심지어 예쁘다고 칭찬하는데, 아니라고 화를 내는 사람도 있다. "그렇게 봐주셔서 감사합니다."라고 받아들이고 감사를 돌려줌으로써 허용하고 상호 교류를 하면 행복해진다. 나는 40대 후반에 초등학교 친구들을 다시 만났고, 그중 한 친구가 나를 여리여리한 몸에 생머리에 원피스를 입은 소녀로 기억해주었는데, 그 친구가 나에 대해 이야기할 때 처음에는 그렇지 않다고 부정하고 싶었다. "나 그렇게 고상하고 예쁜 아이 아니야. 존재도 없고 너무 힘들게 살았어."라고 말하고 싶었지만, 그 친구는 보고 느낀 것을 말할 뿐이고 긍정적인 나의 한 면을 기억하고 표현해준 것이기에 그 말이 진실이었고 그렇게 봐주는 친구가 있다는 것이 너무 고마웠다. "유진아, 나를 기억해줘서 고마워. 다음에 만나면 또 표현해줘."라고 말할 수 있었고, 어린 시절의 아름다운 나를 만나서 너무 행복했다.

③ 확인할 기회를 주세요.

무리하지 않으면서 다양하고 많은 경험을 하고 거기에서 진실을 확인하라. 내가 많은 경험을 하면서 깨닫고 확인한 것은 나는 참 괜찮은 사람이라는 것이다. 머리로만 아는 것이 아니라 가슴으로 진실을 확인할 때까지 포기하지 말기를 바란다.

중국에서 일하던 회사는 도전하는 기회들이 아주 많았고, 회원들을 위해 최대한 많은 기회를 만들어 제공하고 연구하는 곳이었다. 대표적으로 내가 훈련하는 회원들이 도전했던 것이 강사 경연대회였는데, 모든 사람들이 1등을 하고 싶은 마음과 자신의 유능함을 펼쳐 보이려 최선을 다하지만 모든 사람이 다 1등을 하지는 못한다. 참여자들에 따라 분위기가 다르고 그때마다 공감되는 적합한 주제가 있을 수 있고, 강사마다 강연방식 스타일이 다르며, 심사하는 사람의 취향도 다르기에 매번 예측하지 못한 결과가 나온다. 또 강연을 잘하지만 무대 위에서 긴장하는 경우도 있고, 상과 등수로 자신의 존재를 증명하고 싶은 과한 집착이 표현하는데 걸림돌로 작용하기도 한다. 이렇듯 변수가 많을 뿐이지 누가 잘나고 못나고의 차이는 아니며, 떨어진다거나 한 번도 순위에 들지 못했다고 해서 그 사람의 존재가치가 변하는 것은 아니다. 해를 거듭할수록 참가자들은 이 점을 배워간다. 비록 예선과 결선에서 떨어지고 등수와 멀어졌지만 내 존재의 고귀함은 변함없음을 확인하고 그 심정을 충분히 표현하는 기회를 가진 사람이 훨씬 더 단단해진다. 반면 좋은 성적을 얻었음에도 떨어진 참가자 눈치를 보거나 죄책감이 들어 충분히 기뻐하지 못하는 자신을 만나기도 하면서 결국 자신이 충분히 기뻐하고 기쁨을 누릴 권리가 있는 고귀한 존재임을 확인하기도 한다. 나의 모든 부분을 만나면서 내가 누구인지를 확인하고 진정한 자신을 만나려면 이 세 가지를 경험할 기회를 찾고 선택해보길 바란다. 나는 어떤 강연, 어떤 나눔이든 나에게 오는 모든 기회에

YES 하겠다고 선언한 이후, 라디오방송에도 출연하고, 심야 토크 라이브방송도 참여하면서 많은 경험을 선택했다. 이 과정에서 나의 강점도 발견하고 단점과 실수 또한 수용할 수 있는 여유를 갖게 되었다. 나눔으로써 가장 많이 얻는 것도 결국 나라는 것을 경험했고 그 증거들을 수없이 많이 보았다.

일본에 사는 회원 중 한 명은 코로나 이전에 대부분의 교육이 중국 현지에서 진행되던 시기임에도 중국 우리 회사의 육아 성장 프로그램을 선택한 최초의 해외거주자다. 이 선택도 이미 멋졌는데, 일본에서 중국으로 건너와 머물면서 치유와 상담은 물론 모든 프로젝트에 참여하고 온라인 수업도 적극적으로 하였다. 실전 훈련을 하는 프로그램의 리더를 맡기면 거절하지 않고 대부분 참여하는 열정이 있었고, 점점 더 멋진 모습으로 변해갔다. 그런데 이 회원이 가지고 있던 결정적인 걸림돌이 바로 자신을 드러내는 부분이었는데, 강연으로 모두의 주목을 받으며 단독으로 자신을 드러내고 표현하는 것에는 유독 약한 모습을 보이고 힘들어했다. 자신의 이런 걸림돌을 강사경연을 선택하고 도전하면서 극복해 나갔는데, 무대 위에 오르면서 수십 번의 감정 롤러코스터를 격렬하게 타기 시작했고, 초라하고, 두려움에 가득찬 자신을 보면서 수치심으로 아파하고 울면서도 이를 악물고 도전했다. 이런 자신과의 싸움에서 결국 얻은 것과 남은 것은 변함없는 존재의 소중함과 가치를 발견한 것, 그리고 자신에 대한 사랑과 믿음뿐이었다. 중도에 포기하지 않고 자신에게 주어진 모든 기회를 다 활용하였으며, 지금은 부드러우면서 힘있는 강연을 한국 사람들을 대상으로 하는 국제적인 강사이면서 육아와 성장 경험을 나누는 선생님의 자리에서 활약하면서 또 다른 꿈을 향해 도전하고 있다.

강사경연대회 사진

내면을 풀어가는
4가지 질문

    나는 19년간 부모교육과 육아 분야를 다루는 푸름이닷컴이라는 곳에서 일하면서 육아를 통한 성장과 코칭이 만들어내는 극적인 변화들을 현실에서 눈으로 볼 수 있었다. 지금도 교육연구소를 통해 훌륭한 치유가 이루어지고 있는 것을 보면서 '육아를 통한 성장'이라는 새로운 치유영역의 한 분야가 탄생했음을 실감하고 있다. 이 경험이 있었기에 대학원을 선택할 때에도 가족치료 전공을 고집했다. 근원적이고 어린 시절의 깊은 상처를 다룰 때 이미지를 활용하여 감정을 다루는 부분은 사티어 가족치료와도 비슷한 면이 많이 있다. 대면할 때 힘 있는 자신의 존재와 만나면서 힘을 얻는 치유의 과정이 깔끔하고 시원함을 느끼게 했다. 이외에도 대학원에서 공부하면서 수많은 치유프로그램과 교육을 경험하면서 나는 상담의 영역도 좋지만 때로는 코칭과 상담, 분별이 적절히 조화를 이루면 좋겠다는 생각을 했고 상담사로서의 내 정체성도 그렇게 형성해가고 있다.

아래 질문 네 가지는 상담과 코칭을 하면서 자주 하게 되는 질문이고 내면 여행의 여정에 많이 하는 질문들이다. 어렸을 때 내가 가졌던 기대와 열망, 그리고 미해결된 감정들에 대한 질문이니 스스로에게 질문하고 적어보면서 새롭게 다가오거나 느껴진 점이 있다면 그것도 기록해보자. 심각하게 고민하지 말고 문득 떠오르는 상황에 대입해서 적거나, 2번에는 자기 이름을 넣고 읽어보면서 올라오는 느낌을 관찰하고 기록하면 된다.

1) 그때 내가 하고 싶었던 말은 무엇이었나?
(미해결된 욕구나 감정을 탐색하는 질문)

그 상황이 나에게 안전해서 내가 하고 싶은 말을 다 할 수 있었다면 이라는 전제하에, 그때 내가 정말 원하는 것은 무엇이었고, 무슨 말을 하고 싶었는지를 느껴보고 글로 표현해보자. 표현을 함에 있어서 따라오는 다른 감정(불안, 두려움)이 있는지도 관찰해보자.

....

....

2) 나에게 가장 중요한 상대에게 듣고 싶은 말은 무엇인가?
(감정과 지각, 기대 탐색)

.... 야, 울어도 되고 웃어도 되고 소리쳐도 되고 하고 싶은 대로
다 해도 돼. 니 마음을 느껴봐.

.... 야, 니 잘못이 아니야, 네가 못나서가 아니야, 살아줘서 고
마워.

.... 야, 엄마, 아빠가 집에서 기다리고 있어. 빨리 돌아와.
너는 사랑스러운 우리 집 딸이야.

.... 야, 사랑한다. 힘들면 힘들다고 말해도 돼.

.... 야, 너는 수치스러운 존재가 아니야. 너는 사랑이야.

.... 야, 니 잘못이 아니야. 너는 있는 그대로 예뻐. 이 세상에 잘
왔어.

.... 야, 그동안 많이 외롭고 힘들었지. 너는 혼자가 아니야.

.... 야, 너의 탄생을 축복하고 축하해. 예쁜 딸로 태어나줘서 너
무 고마워. 사랑해.

.... 야, 실컷 울어도 돼. 무서우면 무섭다고 표현해. 너는 너무
빛이 나.

.... 야, 엄마가 힘든 건 네 탓이 아니야. 넌 귀찮은 존재가 아니

야. 넌 충분히 자격있어.

.... 야, 정말 참다 참다 어렵게 한 말인데 수치를 느껴서 힘들고
아팠지. 엄마가 몰라서 그랬어. 몰라서 그랬어도 엄마가
잘못한 거야. 니 잘못이 아니야.

.... 야, ...

....

.... 야, ...

....

* 위의 글을 읽으면서 새롭게 느껴진 점(감정 혹은 자각)

....

....

3) 그때 내가 이 말을 했다면
(마음을 표현했다면) 어떤 반응이 돌아왔을 것 같은가?

(어떤 반응이 두려워서 하지 못하고 억압했는지 두려움의 실체
탐색 질문)

....

....

....

4) 내가 인정받고 싶고, 해결하고 싶은 과제는 무엇인가?
(나의 열망과 존재 탐색)

....

....

....

....

* 위의 4가지 질문에 답하면서 새롭게 느껴진 점이나 깨달은 점

....

....

....

....

....

3

내면의 두려움에
맞서는 선언

아무 일도 생기지 않았음에도 과거의 경험으로 인해 자신도 모르게 어떻게 되지 않을까, 내가 아이를 지키지 못하는 게 아닐까, 다 망쳐버리는 게 아닐까, 돌이킬 수 없는 상황이 되는 게 아닐까 하는 막연한 두려움을 느끼고 행동할 때가 있다. 이런 마음 안에 어떤 문제가 있는지 확인하지 않고 회피만 한다면 두려움은 여전히 내 안에 남아있게 된다. 두려움을 잔뜩 머금은 눈으로 아이와 상대를 바라보게 된다. 두려움에 찬 부모의 눈을 본 아이는 '나에게 어떤 문제가 있기에 불안한 눈으로 나를 바라볼까?'라는 생각에 혼란스러워하며 자신이 불안한 존재이고 문제가 있다고 착각할 수 있다. 나도 부모의 눈빛을 통해서 이런 두려움을 많이 보았고 그대로 내 눈에 담아와서 세상을 바라보았다.

　현실을 살면서 두려움이 느껴질 때마다 무서웠고 회피하려고만 했었지 어떻게 해야 이 두려움이 없어질지 몰라 막막했던 적이 많았다. 회피하면서 두려움에 떨며 하루하루를 사는 것도 힘들었고, 너무 지치고 지겹고 힘들 때는 실체가 있다면 맞서서 싸움이라도 한바탕하고 싶은 심정이었다. 그러면서 맞서는 것밖에 피할 길은 없다는 것을 알았고, 치유와 상담을 받지만 그래도 일상에서 수시로 올라오는 두려움은 내가 어떻게든 해결해 보자는 마음을 갖게 되었다. 그래서 먼저 말로 당당히 맞서서 지킬 것을 표현하고 선언했는데, 처음에는 가슴이 두근거리고 떨렸지만, "두려움의 상태일 때 두려움으로 선택하고, 사랑의 상태일 때 매 순간 사랑으로 선택한다."라는 말을 떠올리며 계속 선언했다. 표현할 때마다 힘이 올라오면서 두려움이라는 허상이 깨지는 것을 조금씩 느낄 수 있었다. 내가 감당할 수 있을까? 책임질 수 있을까 하는 생각에 빠지고 휩싸이면 무서운 생각, 파괴적인 생각만 든다. 거기에 빠져 있으면 정작 현실의 나에게 오로지 집중할 수 없을 뿐 아니라 이 무섭고, 파괴적인 생각을 하고 있는 동안은, 존재자체를 수치스럽게 느끼고 있는 내 모습을 보지 않아도 된다. 고요함 속에서 수치스러운 나를 느끼는 고통보다는 무섭고 파괴적인 생각을 하며 두려움에 떠는 것이 훨씬 더 낫다고 판단한 것이다. 그래서 무섭고 두려운 생각을 붙잡고 벌벌 떠는 고통을 만들어내면서까지 자신을 보는 것을 회피할 수 있고, 고요함이 견디기 힘들어 끊임없이 문제아닌 문제를 만들어내며 마음 고생을 하기도 한다. 마음 속 깊은 내면에서는 내가 수치스러운 존재가 아니라는 진실보다는 수치라는 허상을 의심하지 않고 그대로 믿고 있기 때문이다.

나는 두려움에 휩싸이고 불안할 때마다 아이의 눈을 피하지 않고 바라보며, 마음속으로 '엄마가 감당할게. 사랑을 선택할게'라고 분명한 어조로 시작해서 '너는 어쩌면 이렇게 사랑스럽니, 잘 왔어. 환영한다. 엄마는 지금 불안과 두려움을 느끼고 있어. 그러나 이 모든 두려움은 엄마의 것이란다. 엄마의 아픔이니 엄마가 처리할게. 네 것이 아니야. 너는 여전히 사랑스럽고 고귀한 존재란다. 엄마는 어떤 상황에서도 사랑을 선택할 거야. 그리고 너를 안전하게 지켜줄게. 사랑한다. 예쁜 내 딸 사랑한다.'라고 마음속으로 말하곤 했다.

이런 선언은 딸에게만 한 것이 아니라 두려움이 올라오는 모든 대상과 관계에서 해주었다. 심지어 강아지를 바라보면서도 했고, 어려운 상대를 만날 때에도 나 자신에게 맞설 힘이 있고 용기 있는 존재임을 상기시켜 주면서 나와 함께하는 경험을 했다.

* 두려움에 맞서는 선언

....

....

1) 나는 어른으로 사는 삶을 선택합니다

이 내용은 심리치유 전문가 수잔 포워드의 책『독이 되는 부모가 되지 마라』에 실린 내용인데, 내 경험에 비추어 볼 때, 너무 공감되는 부분이어서 강사훈련 수업에도 활용하곤 했었다. 나는 항상 어린아이로 살기를 선택했었고, 그것이 가장 안전하고 편한 생존방식이라는 것이 무의식 저편 어딘가에 저장되어 있었기에 실제로 행동도 어린아이처럼 하는 정신적으로 한 부분의 성장이 지체된 어른이었다. '어른의 삶을 굳이 선택까지 하면서 힘들게 살아야 하나? 원가족에서 막내로 애교부리고 도움받으면서 적당히 묻혀 살면 편한데.'라는 무의식 속에서 살아왔고 많은 책임을 져야 하는 어른의 삶이 편안해 보이지 않았고, 뭐하러 사서 고생을 할까? 라는 생각이 있었다. 그런데 이런 삶의 자세는 내가 이루고자 하는 꿈과 목표를 멀어지게 했을 뿐 아니라, 나이가 들면서 힘을 쓰지 못하고 나약해지는 것이 느껴졌다. 이것 또한 도저히 피해갈 수 없는 부분이라는 것을 깨달았고 무엇보다 나를 보고 자라는 아이가 배울 수 있다고 생각하니 끔찍했고 절대로 그런 의존적인 삶의 모델이 되고 싶지 않았다. 두려웠지만 어른으로서 선택하고 책임지는 것을 연습하면서 하루하루 대면하다 보니, 의외로 어른으로 산다는 것은 내가 생각했던 것과 반대로 훨씬 더 자유로웠고, 선택과 책임으로 존재하는 모든 곳에 활력과 힘이 함께 있다는 것을 알았다. 먼저 언어로 선택하고 선언하다보면 행동도 바뀐다. "나는 지금 이 순간 ~~을 선택하고 책임질 거야."라고 여러 번 반복하고 연습하면서 경험해왔다. 강사훈련에서도 회원들과 나누었고 심야 토크를 하면서 청취자들에게 물어보고 얻은 답변들을 아래에 적어보았다.

이제 어른으로서 나는 내가 엄마임을 알고, 딸을 질투하고 조종하려는 내 무의식에서 딸을 보호할 책임이 있다. 아들을 존재로 인정하고 존중할 책임이 있다. 내가 옳고 남이 틀리다는 증거를 찾고 있는 나를 분별해낼 책임이 있다. 내 선택을 존중하고 책임질 용기를 가져야 할 책임이 있다. 내 상처를 치료하고 나를 사랑할 책임이 있다. 남편의 인생을 남편에게 돌려줄 책임이 있다. 등의 답변이 올라왔는데, 자신을 보는 작업이 너무 잘되어 있지 않은가. 감탄을 하면서 나눴던 기억이 있다.

위의 문장들을 참고해서 선택과 책임감을 갖고 어른으로 살 것을 선언해보라. 하다 보면 어른으로 산다는 것에, 너무 무거운 의미를 부여해서 부담을 가지는 사람들도 있을 것이다. 그런 느낌이 강하게 올라온다면, 너무 많은 책임을 안고 산 것일 수 있다. 그런 자신의 모습도 기꺼이 만나고, 내가 짊어지지 않아도 될 짐을 지고 살았다면, 그 점을 고려하여 나를 좀 더 편안하게 해주는 선언을 창조하길 바란다.

〈책임소재를 분명히 하라〉

이제 어른으로서 나는 (부모와 분리된 개별적인 한 인간이 되어야 할) 책임이 있다!

이제 어른으로서 나는 (어린 시절의 사실과 직면해야 할) 책임이 있다!

이제 어른으로서 나는 (어린 시절의 사건들과 어른이 된 지금의 생활 사이의 연관 관계를 인식할 용기를 내야 할) 책임이 있다!

이제 어른으로서 나는 (부모님에 대한 나의 솔직한 감정을 표현할 용기를 내야 할) 책임이 있다!

이제 어른으로서 나는 (부모님이 살아 계시든 돌아가셨든 부모님이 내 삶을 좌지우지하지 못하게 할) 책임이 있다!

이제 어른으로서 나는 (내 안에 존재하는 어린아이를 치유하기 위해 필요한 적절한 도움을 받아야 할) 책임이 있다!

이제 어른으로서 나는 (어른스러움과 자존감을 회복할) 책임이 있다!

어른으로서 나는 (....

....)의 책임이 있다!

어른으로서 나는 (....
....)의 책임이 있다!

어른으로서 나는 부모와의 관계에서 (..................................
....)의 책임이 있다!

어른으로서 나는 부모와의 관계에서 (..................................
....)의 책임이 있다!

– 수잔 포워드의 『독이 되는 부모가 되지 마라』

2) 나는 상담사이고 작가이며 내 삶의 전문가입니다

　나의 일부분인 직업에 대해 어떤 태도를 가지고 있는지 알아보자. 자신의 직업을 당당하게 말하지 못하는 사람을 많이 보았다. 나도 아이가 어릴 때 그런 경험이 있는데, 학교에서 보내온 서류의 부모 직업란에 딸이 "엄마 직업을 뭐라고 적어야 하지?"라고 고민하는 것을 몇 년간 보았다. 나는 그 당시 내 직업의 정체성도 갖고 있지 않았고, 내가 하는 모든 일이 만족스럽지 않고 부족하다고 느꼈기에 당당하게 말하지 않았고 그래서 딸도 헷갈려했다.

　회원 중에 의사가 있는데, 내가 어깨 통증으로 아파할 때 도움을 준 고마운 분이다. 그는 우리 회사에서 진행하는 영어 동화책 스터디그룹의 리더를 하며 나눔도 잘하였고, 진실하고 좋은 사람이었다. 나는 그 회원을 병원에서 만나면 너무 멋있고 자랑스러워 보였는데, 정작 당사자는 왠지 움츠린 모습을 보일 때가 많았다. 이렇게 자신의 직업에 당당하지 못했던 것에는 자신이 선택한 직업이 아니라 부모님의 바람이었고, 결과라는 생각 때문이었다. 힘이 없어 따를 수밖에 없었고 자신의 자유의지를 포기했다는 수치심이 내재되어 있었다. 사랑받기 위해, 버림받지 않기 위해 자신의 고유함을 포기하는 상황이 충분히 있을 수 있다. 이런 경우는 지금이라도 애도하고 상실하면서 다시 선택해보는 것이 좋다. 어떤 압력이 있었더라도 본인의 선택이었음을 인정하고 그때의 아픈 마음도 공감하면서, 지금 이 순간 나는 이 직업을 다시 선택할 것을 표현해보자. 모든 결정과 선택에 내가 원하지 않았고, 어찌할 수 없이 해야만 했던 생존과 방어를 위한 선택에는 아픔이 있다. 아픈 마음을 인정해주면서 과거를 완결하고 나면, 평생 함께한 직업이기에 얻은 것도 있고, 고마움도 있을 것이다. 스스로에게 묻고 답하면서 지금 바로 그만두지 않을 것이라면 내가 다시 한번 직업으로써의 정체성을 선택할 수 있다. "나는 의사다. 나는 이 직업을 내가 선택했고 지금 또 새롭게 선택한다."라고 말로 선언해보자. 부모에 의한 선택이었더라도, 나하고 잘 맞고 좋은 면이 있을 수도 있는데, 강요당한 상처와 부모에 대한 반발로써 싫어한다고 믿거나 제대로 자신의 마음을 느끼지 않고 외면하고 사는 사람들도 있다. 그래서 나는 워크숍을 할 때도, 간혹 결혼 동기나 선택에 대한 동기를 물어보고, 그 자리에서 다시 느껴보게 한다. 나중에 그 회원을 몇 달 만에 다시 만났을 때, 확신에 찬 얼굴로 "제 마음을 들여다보니, 의사라는 이 직업을 좋아하더라구요. 나중에 개인 병원을 운영하고 싶은 꿈도 생겼어요."라고 말할 때, 너무 기뻤다. "저는 한 번도 교육이나 연수를 생각해본 적이 없었는데, 저 이제 회사에 신청해서 북경으로 연수도 가려고 해요."라고 말하는 내내 확신에 차 있었고 일 년 뒤에 심리영역과 자신이 공부한 학문을 결합한 의료분야에도 매우 흥미롭게 생각하며 관심을 가졌고, 북경에서 연수를 받고 있다는 소식을 들었다.

나도 내 딸이 이런 직업을 갖고 이런 일을 하는 사람이었으면 좋겠다는 높은 기준이 있었고 압력도 주곤 했는데, 엄마 꿈은 엄마가 이루는 것이 좋겠다는 딸의 따끔한 충고를 듣고 정신을 차린 적이 있었다. 또 딸이 20대 중반이 되어 사회생활을 시작할 나이에, 바로 그 시점에 경험했던 내 아픔이 터져 나와 눈물을 흘린 적이 있었는데, 내가 처음 사회생활을 시작했을 때, 나는 사회로 나가는 것에 엄청난 두려움을 가지고 있었고, 이 두려움은 어렸을 때부터 늘 있었고, 학교도 무섭고 두려웠는데, 사회로 나간다는 것은 상상도 할 수 없는 두려움이었다. 그때 나에게 표현할 힘이 있고, 우리 집이 좀 더 경제적으로 여유롭고 부모님이 내 이야기를 들어주셨다면 "나, 너무 무섭고 두려워요. 이렇게 바로 사회로 일하러 떠밀리듯 나가고 싶지 않아요. 좀 더 천천히 배우면서 경험하고 나갈 수 있도록 도와주세요."라고 말했을 것이다. 이 경험을 딸하고도 나누었고, 내가 이런 상처가 있다 보니, 딸이 아르바이트를 한다고 할 때 내 두려움으로 은근히 딸의 발목을 잡았다는 것도 알게 되었다. 직장에서 자신의 새로운 재능을 발견할 수도 있고, 일한 만큼의 급여를 받음으로써 성취감도 느낄 수 있는데, 나는 그저 삶의 전쟁터로만 인식하고 두려워하는 모습을 보여주었던 것이다.

결과적으로는 나는 사회생활을 일찍 시작하고 많이 경험하였기에 유능함도 얻었고 사회의 변화와 흐름을 읽고 적응하는 능력이 빠르다 보니 시대적으로 필요한 분야의 흐름에 따라 직업을 선택하면서 지금의 상담사라는 직업까지 갖게 되었고 만족한다. 나는 상담사라는 직업을 가지면서 나의 상처를 치유할 수 있었고 가볍고 하찮게만 여겼던 인생을 대하는 나의 태도도 신중하고 진지하게 변했다. 상담과 강연으로 나눔을 하고 이제는 글로써 내 경험을 좀 더 크게 나누면서 함께 어울려 살고 싶은 열망도 채워가고 있다. 내 직업은 상담사, 강사이며 작가이고 나를 알아가는 내 삶의 전문가다.

* 나의 현재 신분(학생, 직장인, 주부)**이나 직업인으로서의 정체성을 표현해보자.**

....

....

....

기쁨도
배워야 한다

많은 사람들이 축복과 칭찬을 받을 줄 모르고 낯설어하는 모습들을 보면서, 기쁜 일이 생기기만을 기다리는 것이 아니라, 즐기고 표현하는 것도 배우고 연습해야 한다는 것을 깨달았다. 모든 감정을 느끼고 표현하는 것이 억압될 때, 기쁨과 즐거움도 함께 억압되었기에 기뻐도 기쁜지 모르고 지금 표현해도 되는지 눈치 보고 두려워한다. 1등을 했는데, 왜 기뻐하고 웃지 않냐고 물어보면, 기쁨을 못 느낀다고 말하거나 지금 여기서 내가 기뻐해도 되는지를 먼저 물어보기도 한다. 그나마 축하와 축복을 남에게 해주라고 하면 억지로라도 해보겠는데 받는 것이 오히려 더 힘들다고 말하는 사람들도 있다. 나도 한동안 유능하다는 칭찬을 들으면 괜한 소리라고 생각하면서 못 들은 척하거나, 아니라고 부정하며 그 자리가 너무 어색해서 도망갔다. 돌이켜보면 10년 전쯤만 해도 축하와 축복과 기쁨, 성취 이런 감정들은 거의 만나지 않고 살았고 크게 웃어본 기억도 별로 없다. 이렇게 정말 오래 살다가 언젠가부터는 호탕하게 웃는 사람만 보면 기분이 좋아지면서 함께 이야기 나누고 싶어지더니 그 웃음을 따라 하기 시작했다. 그 뒤부터는 웃고 싶을 때 확실하게 웃고, 거울 보고 멋쩍게 웃어보기도 하는데, 이런 행동을 하고 나면 연달아 웃음보가 터진다. 좋을 때 실컷 웃고 행복을 많이 저장해두었다가 힘든 일이 생기면 대응해 나갈 힘으로 쓰면 된다.

내가 살던 환경 자체가 기쁨을 표현한다거나 자랑을 하는 분위기가 아니었고, 비교가 일반화된 사회에서는 웬만한 건 자랑거리가 되지도 못하기에 입도 뻥긋 못한다. 그리고 집집마다 가족의 규칙이 있다. 너무 좋아하면 울일 생긴다거나, 자랑하면 못쓴다. 사람은 겸손해야한다는 분위기가 지배적이었다. 한번은 엄마에게, 이번 학기에 성적이 너무 잘 나왔다고 말했을 뿐인데, 내 말이 끝나기가 무섭게 "아무리 그래도 그런 자랑하지 마. 어떻게 될 줄 알고"라는 말을 해서 당황한 적이 있었다. 이런 반응을 들었을 때, 자각해야 하는 것이 있다. 이 말에 내가 얼마나 많은 영향을 받는가인데, 흔히 말하는 내 자존감이 어느 정도이냐를 알 수 있다. 그리고 그 상대가 누구냐에 따라 천차만별의 영향을 받는다. 나는 그 상대가 가족일 때 그냥 무너지는 느낌을 받은 적이 많았다. 좋은 선물을 받았다고 기뻐할 때, "좋아하지 마. 그거 복사본이 널려있어."라거나, 선물을 사 드렸는데, "어디서 속아서 가짜를 산 거 아닌가"라는 말을 들었을 때, 화도 나고 너무 힘들었던 기억이 있다. 이제는 반응에 개의치 않고 자랑하고 싶을 때 실컷 자랑하고, "성적 잘 나왔다고 자랑하는 게 뭐 어때서."라고 넘길 수 있다. 기쁨을 누리고, 희망을 이야기할 자유는 나에게 있기 때문이다. 부모님이 살아온 시대와 삶을 존중하고 이해하지만, 이제 시대도 많이 달라졌고 낡고 비합리적인 규칙은 바꾸어야 한다. 웃을 수 있을 때 실컷 웃고, 그 순간에 집중해서 기쁨을 누리고 표현하는 것이 나의 새로운 규칙이다.

중국의 회원들도 치유와 상담을 받으면서 수없이 이런 말들을 한다. "축복받겠습니다.", "내가 아들이 아닌 딸인 것을 받아들이겠습니다.", "더는 원망을 붙들고 있지 않겠습니다.", "용서하겠습니다.", "고맙습니다.", "나는 사랑입니다"라는 말이 치유의 현장 곳곳에서 들린다. 이렇게 기쁜 마음을 말과 행동으로 최대한 확장시켜 표현해보고, 얼마나 기쁘고 즐거운 마음이 올라오는지 느껴보라.

나의 행복은 주변 사람들과 가족 구성원들에게 전파된다. 칭찬해주고 받는 것도 기꺼이 허용하고 감사함도 자유롭게 표현해보길 바란다. 앱을 통해 중국 직원들과 회의하는 모습을 옆에서 잠깐씩 흘려듣던 딸이 "엄마는 사람들의 장점을 발견하고 코치해주는 것을 정말 잘하더라."라고 칭찬도 해준다. "어머, 맞아 엄마가 그걸 잘해. 스스로도 뿌듯했는데, 딱 집어서 칭찬해줘서 고마워. 너무 좋아."라고 다시 축복해주었더니, 자연스럽게 딸도 자기 자랑을 하기 시작했다. "내 자랑을 좀 하자면 어떤 일 같은 건 실패할까 봐 무서워서 시작 안 하는데 언어에서는 또 나름 이리저리 잘 내뱉는 것 같아." 칭찬과 행복의 언어는 이렇게 바이러스처럼 전파된다.

충분히 나를 응원해주고, 축복이 오는 것을 기꺼이 받을 것이다. 나는 사랑으로 온 내 존재를 세상에 드러내고 싶고, 책을 쓰고 나누면서 돌아오는 축복도 기쁘게 받을 것이다. 이 모든 것에 저항이 오고 스스로 끌어내리고 싶을 때마다, 나는 나를 응원할 것이다.

『치유』의 저자 루이스 헤이가 거울을 보며 자신에게 했던 이 말을 나에게 해줄 것이다.

"난 네게 관심이 많단다. 사랑해. 정말 사랑해."

* 나를 축복하고 응원하는 메시지 or 자랑하고 표현하고 싶은 일

....

....

1) 나의 변화를 기뻐하고 환영해줄 단 한 사람이 되자

"너가 성장했다는 걸 무엇을 보면 알 수 있는지 찾아서 가져와 봐." 중국에서 회원들과 면담을 하면서 답답하고 안타까운 마음이 들어서 내준 과제이다. 정작 자기 자신이 변한 것은 몰라 보고, 자신을 비난하고 다른 사람과 비교하면서 자신을 비하하는 모습을 보니 살짝 화가 났다. "남과 비교하는 것도 좋아. 그게 너의 발전에 도움이 된다면, 그런데 전혀 도움이 되지 않고 있어. 비교를 하려면 너의 이전과 비교해서 현재 달라진 것을 찾아야 해. 작은 것이라도 알아 봐주면 얼마나 좋겠어. 너가 성장했다는 것을 뭘 보면 알 수 있는지. 이전과 비교해서 구체적으로 찾아보는 거야."라고 과제를 주었다. 구체적이고 작은 것부터 칭찬하고 찾을 수 있도록 자신의 내면에 집중하자. 그 변화와 발전의 가치는 결코 작지 않다.

심야 라이브 방송을 하면서, "여러분들은 무엇을 보면 자신이 성장했다고 느낍니까?"라는 질문을 던져보았을 때, 댓글 창에 올라온 글들을 모아보았다. 결코 작은 변화가 아님을 읽으면서 느낄 것이다.

* 눈물이 나기 시작했어요.
* 남편의 말에 상처를 덜 받아요.
* 내 이야기를 서슴없이 할 수 있어요.

* 두려움은 허상이라는 말이 믿어지려 합니다.

* 자신에 대한 비난이 적어지고 화가 줄었어요.

* 때리고 죄책감을 느꼈는데, 지금은 사과하고 제 실수를 인정할 수 있어요.

* 남편이 보이기 시작했어요. 나의 수치심을 대면할 수 있어요. 나의 척들이 보여요.

* 자기 비난이 적어지고 아이가 예뻐보이고, 자기표현을 하기 시작해요.

* 나는 무엇을 보면 이전의 나와 비교해서 성장했다고 느끼는가?

....

....

2) 요청해서 받고 감사로 돌려주자

나는 한동안 자기계발과 치유를 하는 곳이 있다면 어디든 달려갔고 강사훈련을 받으면서 요청과 거절하는 훈련도 받았으며 나를 표현하는 과정을 교육받았다. 대학원에 다니면서 발표도 많이 하고 교수님들의 훈련으로 상담실습도 하면서 내 걸림돌을 하나둘 걷어내고 그 자리에 사랑을 채우기 시작했다. 그냥 학문으로 배운 공부가 아니라 직접 행동하고 실천하는 교육을 받으면서 정신적으로도 힘들고 몸도 많이 아팠다. 발표를 앞둔 하루 전날은 어김없이 위통이 시작되고, 마음도 너무 고통스러워서 아프다고 솔직하게 말하고 미룰까 고민하기도 했다. 그 당시 우리 회사에서 강연과 워크숍으로 활발하게 활동하고 있는 강사에게 전화해서 나의 심정을 전하며 도움을 요청했다. 그때 "언니, 처음에는 죽을 것처럼 힘들어요. 저도 할 때마다 아파서 죽을 뻔했어요. 그냥 한 번에 확 죽겠다는 마음으로 하세요. 그게 나아요."라고 말해주었는데, 나에게는 그 말이 정말 큰 위로가 되었다. 발표만 앞두면 위통이 왔기 때문에 한두 번 회피해서 되는 일이 아니었고, 포기하기는 싫었다.

그리고 중학교 때 한 반이었던 친구 중에 심리에 관심이 많은 친구가 있었는데, 스캇 펙의『거짓의 사람들』이라는 책도 이 친구가 추천해 주어서 우리 회사 사람들 모두 도움을 받았던 경험이 있다. 이 친구와 이야기를 나누면서, 내가 중학교 시절에 무슨 일이 있었고, 어떻게 보냈는지 이야기하니, 전혀 몰랐다는 표현을 하며 놀랐을 때, "너는 친구가 돼서 내가 그렇게 힘들었던 것도 몰랐으니까, 내가 아무 때나 전화해도 내 얘기를 들어줘야 해. 그게 밤이라도." 라고 농담 같은 투정을 부렸다. 사실은 "나 너무 힘들고 외로운데, 가끔 내 얘기를 들어줄 수 있니?"라는 마음을 그렇게 표현한 것이다. 그때 엄마 집에서 독립해 나와서 하루 하루 삶이 벅차고 힘들었을 때였다. 그런데도 친구가 "알았어."라고 선뜻 대답해주어서 너무 고마웠다. 예쁘게 요청은 못 했지만, "알았어."라는 말을 들었을 때, 이미 내 마음이 따뜻해졌다. 도대체 나랑 맞는 구석이 한 군데도 없어 보이고 나를 별로 좋아하지 않는다고 생각했던 친구와 이런 대화를 나눌 수 있다는 것이 행복했다.

육아를 하면서 올라오는 분노와 화를 육아 모임을 통해 한창 뜨겁게 나누던 시기, 회원들 사이에서 자신의 내면 아이가 부모에게 듣고 싶은 말을 적어서, 남편이나 아내에게 대신 읽어 달라고 하거나, 행동으로 실천한 후기를 게시판에 올리는 것이 화제였다. 예를 들면 남편에게 어린시절 아빠가 해주길 바랬던 것처럼 동화책을 읽어달라고 요청하기도 하고, 실제로 남편을 자신의 무릎에 눕혀놓고 아내가 읽어주기도 하였다. 요청을 못 하는 나는 그게 너무 부러웠고, 부러움으로만 끝내지 않고 결국 나도 시도해보기로 했다. 나의 내면아이가 엄마에게 듣고싶었던 말을 적어서 지인에게 주고, 그대로 나에게 읽어달라고 요청했다. "선희야, 니가 이것저것 배우는 것은 끈기가 없어서가 아니라 호기심이 많아서 그런거야. 호기심이 많다는 것은 아주 좋은 것이란다" "너는 무엇이든지 잘할 수 있어. 한번 도전해봐", "예쁜 우리 딸, 니가 내 딸이어서 너무 좋아"라는 말이었다. 내귀로 그 말들을 듣는 것도 너무 좋았지만, 요청하여 도움을 받고 감사 인사를 하는 과정 그 자체의 즐거움도 크다는 것을 경험했다. 그리고 나도 상대가 원하는 것이 무엇인지 물어보고 똑같이 해줄 마음을 갖고 있었다.

40대 중반에 시작한 대학원 공부가 만만치 않을 때에도 가족과 지인들의 도움을 받았다. 불안이 높아 집중을 잘하지 못했고, 공부하는 습관이 거의 잡혀 있지 않아서 무척 힘들었던 기억이 있다. 수업시간에는 거의 매일 조는 것으로 회피했고, 과제를 제출하고 발표하는 부분에 부담이 컸는데, 결국 주변에 공부를 잘하는 사람들을 찾아가서 정중하게 효율적인 공부비법을 나눠주기를 요청했다. 모두 기꺼이 요청에 응해주었고 이 부분도 공부에 대한 상처를 극복하는데 도움이 되었다. 이렇게 도움을 받으며 나의 부족한 부분을 채웠고 감사의 마음으로 돌려주었다. 이렇게 배려를 받으니 나도 어느새 나눠줄 준비가 되어있었으며 여전히 해보지 않았던 새로운 행동들을 시도하고 도전하면서 나의 마음근육을 키웠다.

워크숍에서 기쁨을 표현하기

제7장

힘든 상황을 통해서
모든 것이
해결된다는 것을
믿으세요

문제없는 날을 기다리지 말고
대응할 힘을 키우자

6시에 일어나 걸어서 20분 거리의 도서관을 갔는데, 7시면 문을 열던 도서관이, 코로나 이후로 9시에 오픈한다는 공지가 붙인 채 잠겨 있었다. 인터넷에서 오픈 시간을 검색해보고 갔음에도, 갑작스럽게 생긴 팬데믹 상황이라 변동된 시간을 수정하지 않았던 것이다. 나는 다시 20분을 걸어 커피숍으로 왔고, 모처럼 조용한 시간에 블로그에 글을 올리고 정리하는 시간을 가질 수 있었으며, 덕분에 책을 쓰기 위한 자료도 많이 모았고 마음을 정리하는 시간을 갖게 되었다. 돌아오는 길에 평소에는 앱으로만 장을 보다가 그날은 마트에 들리게 되었고, 싼 가격에 봄나물을 한가득 살 수 있었다.

득템으로 토마토를 한 팩 가격에 두 팩을 사는 행운도 생겨서 짐은 무겁지만 즐거운 마음으로 집으로 돌아왔다. 그런데 엘리베이터를 점검한다고 해서 비상계단으로 노트북과 마트에서 산 물건들을 들고 계단을 오르면서 다짐만 했던 운동을 했다. 그 뒤로 하루에 한 번씩 계단으로 오르내리기를 했다. 갑자기 눈앞에 당황스러운 일이 벌어졌을 때, 나는 운이 없는 사람이라고 한탄하고, 스스로를 비난할 수도 있다. 짜증이 나고 힘든 상황임이 틀림없지만, 그 상황에서도 분명 얻을 것이 있을 것이며, 또 다른 기회가 열릴 수 있다는 기대로 대처하라고 말하고 싶다.

어떤 엄마가 자식이 학교에서 말썽을 부려서 퇴학위기에 놓았고 그 일로 앞이 캄캄하다고 한다. 공부를 하지 않고 지금껏 나를 속였다는 것을 알았고 하늘이 무너지고 죽을 것 같았지만, 이 부모는 아들을 이해하고 받아들이는 과정을 겪으며 진정으로 사랑한다는 것이 무엇이고, 마음을 본다는 것은 무슨 의미인지, 내가 그동안 어떤 삶을 살아왔는지를 바라보기 시작했고, 엄마 마음 안에 깊은 상처가 있다는 것을 깨달았다고 한다. 이 사건으로 엄마의 치유가 시작되었고 모자 관계가 새롭게 시작되었다. 힘든 상황을 잘 받아들이고 위기를 잘 넘기면 부모도 아이도 예전보다 더 나은 삶을 살 수 있는 것이다. 엄마의 원가족에서부터 시작되어 온 역기능 가족체계에서 생긴 상처가 곪고 곪아 증상으로 드러난 것이 아들의 탈행이었다.

이렇게 가족치료적인 관점에서 바라보게 하면 모든 것이 이해가 된다. 부부에게 문제가 있음을 아들이 알려주었다는 것도 깨닫게 되었다. 이 부모는 아들을 통해 자신의 아픔을 보게 되면서 먼저 자신을 사랑해야 한다는 말이 무슨 뜻인지를 이해하게 되었다.

나도 딸이 농담으로라도 노력은 덜하고 공짜로 얻으려는 마음을 표현할 때마다 겉으로는 내색하지 않았지만, 마음에 들지 않았고 노력하지 않는다고 판단했고 악착스럽지 않은 것도 불만이었다. 그런데 그런 신념 안에는 내가 세워놓은 도달하기 힘든 높은 기준이 있었고, 세상에는 쉽게 거저 얻는 것은 없으며, 고생해서 얻어야 의미있고 가치가 있다는 죄의식에 기반한 낡은 신념이 있었다. 어린 시절 이미 나는 심적으로 감당하기 어려운 힘듦을 겪어서 웬만큼 센 고통이 오지 않으면 아파도 아픈 줄 몰랐다. 그냥 애초부터 마음의 힘듦이 일상이고 익숙해서 남들이 피하고 안 하는 것도 나는 찾아서 했다. 결국 몸이 견디지 못할 만큼 아프고 난 후 내가 고생하고 있다는 것을 알았고 견디기 힘들다고 신 앞에 매달렸다. 울고 불고 나서야 더는 힘든 상황을 선택하지 않을 수 있었다. 어린 시절부터 심적으로 감당하기 힘든 일을 아무렇지도 않게 해온 사람은 부모가 되어서도 자신의 상처를 보지 못하고 자녀에게 아무렇지도 않게 똑같이 요구하고 상처를 주는 결과를 초래한다. 그래서 나는 자신을 알기 위해 떠나는 내면 여행은 진정한 자기 사랑의 시작이며, 준비물은 나를 진정으로 사랑하는 마음 하나만 있으면 된다고 생각한다.

한 가지 일이나 사건에 사람마다 받아들임이 다르다. 불안으로 전전긍긍하며 갈등 없는 날만 기다리고 살지 말자. 어떤 문제에 부딪혔을 때나 갈등상황에서 어떻게 해결하고 화해하는지에 대한 온전한 모델이 없었다면, 어린 시절 보고 배우고 학습한 대로 폭력을 휘두르고, 비난하거나, 마음에서 버리고 단절하고, 앙심을 품거나 하는 방법들을 사용할지도 모른다. 앞이 캄캄하게 느껴지는 문제가 생기더라도 내가 배우고 알아야 할 것이 있고 그것을 찾는 기회로 여기고 새로운 지혜를 얻길 바란다.

갈등과 문제없는 인생은 없다. 갈등 없기를 바라지말고 갈등을 해결하는 기술을 배우는 것이 중요하다. 부부가 서로 타협하고 찬성과 반대도 자유롭게 하면서 새로운 대안을 만들어내면 된다. 다양한 방법으로 갈등에 대해 타협해보는 것을 시도하고, 문제를 상대방에게서만 찾을 것이 아니라, 밖으로 향해있던 시선을 안으로 돌려서 나를 보는 순간 성장의 또 다른 길이 열린다. 나는 이 관점을 아주 중요하게 여긴다. 자신의 문제로 가져와서 비관하고 자책하라는 의미가 아니다. 처음에는 누가 봐도 저 사람이 잘못이고 나는 잘못한 것이 없다고 억울하기도 하고 답답하겠지만. 그래도 내가 왜 이렇게 반응을 크게 할까? 저 사람에게 받는 영향이 이토록 큰 것은 무엇 때문일까? 내가 이 상황과 관계에서 진정으로 원하는 것은 무엇일까? 내면의 소리를 들어보는 것이 먼저다. 이렇게 하다 보면 어느 정도 마음의 근육이 키워지고 점점 문제 상황을 감당하고 온전히 바라보는 힘이 생긴다. 힘이 있어야 회피하지 않고 내 의견도 이야기하고 타협도 할 수 있다.

1) 꿈을 갖고 이루면서 사는 삶이란?

나는 치유를 하면서 차츰 나의 엄마를 다시 보게 되고 인정하게 되었다. 정작 당사자인 엄마는 자기 인생을 형편 없고, 성공했다고 말하지 않는데 너무 실망했던 적이 있다. 엄마는 비난을 당하고 욕을 먹으면서도 가족의 경계를 잘 그으며 우리를 지켜주셨다. 나는 착하고 좋은 사람이 되기 위해 가족의 경계를 정확히 긋지 못하는 실수를 했는데, 우리 엄마는 현실적으로 가족의 울타리를 지켰고, 그럼으로써 친척들로부터 비난도 받고 소외도 당했지만, 엄마가 아니었으면 지금의 우리는 없었을지도 모른다. 어렸을 때는 그런 엄마가 너무 냉정하다고 생각했는데, 지금 와서 보면 오히려 아버지가 착하고 법 없이도 살 사람이라는 칭찬을 들었지만, 경계선을 분명하게 긋지 못하는 단점이 있었고, 이런 아버지에게 무작정 끌려갔다면 우리 가족은 가족의 경계가 무너짐으로써 뿔뿔이 헤어졌을지도 모른다. 그런데 요즘 엄마가 "지금 생각해도 내가 너무 잘

한 것 같아."라고 스스로 인정하고 당당하게 표현하기 시작했다. 성공한 엄마 딸인 나 역시도 내 삶에 대한 기쁨과 확신이 들고 행복하다. 어렸을 때부터 일만 하는 힘든 삶을 살았지만, 인생 전체를 돌아보며 자신을 받아들이고 인정할 수 있다는 것은 큰 축복이 아닐 수 없다. 엄마는 10년 전쯤부터 배우지 못한 한을 사회복지센터나 노인대학을 통해 적극적으로 참여하면서 배우고 또 배우기를 반복했고, 쉬운 책을 읽고 그림 그리기나 기초적인 영어공부에도 도전하셨다. 혼자 사는 생활의 외로움을 달래기 위해 봉사활동을 하고 단순한 아르바이트는 80이 넘은 지금도 하고 계신다. 요즘은 연세가 있어 넘어져서 다치는 사고도 있었지만, 몇 년 전까지만 해도 평상시에 꾸준하게 체력관리를 잘하셔서 오빠들보다도 등산을 잘하실 정도였다. 그리고 평생 일만 하느라 여행 한번 제대로 다녀보지 못한 것을 아쉬워하며, 아끼고 모은 돈으로 여행도 다니며 시간을 보내신다. 이런 뒤늦은 자기 사랑 과정은 기본적으로 오빠나 언니들의 도움을 받기는 했지만, 자신의 의지로 신념이나 생각이 맞는 단체에 들어가 활동하고, 여행을 다니며 지내신다. 내가 중국에 살 때, 엄마를 초대해서 같이 여행하고 싶어 "중국 여행은 어디 어디를 다녀보셨어요?"라고 물어본 적이 있는데, 내가 사는 근교인 백두산, 두만강, 돈화의 절, 용정 등 나도 못가 본 곳들까지 다 다녔다고 해서 놀라지 않을 수 없었다. 이루지 못한 꿈들, 희생으로 힘들게 보냈던 시간들을 상실도 하고 채울 수 있는 것은 형편에 맞게 조절하여 스스로 채우고 대체시켜주는 것이 치유안의 자기 사랑과 재양육 과정이다.

　꿈을 갖고 이루며 사는 것은 정말 중요하다. 소소한 것이라도 내가 이루면서 살아야 자식을 통해서 대리만족하고 통제하지 않을뿐더러 자기 삶에 대한 사랑이고 관심이기 때문이다. 단 현실을 고려하면서 상실할 것은 상실하고 대체할 것들을 찾아 자신과 타협하는 과정이 있어야 한다. 경직되고 변하지 않는 비합리적인 꿈을 아직도 붙들고 있지 않은지, 지금 불가능하지만 충분히 대체할 수 있는 다른 부분이 있는지 살피고, 시대와 현실에 맞게 변경할 수 있는 유연함이 있어야 한다. 나도 딸을 통해서 내가 이루지 못한 욕구를 채우려 한 경험이 있었다. 딸이 초등고학년 때, 영어 말하기대회에 나가기로 결정하고 준비를 했다. 나는 도움받을 수 있는 지인을 찾아서 소개해주는 것, 딱 여기까지만 했으면 좋았으련만, 잘됐으면 하는 바람이 커서 그만 일거수일투족을 지켜보면서 잔소리하고 연습시간과 모든 것을 통제하기 시작했다. 그렇게 딸을 힘들게 한 적이 있다. 그때 딸이 나에게 "엄마가 대회에 나가? 내가 나가? 엄마가 왜 더 난리야. 내가 알아서 하게 좀 내버려 둬. 그런데 가만히 보니까, 엄마가 상을 타고 싶은 거 같은데, 엄마 걸 해서 엄마가 받아, 나한테 이러는 거 부담스러워."라고 말하는 것이다. 내가 못 이룬 꿈을 자녀의 어깨에 올려주고 힘들게 해서는 안 된다. 내가 이루면서 살아야 한다는 딸의 이야기는 정확했고, 그때부터 나는 내 꿈을 이루면서 사는 것에 대해 집중하기 시작했다. 장점과 단점을 있는 그대로 바라보고, 재능을 찾고 내 인생을 지켜봐 주면서 지지하기로 했다. 비록 그 길이 쉽지는 않지만 지금 이 자리에서 선택하는 순간 시작된다고 생각했다. 꿈은 먼 미래에 몇 년 뒤에 이루는 것이 아니라 지금 그 꿈을 이루는 길에서 행동하는 것이 필요하다. 가능성이 없다고 생각하는가? 그래서 미래에 언젠가는 이룰 거라 미루고 있는가? 그렇다면 비현실적인 것을 붙들고 있는 것이거나, 이미 마음속에 안 될 거라는 믿음이 있는지 점검해보라. 비록 시작이 미미하더라도 지금 준비하고 이루면서 사는 것으로 이 계획을 수정해보는 것이 어떨까?

어깨와 위의 통증으로 아프고 힘들 때, 나는 잠을 30분도 채잘 수가 없어서 자다 깨다를 반복하였고, 밤이 그야말로 제일 고통스러웠다. 일단 새벽만 되어도 치료를 받을 수 있는 희망이 있고, 낮에는 일이 있어서 몰입이 잠깐씩이라도 잘 되었고 상담시간 중간에 쪽잠을 자면서 견딜 수 있었다. 그때 나는 밤마다 여러 가지 종류의 재료를 가지고 중국 음식인 탕후루를 만들거나 낮에 사 온 꽃을 손질하였고, 어떻게 해도 그 고통을 이겨내기 힘들때는 새로운 창조적 활동을 하면서 시간을 보냈다. 잠시나마 새로운 것에 몰입할 때 통증을 덜 느낄 수 있었기 때문이다. 과연 이 아픔이 나을 수 있을지 암담한 생각이 들 때, 나는 유튜브에서 타로를 보면서 위로와 희망을 가질 수 있었다. 『운의 알고리즘』이라는 책을 써낸 저자 정회도의 유튜브였는데, 하나하나 올라온 콘텐츠를 보면서 마음이 안정되는 것을 느낄 수 있었고, 이루고 싶은 소원을 구체적으로 써서 댓글에 올리면 그중에 77명을 뽑아 소원을 읽고 기도해주는 영상을 찍어서 업로드하는 '잘 될 운명 기원 이벤트'에 응모해서 당첨도 되었다. "선희님, 2021년도에 책을 출간하고 강연으로 세상에 좋은 영향을 주는 사람이 됩니다"라는 멘트가 담긴 영상이 유튜브에 올라왔다. 얼마나 많은 사람이 내 이름과 꿈을 들을 것이며, 영상이 열릴 때마다 요즘 흔히 말하는 내 꿈이 우주에 선포되는 것이다. 그렇게 나는 또 한번 선언과 선택을 했고, 한국으로 돌아올 즈음에 중국 대표님께 "3~6개월간은 직장을 갖지 않고 책을 쓸 계획입니다"라고 말했다. 평생을 쉬어본 적이 없고, 심지어 아파도 일하고 두려움에 잠시도 가만있지 못하는 내가 6개월이나 일을 하지 않고 글을 쓴다는 말을 내 입으로 하다니, 이전에는 상상도 못 할 일이었다.

나는 매 순간 꿈이 있었다. 그런데 확실히 지금의 꿈은 이전과 다르다. 이전의 꿈은 누군가를 누르고 이겨서 보여주기 위한 것이었고, 빼앗고 이기고 싶은 탐욕에 가까운 에너지였다. 그런 마음이 있을 때는 마음이 편안하지가 않고 믿을 사람도 없고 외로웠다. 치유를 통해 어느 순간 그 부분들이 많이 내 안에서 빠져나갔고, 오직 나를 위해 내 꿈을 밖으로 꺼내서 이야기하면서 다른 사람의 꿈도 지지해줄 수 있고 함께 잘되고 싶은 마음이 생겼다. 꿈은 이루기 위해 있는 것이고 이루면서 살 수 있다. 나는 드디어 내 일생에 처음으로 쉬는 것을 스스로에게 허용했다. 중국에서 대학을 다니다가 들어와 잠시 쉬고 있던 딸과 동시에 백수가 되는 두려움도 있었지만, 지금 이 순간을 나에게 주지 않는다면 신체적이나 정신적으로 많이 힘들어질 것 같아서 허용하기로 했다. 그때 중국의 회사로부터 내가 책을 쓰는 3개월 동안 기초 생활에 필요한 급여를 지원해 주시겠다는 감사하고 기쁜 소식이 오기도 했다. 그리고 "한국에서 책을 내지 못하게 되면 중국으로 가져와서 냅시다."라는 대륙의 스케일을 가진 대표님의 소식에 너무 감동받았다. 그 덕분에 지금의 이 책이 세상에 나와 빛을 발하는 것이다. 나는 참으로 많은 행운과 복을 가진 사람이다.

어느 날 한 내담자와 상담을 하기 위해 앱을 열었는데 차 뒷자리에 예쁜 딸아이가 앉아있었다. 아이를 학교에서 데려오는 시간을 착각하여 상담시간과 겹치게 되었고, 딸을 차 뒷자리에 태우고서라도 상담을 받겠다고 하여 진행한 적이 있었다. 이 내담자는 업무도 확실하게 잘하고 때때로 과감하게 도전하는 면도 있으며 책임감이 강한 신뢰가 가는 사람이었음에도 스스로 자신의 유능함을 믿지 못하고 낮게 평가하면서 힘들어하는 면이 있었다. 자신의 딸에게도 공부 잘해야 사랑받을 수 있고, 무시당하지 않는다는 신념을 주입함으로써 갈등을 겪고 있었다. 그때 내가 내담자에게 "뒤돌아서 딸을 향해 '엄마는 도서관 관장이 되는 게 꿈이야.'라고 한번 말해봐." 라고 하니까, 뒤돌아서 딸에게 그대로 말했다. 그랬더니 그 아이가 순간 깜짝 놀라면서 "그럼 바빠져서 나랑 놀 시간이 없을 텐데."라고 말하는 것이다. 엄마의 말에 어떤 평가나 판단, 비교도 하지 않고 있는 그대로 수용하는 딸의 답변에 내담자가 울음을 터트렸다. 우리 자신을 비하하고 괴롭힐 수 있는 것은 오직 자신밖에 없다. 자신뿐 아니라 자녀도 그런 불안한 마음으로 바라보기에 통제하고 집착하게 되는 것이다. 지금부터 내 꿈을 내가 지지해주고 각자의 꿈을 이루면서 사는 삶이 되길 바란다. 단, 어린 자녀를 양육하는 부모라면, 아이에게 엄마가 절대적으로 필요한 발달의 시기에는 오로지 함께 해주며 자신의 꿈을 조금 지연시킬 수도 있어야 한다. 어릴 때 충분히 함께할수록 독립은 더 잘되므로 반드시 좋은 시간이 오게 되니 희망을 갖고 힘내길 바라며, 비록 시작은 소소할지라도 꿈을 갖고 이루면서 사는 삶은 먼 미래가 아닌 지금 여기에서 행복을 느낄 수 있다.

2) 현재 가족을 중심으로 생활하세요

우리는 태어나면서부터 원가족 안에서 부모의 뒷모습을 보고 자랐다. 가족이 어떻게 소통하고 상호작용하는가, 부모가 어떻게 싸우고 화해하는가, 문제에 부딪혔을 때 어떻게 대응하고 해결하는가, 시대의 흐름과 변화에 유연하게 적응하고 변화하며 살아가는가의 모델이 되는 것이 부모이고 원가족 구성원이다. 이렇게 각자의 원가족에서 구축한 서로 다른 생존방식을 가지고 살던 남녀가 자신의 원가족을 등에 업고 만나 부부로 함께 살아가게 된다. 이때 서로 타협하거나 존중하기보다 내가 옳고 상대가 틀렸다는 강력한 의지로 맞설 때 소통이 어긋나고 갈등이 발생한다. 여러분들 부부 사이에 이런 문제가 있다면 각자 원가족의 생존방식을 그대로 유지하기 위해 애쓰고 있는 것은 아닌지, 지배하고 복종하는 인간관계에 젖어있거나 적절하게 표현하고 감정을 처리하는 방법을 몰라서 충돌하고 있는 것은 아닌지 의문을 갖고 자신을 점검해 보아야 한다. 나는 이렇게 관망하고 바로잡는데에도 내면의 힘과 자존감이 필수임을 강조하고 싶다. 그렇지 않다면 자신을 객관적으로 바라볼 힘조차 없으며 조그마한 의견을 이야기하고 타협하는 데에도 큰 용기가 필요하기 때문이다.

윗세대부터 내려온 자손들을 향한 바람과 가부장적 가족관계와 규칙이 시대의 흐름에 맞지 않거나 합리적이지 않음에도 변하지 않는 가치관과 신념이 되어 대물림되며 심지어 유지하려고 애쓰면서까지 자식에게 물려주려 한다. 물론 지혜가 담긴 좋은 유산들과 장점도 많지만, 자칫 세대 간의 경계가 모호해지고 서로의 경계를 넘나들다 보면 고통스럽고 불필요한 에너지를 쓰게 되며 온전히 부부만의 관계를 갖고 자녀들에게 집중하기도 어렵다. 부모님의 사랑과 관심은 힘이 되고 자녀들이 조부모의 사랑을 듬뿍 받는 것은 정서에도 긍정적인 영향을 미친다. 그런데 지나치게 밀접한 관계를 갖는다면 통제가 되고 교육이나 다방면에서 무심결에 조정자로 들어올 수도 있기에 결혼생활을 시작한다면 처음부터 서로의 원가족과 경계를 명확히 해주는 것이 배려라고 생각한다. 부모님을 모시고 함께 생활할 수 있지만, 그런데도 세대 간의 경계가 있어야 하며 부부생활에 대한 책임과 주도권은 부부에게 있어야 한다. 실제로 원가족의 부모님을 존중하고 자녀로서의 책임과 역할을 넘치게 하고 있으면서도, 부부의 사생활이나 경계는 분명하게 지키는 부부들이 있다. 나의 원가족 장남인 큰오빠도 그런 경우인데, 나는 그 경계와 선을 지키고 살아가는 오빠 부부와 엄마에게 참 감사하다. 지나친 밀착으로 엉킴 관계가 되었다면, 지켜보는 나도 다른 형제자매들도 가슴 졸이며 아프게 바라보았거나, 어쩌면 그 사이에 개입하면서 중재하는 복잡한 관계가 되었을지 모른다.

가족치료 워크숍이나 성장 수업을 할 때 참가자에게 가족에 대해 갖는 신념이나 가치관을 알아보기 위해 몇 가지 질문을 해보면, 원가족과 현재 가족 간 관계가 너무 오랜 시간 밀착되어 생활했던 사람들은 분리라는 개념이 없는 경우가 많다. 그리고 여전히 원가족의 부모님 영향이 현재 가족에게 너무 크게 미치고 있어서 힘들어 한다. 성장하면서 부모의 그늘을 벗어나 독립하는 과정을 겪어야 했는데 두려움으로 그러지 못한 것이다. 늦었지만 지금이라도 부부가 함께 격려하면서 극복하는 사례도 있다. 부모님과 자녀 부부 각자가 부부 중심으로 생활이 돌아가면서 건강하게 좋은 관계를 맺을 수 있다. 세대와 구성원 각자 간에 경계가 있고 조화롭게 살아가려면 먼저 독립성을 갖는 주체가 되도록 자신의 힘을 키워야 한다.

3) 사랑이라고 착각하지 마세요: 진짜 사랑과 가짜 사랑

가족에 충실하지 않고 권위적인 남편을 원망하면서도 말 한마디 못하고 희생하며 참고 사는 아내의 경우 자녀들 중 한 명 특히 아들을 붙들고 밀착되어 정신적으로 위로받으며 사는 사례가 한국 사회에는 참 많다. 솔직히 말하면 남편의 권위적인 성격이나 독불장군 같은 태도도 아내가 참아내면서 버릇을 강화시키게 한 것도 있다고 생각한다. 부당함을 겪으면서도 아내가 당당하게 맞서지 못한 후유증은 고스란히 아이들에게 넘어간다.

이와 같이 역기능을 하는 가족관계에서 부모와 정서적 밀착 관계를 유지한 아들 혹은 딸들 중에는 사회에서도 이성들과 친밀한 경우가 많은데, 건강하게 맺는 친밀함과는 다른 모습이다. 엄연히 성인 남녀 사이 적절한 거리가 있어야 함에도 마치 내면 아이가 자신의 부모를 위로하려고 다가갔던 것처럼 자신도 모르게 신체적으로 가깝게 다가가면서도 이상하다는 것을 모른다. 이 사람들은 전혀 나쁜 의도가 없고 자신이 잘못했다고 생각하지 않기에 오해나 지적을 받아도 받아들이지 않고 당당하다. 나 또한 부모님 두 분 사이가 너무 좋지 않았고 아버지 편에 서서 정서를 위로하였고, 아버지가 돌아가시면서 의존 욕구를 충분히 채우지 못하고, 건강하게 독립하지 못했기에 마음의 상처가 미해결과제로 남아있었다. 그래서 성인이 되어서도, 아버지에게 떨던 애교를 사회에서 만난 사람들 모두에게 했고, 모든 사람들이 나를 좋아한다는 착각도 했다. 이런 자신을 보았을 때 너무나 수치스러서 아파하고 괴로웠던 경험이 있다. 나약해서 보호받고 의존하고 싶었던 내면 아이는 나보다 나이 많은 사람들이 있는 단체에 들어가 항상 어딜 가든 막내로서 사랑받고 인정받는 자리, 그리고 연약함으로 돌봄과 사랑받는 자리를 찾아다니면서 생존 본능적으로 움직이고 있었다. 그러면서 겉모습은 독립적으로 보이지만 내면은 원가족과 분리되지 못하여 부모를 돌보는 사람들을 만나면서 다시 돌보고 돌봄을 받는 상호의존 관계를 만들어갔다. 연인이나 부부관계에서 이런 무의식적인 상호 작용을 모르고 오해하고 질투하는 일이 생긴다. 온전한 사랑을 충분히 받아서 모든 사람들이 자기를 좋아한다고 생각하는 것이 아니라, 위의 사례처럼 가족에게서 했던 무의식적 행동이 외부로 연장

되면서 부모에게 받고 싶었던 관심과 사랑을 받기 위해, 사랑을 잃지 않기 위해 애쓰고 행동하면서, 진정한 사랑이라고 착각하거나 질투를 유발함으로써 여전히 매력 있고 사랑받는 존재라는 착각을 한다. 진정한 사랑은 내가 나를 수용할 때 가능한 것이지 외부에서 받아서 채우려 하면 상처만 생기고 희망이 없다. 내가 나를 버리지 않는 한 나를 버릴 수 있는 사람은 이 세상에 아무도 없음을 잊지 말고 나의 내면으로 눈을 돌려 따뜻한 시선을 보내주자.

참고 억누르며 자기 자신이 없는 돌봄에는 희생이 있고 희생에는 반드시 받고자 하는 마음이 숨어있다는 것을 알아야 한다. 그래서 상대가 당연히 나에게 해줘야 한다는 생각은 잘못된 것이다. 세상에 당연한 것은 없다. 주면서 받으려는 희생과 조금만 잘해줘도 넘어가는 외로운 아이가 있는지, 희생하면서 더 크게 받고 싶은 것의 실체가 무엇인지, 내가 정말 진심으로 원하는 것이 무엇인지 물어보고 내면의 소리를 잘 들어주어라. 혹시 지금도 분별없이 맹목적으로 누군가를 돌보고 있지는 않은지 살피면서, 자신을 사랑하고 진정한 의미의 사랑이 무엇인지를 배워간다면 당신은 따뜻한 사랑이 흘러 넘쳐흐르는 사람이 될 것이다. 먼저 내 인생을 살자.

4) 나는 오늘도 행복해지는 부적을 쓴다

상처 회복이라는 과정을 통해 얻는 축복은 정말 크다. 비 오는 날 드라이브하면서 빵집에서 빵을 사 와서 먹으면서도 너무나 행복함을 느끼는 것처럼, 소소하지만 거기에서 매우 만족감 높은 행복을 느낀다. 힘든 일이 생길 때 자책하거나, 남의 탓으로 돌리며, 고통받았던 나의 예전 모습에서 벗어나 아무리 힘들어도 잘 극복할 수 있다는 믿음과 의지가 내 안에 있다.

  내 안에 잔뜩 쌓여 있는 부정적인 감정들을 있는 그대로 수용하지 않으면 나의 자산이나 강점을 발견하지도 못하고 인정하기도 어렵다. 반면 부정적인 감정까지 수용하고 치유하면 자존감과 자신감도 덩달아 높아지고, 과거에 부정했던 것들도 새삼스럽게 다시 보이기도 한다. 요즘 많은 사람들이 이야기하는 긍정 확언을 하고 우주에 선포하며, 나의 꿈을 필사하기 같은 것들을 나는 처음에는 '저게 다 무슨 소용이야.'라며 거부반응을 보였다. 억지처럼 느껴지기도 하고 마음에 와닿지 않았는데, 어느 날 나 자신도 자연스럽게 하는 것을 발견하면서 참 재미있다는 생각을 했다. 어떻게 이렇게 확 바뀌었을까를 지나온 시간들을 돌이켜보니, 치유를 통해 내 삶의 패턴을 바꾸는 훈련들을 꾸준히 해온 결과들이었다.

  치유 외에도 그동안 해보지 못했던 것들을 도전하고, 훈련하였기에 달라질 수 있었다. 나는 오늘까지 412일째 매일 아침 5:30~7:30 사이에 운동, 명상, 독서, 선언, 공부 등의 시간을 최소

30분 확보하는 미라클 모닝을 실천하고 있다. 10년 전부터 생각만 하고 실천하지 못했던 일들을 한 번에 실천해서 해결하기도 하고, 촉박한 시간에 자격증 시험준비를 할 때에도 일찍 일어나서 하루를 시작하니 그만큼 시간을 길게 쓰는 것처럼 뇌가 착각을 하여 시험에 대한 두려움이 줄어들었다. 그리고 몇몇 시간들은 두려움을 다스리는 명상을 하면서 공부를 할 수 있었다. 미라클 모닝은 중국회사의 직원, 회원들과 함께 앱을 켜고 만나면서 동시에 각자의 독서 활동을 하는 것인데, 중국과 한 시간의 시차가 있어서 나와 일본의 회원은 5:30에 시작하지만, 중국 사람들은 4:30분에 시작한다. 1년 365일 하루도 쉬지 않고 1년을 넘게 유지하고 있는 사람들도 많다. 연결되어서 함께 한다는 것은 외로움도 줄고 안정감도 준다. 미라클 모닝 시간에 간혹 『있는 그대로의 나를 사랑하라 치유』 책에 나와 있는 현재 내가 가지고 있는 병과 그 병이 생기게 된 정신적인 요인을 찾아서 그 원인과 두려움을 믿음으로 바꾸는 새로운 사고 패턴의 문장을 적어서 책상 옆에 붙여놓기도 했었다. 예를 들어 염증이 있다면 생각할 수 있는 원인으로는 '표출되지 않고 자리 잡은 분노'인데 새로운 사고 패턴은 "나는 즐겁고 긍정적인 방식으로 나의 감정을 표현한다."라는 문장이다. 딸이 감기에 걸리거나 아픈 곳이 있을 때도, 메모지에 적어서 침대 옆에 붙여주었는데, "엄마 이게 뭐야?" 물어보면, "응, 부적이야."라고 대답하며 같이 웃곤 하였고, 오가면서 지켜보던 딸이 "엄마 또 부적 써?"라고 말하며 웃는다. 치매가 있는 엄마에게는 "나는 나의 완벽한 자리에 있으며 나는 항상 안전하다."라는 글귀를 써주었고, 얼마 전 딸이 "회사에 불편하고 신경 쓰이는 사람이 있는데 나 부적 좀 써줘."라고 해서 사정 이야기를 들어보고 "나의 직장은 안전하고 좋은 사람들만 남게 된다. 나는 자유롭게 일한다. 좋은 것만 나에게 온다."라는 글귀를 창조해서 적어주었다. 이 부적의 효력은 그 사람이 자기 일을 찾아가거나, 내가 더는 그 사람이 신경 쓰이지 않는 상태가 되는 것이라고 말해주었더니 기쁜 표정을 지으며 좋아했다. 그 사람이 일하는 것을 싫어하고 힘든 일은 회피하다 보니 딸에게로 그 일이 넘어오기도 한다는 말을 들었기에, 그분에게 좋은 일이 생겨서 찾아가거나 아니면 딸이 그 사람에 대해 더 이상 신경 쓰이지 않는 상태가 되는 것이라는 서로에게 좋은 글귀를 적어주었다. 그렇게 하면서 감정의 찌꺼기들은 안전한 곳에서 풀고, 그때그때 그 사람에게 하고 싶었던 주장이나 분노를 표현하라고 말해주었더니, 이미 그렇게 하고 있다며 많이 편해진 모습을 보였다. 긍정 확언이라는 것을 부적으로 희화시켰더니 재미도 있고, 그것을 매개로 서로의 고민을 이야기하고 공감하면서 친밀감이 형성되는 과정이 우리 모녀 사이에 소중한 추억으로 남을 것이다.

5) 이렇게 사는 것이 삶의 전부인가요?

내게 인상 깊은 칭찬을 해주셨던 푸름이교육연구소 최희수 소장님께 "제가 지금껏 살아오면서 가장 행복하고 보람을 느낀 것이라면 나 자신을 알아가는 것이었어요. 나를 찾을 때 가장 보람을 느끼고 행복했거든요. 이전에는 뭔가 큰 욕망을 가져야 하고 그것을 이루기 위해 정말 치열하게 살았는데, 지금은 뜻밖에도 내 수치심이 무엇인지를 발견하고 아픔을 느끼며 울고불고하면서 감정을 다 꺼내서 몸과 마음이 한결 가벼워지고 나 자신을 찾아간다는 느낌이 들어요. 내가 변하면서 그 영향이 처음에는 미미하지만, 가족 전체로 번져가며 함께 변화하는 것이 느껴질 때마다 보람 있고 행복해요. 뭔가 삶이 가볍고 경쾌해진 것 같은 느낌이랄까요? 인생을 살아가는 재미라면 이게 전부인 것 같은데 맞나요?"라고 물었다. 그러자 "그렇지, 자신을 알아가는 게 가장 큰 행복이고 재미지."라고 단순한 답변을 주셨다.

그동안 관계나 삶의 모든 것들이 너무 꼬여있고, 나를 드러내려고 할 때마다 수치심과 상처가 따라 나와 힘들었는데, 치유와 성장이라는 과정을 경험하면서 어느새 드러내고, 표현하는 것이 평범하지만 깊은 행복감을 가져다준다는 것을 알게 되었다. 이전에는 뺏고 뺏기는 관계를 만들어 긴장하고 외부에 나를 알리고 인정받는 것에 집착하면서 늘 이기려 했고, 원하는 기대가 채워지지 않을 때 남 탓을 했다. 꿈을 갖고 이루고 싶은 마음도 집착에 가까웠기에 과정이 즐겁지가 않고 만족이 없으니 가져도 허무했다. 그런데 나의 이런 무의식적 행동을 자각하니 매번 느낌은 다르지만, 삶 자체가 가벼운 느낌이 들어서 좋았다.

  15년 전쯤 집단프로그램에 참여하는 중에 갑자기 너무 수치스러워하는 나 자신을 보았다. 정확한 내용은 기억나지 않지만, 그날 내가 갑자기 고개를 들지 못하고 계속 땅밑으로 시선을 두고 고개를 좌우로 왔다 갔다 하며 뭔가를 찾고 있었다. 그러다가 "쥐구멍 없어요? 쥐구멍이라도 있으면 들어가고 싶어요." 했더니 옆에서 나를 도와주던 분들이 하나둘 흐뭇하게 웃었다. 머리로는 내가 왜 저렇게 행동하는지 이해하지 못했지만, 몸은 그 행동을 하고 있는 것이다. "저 왜 이렇게 창피하죠. 수치스러워요"라고 말하는데, 그때의 마음은 처절함이 아니라 완전 낯선 모습에 어안이 벙벙했었다. "이게 제 수치심이에요?"라고 말하니, 그들이 웃으면서 고개를 끄덕였다. "지금까지 이렇게 수치스러워하는 내 모습을 보려고 그 난리를 친 거예요?" 또다시 고개를 끄덕이며 웃는다. 자신들도 그 경험을 했는데, 그 순간은 나처럼 허탈했다고 했다. 내 존재의 수치를 감추느라 진짜 부끄러운 것이 뭔지도 모르고 살았는데, 존재 자체를 수치스러워했다는 것과 내가 한 실수나 잘못된 행동에 대해 갖는 건강한 수치심이 무엇이고, 어떻게 다른지를 더 분명하게 분별할 수 있었다. 또 아픔이 느껴지는 지점에서 한참을 울며 애도하고 치유장을 나온 날 갑자기 실체로서의 나 자신이 너무나 섬세하게 느껴졌다. 신발을 신었지만, 바닥에 깔린 돌의 감촉이 느껴지고 바람이 내 몸 전체를 쓰다듬듯이 스치고 지나간 것처럼 위로받는 따뜻한 느낌이 들었고, 좋았다. "내가 살아있구나. 혼자가 아니구나. 바람도 돌멩이도 모든 자연이 나와 함께였고 위로하고 있었구나."를 내 입으로 말하며 울면서 치유장 앞마당을 걸어 다녔다. 아버지가 돌아가신 날 멈추었던 정신적인 성장과 수많은 상처를 하나하나 대면하고 나서, 아버지의 깊은 사랑을 찾고 느낄 수 있었으며, 천재처럼 나를 죽이고 타인에게 맞추며 살았다는 것을 깨닫고 난 후 내 자신을 더 많이 돌보게되었고 에너지도 맑아지는 느낌을 받았다. 인생의 가장 큰 행복은 자신의 본성을 찾아가며 자기 자신으로 사는 것이 아닐까.

당신의 본성은
살아있다

앱을 통해 '심야토크'라는 성장과 가족에 대한 주제로 50여 회 라이브강연을 하면서 그간의 모든 경험을 총정리하는 시간을 갖게 되었다. 20년 가까이 육아와 가정교육 분야에서 일하면서 중요하다고 느낀 것들 중 다시한 번 강조하고 싶은 부분, 내가 잘했던 것 혹은 놓쳐서 아쉬웠던 부분들을 위주로 나눴다. 그러면서 더욱 분명하게 깨닫게 된 것은, 아이들을 완벽하게 만들려고 노력할 필요가 없다는 것이다. 이미 본능적으로 가지고 태어난 모든 능력을 스스로 발현하도록만 도우면 된다. 배움의 욕구, 잘 노는 능력, 놀면서 배우는 학습능력, 원하는 것에 대한 요구능력과 새로운 것을 두려워하지 않고 도전하는 용기와 호기심, 자유로운 감정표현, 자신을 사랑할 수 있는 능력 모두를 이미 갖고 있으며, 우리 자신도 한때 그런 아이였다. 그런데 세상에 나가서 아이가 직접 경험하기도 전에 세상이 얼마나 무서운 경쟁 사회인지에 대한 두려움을 부모로부터 먼저 배웠다. 때로는 잘 되라는 마음으로 상처를 주며 아프게 가르치기도 하는데, 아프게 가르치거나 엄격한 기준을 주어서 먼저 두려움과 좌절을 학습시키지 말고, 사랑을 듬뿍 주어서 세상에 맞서 살아가고 이겨낼 힘을 주어야 한다.

잔소리하고 걱정하는 것이 오히려 자신을 바보라고 생각하고 믿지 못하게 만든다. 나를 찾아오는 내담자들도 대부분 자기가 얼마나 가치 없는 바보인지를 설명하기에 바쁘다. 그것이 진실이 아님을 깨닫게 하고, 그렇게 만든 걸림돌을 제거하면서 본성의 자신을 찾아가 사랑하는 삶을 살도록 돕는 것이 나의 일이기도 하다. 나 또한 불안이 높고 산만한 성격이 있지만, 한번 몰입하면 무서울 정도로 빠져드는 면이 있음을 알게 되었고, 치유의 선물로 "유능하다,

멋있다"라는 말도 수용할 수 있게 되었다. 예전에는 '나는 사랑의 존재도 아니고, 나눠 줄게 한 개도 없는 사람이다'라고 믿었다. 이렇게 많은 사랑과 축복, 지지를 주면서 주는지 모르고 받으면서 받는지 몰랐다. 지금 깨달은 것을 그때 알았더라면, 내가 예쁘고 빛나는 존재라는 것을 예전에 알았더라면, 더 일찍 내 인생이 달라졌을 텐데 아쉽기도 하지만 그 힘든 세월을 이겨낸 나 자신에게 정말 잘했고, 정말 유능하다고 말해주고 싶다.

내가 처음 상담을 받았던 초기에, 처음 이 세상에 찾아왔을 때의 맑고 순수한 상태에서 나 자신의 본래 모습과 어떻게 멀어지게 되었는지에 대한 과정이 한 장의 그림처럼 떠올랐던 적이 있다. 아주 맑고 투명하며 평화로운 연못에 갑자기 먹물 한 방울이 톡 하고 떨어지면서 맑고 순수했던 본성의 상태에서, 먹물 한 방울로 오염되기 시작했고 나는 차츰 내 본래의 모습과 멀어져가기 시작했던 것이다. 생존을 위해 너무나 많은 사람들의 비언어적 메시지와 신호를 읽어야 했고, 두려움으로 틀을 만들어 스스로 억압하고 방어와 회피의 옷을 겹겹이 입다 보니 어느새 진짜 내가 누구인지를 잊었으며, 결정적인 선택의 순간 떠오르는 직관조차 무시하고 버림으로써 뒤따라오는 수치심과 고통도 경험해야 했다. 이런 나를 자각하고 선택한 내면으로의 여행은 본성의 나를 찾아가는 회복과 치유의 길이었다. 그리고 내면 여행을 통해 두려움과 두꺼운 관념의 옷을 벗어 던졌다. 그리고 맑고 순수했던 나를 만나면서 세상에 나가 자유로운 삶을 창조할 용기도 생겼다. 그리고 본성으로부터 정말 많은 직관의 신호가 온다는 것을 알았다. 그동안 멀어져 있었던 거리만큼 바로 느끼고 받아들이는 것이 아직은 낯설지만 나를 믿고 사랑을 선택하는 이 길의 여정을 멈추지 않고, 걸어갈 것이다.

나는 독자들이 나의 경험을 바탕으로 자신의 상처를 찾아가고, 직접 행동하고 실천하면서 회복되길 바란다. 그리고 사랑 그 자체인 '본성의 나'를 찾아가길 바라는 마음으로 이 책을 썼다. 지금 바로 사랑을 선택하고 지금 내면 여행을 떠나자!